O CÓDIGO GAUDÍ

Esteban Martín e Andreu Carranza

O CÓDIGO GAUDÍ

Tradução de
LUÍS CARLOS CABRAL

2ª EDIÇÃO

EDITORA RECORD
RIO DE JANEIRO • SÃO PAULO

CIP-Brasil. Catalogação-na-fonte
Sindicato Nacional dos Editores de Livros, RJ.

M334c Martín Morales, Esteban
2ªed.   O código Gaudí / Esteban Martín, Andreu Carranza; tradução de Luís Carlos Cabral. – 2ªed. – Rio de Janeiro: Record, 2009.

Tradução de: La clave Gaudí
ISBN 978-85-01-08127-8

1. Gaudí, Antoni, 1852-1926 – Ficção. 2. Arquitetura – Espanha – Ficção. 3. Sociedades secretas – Ficção. 4. Ficção espanhola. I. Carranza Font, Andreu, 1957- . II. Cabral, Luís Carlos. III. Título.

09-0627
CDD – 863
CDU – 821.134.2-3

Título original espanhol:
LA CLAVE GAUDÍ

© Esteban Martín and Andreu Carranza, 2007
Capa: Miriam Lerner

Texto revisado segundo o Novo Acordo Ortográfico da Língua Portuguesa.

Todos os direitos reservados. Proibida a reprodução, no todo ou em parte, através de quaisquer meios.

Direitos exclusivos de publicação em língua portuguesa somente para o Brasil adquiridos pela
EDITORA RECORD LTDA.
Rua Argentina 171 – Rio de Janeiro, RJ – 20921-380 – Tel.: 2585-2000
que se reserva a propriedade literária desta tradução

Impresso no Brasil

ISBN 978-85-01-08127-8

PEDIDOS PELO REEMBOLSO POSTAL
Caixa Postal 23.052
Rio de Janeiro, RJ – 20922-970

EDITORA AFILIADA

O templo da Sagrada Família é uma obra que está nas mãos de Deus e na vontade do povo...
A Providência, segundo seus altos desígnios, é que levará à conclusão da obra.
O interior do templo será como uma floresta.

ANTONIO GAUDÍ

PRIMEIRA PARTE

O Cavaleiro

1

Barcelona, 6 de junho de 1926

— Tem que parecer um acidente, entendeu? — disse com voz cavernosa o homem da máscara.

— Não se preocupe, Asmodeu. Assim será feito — afirmou um dos sujeitos atemorizados que estavam diante dele.

Os dois haviam chegado à cripta na hora indicada pelo homem que chamavam de Asmodeu. Vestiram seus hábitos de lã preta e cobriram as cabeças com um grande capuz. Depois se dirigiram ao altar, um pentágono esculpido em um bloco de mármore negro, onde Asmodeu os esperava. A cripta ficava sob a mansão senhorial das Sete Portas e estava iluminada por pequenas velas nas paredes, cujas chamas azuladas produziam uma atmosfera espectral. Dois candelabros, situados ao lado do altar, iluminavam a figura de Asmodeu, que preparava o cálice para a cerimônia. Ele depositou-o lentamente sobre o altar e levantou a vista para os dois encapuzados. A luz tênue fez brilhar sua máscara de carnaval veneziano. Ocultava um rosto que nenhum membro dos Homens Mísula* jamais vira. Com um leve gesto da mão direita, ele indicou-lhes que já podiam falar.

— Nós o seguimos durante muito tempo, tal como nos ordenou. O velho sempre faz o mesmo percurso. Sai de seu ateliê depois das 17h30

---

* Termo arquitetônico: ornato provido preso à parede, estreito na parte inferior e largo na superior, que sustenta um arco de abóbada, uma cornija, um púlpito, um suporte para vaso, uma estátua e semelhantes. *(N. do T.)*

e se dirige à igreja da praça de Sant Felip Neri — disse o mais alto dos esbirros.

— É um bom passeio.

— O velho acha que é bom para seu reumatismo — afirmou o outro capanga.

Este era mais corpulento do que seu companheiro e tinha voz aflautada; uma voz que não combinava com a aparência cruel de seu rosto. Mas, quando se olhava direito, os dois sujeitos tinham semblantes bastante parecidos. Como se, com raras variações, o mal sempre moldasse o mesmo rosto.

— Caminha pela Gran Vía e muda de calçada na altura de Bailén, perto da praça Tetuán. Depois segue pela Urquinaona e a Fontanella até chegar à Puerta del Ángel. Dali, continua pela rua Arcs, praça Nova, rua do Bisbe, arco de Sant Sever, e termina, como lhe havíamos dito, na Sant Felip Neri — disse e olhou para o companheiro pedindo que completasse as informações.

— O velho fica no oratório até o fechamento. Depois volta pelo mesmo caminho...

— Mas, ao chegar à praça Urquinaona, para na banca de jornal e compra a edição vespertina do *La veu de Calatunya*. Então volta ao seu ateliê — concluiu o outro.

Se tivessem podido ver o rosto do mascarado, teriam visto um sorriso de satisfação. Decididamente, trabalhavam bem. Ele não se equivocara ao escolhê-los entre todos os membros dos Mísula.

— O velho virou um verdadeiro santarrão. Quem diria! Visita alguém?

— O padre Agustín Mas, na igreja de San Felipe Neri.

— É seu orientador espiritual — confirmou o capanga da voz aflautada.

— Eu os escolhi porque vocês são os melhores. Não pode haver nenhum erro.

— Não se preocupe — disse o mais alto.

O outro pareceu hesitar, e Asmodeu percebeu.

— Há algum problema?

— Um menino.

— Um menino?

— Sim. Há alguns dias o velho tem sido acompanhado por um menino. Vive com ele no ateliê; já confirmamos isso.

— Desde quando?

— Desde alguns meses.

— Quantos?

— Quase um ano... Onze meses.

— E o que faz um menino vivendo em um ateliê com um velho maluco?

Enquanto os três conversavam, outros encapuzados iam entrando. À medida que o faziam, iam se colocando, ordenadamente, a uma distância de vários metros, atrás dos dois capangas que conversavam com Asmodeu. Ocupavam os ladrilhos pretos e brancos que lembravam um jogo de xadrez e recitavam palavras estranhas. Palavras que, por força de repeti-las, iam subindo de tom e produziam um murmúrio grave, profundo, que parecia sair das entranhas da terra.

Asmodeu, em um sussurro, voltou a formular a pergunta quase para si mesmo:

— O que faz um menino vivendo em um ateliê com um velho maluco?

O esbirro de voz aflautada tentou minimizar a importância:

— Algumas manhãs, costumam passear sem rumo fixo; à tarde, vai com ele à missa. Não acho que tenhamos de nos preocupar com um menino. Podemos...

— Não! — cortou Asmodeu. — Dois acidentes despertariam muitas suspeitas.

— Não se preocupe com o menino, nós o neutralizaremos. Trata-se apenas disso, de um menino.

— É algum parente?

— Acreditamos que não. O velho vivia sozinho em sua oficina, como um ermitão. É um sujeito muito estranho.

— Sim, muito estranho. Uma vida perdida cuja alma espero que vocês entreguem a seu deus amanhã à tarde. Então me trarão seu segredo.

— Carrega-o sempre com ele? — perguntou o da voz aflautada.

— Sempre. Até dorme com ele — afirmou. — Acabem com ele, revistem-no e me tragam seu segredo. Terão pouco tempo, embora o suficiente, até que comece a aparecer todo mundo. Não quero erro.

— Não haverá. Confie na gente.

— É o que espero.

Eles também esperavam. Para seu próprio bem. Os dois sabiam que Asmodeu jamais perdoava um erro.

— Dei Par! Dei Par! Dei Par!

Era a frase que, incessantemente, todos os encapuzados, uma vintena contando o chefe, repetiam desde que haviam chegado. O estranho pedido ia aumentando de intensidade. Aquilo que começara como uma pregação se convertera em um canto agônico, extenuante. Era a súplica de um bando de loucos que invocavam um nome absurdo...

— Dei Par!

Asmodeu ofereceu a mão aos dois capangas, e eles beijaram o anel com a pedra pentagonal de ônix negro, símbolo de seu poder. Quando a gritaria adquiriu tons lancinantes, quase inumanos, os dois capangas mergulharam as mãos no sangue contido no recipiente de metal que, um instante antes, Asmodeu sustentava. Todos passaram, em perfeita ordem, diante do altar e mergulharam as mãos no cálice metálico preto.

Agora a pregação atingira o clímax. Os encapuzados começaram a se balançar, enquanto levavam as mãos ao rosto, manchando-o de sangue.

A voz seca de Asmodeu abriu aquele mar sombrio, e os dois capangas saíram do lugar atravessando as duas filas formadas pelos encapuzados e deixando atrás deles um rastro de sangue. Tinham uma missão a cumprir. As sombrias ondas se fecharam depois que passaram, voltando-se para o corredor. Os congregados choravam, gritavam as palavras de joelhos, prostrados no chão, como se estivessem possuídos por uma força aberrante, lambendo a trilha de sangue que os eleitos haviam deixado no chão.

— Dei Par! Dei Par!

Pouco depois, o homem que chamavam de Asmodeu ficou sozinho na cripta. Depois de tanto tempo, o segredo estaria, finalmente, em seu poder. O velho poderia ter sido o melhor dos seus, mas não se pode servir a Deus e ao diabo ao mesmo tempo. Começara a aprender todos os conhecimentos antigos, a arte secreta dos construtores, dos mestres-de-obras, quando ainda era estudante. Os Homens Mísula tentaram-no naquela época, mas ele se recusara a aderir à sua confraria. Os inimigos dos Homens Mísula, os Sete Cavaleiros Moriá,* seduziram-no, e, mais tarde, influenciado pelo seu poderoso mecenas e já de posse do segredo, converteu-se no melhor de todos e no depositário do maior dos enigmas.

Mas os Homens Mísula sempre estiveram vigilantes, ficaram atentos aos seus movimentos durante anos. O velho recebera o dom, a revelação e a ordem de completar a Grande Obra. Os Homens Mísula estavam dispostos a impedi-lo. O velho, como Moisés, jamais entraria na Terra Prometida. Nunca haveria Terra Prometida. Asmodeu sabia aonde chegara. O velho trabalhara toda a vida com um único projeto. E este estava prestes a se cumprir. Ele traçara o mapa, estendera seu plano durante anos, conhecia a localização correta, os pontos, as coordenadas, as estruturas, a combinação de símbolos exatos, a linguagem dos arcanos. Os Mísula haviam-no deixado em paz durante anos, enquanto os espiões iam passando informações a respeito de cada avanço. Não o molestaram. Até mesmo o ajudaram. Sem que o velho soubesse, também trabalhava para eles. Eles sabiam, desde o princípio, quando e onde fora feita a entrega.

Agora era tempo de morrer.

"*Dei Par*", pensava Asmodeu. "Deuses iguais. Barcelona, a cidade da eterna dualidade. Fundada por Hércules, o sol, a luz, e também pela lua; Tanit, a escuridão. A cidade eleita. *Dei Par*. Chegou o nosso tempo."

Asmodeu sabia esconder sua verdadeira personalidade, um assunto de vital importância. Apenas ele tinha acesso às passagens secretas. Prudente, esperara o tempo necessário até saber que estava só. Agora recuperaria a aparência de cidadão ilustre. Saiu envolto em sua capa escura e empunhando a bengala com a mão esquerda. Dois empregados de sua escolta pessoal esperavam por ele do lado de fora. O chofer abriu a porta do Hispano-Suiza estacionado na calçada. Ele fez um gesto que todos compreenderam imediatamente. Quando ainda não havia se afastado a pé nem alguns metros, um barulho ensurdecedor o paralisou; depois houve uns quantos disparos, gritaria. Os dois guarda-costas avançaram alguns passos em direção ao meio da rua. Um deles se aproximou e lhe disse:

---

* Moriá é o nome dado a uma colina rochosa onde o rei Salomão construiu o templo para Deus. *(N. do T.)*

— São do sindicato. Esta noite eles têm trabalho, não é seguro ir caminhando, agem por aqui. Seria melhor entrar no carro.

Barcelona era uma cidade perigosa, mas às vezes ele preferia caminhar, voltar para casa sem escolta, embora fosse uma temeridade. Aquela era uma noite especial, ele precisava caminhar sozinho, avaliar o perigo, perder-se nas sombras. Precisava sentir o poder da escuridão, recordar os velhos tempos, quando se chamava Bitrú e era apenas o príncipe que aspirava a se converter em um novo Asmodeu. Sempre fora assim ao longo dos séculos. Agora outro Bitrú ocupava seu lugar; outro príncipe que não tardaria a ser o novo Asmodeu.

Então sua silhueta se perdeu na noite. Àquela hora, só a névoa e algumas putas velhas transitavam pelas ruas, no meio do mau cheiro do porto de Barceloneta. Ele se escondeu na escuridão de um saguão, esperou alguns minutos e colocou de novo a máscara. Caminhou sob as marquises. O verão seria muito quente. Ele olhou para o outro lado do passeio de Isabel II, onde ficava o edifício da Lonja. Ninguém, nem uma alma. Àquela hora, aquela parte de Barcelona virava uma cidade tomada pelas sombras. Ele gostava daquilo. Era nisso que estava pensando, quando alguém segurou seu braço.

— Quer passar um tempinho comigo?

Ele se virou e afastou o braço. Quem o havia tocado era um arremedo de mulher, um bagaço sujo e malcheiroso, depositório de todas as enfermidades.

— Me solte!

— Você é assim tão feio que cobre o rosto? Eu gosto muito de pervertidos.

Ele pensou que poderia matá-la. Mas o asco que lhe produzia acabou salvando a vida da mulher. Ele se afastou depressa.

Cruzou a rua Avinyó e minutos depois entrou na praça Real.

Queria vê-las de novo.

Penetrou na praça. No meio de palmeiras e sobre uma base de pedra, havia dois postes de seis braços com luminárias de bronze, ferro e vidro. Levantou sua bengala e arremeteu contra o animal forjado em uma delas: a serpente enroscada. Os golpes ressoaram na praça.

— Ei, seu doido, o que lhe fez o maldito poste?

Ele se virou e viu um bêbado que, cambaleando, não parava de lhe dizer que deixasse o poste em paz. O bêbado olhou para ele.

A última coisa que aquele pobre desgraçado viu em sua vida foram os olhos de seu agressor. O medo deixou-o paralisado. Com um movimento certeiro, Asmodeu puxou a empunhadura da bengala. E enfiou-lhe no coração a lâmina do espadim que ali se ocultava.

Depois sorriu satisfeito. Naquela noite dormiria bem.

2

6 de junho de 2006

Juan Givell estava se sentindo como um lagarto ao sol. Sentado em um banco do jardim da casa de repouso para idosos, perguntava-se se sonhara ou vivera alguma vez tudo o que, a rajadas, passava por sua mente. Tinha 92 anos, pelo menos era isso o que ouvira de manhã. Ontem? Juan Givell não sabia. Sua mente era como um voo de gaivotas. De qualquer maneira, era feliz ao sol. No banco. No jardim. Como fazia a cada manhã, a jovem enfermeira vestida de branco o deixara ali, em seu banco predileto.

— Está bem aqui?
— Sim, filha. Como você se chama?
— Eulália.
— Que bonito! Como a santa. A padroeira de Barcelona. Foi martirizada pelo governador Daciano no ano de 304, durante a perseguição ordenada por Diocleciano. Sua festa é celebrada no dia 12 de fevereiro.

Aqueles momentos de lucidez sempre surpreendiam a enfermeira.

— Este é meu banco, não é verdade? — perguntou o ancião.
— Sim, o banco de todas as manhãs.
— Eu me sinto bem aqui; gosto muito deste banco.
— Eu sei. Se precisar de alguma coisa, estou por perto.
— Obrigado, minha filha.
— De nada.

A enfermeira ia se afastar, quando Juan Givell perguntou:

— Como você se chama, filha?

— Eulália... Como a santa. O senhor sabe, a padroeira de Barcelona que foi martirizada por Daciano...

— Sim, uma história muito bonita. E terrível.

Eulália Pons se afastou, entristecida. Trabalhava na casa havia dois anos, mas nunca se acostumaria. Por que essa triste decadência humana? Que sentido tinha aquilo? Uma coisa era saber que isso acontecia, e outra viver aquela situação a cada dia, atender a todos aqueles velhos que não sabiam onde tinham a mão direita. Desde que trabalhava na casa, Eulália deixara de acreditar em Deus.

O ancião ficou sozinho. Deixava o passado agitá-lo, quando alguém se sentou ao seu lado.

— Quer uma bala? Quando era pequeno, você gostava.

Juan olhou à esquerda e viu um homem alto e robusto que lhe oferecia uma bala; parecia um jogador de basquete. Sorriu para o gigante e aceitou a oferta. Tirou o papel e enfiou-a na boca com os dedos trêmulos.

— É boa.

— Eu sei. Como vai você, Juan?

— Bem, muito bem. Vamos esconder o segredo?

— Não, Juan. Isso foi há muito tempo, você se lembra?

— Não.

O gigante sabia que agora mentia.

— Eu sei que você se lembra. De tempos em tempos, mas se lembra.

— Você não pode ser o gigante. Ele é muito mais velho do que eu. Sua barba espessa e escura é igual à daquela noite. Mas já passou tanto tempo...

— Não para mim. Fiz há muito um pacto com o tempo.

— Estou sonhando.

— Agora não, Juan. Talvez antes, mas agora não. Estou aqui, ao seu lado.

— Então não vamos esconder o segredo?

— Não, Juan. Agora precisamos recuperá-lo. Chegou o dia. O plano deve ser executado.

A cabeça de Juan ia e vinha. Sabia que sua neta, María, tinha de concluir a obra. Por isso o gigante estava ali. Mas durante anos tentara afastá-la de tudo aquilo.

— É a única coisa que tenho. Ela será morta. Se ficarem sabendo, será assassinada.

— Nós a protegeremos.

— Como protegeram o mestre?

O gigante não respondeu.

— Minha neta é a única coisa, tudo o que tenho neste mundo — repetiu.

O gigante sabia que devia aproveitar aquele momento, antes que a escuridão voltasse de novo à mente de Juan Givell.

— Minha cabeça é como um buraco negro. Às vezes vai embora. Bem, foi o que eu ouvi... Aqui, dizem que está indo embora... Mas nunca me recordo.

— Ela virá, como toda tarde.

— Vem sempre?

— Sim, desde que voltou. Estou lhe dizendo, todas as tardes.

— Sim, sei que o faz. Mas não que ela vem todos os dias.

— Pois é assim.

— É uma boa neta. Então devo lhe entregar o...

— Sim. E conte-lhe tudo; tudo o que lembrar.

— Não sei onde o escondi. Você ficou de fora. Não quis me acompanhar.

— Não podia. Não devia fazê-lo; apenas protegê-lo. Você era o guardião. Eu só o coloquei sobre meus ombros para atravessar o rio. Esse era meu trabalho, sou um mero servo do Senhor.

— Pequeno guardião!

Sim, pequeno guardião, pensou aquele homem alto e robusto. Seus olhos grandes e escuros, cercados por pequenas rugas, eram cheios de bondade. Seu olhar parecia sulcar o tempo. Ele, Cristóbal, jurara servir ao senhor mais poderoso da terra. Por isso estava agora ali, ao lado daquele ancião que tinha dificuldade em recordar e a quem, havia muito tempo, prometera proteger.

— Ela virá. Você deve lhe contar tudo o que recordar — voltou a repetir o gigante.

Juan ficou em silêncio. "Eu o tenho, aqui...", dizia para si, levando a mão ao peito.

Quando voltou a olhar à esquerda, o gigante não estava mais lá.

Lembrou. Ele era um cavaleiro. Possivelmente o último dos cavaleiros. E devia cumprir a promessa feita a dom Antonio. O futuro do mundo estava ali, perdido em algum lugar de sua cabeça. Recordar, recordar... Não restava muito tempo.

3

Naquela tarde María Givell atravessou a porta de entrada que dava acesso à casa dos idosos situada na rua Numancia, em uma região tranquila atrás da Diagonal e próxima a Illa. A casa tinha um grande jardim onde os velhos podiam passear e tomar sol.

Desde sua volta dos Estados Unidos, três meses antes, não deixara de visitar seu avô nem um único dia. Às vezes ele não a reconhecia. María se sentava ao seu lado, perto da janela, e passava o tempo lhe contando suas coisas ou lendo um livro até o fim da hora de visita. Não tinha um trabalho estável, e as poucas horas que passava na Fundação, dois dias da semana, lhe permitiam acertar tudo e ficar com seu avô a maior parte do tempo possível. Devia-lhe isso. Devia-lhe tudo.

Vivera com ele desde a morte da mãe. Ao fazer 7 anos, perguntou-lhe pela primeira vez o que havia acontecido. Sua mãe falecera durante o parto. O avô nunca soube quem fora seu pai. Não gostava de falar do assunto.

Sua infância foi uma longa manhã agradável ao lado de um ancião que sempre a protegia, lia-lhe contos de fadas, contava histórias, levava-a ao Parque Güell, à Sagrada Família, em excursões a Montserrat ou a algum cinema para ver os desenhos animados de que tanto gostava. Nem mesmo em sua adolescência deu dores de cabeça àquele ancião sempre preocupado com ela. Foi uma estudante brilhante; uma autêntica cê-dê-efe com um horroroso aparelho nos dentes, uma jovem um pouco taciturna e solitária que aguentava com estoicismo as pilhérias de seus companheiros de escola.

Quando estava na universidade, apareceram os primeiros sintomas da doença de seu avô; quando terminou o curso, ele insistiu com muita veemência em que continuasse seus estudos nos Estados Unidos.

— Não vou deixá-lo, vovô. Não agora... — disse-lhe.

Era cabeça-dura. Havia programado sua vida.

— Você não pode nem deve se preocupar comigo. Tenho 90 anos, e meu cérebro está indo embora. Ficarei bem na casa de repouso. Você deve ir aos Estados Unidos; é a única coisa que me fará feliz. E estudar, completar sua educação. Lá estão os melhores. Quando voltar, poderá me visitar o quanto quiser.

E foi assim. Nunca contradizia o avô. Ele jamais levantou a voz para ela, jamais lhe aplicou um castigo. Nunca a tratou como uma criança, mas sempre como igual. As crianças são pessoas, não anões, dizia sempre. Compreendem tudo quando as coisas são bem explicadas. E foi isso o que fez: explicou-lhe bem as coisas. Sua decisão era a melhor. E María entendeu. Nova York abriu seus olhos a outro mundo.

Agora tinha 26 anos. Era uma jovem decidida e atraente. Colaborava com a Fundação e estava terminando sua tese. Uma brilhante historiadora da arte que, além do mais, sem ser bonita, atraía os olhares de todos aqueles capazes de perceber a energia sedutora emanada de seus belos olhos verdes. Era alta, esbelta e com uma perturbadora opulência de formas. Mas, talvez por sua infância solitária e sempre protegida, havia ao seu redor uma aura de melancolia e desamparo.

— A doença avança. Nesses dois anos, ele piorou seriamente. Sei que não é um consolo, mas seu avô... Enfim, poucos chegam à sua idade — disse-lhe o diretor da casa de repouso antes que ela entrasse para vê-lo.

María aceitou as explicações.

— Tem momentos de lucidez; relâmpagos intermitentes... Mas cada vez menos. Fazemos a única coisa que está em nossas mãos: atendê-lo da melhor maneira possível. Você sabe que essa doença não tem cura.

— Eu devia ter ficado.

— E o que teria feito durante esses dois anos? Nada. Olhe, como estou lhe dizendo, vocês tomaram a decisão correta. Você não o teria atendido melhor. Há muitas pessoas que não compreendem isso. Mas nosso dever é tornar mais suportáveis seus últimos anos. — O médico se detêve em suas explicações, para, pouco depois, afirmar categoricamente: — Você não podia fazer nada.

— Como ele está hoje?

— Nestes últimos dias tem estado um pouco nervoso, mais excitado do que normalmente.

— Sim, percebi isso nas últimas visitas.

— Aproveite seus momentos de lucidez. Restam-lhe muito poucos.

— Ele virará um vegetal?

O médico não podia mentir. Nem mesmo disfarçar sua resposta, como fazia com outros parentes menos corajosos.

— É uma questão de tempo.

— Há dias em que não se lembra de mim.

— É normal. E chegará o dia em que a ignorará por completo. Isso é assim, e não podemos nos enganar.

Enquanto se dirigia ao quarto, ela recordava as palavras que ele dissera ao lhe pedir que o internasse na casa para idosos. "Meu cérebro está como um voo de gaivotas. Minha vida foi boa, María. Uma vida intensa. Você é a pessoa que mais amei no mundo. Meu verdadeiro orgulho, embora, possivelmente, dentro de pouco já não a recorde. Estarei bem, e você não deve nem pode se preocupar comigo. Vá, estude, viva da melhor maneira possível. Eu a esperarei. E, mesmo que não recorde nem seu nome nem o meu, quero que saiba que eu a amei mais do que tudo no mundo." Repetira suas explicações várias vezes. Voltava ao mesmo assunto insistentemente. Sim, estava doente; irremediavelmente doente, pensara a jovem antes de partir para outro continente.

Entrou no quarto. Ele estava sentado diante da janela aberta, e ela se aproximou por trás, lentamente; chamou-o com carinho, quase sussurrando. Não sabia se a reconheceria, talvez o tivesse perdido para sempre. Devia se comportar com naturalidade, nada de sobressaltos nem de cenas sentimentais. Plantou-se diante dele sem tapar os raios de luz dourada que banhavam seu rosto.

— Olá, vovô. Sou eu, María.

Ele não respondeu. O olhar perdido estava distante das coisas próximas. Ela se sentou ao seu lado e esperou. Depois pegou sua mão.

— María.

— Sim, vovô.

O contato da mão de sua neta o levara a voltar de um abismo profundo.

— Por que você não disse nada ao entrar?

— Não queria incomodá-lo — mentiu.

Os dois ficaram em silêncio.

— Sabe quem eu sou? — perguntou María cinco minutos depois.

— Sim, filha, sim. Não estou inteiramente tonto; só às vezes — brincou o avô.

— Quer que eu leia?

— Não. Preciso lhe contar algumas coisas. Mas fale-me de você. Está saindo com alguém?

— Sim.

— Como se chama?

— Miguel.

O avô se sobressaltou.

— Não podia se chamar de outra maneira. Miguel! — disse muito alto. — Como o caçador de dragões... O que ele faz?

— Não caça dragões, vovô, se é isso o que o preocupa — brincou María.

— Bem, tudo é uma questão de tempo. É isso o que quero lhe contar. Mas antes me diga, o que ele faz? Conte-me coisas sobre ele. E, sobretudo, me diga se a ama.

Ficou por alguns segundos em silêncio. Todo dia perguntava a mesma coisa. Ela respirou profundamente e lhe deu a mesma resposta.

— Muito, vovô, muito. — Ia acrescentar "tanto quanto você", mas se conteve. — É matemático. Dá aulas na universidade e, além disso, faz pesquisas.

— Isso eu já sei. Há quatro anos ganhou a medalha Fields; algo assim como o prêmio Nobel das ciências matemáticas. Quando tinha 36 anos... Mas ele a ama de verdade?

María não se surpreendia com aquele vaivém da memória, tentava dar continuidade à conversa.

— E o que pesquisa?

— Bem, tenta resolver um dos sete problemas do milênio. Passa o dia fazendo cálculos sobre coisas que não entendo; teorias e conjecturas sobre geometrização. Mas não pense que é um rato de biblioteca. Também é divertido e tem muitos interesses, gosta de música, de livros. Enfim, Miguel está no mundo.

— É assim que deve ser. Não se pode ser bom em alguma coisa quando se perde a perspectiva. Meu mestre dizia que é a natureza quem dá as melhores soluções. É uma questão de saber olhar... Ele sabe olhá-la? Ama você de verdade, María?... Quero saber se estão pensando em se casar, em formar uma família... Eu sou um velho gagá e não compreendo bem os casais de hoje em dia, casais de amigos que se encontram. Sem compromissos... Cada qual vai para um lado, livres, independentes, pensando exclusivamente na carreira profissional.

Antes de sua partida para os Estados Unidos, María discutira algumas vezes com o avô sobre esse tema, mas naquele momento se alegrou. Esperava encontrá-lo pior. A conversa, como podia ver, afastava-o de seu buraco negro. Quanto tempo levaria para voltar a ele?

— Você seria capaz de abandonar tudo por ele? E ele? Seria capaz de deixar a matemática, sua carreira, por você, simplesmente porque a ama?

Ao dizer tais palavras, ele se virou e fitou-a nos olhos. María estremeceu; sentiu-se feliz, porque ele estava perfeitamente lúcido. Era assim que o recordava. Mas aquela pergunta a deixara um pouco desconcertada. Realmente seria capaz? E ele? Miguel deixaria tudo por ela?... Tudo?... O que era tudo? Um bom trabalho, reconhecimento profissional, um bom apartamento, uma vida cômoda e sem sobressaltos e... O que mais?

— É importante que me diga toda a verdade — insistiu o ancião.

— Vovô, nós... Nós não queremos nos comprometer... Sentimos atração um pelo outro, mas somos pessoas adultas, independentes, me entenda. O mundo mudou muito desde a sua juventude. Nosso trabalho é muito importante, nós nos respeitamos. Não queremos formar uma família, não queremos e...

Seu avô negou com a cabeça e virou-se de novo para a janela; contemplou o exterior, o bulício da rua.

— Não importa, não vamos discutir por isso, tudo me parece muito estranho... Vocês, jovens de hoje, são assim. Hoje preciso lhe contar coisas que talvez mudem sua vida para sempre. E tenho medo, porque o que vou lhe dizer só pode ser compreendido por pessoas que estejam verdadeiramente apaixonadas, que estejam dispostas a dar tudo por amor, sem receber nada em troca. Quando encontrar alguém por quem seja capaz de fazer uma coisa dessas... Quando encontrar alguém que seja capaz de dar tudo por você, então se produzirá o milagre... Já sei que isso passou de moda, mas viver uma vida sem saber o que é o verdadeiro amor é tão triste...

María não sabia o que responder. Sentia atração por Miguel, compartilhavam alguns prazeres, entendiam-se na cama, saíam para jantar, viam-se com certa frequência; mas eram livres e descomprometidos. Além do mais, no fundamental, não havia decepcionado nem decepcionaria seu avô: ela era uma pessoa de crenças profundas e respeitava e valorizava seus ensinamentos.

O ancião se virou de novo e contemplou o rosto da neta. Ela percebeu em seu olhar que ele estava perfeitamente bem, parecia ter recuperado toda a memória, embora soubesse que era apenas um reflexo, que a qualquer momento poderia se perder novamente no abismo.

— Não fique triste, María, quando chegar o momento você saberá descobrir o que lhe digo... Estou certo de que vai encontrar alguém especial, muito especial, que terá fé em você. Não importa que se casem, tenham filhos, vivam juntos, nada disso importa, mas quando encontrar a pessoa a quem amará de verdade, mesmo estando distante, ela estará sempre no seu coração, e a amará mais do que sua própria vida.

Uma lágrima correu pela face de María. Seu avô ergueu um dedo e, muito ternamente, pegou a gota e depois a olhou através da luz da janela. Um brilho dourado, do sol daquele entardecer, iluminou a lágrima.

— Está vendo, María? Aqui está todo o universo... Meu mestre sempre me dizia... Na vida de um homem está presente toda a humanidade. Posso ver nesta pequena gota todo o universo, o tempo, a vida, as estrelas... É como um espelho... Sim...

O ancião ficou ensimesmado durante alguns minutos. María achava que aqueles haviam sido seus últimos momentos de lucidez. Sentia um nó na garganta, porque escolhera a forma mais bela de se despedir dela, talvez para sempre. Mas ainda não chegara o momento, porque o ancião reagiu, perguntando-lhe:

— Você sabe quem foi meu mestre?

— Não, vovô.

María nunca soubera qual havia sido a ocupação de seu avô nem quem era o mestre de quem sempre falava. Somente o recordava muito mais velho, aposentado e sempre cercado de livros de arquitetura.

— Quem foi?

— Antonio Gaudí.

Não lhe foi difícil acreditar naquela afirmação. Embora, calculou mentalmente, seu avô fosse uma criança quando da morte de Gaudí. O fato de sentir uma grande admiração pelo arquiteto genial havia sido algo muito patente ao longo de toda a sua vida; uma admiração que conseguira transmitir a ela. E, além do mais, o conhecimento que seu avô sempre manifestara sobre Gaudí era fora do comum. Talvez seu avô, com aquela afirmação, quisesse lhe dizer que conhecera alguns dos colaboradores do mestre. O que, sim, era certo é que quase tudo o que ela sabia de Gaudí devia ao avô, e que, quando era menina e lhe perguntava se o conhecera, ele respondia: "Algum dia, filha, algum dia você vai saber a verdade." Parecia que esse dia havia chegado.

— Bem, deixe-me contar. Agora recordo as coisas. Talvez esqueça dentro de pouco tempo; você já sabe que minha memória vem e vai... Sobretudo, vai. Preciso lhe contar hoje. É importante que você saiba. Não viverei muito tempo. Sei que vou morrer.

— Vovô, não diga isso.

— Eu sei.

A excitação do ancião aumentava. María segurou sua mão. Fazia tempo que não via paixão nos olhos do avô, pelo menos aquela paixão quase desmesurada.

— Eu estava com Gaudí quando o mataram.

4

María se deu conta, com tristeza, de que seu avô perdera totalmente a razão. Aquele precioso intervalo, quando lhe falara do amor, da vida, do universo contido na lágrima, talvez tivesse sido o último. Seu avô se despedira dela com um verso. Agora não era mais o mesmo, falava como um iluminado, quase sem olhá-la. Arranhava o que ele supunha serem recordações, uma atrás da outra, desfiando uma história fantástica que às vezes o fazia hesitar. Mas não, tudo aquilo era improvável. Sua cabeça partira, pensou ela com um enorme desconsolo enquanto ele lhe pedia sem cessar que levasse em conta cada uma de suas explicações, e ela tentava segurar as lágrimas. No entanto toda aquela série de fabulações improváveis estava cercada por dados que, historicamente, faziam sentido. Impressionou-a toda a narração que o ancião fez sobre seu avô Alfonso Givell, que vivia em Ruidoms e era amigo de Gaudí, e sobre os primeiros tempos de ambos em Barcelona. Como um enfermo podia ser capaz de urdir uma trama tão disparatada, unindo realidade e ficção? Mas o que veio depois a desconcertou ainda mais.

— O que está dizendo, vovô? Antonio Gaudí foi atropelado por um bonde — disse María quando seu avô voltou de novo àquele ponto.

— Exato, minha filha, atropelado em um cruzamento de Bailén com a rua das Cortes, aquela que agora se chama Gran Vía. Como lhe disse, eu estava com ele. Tinha 11 ou 12 anos. Eram 17h30 de 7 de junho de 1926. Mas não foi um acidente.

— Vovô, por favor...

María não queria voltar a ouvir novamente a mesma coisa. A banca de jornal, os assassinos, a fuga, o segredo que tinha de ocultar, o gigante que o ajudara e que, naquele mesmo dia, havia voltado. Não, aquilo era demais. No entanto, por compaixão, devia ouvi-lo. Que outra coisa podia fazer?

— Eu assisti ao enterro, me escondi no meio de toda a gente que esperava junto ao muro e nos arredores da Sagrada Família. Sabia que corria perigo, que eles estariam por ali, procurando-me, como de fato aconteceu. Custou-me convencer o gigante a me deixar ir embora. Mas eu tinha que ver o mestre, dizer-lhe que tinha feito o que me pedira. E foi isso o que eu fiz. Então os avistei... Mas eles não me viram. Havia visto uma única vez seu chefe, mas o reconheci imediatamente, assim como seu substituto. Sabia que eram eles porque o mestre se encarregara de representá-los na Sagrada Família. Esculpira-os em pedra. O mal tem sempre o mesmo rosto, você se lembra do Homem Mísula?

— O mal?... Mas, vovô, já passou tanto tempo desde então.

— Você era uma menina, tinha um pouco de medo; mas sempre queria vê-lo.

— Sim, eu me lembro do anarquista com a bomba Orsini* na mão, esculpido na mísula do pórtico do Rosário da Sagrada Família — disse María —: a tentação do homem; o monstro mitológico percorre as costas do homem, dá-lhe forças, empurra-o para o mal. Eu sei de memória, vovô.

Sim, ainda recordava as inúmeras visitas que, na sua infância, fizeram juntos à Sagrada Família.

— Tenha muito cuidado!... Esse homem existe... Lembre-se de seu rosto; é o rosto do mal. O mal tem sempre o mesmo rosto, ele se repete; o mal é clônico e ao mesmo tempo cambiante, às vezes se disfarça... Não confie em ninguém! Como eu lhe digo, esse ser das trevas, cujo rosto foi esculpido, estava ali, me procurando no meio da multidão que havia ido ao funeral.

O ancião ficou em silêncio, assustado, como se estivesse vendo no quarto o malvado de que estava falando.

María achou que, se aquele malvado ainda vivia, pouco dano podia fazer. Haviam se passado oitenta anos, e ele devia ser um ancião como seu avô. Os anos também passavam para os maus.

---

* Em 1858, Felice Orsini tentou matar a bombas Napoleão III e sua esposa, quando ambos chegavam à Ópera de Paris, mas o casal escapou ileso. (*N. do T.*)

— E o que aconteceu? — perguntou, tentando fazê-lo voltar.

— Depois, meus companheiros me esconderam. Eu ainda não os conhecia; pelo menos, não a todos.

— Que companheiros?

— Os cavaleiros da Ordem.

— Da Ordem?

— Sim, na qual fui iniciado aos 11 anos. Os sete cavaleiros encarregados de velar e guardar o grande segredo. O que me foi entregue pelo grande mestre.

— Você está dizendo que Gaudí era maçom? Que você, vovô, pertence a uma seita secreta?

— Não, por Deus! Você não entendeu nada! Gaudí não era maçom. Gaudí acreditava em Jesus Cristo, na divindade de Nosso Senhor. Fez os votos de humildade, obediência e pobreza. Viveu até o último dia de sua vida como São Francisco, pobremente. Os maçons consideram Jesus um homem bom, um grande líder, um grande profeta, mas nada mais. Nós acreditamos e sabemos que ele é o Filho de Deus.

— Nós?

— Sim, nós: os cavaleiros Moriá. — O ancião se deteve, talvez consciente do que a revelação seguinte poderia significar para o espírito de sua neta: — Sou o último grão-mestre dos cavaleiros Moriá, e Antonio Gaudí foi meu antecessor.

María achou aquela revelação exagerada; uma manifestação de loucura que não sabia como rebater.

Com expressão paciente, mas surpresa ao ouvir pela primeira o nome dos Moriá, disse ao avô:

— Vovô, quem são esses Moriá? O que você está dizendo?

— Você por acaso não está ouvindo o que estou lhe dizendo? Durante séculos, sete cavaleiros se sucederam no tempo para guardar o maior segredo da cristandade. Defendendo-o não só de seus inimigos, mas de alguns membros da própria Igreja. Da Igreja de Cristo!... Sei que há muitas lendas sobre seitas de todo tipo. Elas usam alguns rituais, toda uma parafernália medieval, esotérica, que já não faz mais nenhum sentido... Essas coisas não passam de engodos, são todos uns farsantes. Os autênticos cavaleiros sabem que há uma verdade, uma revelação interior que importa. Em nós, o homem velho morreu para abrir caminho ao homem novo... Essa experiência nos marca para sempre. Nós, os sete cavaleiros, somos homens e mulheres que estão neste mundo com uma missão a cumprir. Perdidos no anonimato, esta é nossa maior segurança. Somos sete almas que estão vigilantes para guardar o segredo, e agora você, María... É você que deve concluir a missão... Em você está o sinal, o Espelho dos Enigmas. Tudo está com você. Conseguirá acreditar?

Não, María não podia acreditar em tudo aquilo, até lhe custava reconhecer seu próprio avô, do qual se apoderara uma energia e uma vitalidade que lhe eram desconhecidas. No entanto, havia tanta convicção em suas palavras, tanta paixão... Mesmo assim disse:

— Vovô, que história é essa de que você é um cavaleiro Moriá?

— Sou o último grão-mestre dos cavaleiros Moriá.

— Então você é um monge?

— Os monges guerreiros são puro mito. Nós, os cavaleiros Moriá, não somos monges guerreiros, embora nos vestíssemos como tal, mas cavaleiros aguerridos e devotos de Cristo preparados para dar nossa vida... O certo é que, durante séculos, temos nos batido contra o mal para que o mundo preserve seu equilíbrio. E agora não podemos perder.

— Perder para quem?

— Para uma sociedade satânica: os Homens Mísula. Uma dissidência da maçonaria que usa seus símbolos e rituais pelo lado obscuro. Assassinos que profanam hóstias, assassinam crianças, praticam rituais sangrentos e adoram Bafomet... Uma representação de Satanás.

— É o que se diz sempre das seitas satânicas — disse María com desânimo.

— Sei que você não acredita em mim. Não a culpo. Se viessem a mim com essa história, eu também teria dificuldade em acreditar, sobretudo quando ela é contada por um velho doente cuja memória tem mais buracos do que um queijo — disse com voz lamentosa, mas, no mesmo momento, recuperou a energia para acrescentar: — Ainda assim, você deve fazê-lo, pois isso significa toda a sua vida. Eu a tenho protegido desde que nasceu, mas eles voltaram. Sei que me encontraram. Por isso devemos cumprir nosso destino.

— Quem o encontrou? Que destino, vovô?

— Aqueles que mataram o mestre. Os mesmos que tentaram matar você.

Aquela revelação a assustou. Por que queriam matá-la? Para o que havia sido eleita?

— Ouça-me! Não temos tempo! Ele foi morto! Compreende? Foi morto... O segredo está envenenado, quem o guarda está em perigo. Foi assim, assim foi, até que você...

O avô começou a falar com dificuldade, entrecortadamente.

— Eles entraram em contato com Gaudí... Jovem... Disse não... Satânicos... Dar-lhe a volta... A volta do diabo. Mas não... O templo dos pobres.

— Vovô, eu não estou entendendo.

María sabia que em breve ele entraria no seu buraco, e o perderia. Que perigo era aquele que a espreitava?

— Eu estava com Gaudí... No dia em que o mataram...

— Isso eu já sei. O que mais?

Resolveu deixá-lo falar, não interrompê-lo e, depois, tentar entender as suas palavras.

— Estava me levando para ver a Casa Encantada.

— A casa da floresta?

— Sim, María... Eu vivi nela... No princípio... Depois... Ateliê... Esta cidade é como uma floresta, dizia. Ele... Traçar o caminho... Com pedras... Edifícios... Perdidos... A chegada... Ele me entregou o segredo... Você tem de ver, saber olhar através do Espelho dos Enigmas... Você o carrega.

O avô ficou em silêncio. Tinha o olhar perdido.

— Diga-me, vovô, eu estou ouvindo. Estou aqui com você, quando como era pequena e você me contava uma história.

Aquela última palavra pareceu tirá-lo da letargia. Ele começou a falar, mas já não a olhava.

— É isso, menina, como em *João e Maria*.

— Você sempre mudava o final.

— E é assim que deve ser... Lembre-se do jogo de charadas!... Adivinhe o que é...

— O que você escondeu, vovô?

— O que eu escondi? — repetiu. O ancião já não a ouvia.

Voltou a mergulhar no silêncio. María esperou; sabia que era uma questão de esperar. Uma grande batalha se desenvolvia dentro daquele corpo enfermo.

— O osso, o osso! — começou ele a gritar enquanto tentava abrir os botões da camisa.

Os dedos do ancião futucavam ao redor de seu pescoço sem nenhuma habilidade.

— O osso, o osso! — repetia sem parar.

— Vou ajudá-lo, vovô.

Não precisou; ele pegou a mão da neta e depositou nela o objeto que, pouco antes, pendia de seu pescoço. Fechou a mão e apertou o punho da neta com força.

— O que é isto?

— É um osso, minha filha. Cada dia, eu mostro esse osso à bruxa entre os barrotes. Ela acha que eu estou muito magro e me dá mais comida, quer me devorar quando eu estiver bem roliço. Como na brincadeira... Preciso resolver as charadas... Agora lhe pertence... Mas o arcanjo terá de matar a Besta da Terceira Porta. Terá de matar a besta que vai consigo... E ver as estrelas. Você completa o mapa... Tudo está em você... Pegue o osso... Lembre.

E então o avô pronunciou com voz trêmula aquela charada infantil:

Duro por cima,
Duro por baixo,
Cara de serpente
E patas de pau.

— A tartaruga?

— Sim! — exclamou o avô com satisfação, e acrescentou: — Menina esperta... A tartaruga! A sua predileta... Há duas... Cara de serpente e patas de pau.

Quando María era menina, ele sempre brincava com ela de charadas. Até construíra um jogo que consistia em um pequeno tabuleiro, como o de xadrez, no qual cada casinha tinha um símbolo. Então inventava uma charada que ela devia resolver... Assim, podia matar a bruxa enfiando-a no forno, e João e Maria voltavam para casa com um grande tesouro.

Nem é cama nem é leão
E sempre desaparece em qualquer rincão.

Apareciam em sua memória muitas das charadas que seu avô lhe ensinara. E aquela de que mais gostava:

De cela em cela vou
Mas presa não estou.

Mas o que as charadas tinham a ver com tudo aquilo?
— O osso... Na tartaruga... Cara de serpente... Patas de pau... Um dia, alfa a salvará... Na Sagrada Família... O primeiro enigma... Depois, Jonas a ajudará... Tenho de ver Jonas... Você deve dizer: "Assim na terra como no céu"... Eles responderão: "O que está no alto é como o que está embaixo." A corrida vai começar com a tartaruga... Não há muito tempo... Restam poucos dias... Não deixe que a alcancem...
Não parava de repetir estas últimas palavras, como uma ladainha.
María estava desolada; as lágrimas turvavam seus belos olhos. Não era mais seu avô. A tarde caíra irremediavelmente. María se levantou e acendeu a luz.
— Matar a Besta da Terceira Porta, a corrida, a tartaruga... Vá logo... Amanhã... Às 6... Às 6, amanhã às 6 — repetia Juan Givell maçantemente com os olhos imutáveis, bem abertos e perdidos na noite de sua alma. María lhe deu um beijo.
— Vovô, voltarei amanhã.
— Espere, espere. María, eu sei que você vai sofrer. Aconteça o que acontecer, prometa-me que não parará para chorar... Restam poucos dias, e você deve cumprir a profecia.
— Mas, vovô... O que está dizendo?
— Prometa-me!
— Está bem, eu lhe prometo.
Saiu do quarto.
María apertava fortemente o objeto que seu avô deixara em sua mão. Não se atrevia a olhar, e quando finalmente o fez viu que se tratava de uma chave.

5

Saiu da casa de repouso e caminhou Numancia acima até chegar à avenida Diagonal. Precisava dar um passeio, organizar todo aquele acúmulo de sensações incontroláveis que iam e vinham anarquicamente em seu cérebro. O trânsito na Diagonal era intenso. Ela se viu diante do hotel Hilton, depois do El Corte Inglés e, mais tarde, do edifício de La Caixa, dois cubos negros de que sempre gostara e aos quais desta vez não deu atenção. No cruzamento com os dois grandes armazéns, um rio humano quase a atirou no chão. Mas ela continuava sem rumo. Sentou-se em um banco e quase acendeu um cigarro, mas recordou que deixara de fumar.

A tarde caía.

Abriu sua bolsa, estava com a chave. Tirou-a, sustentou-a na mão, olhou-a. A forma era estranha, seria difícil fazê-la entrar em uma fechadura normal. Mas aquela chave... Aquele osso, pareceu entender, não abria uma porta, mas uma tartaruga. E devia visitá-la logo; às 6 horas da manhã.

Levantou-se do banco, caminhou um pouco mais e entrou no Bugui, um bar que recordava de seus tempos de estudante universitária. Pediu um café e se sentou a uma mesa. O Bugui estava cheio, como sempre.

Tentou recordar tudo o que seu avô lhe dissera e quis gravar na memória cada detalhe, todas as palavras. Acreditava ter entendido que havia duas tartarugas e uma corrida. Ela achava que se referia às que estavam na Sagrada Família, mas não tinha certeza. O que não conseguia decifrar era aquilo de "Matar a Besta da Terceira Porta" ou "Assim na terra como no céu". O que seu avô teria querido dizer quando lhe dissera que ela completava o mapa?

Quando lhe trouxeram o café, deu-se conta de que ainda tinha a chave fortemente apertada na mão direita. Não a guardou na bolsa, deslizando-a instintivamente no bolso direito de sua calça de brim.

Por que lhe custava tanto recordar sua infância? O avô, um apartamento amplo com muitos aposentos na avenida Gaudí. Sem dúvida, seu avô era obcecado por seu mestre e até vivia em um lugar que levava seu nome e muito perto de sua grande obra. A grande obra! Muitos passeios pelos arredores quando era menina, de mãos dadas com ele, observando uma de suas três fachadas mais atentamente que as outras duas: a fachada do Nascimento.

— Filha, não é uma igreja qualquer: é um templo expiatório, cuja ideia partiu de um livreiro. A catedral dos pobres! Um templo que recordará os princípios de nossa fé e nos devolverá a sua origem!

Essa era uma das coisas que seu avô lhe dizia constantemente, quando paravam diante dela. Mas o que seu avô fazia? Nunca soube.

— O que você fazia quando era jovem, vovô? — perguntava-lhe muitas vezes a menina.

— Velava por nossa fé — dizia-lhe sorrindo, enquanto acariciava sua cabeça.

Uma frase ambígua, que não esclarecia nada. Ela parara de perguntar. Talvez nunca mais fosse saber. Mas, desde aquele momento, não parara de observá-lo quando ele trabalhava em seu estúdio; de tentar descobrir o que era que mais despertava seu interesse. Em sua biblioteca, acumulavam-se livros e artigos sobre construções medievais, ermidas românicas, arquitetura, estatuária. Ele desenhava muito. E escrevia, sobretudo em um caderno que, quando terminava, guardava sob chave na gaveta central de sua escrivaninha. Sim, tudo isso era o que recordava.

Alimentara sua loucura durante muitos anos, pensou. Mas e se tudo fosse correto, se grande parte do que lhe contara fosse verdade? Todo aquele acúmulo de revelações sacudira sua alma. Sobretudo a história de que ela era eleita, que corria um grande perigo e que devia, junto com o arcanjo, abrir a tartaruga e matar uma besta que vivia na terceira porta. Tentava ordenar suas últimas palavras, procurar um sentido para elas.

Recordou os jogos de charadas, uma versão muito particular do final do conto *João e Maria* inventada por seu avô. O tabuleiro estava em algum lugar do quarto de despejos. Eram 64 casas, 60 símbolos, e nas 4 casas centrais a Casa Encantada oculta sob um papelão preto. Nesse jogo estava boa parte da iconografia que Gaudí usara em suas obras... A salamandra, o dragão, o caduceu, a serpente enroscada na cruz, o hexágono, a tartaruga, a árvore da vida, o touro... Triângulos, círculos e outras figuras geométricas... Lembrava-se delas. Seu avô Juan construíra o tabuleiro para ela. Era como o de xadrez, mas muito mais largo, porque continha um mecanismo. Tinha quatro patas de madeira, uma em cada ângulo. Seu avô procurava um símbolo, dois ou três... Para cada um deles inventava uma charada. Depois pressionava cada casa, em seguida acionava uma pequena alavanca lateral, onde se abria uma janela verde. Isso queria dizer que o mecanismo estava ativado e podiam começar a jogar... Cada vez ia ficando mais difícil. Começava com uma única charada que ela devia adivinhar; então, quando tinha o símbolo, ela apertava a casa do tabuleiro e, se acertasse, o papelão preto central se afastava, acendia-se uma luz, e a bruxa era queimada dentro do forno da Casa Encantada... Depois, continuava com séries de duas, três, quatro, cinco charadas... O processo era sempre o mesmo. Ela devia resolvê-las, adivinhar a que símbolo se referia e depois pressionar as casas a partir da ordem estabelecida. Só tinha uma chance.

Seu avô lhe dissera que devia jogar na Casa Encantada... "Por quê?", perguntava-se agora. Ela sabia qual era a Casa Encantada, quando menina a vira muitas vezes com seu avô, no Parque Güell... "Quando chegar ao apartamento, procurarei o tabuleiro... Eu o guardei em uma caixa na despensa. Se a janela estiver verde, então meu avô... Será que ele deixou uma mensagem ali? Mas que charadas tenho de resolver? No momento, já tenho a chave, sei que devo ir à tartaruga. E sei onde ela está."

Era possível que nem tudo fosse verdade, mas grande parte, sim, era. Não, seu avô não alimentara sua loucura durante os anos em que vivera com ele. Recordava-o como um ancião sensato, que lhe inculcara o amor pelos bons livros, a música, as coisas belas. Que a ensinara a ver. "Há muitas maneiras de ver, e algumas são enganosas. Às vezes, filha, o que vemos não é verdade", dizia-lhe. "Agora vemos o enigma através do espelho." Seu avô lhe dera um código moral, alegria de viver e um prazer pela descoberta, pela curiosidade, que, agora compreendia, era sua melhor herança.

"Estime os bons, ame os fracos, fuja dos maus, mas não odeie ninguém." "O coração dos sábios está onde se pratica a virtude, e o dos néscios, onde se festeja a vaidade." Por que recordava agora tantas coisas?

Seu avô não estava louco. Estava acontecendo algo que não compreendia e que ela precisava descobrir. Devia-lhe isso.

María abandonou o bar e se dirigiu à parada do ônibus. Anoitecera. O ônibus demorava a chegar, e, enquanto esperava, ela não parava de pensar em todas as palavras, de procurar seu sentido.

Um desconhecido, vestido de preto, chegou à parada do ônibus. Ficou a poucos metros dela. María, sem saber por que, inquietou-se. Embora o desconhecido tentasse dissimular olhando para a frente, para o outro lado da Diagonal, ela tinha a impressão de que a vigiava. O ônibus demorava. Estava esperando havia quase 15 minutos. Pouco depois, outro desconhecido, também vestido de preto, chegou pelo outro lado da parada e situou-se igualmente a poucos metros dela. Pareciam gêmeos, pensou. Então, sem saber por que, ela recordou o homem mísula, a imagem do anarquista esculpida na Sagrada Família "São iguais a ele... Mas o que estou fazendo?... São meras fantasias infantis", pensou, com a intenção de manter a calma. Mas não conseguia. Sentiu a ameaça. O primeiro deles, com um cigarro pendurado nos lábios, começou a se aproximar dela, lentamente. Ela afastou o olhar. Sim, ele tinha os mesmos olhos do homem da bomba Orsini. Ela queria fugir, sair correndo, mas tinha medo. Virou a cabeça e viu o outro gêmeo se aproximando pelo outro lado. Pareciam estar sincronizados, como sombras simétricas, iguais, que avançavam em sua direção pelos dois lados, e se deu conta de que não tinha escapatória. Ninguém na rua. Ninguém mais esperando na parada. O medo ia se apoderando dela.

Um som estridente a sobressaltou. Portas corrediças se abriram diante dela. Tudo aconteceu muito depressa. Antes, um lampejo. Um facho de luz, breve, rápido, fugaz.

— Vão subir? — perguntou o motorista, que acabara de abrir a porta exatamente diante de seu rosto atemorizado.

María fez rapidamente que sim sem responder. Os dois desconhecidos também subiram. Ela exibiu seu cartão enquanto examinava o interior do ônibus. Pouca gente. Seis passageiros. Ela não se atreveu a ir até o fundo. Acomodou-se em um dos assentos dianteiros individuais. Diante dela estava uma senhora mais velha. Atrás, um homem jovem, alto, robusto e de barba, com ar de jogador de basquete; suas pernas ocupavam o assento do lado, parecia concentrado na leitura de um livro. Antes que ela se sentasse, o homem levantou a cabeça e sorriu. María olhou o título do livro que estava lendo: O *segredo Gaudí*.

Um dos dois homens de preto ficou num extremo, e o outro, ao lado da plataforma de saída. Não paravam de observá-la.

María abriu o celular.

O florete nas mãos de Miguel cruzou o ar e cortou a respiração do seu oponente. Alto e delgado, ele se movia com agilidade. A lâmina dessa arma, ligeira e fina, é mortal nas mãos de um especialista. Miguel era um deles. Para sorte de seu adversário, tratava-se de um treino; os tempos da capa-e-espada haviam acabado. Miguel fez com o pulso movimentos ligeiros de cata-vento que conseguiram desarmar o antagonista. A ponta da espada ficou a alguns centímetros de seu peito.

— *Touché!* — disse Miguel.

Nesse instante, tocou o celular. Ele olhou a tela e reconheceu o número. Deu a aula por terminada e levantou seu protetor facial, revelando um rosto magro e atraente, de olhos escuros e penetrantes. Movia-se como um homem de músculos firmes, como alguém de grande força física, dissimulada por uma elegante magreza. Tinha o fio eletrônico preso em sua roupa, completamente branca.

— Sim, María.

A voz dela soou levemente, como em um sussurro. A pouca cobertura não ajudou a entender o que ela lhe dizia.

—...há pouca cobert... Venha me buscar, depressa.

Miguel se dirigiu a uma das janelas do ginásio.

— O que está acontecendo?

— Por favor, é urgente. Pegue-me em dez minutos na parada de ônibus da Balmes, ao lado da Cooperativa Abacus.

O sinal começou a se estabilizar.

— Está acontecendo alguma coisa?

— É muito importante que você esteja me esperando quando eu chegar.

— Mas não se pode estacionar na Balmes.

— Pois faça-o! E não desligue o motor.

— Em três minutos — disse Miguel.

A conversa foi interrompida. María desligou sem ouvir a resposta. Tentara dissimular a conversa, mas não estava muito segura de que aqueles sujeitos vestidos de preto não tivessem percebido tudo. Olhou ao seu redor. O homenzarrão, com as pernas cruzadas no assento do lado, continuava lendo. A mulher havia descido na última parada. Um dos sujeitos vestidos de preto ocupava seu assento. Podia ver sua nuca, poderosa como a mandíbula de um cão de caça.

O tempo não passava. Os segundos eram eternos. Ela recordou as palavras do avô: ela era a eleita e corria um grande perigo.

Levantou-se lentamente, tentando se acalmar. Aproximou-se da plataforma de saída. Os dois homens vestidos de preto também o fizeram. Um deles se situou à sua direita, e o outro foi até a outra porta de saída, no fundo do ônibus.

O ônibus parou, e María não desceu. Havia pressionado o botão de parada, mas não fez um gesto que indicasse que queria deixar o veículo. Os dois sujeitos tampouco o fizeram. Ela olhou para a parte dianteira do ônibus, mas não viu nenhum carro esperando por ela. Pensou em saltar, enquanto seu coração bombeava rios de adrenalina; não estava muito segura do que precisava fazer. Por que saltar? Bastaria empurrar aquele indivíduo e sair dali a toda pressa.

— Alguém vai descer? — perguntou o motorista.

Ninguém respondeu. María fechou os punhos, devido à tensão.

O motorista se preparou para arrancar e acionar o mecanismo de fechamento automático das portas. Mas, antes de fazê-lo, voltou a perguntar:

— Vão descer?

Silêncio. O motorista preparou-se para dar a partida.

Ela devia parar de pensar. Precisava agir. Era questão de segundos.

Empurrou o homem situado à sua direita e correu até a parte dianteira do ônibus. Tudo foi tão rápido que o homem vestido de preto precisou de alguns segundos para reagir. Correu atrás de María. Mas o jovem gigante que lia o livro se levantara e se interpôs entre ele e a jovem. O homem vestido de preto empurrou-o.

— Ei, o que está acontecendo? — dissimulou o jovem, agarrando-o.

— Me solte, imbecil! — disse o indivíduo, golpeando-o.

María, de um pulo, descera do ônibus pela plataforma dianteira, diante do espanto do motorista, e já corria pela rua Balmes em direção ao mar. Os dois homens de preto também abandonaram o veículo a toda pressa. Ela estava em vantagem, mas não via o carro. "Onde está o maldito carro?", pensou, sem parar de correr. Para ela, tudo estava escuro. De nada lhe serviam os postes de luz da rua Balmes. Tudo estava escuro. Perseguiam-na e iriam alcançá-la.

Nesse momento, um veículo, a poucos metros e estacionado sobre a calçada, iluminou-se.

— Suba!

— Eu lhe disse que não desligasse o motor!

— Ele afogou... O que está acontecendo?

— Arranque!

— Mas o que está acontecendo?

— Você quer arrancar, de uma vez por todas?

Miguel, ainda vestindo sua roupa branca de esgrimista, olhou pelo retrovisor. Um homem atirou-se na parte traseira do carro. Outro corria a poucos metros. Ele acelerou. As rodas chiaram como um animal ferido. Então ouviram aquele som, uma, duas, três vezes.

— Estão atirando na gente?

— Sim.

Miguel não podia acreditar. Não parou no sinal vermelho da Balmes com a Rosellón. Enfiou o pé bem fundo.

— Não posso acreditar! Estão atirando na gente!

6

Assim que chegaram em casa, Miguel ficou tentando acalmar María. Mas María lhe disse que precisava contar algo importante. Miguel sentou-se ao lado dela, segurou uma de suas mãos e preparou-se para ouvi-la.

— Você está me dizendo que seu avô acredita que é um cavaleiro e que pertence a uma ordem? — perguntou Miguel, quase murmurando, depois de um bom tempo tentando processar as atropeladas e às vezes desordenadas explicações de María.

— Sim, o que digo é que ele afirma ser o último grão-mestre de uma ordem chamada dos cavaleiros Moriá, e que Gaudí o antecedeu — disse ela, quase se desculpando e convencida de que ele não acreditaria nela.

Miguel não podia acreditar.

— E você acredita nisso?... Seu avô padece de demência senil, e você tem de aceitar isso — disse, em tom conciliador.

— Sim, eu sei... Mas, depois de tudo o que me aconteceu hoje, não sei mais em que acreditar.

— Seu avô está mal, os anciãos inventam histórias. Ele está doente... Essa é a verdade, e você se sente culpada — insistiu no mesmo tom, procurando não feri-la.

— Eu sei, eu sei — repetiu. — Mas o que você me diz dos homens do ônibus? — perguntou, queimando o último cartucho.

— Dois ladrões ou ex-presidiários querendo importunar uma bela garota. Não entendo por que a seguiam nem por que atiraram na gente. Tenho certeza de que deve ter sido um mal-entendido... Talvez a tivessem confundido com alguém... Não sei! — disse Miguel, embora não tivesse as coisas inteiramente claras. Podiam dois ex-presidiários arrumar uma confusão atirando em uma desconhecida?

"Poder, podem", pensou Miguel; mas o certo é que não era muito normal. Não sabia o que fazer para acalmá-la. De fato, sua primeira intenção fora chamar a polícia, mas ela o impedira. Antes, precisava ouvi-la, pensou quando atravessaram a porta.

— Você não acredita em mim, não é?

— Não é essa a questão. A questão é se quero fazê-lo — disse, puxando-a para si. — E quero fazê-lo porque a amo. Mas, como compreenderá, não pode chegar em casa e declarar assim sem mais nem menos que seu avô pertence a uma antiga ordem de monges guerreiros... Uma organização secreta, uma seita...

— Não, não, eles não são assim. Meu avô não é um monge, mas sim um cavaleiro... E são sete... — María parou. — Bem, admito que comecei mal. Mas estou muito nervosa — afirmou.

— Eu sei. Acalme-se. Prepararei café, nos sentaremos tranquilamente, e você me contará tudo desde o princípio. Então saberemos o que deve ser feito. Enquanto isso, descanse um pouco. O que você acha?

Ela assentiu com a cabeça. Miguel foi fazer café. Intuía que a noite seria longa. Enquanto isso, María tentou organizar suas ideias.

— Meu avô era neto de Alfonso Givell, um amigo de juventude de Gaudí. Frequentaram juntos o colégio dos Padres Escolápios e depois a escola de Arquitetura; parece que lá aconteceu alguma coisa.

— O quê? — perguntou Miguel com interesse.

— Não entendi muito bem. Tentaram entrar em contato com eles. Uma seita satânica ou algo parecido. Eles eram dois jovens idealistas, e parece que, durante algum tempo, ficaram enrolando a seita, mas decidiram não aderir a ela.

— E eles não gostaram disso. Ninguém rejeita uma seita satânica.

— Na verdade, não abandonaram nada. Foram contatados, viram do que se tratava e resolveram que não queriam pertencer à tal seita, decisão que não foi bem assimilada por aqueles loucos. Nunca foram perdoados por se recusar a entrar em sua organização ou que nome tenha aquilo...

Miguel parecia prestar muita atenção. Observou como María, à medida que avançava na história, ia se acalmando pouco a pouco e tentava ordenar as confusas explicações do avô.

— Continue, por favor — pediu Miguel.

— Parece que se alistaram nas fileiras do socialismo utópico. Como lhe disse, eram dois jovens cheios de idealismo. Depois, estudaram juntos em Barcelona, na Escola Provincial de Arquitetura. Conheceram muita gente, relacionaram-se com intelectuais da época. Imagine dois rapazes da aldeia... Bem, nem tanto da aldeia, eram de Reus...

Bebeu um gole e continuou sua história:

— Estavam na Barcelona do final do século XIX, uma cidade que fervia e em plena expansão, centro de todas as correntes políticas e sociais daquela época e amálgama das tendências de uma Europa em permanente convulsão: anarquistas, socialistas, comunistas, carbonários, maçons e movimentos que veneravam o secreto de uma forma ou de outra. Quando me contava tudo isso, eu pensava que tanto a *Renaixença* como, depois, o Modernismo se relacionavam diretamente com todos esses movimentos...

María parou, esvaziou a xícara e continuou:

— Esse é um tema que me interessou indiretamente em meus estudos e na Fundação. Qualquer corrente artística se nutre e está intimamente relacionada com seu entorno social... Você sabia que na Barcelona da *Renaixença*, do Modernismo, existiram 16 lojas ligadas a sete credos? A cidade crescia em todos os sentidos e parecia exercer uma influência, atrair todas essas correntes. Muitos artistas e intelectuais daquela época tinham relações com todas essas seitas secretas. Barcelona chegou a arrebatar de Lyon sua supremacia e até se converteu na capital do esoterismo da época.

— Você me deixa surpreso, María, eu não sabia que na Fundação vocês se interessam por temas esotéricos, seitas, maçonaria...

— Não. Só estou lhe dizendo que o entorno social onde floresceu o Modernismo era esse...

— E o que seu avô tem a ver com tudo isso? Ele não era maçom, nem tampouco Gaudí. Pelo menos é o que ele lhe deixou claro desde o princípio — comentou com interesse.

— Sim, mas, por algum motivo, queria que eu soubesse de tudo isso. Tem a ver com seu segredo. Estou tentando encaixar tudo o que me revelou hoje à tarde com as histórias que me contava durante minha infância. Recordo uma lenda que diz que Barcelona foi fundada por Hércules a caminho de seu novo trabalho, uma rota ao Jardim das Hespérides em busca dos frutos da Árvore da Vida... A laranjeira de antimônio!

— Continuo sem compreender — respondeu Miguel, que estava começando a se extraviar e não queria perder o fio de uma narrativa tão incrível.

— Eu também continuo sem compreender. Mas tento juntar os fios.

— María parou e depois acrescentou: — Gaudí representou a laranjeira de antimônio no sítio da Colônia Güell, e também o dragão forjado em ferro, que é seu guardião. Além do mais, o antimônio é um elemento essencial para os alquimistas. Uma ciência, um saber muito antigo que está diretamente relacionado com o gótico. De fato, as catedrais são consideradas o livro de pedra dos alquimistas... Sob o ponto de vista arquitetônico, a *Renaixença* é precisamente um movimento que pretende fazer renascer uma nova arte gótica.

— Espere um momento, María! Não vá tão depressa! Você sabe que meus conhecimentos sobre sua especialidade, sobre arte, são bem precários... Conheço e li alguns livros que você me recomendou... Mas sua história me parece inacreditável... Agora vamos começar com as pseudoteorias de Fulcanelli, o alquimista? — perguntou, tentando não feri-la, ser amável, mas sem abandonar seu papel de advogado do diabo. — Você não se dá conta? A partir de uma conversa maluca de seu avô, você se vê no meio de uma confusão mental e tentando fazer com que dados históricos e ideias esotéricas se relacionem e a levem até não se sabe onde.

Conteve-se, tentou lhe dar um alívio e suavizar o tom. Pediu desculpas e implorou que continuasse. María relatou o resto da conversa com seu avô, até que chegaram à parte que Miguel já conhecia: o dia do assassinato de seu mestre.

— Juro que foi muito convincente; como se estivesse vivendo aquilo. Às vezes se perdia na narração, e eu tinha dificuldade em entender o que dizia, mas voltava a ela com mais paixão, se é que era possível.

Diante do rosto incrédulo de Miguel, que, apesar disso, tentava acompanhá-la com interesse, ela acrescentou:

— Pedi-lhe que fizesse um esforço, que tentasse recordar. Um personagem estranho o ajudou naquela noite. Aqueles homens o perseguiram. Estavam atrás do objeto que Gaudí lhe havia entregado.

— De que se tratava?

— Ele não se lembra.

— Claro, passaram-se oitenta anos, e, além do mais, ele sofre de Alzheimer...

— Mas se lembra de que o escondeu.

— Mas também não sabe onde — afirmou Miguel, tentando fazer com que ela visse o absurdo de toda aquela história.

— E então seus amigos Moriá ou o que fossem o esconderam durante muitos anos.

— Até o final da Guerra Civil.

Houve um silêncio. Um longo silêncio, que Miguel aproveitou para colocar mais café nas xícaras.

Ele era matemático, acostumado às hipóteses de Riemann, e cuja linha de pesquisa consistia em tentar transformar conjecturas em teoremas. Gostava de fantasia, da imaginação. Sabia que, sem elas, sobretudo sem a última, não se podia ser um gênio em matemática. Também gostava de literatura, e se o livro fosse bem escrito, e o narrador soubesse seduzi-lo, não lhe custava nada entrar em uma história na qual o protagonista se transforma em uma barata logo na primeira página. Mas achava muito difícil acreditar em tudo o que ela lhe contara, apesar daqueles dois sujeitos que os perseguiram a tiros pela rua Balmes. Por outro lado, embora não fosse um especialista em Gaudí, tinha suas ideias a respeito. Reconhecia que sua arquitetura era genial, nova, singular; mas, ao mesmo tempo, achava-a tão imoral quanto todo o gótico. Para Miguel, eram imorais as catedrais, as igrejas, os templos edificados sobre o medo das pessoas. Uma arquitetura que respondia aos esquemas dos poderosos; a arquitetura a serviço do poder. A Igreja não era obra de Deus. E Deus era uma invenção de homens que queriam se aproveitar de outros homens. Simples assim, singelo assim. Era o que pensava. Ocupava o resto de seu cérebro com coisas que serviam, sim, para fazer as pessoas felizes. E ainda muito jovem se dera conta de que a matemática fazia isso através da história. Se havia algum deus neste mundo e no universo, era a matemática. Um deus que servia para alguma coisa. Uma ciência compreensível se houvesse dedicação, esforço e estudo. Uma ciência demonstrável.

— Pelo que eu sei, Gaudí, se excetuarmos suas veleidades juvenis com o socialismo, foi um cristão católico, apostólico e romano que nos últimos anos levou vida de monge. Inclusive agora estão querendo beatificá-lo. — Não falava para María, mas para si mesmo, tentando resumir e saber aonde tudo levava. — E agora temos um Gaudí maçom, templário, membro de uma sociedade secreta ou algo do tipo... Um homem de posse de um grande segredo que, antes de morrer assassinado, passa a um menino que, já ancião, não recorda o que fez com ele, onde o ocultou...

— Talvez este osso nos aclare o dilema. É possível que fosse isso o que aqueles dois capangas procuravam — interrompeu María.

— Osso? — perguntou com impaciência.

— Sim... Meu avô me deu isto... Disse que era um osso...

Miguel, atônito, contemplou a estranha chave.

— Seu avô lhe deu isso?

— Sim, talvez a chave que nos abra a porta do maior segredo da cristandade. Eu acredito, Miguel. Sei que pode parecer uma loucura, mas eu acredito nele. Você duvida de mim?

Miguel não soube o que responder; ficou em silêncio por alguns momentos, tentando processar rapidamente tudo o que María lhe relevara até aquele momento; depois disse:

— Não, não... Acho que devemos aproveitar esta noite para descansar. Amanhã conversaremos com mais calma sobre tudo isso... Só lhe peço que me compreenda. Coloque-se no meu lugar.

— Está bem... Sei que tudo parece uma loucura, mas... Você irá comigo amanhã à Sagrada Família? Tenho de estar lá às 6 horas, foi o que meu avô me disse.

— Sim, como posso negar que também eu estou intrigado com essa chave?...

— Acho que abre uma tartaruga — disse María.

Miguel não respondeu. Já ouvira muitas coisas incríveis.

— Meu avô me disse: a corrida vai começar com a tartaruga, restam poucos dias, e não deve deixar que a alcancem... Não entendo nada.

Foram para o balcão. Era quase meia-noite. Do outro lado do passeio de Gracia, um pouco à esquerda da janela, podiam ver La Pedrera iluminada. Tinha ao seu redor uma aura de outro mundo, quase irreal, que se alçava diante deles como uma escarpa de formas mágicas. Miguel não parava de pensar nas últimas palavras de María... Estava desconcertado; havia acontecido muitas coisas em um só momento.

— Não lhe parece sobrenatural? — perguntou María. E acrescentou: — Você pode ficar aqui? Não quero passar a noite sozinha em casa.

Nem por um momento ele pensara em deixá-la sozinha naquela noite. Talvez não acreditasse em tudo aquilo que María lhe contara. Mas o que era de fato verdade é que os capangas a perseguiram, atiraram neles, que María estava realmente intranquila e que precisava dele.

— É claro que sim! Não se preocupe. Se há algo que a matemática confirma, é que todos os problemas têm uma solução... Que sempre é a mais lógica. — disse, tentando tranquilizá-la.

— Há algo mais — disse ela timidamente, pois compreendia que tudo aquilo podia ser excessivo para uma noite.

— Algo mais? Diga, acho que estou preparado para qualquer coisa — brincou.

— Sei que você não vai acreditar em mim, mas... Espere um momento.

Foi ao quarto de despejos; um pequeno aposento no fundo do corredor. Procurou nas estantes, na parte alta. Finalmente, sua mão tocou a caixa de papelão. Desceu-a com cuidado e tirou o jogo de dentro dela. Limpou a poeira, sentindo certa excitação. Olhou a lateral e... Verde!

Seu avô deixara o jogo preparado para ela.

Quando Miguel a viu aparecer com o olhar radiante e com aquele tabuleiro estranho nas mãos, não soube o que pensar de tudo aquilo. Iam brincar agora com um jogo de sua infância? Ela disse:

— Hoje, meu avô, em seu delírio, me disse que eu devia jogar... Insistiu.

Miguel, espantado, olhava para aquele tabuleiro que ela depositara na mesa; as casinhas eram do tamanho das do xadrez, com pequenos desenhos em cada uma delas.

— São símbolos que Gaudí usava em suas obras — disse ela.

Depois explicou o funcionamento do jogo.

— Meu avô o construiu para mim.

Miguel se deu conta de que era feito à mão, mas parecia ter um mecanismo interior. Era uma autêntica obra de artesanato.

— Está vendo? A janela está verde; tudo preparado para começar o jogo.

— Você acha que seu avô lhe deixou esse jogo de charadas preparado?

— Não sei, mas...

Miguel ia pressionar uma das casinhas, quando ela deteve o movimento de sua mão.

— Não! Só temos uma chance. Só podemos jogar uma vez: são as regras, e... Não temos charadas.

— Você quer dizer que, se acertar os símbolos das charadas, o quadrado central se abre e... Encontramos uma mensagem?

— Sim.

— Podemos resolver os enigmas de seu avô agora mesmo! — exclamou com decisão. — Me dê uma chave de fenda, um martelo e...

— Por Deus, Miguel!... Você acha que meu avô poderia ser tão simples? — E afirmou: — É preciso jogar. Primeiro, temos de usar a chave. Às 6 horas da manhã, estaremos na Sagrada Família e tentaremos descobrir qual é a tartaruga que ela abre. Precisamos jogar, mas não esta noite.

Naquela noite, não. Estavam cansados e, além do mais, voltou a repetir María, faltavam as charadas.

— Estou com medo — disse María antes de ir dormir.

Miguel abraçou-a. Ela se afundou em seu peito; procurava calor e amparo.

— Não se preocupe; eu estou com você.

— Eu te amo — disse María, levantando a cabeça e olhando-o nos olhos.

— Eu também te amo.

Ela era a eleita; uma ideia que não podia tirar da cabeça e que, intuía, continha uma ameaça.

— Ande, vá dormir. Eu irei mais tarde.

María foi para o quarto, mas demorou a conciliar o sono, pensando no conjunto de revelações incríveis daquele dia.

Miguel também não conseguia dormir. Foi lavar o rosto e se contemplou no espelho. Passou a mão no cabelo curto, ligeiramente banhado pelo orvalho branco de uma maturidade prematura; não conseguia apagar do rosto aquela força que emanava de seus olhos rasgados e escuros, muito vivos, que escondiam uma personalidade curiosa, analítica, acostumada a desafiar a si mesma, embora nunca o manifestasse. Mas aquela história era um desafio demasiadamente incrível.

Seu admirado Sherlock Holmes precisava de dois cachimbos para pensar em um caso. Ele se conformava com o som de fundo da televisão. E foi o que fez. Ligou-a e sentou-se diante do aparelho sem prestar atenção nas imagens, tentando organizar as ideias e procurar um sentido em tudo o que María lhe contara. O avô lhe dissera que tinham pouco tempo, que deviam visitar a tartaruga e aproveitar sua vantagem... O que quisera dizer? A tela da televisão lhe trouxe uma imagem do passado. Álvaro Climent aparecia em primeiro plano em um programa sensacionalista sobre temas sobrenaturais. Miguel abandonou suas cavilações e prestou atenção. Álvaro teorizava sobre o mistério da Atlântida. Fazia quanto tempo não via seu amigo? A imagem deste levou-o a recordar momentos de seu passado. Seu entusiasmo pela lógica, que o levara à matemática. De sua época de juventude, recordava também sua paixão pela esgrima. "É um esporte que é matemática pura", dissera seu velho amigo, que o levara a gostar dele. Álvaro abandonara primeiro a matemática e se dedicara a administrar a livraria de seu pai e a seus temas obsessivos. E ali estava, na tevê, falando da Atlântida e de uma civilização perdida.

— O que está fazendo? — perguntou María, que se levantara.

— Pensando.

— Vendo televisão.

— Não estou assistindo; consigo me desligar com o barulho. É um velho amigo — disse, apontando para a televisão —, estudou comigo.

Depois se levantou e desligou a televisão.

— Vou voltar para a cama.

— Irei em seguida.

Mas ainda demorou um pouco. Parou de pensar e procurou nas estantes de María até dar com o que desejava. Desabou no sofá, tentando mergulhar na leitura daquela biografia de Gaudí.

Era muito tarde quando fechou o livro e entrou no quarto de María.

E mais tarde ainda quando adormeceu, pois durante não sabia quanto tempo ficara velando o sono intranquilo dela, olhando o rosto daquela mulher que mudaria sua vida.

SEGUNDA PARTE

O Mestre

7

Juan Givell se remexeu nos lençóis. Aos 92 anos, percebia a realidade como um eco do passado. Estava cansado. Talvez ele devesse saber, saber de tudo. Mas saber o quê? Sua memória se perdia. Vinha. Ia. Desaparecia. Voltava de improviso. Ele fechou os olhos e viu a imagem de seu velho mestre caminhando animadamente com seus chinelos de pelúcia. Levava pela mão um menino de 11 ou 12 anos. Era ele próprio. Reconheceu-se, e seu coração deu um pulo.

Seus pais haviam falecido de febre tifoide. Seu avô, o único parente que lhe restava em Riudoms, enviou uma carta à capital.

Uma tarde, ao cabo de um par de semanas, um homem estranho apareceu no povoado. Vestia um casaco velho e surrado, chapéu preto, sapatos desgastados que deixavam entrever pedaços da lã que envolviam seus tornozelos. Mas sua barba branca, seus olhos de um azul-claro penetrante e seus movimentos desmentiam que se tratasse de um simples vagabundo.

Juan viu seu avô e aquele desconhecido se abraçarem sem pronunciar palavra. Depois, o homem estranho ficou em pé junto à porta. O avô não o convidou a entrar, e o desconhecido não tirou o chapéu.

— Você me deve um favor, Antón — disse o avô.

O desconhecido assentiu com a cabeça.

O avô já tinha preparado a trouxa: umas alpargatas, umas calças, duas camisas e um pouco de pão e linguiça para o caminho.

Abraçou o menino com lágrimas nos olhos.

— Vá, Juan. Este senhor é meu melhor amigo. Vai levá-lo à capital, cuidará de você e, um dia, você será um homem útil.

O pequeno Juan não queria partir, tremia de medo. Nunca saíra de Riudoms. O povoado era seu mundo, ali estavam seus amigos Pepe, o Franzino, e Andrés Três Histórias, assim chamado porque inventava e contava histórias de três em três. Fora Andrés quem lhe dissera que a capital era muito grande e que as crianças que se perdiam nela apareciam penduradas nos postes. Juan sabia que Andrés era um exagerado e, além do mais, nunca vira um poste.

A carruagem esperava. Juan abraçou seu avô chorando. Ele era tudo o que lhe restava no mundo.

— Você vai gostar da capital, Juanito. Eu estudei e trabalhei nela com este senhor. Mas isso foi há muito tempo. Lembre-se de seus pais, de seu nome, de sua família. Meu amigo Antón vai ensiná-lo a ser um cavaleiro.

Juan se despediu do avô e deu a mão ao desconhecido.

O menino tinha um nó na garganta, mas não queria chorar de novo. Por que todo mundo o abandonava? Foi então que viu os olhos do desconhecido. Sem dúvida, aquele homem tinha caráter, e seus olhos eram bondosos.

— Você já viajou de trem?

O trem! Todas as crianças do povoado sonhavam em ver um trem. Algo tão mágico, misterioso e extraordinário como o ar, que tampouco havia visto, salvo nas velhas fotografias que um camelô exibia ao passar pelo povoado com sua carroça cheia de bugigangas e miudezas.

O menino não respondeu.

Subiram na carruagem, e instantes depois o cocheiro pôs os cavalos para andar. Os animais se dirigiram a Reus. O caminho penetrava em uma espessa floresta, que atravessaram; aquele era o limite, a fronteira de seu pequeno universo que agora ficara para trás. O que haveria para lá da floresta? À medida que se afastava, um grande pesar foi se apoderando do menino. Juan achava que estava vivendo o conto dos irmãos abandonados por seus pais em uma floresta; o conto que seu avô lhe narrara tantas noites e de que ele tanto gostava. "Por que sempre me abandonam? Primeiro os meus pais, agora meu avô...", voltou a se perguntar.

A carruagem não demorou muito para percorrer os quatro curtos quilômetros que separavam Riudoms de Reus. As luzes do dia declinavam, o crepúsculo alongava por uns instantes as últimas manifestações da claridade. O ancião procurou conversar com o pequeno para distraí-lo e afastar seus pensamentos sombrios. Devia conquistar sua confiança. Não passava de uma criança perdida. Perdida como ele, na floresta, pensou o ancião.

— Quer saber de uma coisa? Meu pai e meu avô também eram da sua aldeia. Os dois eram caldeireiros.

— O que é um caldeireiro?

— Uma pessoa que fabrica caldeiras.

Era uma resposta pouco convincente para uma criança, ele sabia. Mas se tivesse algum interesse pela conversa, faria perguntas, como de fato fez.

— O que é uma caldeira?

— Uma vasilha grande e redonda de metal que é usada para aquecer água e outras coisas. Os caldeireiros também fazem alambiques de cobre para destilar o álcool das uvas.

— E sua mãe?

— Não, minha mãe não era caldeireira.

— Não, quero saber se também nasceu em Riudoms.

— Não, filho. Minha mãe era de Reus. Acho que estamos chegando.

Estavam na periferia. Juan observava a paisagem à sua volta com medo e excitação. Então, viu luzes que se acendiam aqui e acolá. As janelas das casas e edifícios se iluminavam pouco a pouco. Ele estava acostumado com sua casa de Riudoms iluminada por candeias. Mas na cidade não havia mais candeias, dissera-lhe certa vez seu avô. Seus olhos contemplaram um grupo de casas baixas com muitas janelinhas das quais saía um resplendor intenso. Ele achou muito estranho que os habitantes daquelas casas precisassem de tanta luz. De repente, viu algo que lhe despertou uma grande curiosidade: aquelas luzes se moviam. Esfregou os olhos, não conseguia acreditar. E levou um susto mortal. Afastou-se da janela e procurou refúgio nos joelhos daquele que haveria de ser seu mestre, cobrindo o rosto.

— O que está acontecendo, Juanito?

— Eu vi a Casa Encantada... A casa da floresta. É a mesma do conto *João e Maria*. Tenho medo, quero voltar para o meu avô. Por favor, senhor... Não me abandone aqui!

— Você viu a Casa Encantada? E onde ela está?

— Olhe, lá fora... Vi suas luzes... A casa que corre na escuridão. É como um vaga-lume. A casa enfeitiçada da floresta!

A gargalhada do ancião não se fez esperar.

— Não, não... Que história! A Casa Encantada! Meu Deus, santa inocência! Não tenha medo, Juan, essas luzes não são de nenhuma casa. É o trem. O trem saindo da estação.

As palavras do ancião, seus olhos iluminados pelo espanto, acalmaram um pouco Juan, que se ergueu lentamente para olhar de novo pela janela, embora não confiasse excessivamente.

O ancião disse ao cocheiro que desse uma volta pelo centro da cidade antes de ir à estação; tinham tempo de sobra.

— Assim seus olhos irão se habituando às coisas novas, Juan.

O menino nunca estivera em Reus, era a primeira vez que visitava uma cidade. Olhava entusiasmado pela janelinha.

— Tem muita gente! — exclamou o menino.

— Claro; 30 mil pessoas.

— Todas vivem aqui?

— Sim.

— E cabem?

— Em Barcelona há muito mais.

Diante dos olhos atônitos do menino, a carruagem continuou o percurso por algumas das ruas principais da cidade em direção à estação ferroviária. Ao chegar à rua de Sant Joan, o menino ficou com a boca aberta olhando para o lado de fora.

— Bonita, não é mesmo?

— É de fantasia? — disse com uma enorme candura na voz.

— É a Casa Rull. Você vê esses motivos vegetais, essas flores?

— Parecem de verdade — disse o menino.

— Sim, filho, sim; ganham vida. É uma casa muito bonita, com um jardim fantástico.

— Quem a fez?

— Um dos maiores arquitetos, Domènech i Montaner. Esta cidade, graças a muitos outros, mudou maravilhosamente. É outra cidade!

Juan também ficou boquiaberto quando chegaram à estação. Tudo o impressionava. As máquinas, os vagões com uma multidão de janelas iluminadas; certamente pareciam casas, mas tinham rodas encaixadas nos trilhos das vias. Ele nunca imaginara que um trem fosse assim. Em seus sonhos só havia uma imensa locomotiva que lançava muita fumaça; como na velha fotografia do camelô.

— Subiremos em um trem?

— Subiremos.

— Em um muito rápido?

— O que você acha de um expresso?... É um trem que só para nas principais estações e anda a grande velocidade.

— Quanto?

— Quarenta quilômetros por hora. Calculo que, se tudo for bem, estaremos em Barcelona em umas quatro horas e meia.

— Está acontecendo alguma coisa, senhor?

— Por que está dizendo isso?

— Porque, desde que chegamos à estação, o senhor não para de olhar para todos os lados. Parece assustado.

Aquele menino era bastante esperto e observador, pensou o ancião. E procurou uma desculpa.

— Não, garoto. Olho para ver se vejo algum conhecido antes de pegar o trem. Já lhe disse que minha mãe nasceu aqui. E eu também.

Caminharam de mãos dadas pela estação até chegar ao trem. O ancião ajudou o menino a subir. Não havia muitos passageiros, e estavam praticamente sozinhos no vagão.

— Você conhece a história de João e Maria?

— Sim, meu avô me contou muitas vezes.

— Você quer que eu também a conte?

— Não, agora não. Obrigado.

— A minha é um pouco diferente. Na minha história aparece um dragão.

— Prefiro dormir, senhor, se não se importa.

— Não, filho, não. Durma. Temos um longo caminho pela frente.

Ao cabo de alguns instantes, o menino perguntou:

— Aparece um dragão?

— Sim. E um girassol, uma cruz, um pelicano, guerreiros de pedra e outras maravilhas.

— Pode contá-la enquanto durmo?

— Sim, garoto, vou contá-la.

Juan deixou que aquele homem lhe contasse de novo a história. E o ancião começou a história das duas crianças cujo pai e madrasta tentaram abandonar na floresta.

— Há muito tempo, em uma grande floresta, vivia um pobre lenhador com sua mulher e seus dois filhos; o menino se chamava João e a menina Maria. Certo ano, a fome tomou conta do país e faltou pão. À noite, o lenhador se atormentava com pensamentos tristes. E disse à mulher, que era a madrasta das crianças:

"'O que será de nós? Como vamos alimentar nossos filhos?'

"E respondeu a mulher:

'Amanhã' bem cedo, você levará as crianças à floresta e nos livraremos delas, abandonando-as.'

"'Como vou abandonar meus filhos sozinhos na floresta?'

"'Como você é estúpido! Prefere que os quatro morram de fome? Já pode ir lustrando as tábuas para os ataúdes!'

"E não o deixou em paz até convencê-lo.

"Mas o menino ouvira tudo e contou à sua irmã.

"'Estamos perdidos', disse Maria.

"'Não se preocupe', disse João. 'Encontrarei uma maneira de nos salvar.'

"Quando chegaram à floresta, o menino foi espalhando pelo caminho pedrinhas que indicavam o caminho de volta a casa, e, à noite, já estavam de volta.

"A madrasta ficou furiosa.

"Todas as manhãs, o menino enchia os bolsos com seixos, e assim ele e sua irmã podiam voltar para casa.

"Mas, uma manhã, João trocou as pedrinhas por migalhas de pão, os pássaros as comeram, e eles não conseguiram encontrar o caminho de volta.

"Chegaram a uma casa habitada por um dragão malvado, que, quando encontrava uma criança, a matava, cozinhava e comia. Ele trancou João em uma jaula, e todos os dias dizia a Maria:

"'Levante-se, preguiçosa! Prepare uma coisa bem gostosa para seu irmão. Quando ele engordar, eu o comerei.'

"Depois, ia à jaula de João e lhe dizia:

"'Mostre seu dedinho para eu ver se ele engordou.'

"Mas João sempre exibia um ossinho, e o dragão, que tinha olhos turvos, espantava-se com o fato de o menino não ter engordado nada.

"Depois de quatro semanas, o dragão, impaciente, desistiu de esperar mais tempo.

"'Maria, venha cá! Traga água. Gordo ou magro, vou comê-lo hoje.'

"María acendeu o fogo e colocou nele a panela com água.

"'Primeiro vamos cozer o pão', disse o dragão. 'Já acendi o fogo.'

"E empurrou Maria para o forno, com a intenção de assá-la. Mas Maria adivinhou suas intenções e disse:

"'Não sei fazer, como se entra no forno?

"'Estúpida', disse o dragão. 'Olhe! A porta é imensa, não está vendo que até eu caberia?'

"Então o dragão enfiou a cabeça no forno, e Maria o empurrou com força, fechou a porta e passou o ferrolho. O dragão começou a gritar de uma maneira terrível, mas Maria deixou que assasse.

"E correu depressa para buscar João.

"'Estamos livres! O dragão morreu!'

"Então pegaram o tesouro do dragão e resolveram voltar para casa.

"Chegaram a um grande rio, mas não havia nenhuma ponte que permitisse atravessá-lo e...

As palavras e o tom de voz eram familiares a Juan, pois, embora a história fosse um pouco diferente, era a mesma do avô. O ritmo e o balanço do trem também contribuíram para que ele fosse adormecendo aos poucos.

Nessa primeira vez, não ouviu a parte na qual as crianças deviam cruzar o rio para começar a voltar para casa, porque adormecera profundamente.

Quando chegaram à capital, já era noite. A estação estava vazia. Eles estavam sendo esperados. Um carro. O menino continuava dormindo. Ouviu levemente a voz do ancião, que dizia que não o despertassem. Alguém o pegou nos braços. Não era o ancião. Tratava-se de um gigante muito forte, que o levantou no ar e transportou-o em seus braços com cuidado.

Pouco depois, aquele gigante de barba negra e espessa, cabelos longos e olhos bondosos, enfiou-o na cama e trocou sua roupa. Ele dormiu.

Viveu com o mestre quase um ano. Primeiro, durante alguns meses, naquela casa de conto cor-de-rosa e, depois, em seu ateliê.

8

O ancião olhou fixamente para o teto de seu quarto inundado pela penumbra. Tentava saber quem era e onde estava. Era uma sensação muito estranha. Estava com sono, mas lutava com todas suas forças, não queria se render antes de recuperar uma voz, uma imagem, um perfume, algo de si mesmo que lhe revelasse sua identidade, uma parte de sua vida... Tudo era inútil, e ele se entregou; então aconteceu o milagre.

Muitos anos depois, diante da enxurrada de recordações descosturadas, Juan Givell haveria de recordar pela última vez aquela tarde remota em que seu mestre o levara a conhecer o caminho das estrelas.

Juan ficava sempre na oficina. Mas há alguns dias o acompanhava em seus passeios, aparentemente sem itinerário fixo. Então o ancião enfiava as mãos no bolso, tirava migalhas de pão e atirava-as no chão. Juan sabia que era um sinal, como na história, que devia prestar atenção em um símbolo, guardar o lugar onde lançava as migalhas de pão em sua memória. Era simplesmente um jogo. Os sinais duravam muito pouco, pois bandos de pombos os seguiam como loucos; alguns capturavam os pedacinhos de pão em pleno voo. As pessoas os observavam, mas o ancião não parecia se importar. O menino se divertia. "Nada como aprender brincando", pensava então o mestre.

À tarde, havia já algumas semanas, Juan também o acompanhava até a igreja de San Felipe Neri.

Um dia, antes de sair à rua, o mestre deu-lhe um pequeno saquinho de pano, fechado com uma fita de correr, dizendo que o guardasse no bolso. O conteúdo não pesava muito, e ele cabia perfeitamente na palma da mão. Juan sabia que o que acabara de guardar no bolso era muito importante para seu mestre. Não sabia o que o saquinho continha, mas sim o que deveria fazer com ele se acontecesse alguma coisa com seu mestre.

— Pode tirar a mão do bolso, ele não cairá.

Juan não respondeu, devolveu o sorriso ao mestre e tirou a mão do bolso.

— Você é esperto, Juan, muito esperto. Lembre-se de que somos cavaleiros e temos uma missão a cumprir.

Sempre brincavam de cavaleiros, mas Juan sabia que agora se tratava muito mais do que de um jogo. Sabia que os maus, embora nunca os tivesse visto, eram de verdade e que algum dia teria de enfrentá-los.

— Se me acontecer alguma coisa, Juan, você não deve se assustar. Não se aproxime de mim nem tente me ajudar, e corra o máximo que puder, compreende?

— Sim, senhor.

— Você guarda em seu bolso o segredo dos cavaleiros e deve deixá-lo sabe onde. Você se lembra, não é mesmo?

— Sim, senhor.

— Muito bem, Juan, muito bem. Dentro do saquinho há um bilhete para você; leia-o quando chegar o momento.

— Vai acontecer algo com o senhor? Viu os maus?

— Sim, Juan, eu vi os maus. Eles não sabem disso, mas eu os vi e sei o que estão tramando.

— Lutaremos! — disse o menino com decisão.

— Não, Juan, não lutaremos. — O ancião se agachou e segurou os ombros do menino. — Lembre-se de que sua missão é esconder o segredo. Aconteça o que acontecer, não olhe para trás, fuja. Os nossos o protegerão.

— Os nossos? Há outros cavaleiros?

— Há outros, meu pequeno Juan. E agora vista o gorro ou chegaremos tarde.

— Sim, senhor.

— Quantas vezes eu lhe disse que não me chame de senhor, mas de vovô?

Saíram à rua.

— Sim, senhor — respondeu Juan, dando-lhe a mão.

* * *

Foi quando começaram a cruzar a Gran Via, na altura de Bailén, que se deu conta de que os perseguiam. Eram dois sujeitos vestidos de preto e com o cabelo muito curto, quase raspado. Apesar de um ser mais alto e o outro mais corpulento, pareciam gêmeos. Era uma contradição absurda, mas o mal sempre se repete, pensou. Até registrara isso em uma de suas obras. Deixou cair algumas migalhas de pão e disse ao menino:

— Lembre-se, Juan: a cidade é como uma floresta. Passei a vida inteira enchendo-a de sinais para poder voltar à minha casa, como João e Maria. Recorde sempre o conto que seu avô lhe contava, a história que eu lhe narrei no trem, a que lhe foi contada tantas vezes.

— Está acontecendo alguma coisa?

— Você se lembra dos símbolos? — perguntou, sem responder à pergunta do menino.

— Sim, claro que lembro. Você os repetiu tantas vezes... — Ia enumerá-los na ordem aprendida, quando o mestre o interrompeu.

— Silêncio! — gritou.

Juan se assustou.

— E o caminho das estrelas? — disse em voz muito baixa, sem parar de olhar para a frente.

— Com os olhos fechados — murmurou muito baixinho, pois sabia que algo grave estava acontecendo.

O ancião procurou se acalmar. Estavam perto da praça Tetuán, entre Gerona e Bailén. Os dois capangas de preto estavam a poucos metros; disfarçavam. O ancião sabia que era questão de minutos que algo acontecesse; precisava salvar o pequeno. Olhou seu relógio: eram 6h05. O menino não atravessaria a rua das Cortes com ele. A rua era um amplo bulevar com fileiras de árvores em ambos os lados e uma calçada central de dupla circulação. Na calçada central ficavam colunas de ferro fundido, os fios da rede elétrica e os bondes que circulavam nos dois sentidos. Ali o assaltariam, pensou. Um lugar público, frequentado, ideal para assassinos conhecedores de seu ofício, que, aproveitando o desconcerto, agiriam com rapidez e decisão.

Ele, que tinha fama de homem de mau gênio, teve vontade de abraçar e beijar o menino, mas não devia chamar a atenção daqueles homens. O garoto aprendera muito, sabia o que devia fazer. No princípio, discordara dos demais. Como podia instruir um menino, convertê-lo em um dos cavaleiros, o último deles, encarregado de guardar e, mais tarde, cumprir a profecia? Por isso mesmo, porque era um menino. Ninguém suspeitaria de uma criança. Além do mais, era o eleito.

Mas ainda era uma criança, e poucos minutos depois ficaria só, pensou.

— Juan, vá até a banca e me compre o jornal — disse, dando-lhe uma moeda.

— Nunca o compramos aqui.

— Obedeça-me, está entendendo o que lhe digo?

Ele entendia. Sabia que chegara o momento. Pegou a moeda. O ancião fechou os dedos ao redor do pulso do menino.

— Estamos perdidos, Juan. Lembre. Estamos perdidos na floresta e precisamos voltar para casa. Por isso, passei a vida toda enchendo esta cidade de pedras, de sinais, traçando o mapa. Recorde a Casa Encantada; vive nela um ser maligno. É preciso vencê-lo para chegar ao tesouro. Então, e só então, poderemos voltar aos nossos para sempre. Porque ele virá. Juan, recorde o que lhe disse muitas vezes: nem você nem eu entraremos na terra prometida, nem mesmo seus filhos. Passará muito tempo até que a profecia se cumpra. Mas, embora o templo não tenha sido concluído, tudo já está traçado. Ela será cumprida no começo de um novo milênio, e isso será feito por um dos seus, a quem você dará o nome de María.

O menino ameaçou abraçá-lo.

— Não, não pode! Vá! Os nossos o ajudarão. O gigante o encontrará... E lembre-se da tartaruga, talvez algum dia tenha de esconder algum segredo.

Juan deu meia-volta e foi até a banca de jornal, passando ao lado dos dois homens de preto. Pediu um exemplar de *La veu de Catalunya*, pagou e esperou. Não afastou a vista do mestre em nenhum momento.

E viu tudo.

O mestre, com passo lento, foi até a calçada lateral. Os dois homens fizeram a mesma coisa e se situaram dos dois lados. O mestre viu a aproximação de um bonde procedente da rua Gerona. Outro bonde circulava no sentido contrário. Foi quando percebeu um empurrão forte, perdeu o pé e bateu com a cabeça no poste metálico. Sentiu-se tonto, mas uma nova força voltou a empurrá-lo para trás, e ele caiu de costas sobre a via. O menino viu o bonde atropelá-lo; viu aqueles sujeitos que, depois de empurrá-lo, avançaram sobre ele fuçando em suas roupas, aproveitando o desconcerto geral, a gritaria e a confusão que o suposto acidente provocara. Esteve a ponto de correr até o mestre e bater naqueles malvados. Mas, não, precisava cumprir fielmente tudo o que ele lhe indicara.

Antes de fugir, viu o rosto dos assassinos. Procuravam-no com o olhar, mas, como ele estava escondido, não podiam vê-lo. Mas ele, sim, viu o que mostravam os olhos dos dois malvados: medo, decepção e crueldade. De nada lhes havia servido. Não tinham nada. Não haviam encontrado nada.

A gritaria aumentou, alguns transeuntes se aproximaram. Alguém comentou que tinham de levar o vagabundo ao pronto-socorro do caminho de San Pedro, mas nenhum dos três motoristas dos táxis mais próximos pareceu disposto a transportar aquele miserável que não portava nenhum documento.

Os dois capangas foram embora, aproveitando a confusão, e dirigiram-se à banca de jornal.

— Onde está o menino?

— Que menino? — disse o jornaleiro.

Movidos pelo nervosismo e a ira, começaram a discutir com o vendedor; isso chamou a atenção de um membro da Guarda Civil, que se aproximou do lugar do suposto acidente.

— Vamos! — disse o capanga de voz aflautada a seu companheiro.

Afastaram-se, olhando para todos os lados, com a angústia se apoderando deles.

Onde, diabo, estava o maldito menino?

Os dois sabiam que não o encontrariam. Sabiam que já estavam mortos.

9

— Vocês fracassaram.
— O velho não tinha nada.
— Têm certeza?
— Nós o revistamos minuciosamente. Em um dos bolsos tinha passas, amendoins e migalhas de pão.
— Migalhas de pão?... Amendoins?... Vocês estão brincando comigo?
— Não. Já lhe dissemos que o velho estava louco. Atirava aquilo de vez em quando aos pombos, que não paravam de segui-lo. As pessoas o olhavam com espanto; era um verdadeiro espetáculo. Muitas vezes, até pedia esmola nas ruas. Vestia-se como um vagabundo, e ninguém o reconhecia.
— Sei que ele tinha dado todo o seu dinheiro aos pobres, para sua grande obra; mas não que pedisse pelas ruas como um esmoler.
Asmodeu estava enfurecido. O motivo daquela reunião não era saber por que um velho doido, carregado de dinheiro, uma das figuras mais admiradas e amaldiçoadas da cidade, vivia como um miserável, vestia-se como um indigente e repartia seus bens. Não. Acontecera alguma coisa que Asmadeu não controlava, e ele queria saber o que era. Queria saber por que o velho maldito não carregava consigo seu segredo, quando, durante anos, até dormia com ele.
— Não carregava mais nada?
— Uma edição do Evangelho em outro bolso. Nada mais. Nem um papel que o identificasse.
— Foi revistado minuciosamente — repetiu o outro, quase implorando perdão.

— Suponho que esteja morto.
— Pode ter certeza.
— Vocês trouxeram o livro?

O silêncio dos esbirros enfureceu-o ainda mais. Não o haviam trazido. Nem passara pela imaginação daquele par de idiotas que o Evangelho poderia conter algum código, algum indício do maior segredo da história. Asmodeu lhes teria arrancado a cabeça naquele mesmo momento.

— Vocês acham que eu mando matar por prazer?

Eles não responderam, porque, embora não fosse o caso, essa possibilidade existia na mente de Asmodeu. E eles o sabiam muito bem. Matar por matar era um prazer que só aquele que o provou pode compreender e valorizar na medida certa. Um prazer dificilmente comparável.

— Esse homem que vocês eliminaram possuía um segredo que pode mudar a história do mundo. O maldito velho e os seus alimentam há anos a ideia de nos apagar para sempre da face da terra. Não só a nós, como a muitos que se dizem seus seguidores.

— Não entendo nada — disse o esbirro mais corpulento.

— E nem precisa, imbecil! Vocês dois puseram em perigo nossa sobrevivência. Estamos em alerta há séculos, procurando evitar que se cumpra a maldita profecia.

— Talvez o tenha ocultado em outro lugar. Podemos entrar em sua oficina. Vai ser fácil, eu lhe garanto. Vamos encontrá-lo, só precisamos de algumas horas.

— Não há tempo. Certamente já descobriram quem é o velho que jaz sob os trilhos de um bonde e não haverá como entrar na oficina. Além do mais, vocês por acaso acreditam que seus amigos são tão estúpidos?... Não, o segredo não está lá. Há algo que não se encaixa.

Os dois esbirros sabiam disso. Sabiam qual era o elemento que não se encaixava, e lhes parecia difícil acreditar que Asmodeu ainda não tivesse dado com ele. O objetivo de ambos não era revistar a oficina, mas tentar ganhar tempo e encontrar o menino, e, se fracassassem, fugir dele e se esconder. Se é que havia algum lugar na terra ou no inferno em que pudessem fazê-lo.

Quando formulou a pergunta seguinte, eles compreenderam que já era muito tarde.

— Ele estava acompanhado por um menino, não é?

— Sim, o menino estava com o velho.

— Tinha ficado para trás. O velho o mandara comprar o jornal.

— E vocês não suspeitaram de nada?... O velho não comprava sempre o jornal na banca da praça Urquinaona?

Os esbirros não responderam.

— Acho que ele sabia que ia morrer — disse o da voz aflautada.

— Claro que sabia, imbecis! Descobriu vocês e usou o menino como portador. O menino tinha a coisa com ele, e vocês deixaram que ele escapasse.

— Vamos encontrá-lo. Desta vez não falharemos.

— Não, não haverá próxima vez. Estou reservando vocês para outra missão.

— Não compreendo... Então não procuraremos o menino?

— Partam com os demais. Eu os chamarei em breve.

Asmodeu os viu sair. Quando ficou só, tirou a máscara. Seus olhos cinzentos, duros e inexpressivos, pareciam chamas de fogo. Aqueles imbecis pagariam caro por aquilo. Voltou a pegar a máscara e disse:

— Bitrú.

Seu fiel lugar-tenente surgiu do meio das sombras. Permanecera escondido na cripta, atrás de uns arcos, ouvindo a conversa com aquele par de idiotas que agora, certamente, deveria eliminar. Bitrú não disse palavra e acompanhou-o até a outra câmara.

Fazia tempo que não entrava nela. Fora ali que fizera seu juramento de iniciação à loja. A pia batismal, de formato pentagonal, continuava no centro do aposento escuro, com o ídolo em seu interior. Sobre a pia, como se fosse um abajur, pendia uma armadura ensanguentada de metal. Dentro dela, um corpo entregava seu sangue pouco a pouco, banhando a cabeça de Bafomet. Era o tipo de morte que esperava os dois esbirros: uma agonia lenta que talvez durasse horas, encerrados em vida em uma armadura hermética até exalar o último suspiro.

— A morte é a vida... O fogo consome minhas veias, mas minha mão sustenta a adaga — disse, olhando para o homem que sangrava lentamente pendurado e espetado no interior da armadura metálica.

— Estou preparado — disse Bitrú.

Havia reconhecimento, submissão total e entrega absoluta na voz do príncipe herdeiro. Ele era seu Deus.

— É um menino de uns 11 anos. Anda perdido pela cidade e está assustado. Para ele, a cidade é uma floresta... Você sabe como são as crianças...

Não, ele não sabia; deixara de ser uma quando, aos três anos, fora sodomizado pelo próprio pai, um bêbado que andava sempre sujo de graxa, fedendo a álcool e que trabalhava na Maquinista Terrestre e Marítima.

— ...está assustado — repetiu —, mas deve ocultar um segredo até que chegue o dia.

— Esse dia não chegará.

— É assim que deve ser, Bitrú. Assim deve ser ou desapareceremos para sempre.

— Eu não permitirei.

— Sim, eu sei que fará tudo o que for possível, mas não acredito que encontre o menino esta noite; além da pista, esses dois imbecis nos fizeram perder um tempo precioso. Mas devemos tentar; temos muito trabalho esta noite.

— Eu o matarei; arrancarei seu coração com minhas próprias mãos.

— Bitrú, não seja selvagem. Eu preciso dele vivo. Eles o protegerão, tenho certeza. Sabem tanto quanto nós. Eu os conheço muito bem. Sem luz não há escuridão, você entende, Bitrú?

— Não. Podia tê-los eliminado há tempos. Eles são nossos inimigos, sabem que existimos, nos atacam, nos matam e...

— E tem sido assim há séculos — cortou Asmodeu.

— Mas estavam em minhas mãos; eu teria feito com que voassem pelos ares. Já estavam no papo. Um plano perfeito... Não entendo por que...

— Bitrú, Bitrú, meu filho! — exclamou com tom condescendente. — Você e seus amigos pistoleiros e incendiários... É o melhor, mas às vezes parece uma criança. As bombas e os tiros vão bem, mas para outra coisa. Esse é outro de nossos objetivos: contribuir para que esta cidade continue perigosa. Que nos importam os problemas desses burgueses e industriais de merda e de seus malditos e fodidos operários?... Você acredita por acaso que tenho alma de anarquista? Que me interessam essas besteiras de cada um de acordo com sua capacidade, a cada um conforme suas necessidades? Eu acredito em uma sociedade sem coações, baseada na participação do indivíduo? Você acredita mesmo que me interessa a conquista do pão ou que estou trabalhando para ajudar esses empresários e burgueses a continuar fazendo negócios sem controle e fodendo as operárias de suas fábricas de Pueblo Nuevo e descascando a tiros os chifrudos de seus maridos que brincam de anarquistas, socialistas e comunistas de merda...? Não, Bitrú, não. O importante é o caos, a desorganização social! Uma cidade física e socialmente enferma e apodrecida pelo crime e a barbárie. Por isso, permito que você continue atirando suas bombinhas e alvejando seus pobres operários, padres corruptos, empresários. Embora isso não seja prioritário agora, faz parte do plano. Esta cidade deve continuar sendo um inferno.

— Então posso continuar matando?

— É claro, meu filho. Mas sem fúria, e nas horas livres. E, sobretudo, sem ideologia e sem se expor excessivamente nem nos comprometer.

— Sei quem é o meu senhor.

— Isso é bom, filho. As pessoas devem se lembrar sempre da mão que lhes deu de comer e... Você não é um anarquista, como seu pai.

Aquela última palavra levou-o a ficar fora de si, como se uma bomba Orsini tivesse explodido em seu peito.

— Eu não tenho pai! Você é meu pai!

— Perdão, Bitrú, eu não quis ofendê-lo. Apenas quero que não se engane e recorde o que é: um assassino psicopata.

— É claro. Você me ensinou. Ainda recordo suas palavras quando cometi meu primeiro crime contra aquele pobre desgraçado que só tentou me ajudar.

— Seu primeiro crime?

— O primeiro que conta, mestre; daquela vez fiz justiça. Além do mais, certamente ele ia morrer de qualquer maneira.

— Você ainda se lembra de minhas palavras?

— "Um dia terá de começar, e este momento é tão bom como qualquer outro" — recordou Bitrú.

Sim, era seu melhor aluno, pensou com satisfação.

— E tinha razão?

— Sim. Matar é como qualquer outra coisa; é só uma questão de começar. Depois do primeiro, os outros crimes vêm sozinhos.

— Vá, filho, não demore; temos trabalho.

10

Bitrú havia nascido Edmundo Ros, em uma manhã chuvosa de fevereiro, numa rua estreita do bairro da Barceloneta, que terminava no mercado. Naquele quarto de casa — uma antiga residência de pescadores dividida em quatro até ficar com 35 metros quadrados, quase sem ventilação e sem luz —, Juana Vidal, sua mãe, fora atendida no parto por duas vizinhas. O menino se chamaria Edmundo, como o jovem daquele romance de que tanto gostava e que fora traído por seus três melhores amigos. Juana Vidal não sabia ler, ao contrário do pároco, que, toda tarde, lia algumas páginas daquele livro para as crianças de uma aldeia perdida no Campo de Tarragona.

A jovem começara a trabalhar aos 19 anos como serviçal na casa de uns burgueses localizada na rua do Comerç, diante do mercado do Borne. Seus patrões tinham várias barracas no mercado e algumas lojas de sementes e produtos ultramarinos na rua de Montcada, que ficava ali perto.

Depois de trabalhar ali um mês, o senhor a procurou e, sob a ameaça de despedi-la, obteve seus favores. Ela ficou grávida pouco depois. A senhora da casa percebeu o estado da jovem, que acabou lhe confessando a verdade.

— Meu marido não faz uma coisa dessas com rameiras — respondeu com desprezo.

E jogou-a na rua como se ela fosse um cachorro.

O Sr. Fitó era um mulherengo, não podia evitá-lo, mas pela primeira vez em sua vida sentia apreço por alguém, e, além do mais, a menina carregava um filho seu. Ajudou a jovem em segredo, até que sua mulher acabou descobrindo tudo e lhe deu um ultimato.

O Sr. Fitó procurou uma solução. Tinha um empregado de confiança cujo filho trabalhava na Maquinista.

— Não tem muitas luzes, senhor.

— Mas concordará?

— Se o senhor arrumar sua vida, poderá se casar com a garota e cuidar de seu filho. Conheço meu rapaz. Não serve para muita coisa, mas se a moça for limpa e consentir, e o senhor o deixar bem colocado, tudo certo, sem problemas.

. Fitó lhe prometeu uma quantia fixa mensal que ultrapassava bastante o salário que o jovem Rafael Ros ganhava na Maquinista Terrestre e Marítima como mecânico. Casaram.

Mas Ros preferiu passar o dia do parto em uma tasca comendo polvo e bebendo vinho tinto enquanto jogava baralho; além do mais, aquele bastardo não era seu filho.

Três anos depois, as remessas de dinheiro pararam de chegar. As bebedeiras e as surras não se fizeram esperar. Juana conseguia suportar aquilo. No final das contas, sua mãe vivera a mesma situação durante anos e anos. Mas seu pai jamais havia tocado em uma criança. E aquele pervertido, depois de surrá-la e trancá-la em um quarto, muitas noites se desafogava de forma infame com o pequeno.

Edmundo Ros viveu no inferno e aterrorizado até a manhã de 15 de março de 1908. Tinha 8 anos.

Naqueles dias, havia acontecido uma série de atentados em diferentes regiões de Barcelona. O motivo era a visita de Sua Majestade dom Alfonso XIII. Os atentados começaram no dia 10, quando três bombas explodiram no cais da Muralla e, no dia seguinte, outras nas Atarazanas. Quem estava por trás daquela onda de atentados era um tal de Juan Rull, que também trabalhava como informante para o governador da cidade.

Na manhã do dia 15, Edmundo acompanhava Ros nas imediações do mercado da Boquería. Ros havia combinado um encontro com um par de velhos companheiros para quem tinha de fazer um trabalho.

— Espere-me aqui, veadinho — disse Ros ao menino, dando-lhe um cascudo.

O menino ficou sozinho ao lado de uma barraca de flores das Ramblas, enquanto Ros atravessava a rua em direção à entrada do mercado. Os dois cupinchas o esperavam. O menino viu Ros tirar um pequeno pacote do bolso e entregá-lo a um daqueles sujeitos. O outro cupincha lhe ofereceu, sem contar, um maço de notas que Ros guardou muito contente. O menino não viu mais nada.

O ruído o ensurdeceu. Uma montanha de poeira, fumaça e fogo envolveu os três homens e mais algumas pessoas que passavam naquele momento perto deles.

Explodira uma bomba.

Edmundo ouviu uma gritaria ensurdecedora e atravessou para o outro lado da rua como se estivesse sonhando. Todos se afastavam do lugar; ele, no entanto, aproximou-se até ser cercado pela fumaça. Edmundo não tinha medo.

Ros estava no chão. Seu braço esquerdo ainda se movia, quente e ensanguentado, a poucos metros de seu corpo. Os outros dois estavam mortos, literalmente destripados.

— Vamos lá, garoto... Me ajude... Foram esses anarquistas filhos da puta. Malditos! Tinha de sobrar pra mim! Mas... O que você está fazendo, menino? Mexa-se!

Edmundo permanecia ao lado dele, de joelhos. Limitava-se a sorrir.

— Estou lhe dizendo pra me ajudar, veadinho maldito! — disse, dando-lhe duas bofetadas com a única mão que lhe restava.

Edmundo pegou um dos paralelepípedos que a explosão levantara.

— O que está fazendo? — gritou Ros.

Edmundo golpeou-o várias vezes com o pesado paralelepípedo, de forma ritmada, até que o rosto de Ros virou uma massa disforme que se desfazia na terra.

Então o viu. Ali estava Asmodeu, com sua máscara, sua capa e sua bengala. Asmodeu ofereceu a mão ao menino, e este beijou o anel. Edmundo já tinha pai.

Edmundo Ros não voltou para casa.

Dez anos depois, metade das bombas Orsini que explodiam por toda Barcelona levava sua marca. Ele não tinha nenhum ideal, mas, aos 17 anos, participou da primeira greve geral revolucionária e enfrentou os soldados que, na praça de Cataluña, manejavam os canhões que apontavam para a avenida da Puerta del Ángel. Meses depois, os operários conseguiram a implantação da jornada de oito horas; os mineiros, de sete. Aquilo animaria a corja, pensou Edmundo.

E assim foi: em 11 de outubro, o rei assinava o decreto real que estabelecia em Barcelona uma comissão mista de operários e empresários que devia dar uma solução às questões sociais de toda a Catalunha. A comissão era subordinada ao Conselho de Ministros. Mas a classe patronal, que já estava exasperada com a jornada de oito horas, ficou cada vez mais beligerante. Até chegou a ameaçar o governo, advertindo-o de que não admitiria por mais tempo a desorganização social.

Edmundo foi um dos encarregados de organizar os pistoleiros dos patrões, por ordem do governador de Barcelona. A guerra entre as diversas forças sociais estava servida, e ele treinou vários bandos no uso de armas de fogo e explosivos.

Edmundo — depois da destituição do governador de Barcelona por "abuso de autoridade", segundo declarou o governo — contra-atacou. Precisavam de um bom lance de efeito, de algo importante. E ele organizou o atentado que quase custa a vida ao líder anarco-sindicalista Ángel Pestaña. Este devia se pronunciar em um comício em Manresa, e para lá se dirigiram Edmundo e seus comparsas. Foi uma pena deixá-lo apenas ferido.

Edmundo também era um mestre lançando bombas de mão. Segundo informações da polícia, mais de 350 pessoas foram assassinadas assim em Barcelona ao longo de cinco anos. Edmundo era responsável por mais da metade dessa cifra.

Sem dúvida, os sindicalistas eram as peças que manejava melhor; como na história daquela tarde de março. Eram 19h05. Ele tomou uma cerveja e saiu do bar da rua Robadors, onde ficara esperando chegar a hora de encontrar sua futura vítima. Do bar ao número 19 da rua de Sant Rafael, era um passo. Ali estavam seus sequazes tomando posição, esperando-o. Ele chegou ao local antes da vítima e esperou diante do ponto acordado. Transcorreram apenas dez minutos. O sindicalista avançava pela rua em companhia de outro indivíduo sem a menor suspeita do que iria lhe acontecer.

Edmundo atravessou a rua, aproximou-se da vítima, levantou a arma e esvaziou o pente na sua nuca.

Salvador Seguí, o Noi del Sucre, representante da facção moderada da Confederação Nacional dos Trabalhadores, a CNT, caía morto. Eram 19h15.

Asmodeu sabia que aquele rapaz era o melhor. Havia cuidado dele, ensinando-o como a um filho. A cidade de Barcelona, com os contínuos enfrentamentos entre operários e patrões, foi seu campo de treinamento. E Edmundo encontrara um verdadeiro pai, que, além do mais, não lhe recusava nada e o instruía nos mistérios dos Mísula. Aceitou a troca de nome, assim como trabalhar para ele, promovendo o caos e a desordem a cada passo.

Era o novo príncipe encarregado de sucedê-lo e de ir forjando seu próprio rosto: a máscara do mal. Edmundo Ros, agora Bitrú, seria seu sucessor: o novo Asmodeu. Ele devia treiná-lo, porque fora assim durante séculos.

Bitrú só lhe pediu uma coisa.

Juana Vidal não voltou a ver seu filho, mas a cada semana lhe chegava um envelope com dinheiro suficiente para viver melhor do que o comandante da Catalunha.

11

Juan sabia o que tinha de fazer, mas estava muito assustado. Levara em conta as palavras do mestre e se afastou a toda pressa do lugar. Mas o medo confundiu-o, e ele acabou se perdendo. Acreditava ver nos rostos dos poucos transeuntes as caras dos assassinos de seu mestre. Tinha certeza de que iriam atrás dele para matá-lo e arrebatar-lhe o segredo.

Mas ele era o eleito e não podia falhar com seu mestre. Além do mais, era um cavaleiro. O mais jovem de todos eles. Um cavaleiro que conhecia o grande trabalho de seu mestre. Este lhe dissera muitas vezes: "São necessários muitos anos, o trabalho de várias gerações, para concluir uma obra como a que estou fazendo. Meus sucessores imprimirão nela o selo de sua personalidade; isso não importa, porque o principal já foi feito, já foi traçado, e o plano já pode ser completado... Nem você nem eu entraremos na terra prometida... Será um dos seus, a quem dará o nome de María."

Sim, Juan sabia o que tinha de fazer. Só precisava lembrar a ordem: esta lhe indicaria o caminho a seguir. Mas tinha muito medo. Inconscientemente, seus passos o levaram às imediações do ateliê. Um erro, porque era o primeiro lugar em que os assassinos procurariam, pensou Juan. Mas, possivelmente, onde também o fariam os amigos de seu mestre.

O entardecer daquele dia 7 de junho tinha algo de misterioso. Fazia muito calor, e, no entanto, ele sentia frio. O céu se tingia de um vermelho como de sangue derramado. Juan escondeu-se no meio do material de obra das proximidades do ateliê. Tentou pensar, organizar sua mente. Não podia falhar. Precisava vencer o medo. Não sabia desde quando estava ali, mas a noite havia caído, e, pelo bulício que começou a se organizar em torno do ateliê, compreendeu que já era muito tarde e que a ausência do mestre se fizera notar. Podia atravessar a esplanada e chegar ao ateliê. Ali estaria a salvo. Mas, não, precisava cumprir as ordens de seu mestre. Além do mais, acreditava ter visto os assassinos perambulando pelos arredores; certamente não estariam sozinhos; havia mais gente à sua procura. Juan decidiu se afastar dali.

Correu até chegar a uma floresta que cortava a cidade em duas. Devia atravessá-la, chegar ao outro lado sem ser descoberto. Escondeu-se atrás das árvores. Estava deserto. Cruzou-a e continuou descendo. Enganou-se. Sem se dar conta, estava na praça de Tetuán, muito perto de onde haviam matado o mestre. Estava perdido, mas devia continuar. Confundia o som de seus próprios passos com o de seus perseguidores. Sem saber como, penetrou em um labirinto de ruas estreitas. Seu coração era um cavalo descontrolado. Queria saber onde estava. Olhou a placa; estava tão escuro que teve dificuldade em lê-la. "Carrer del Vidre", leu finalmente. Continuou. A rua levava a uma grande praça retangular com pórticos enormes. Ele se sentou no chão, apoiando as costas em uma das colunas. Devia se recuperar e pensar. Não adiantava nada ficar correndo de um lado para outro da cidade. Ele conhecia a ordem, pois durante semanas seu mestre lhe indicara o caminho espalhando migalhas de pão. As migalhas marcavam os lugares que devia recordar e, além do mais, quem poderia suspeitar dele? Só aqueles dois sabiam de tudo, os demais viam um velho louco que, acompanhado de um menino, atirava pão aos pombos quando lhe dava na veneta. A mesma coisa deviam ter pensado os inimigos do ancião, que não paravam de espioná-lo um único dia. Juan recordou a ordem. Ia se levantar para prosseguir, quando uma força sobre-humana ergueu-o no ar. Esteve a ponto de gritar, mas uma mão gigantesca tapou sua boca.

— Não grite, menino! Sou um amigo.

O menino nem forcejou.

— Eu era amigo de seu mestre, e hoje estou aqui para ajudá-lo. Você entendeu o que eu disse? Se for assim, levante uma mão muito lentamente e o soltarei.

Juan fez o que o gigante lhe ordenava.

O desconhecido o soltou. Aquele gigante, que parecia um vagabundo, provocava-lhe sentimentos contraditórios; por um lado, sentia atração e confiança, e, por outro, a inquietação turvava sua mente. O gigante parecia tirado de outro tempo: tinha cabelos longos, barba espessa e muito preta, e se vestia como um monge. Juan viu-o puxar do interior de seu hábito uma grande espada. Foi tudo muito rápido, mas pôde ver a imagem de um cedro impresso na camisa, debaixo do hábito.

— Você é um cavaleiro!

— Silêncio, garoto! Sim, sou um cavaleiro.

— Eu também — disse o menino. Agora sabia que podia confiar no gigante.

— Eu os vi perambulando por aqui... O próprio Bitrú.

— Bitrú?

— Sim; o pior de todos, filho. Um assassino como há poucos, sem alma. Sai à caça. Por isso devemos sair em silêncio deste lugar.

Então o menino não conseguiu aguentar mais e se pôs a chorar. O gigante se aproximou, afogando os soluços entrecortados do menino.

— Eles o mataram... Ele foi empurrado. Eu vi tudo. Ele morreu esmagado pelo bonde.

— Acalme-se, menino; eu sei. Vou ajudá-lo. Você deve recordar, é importante; talvez o mestre lhe tenha dito algo.

— Ultimamente eu não ficava brincando no ateliê; íamos juntos à missa. O mestre me contou que a cidade é uma floresta, que vivemos perdidos nela, que havia passado a vida espalhando pedras pelo bosque, os sinais para voltar à sua casa. Foi isso que disse.

— Sim, perdido na floresta, como no conto — disse o gigante.

— Meu avô também me contava a história quando era pequeno, depois o mestre, e agora você...

— É isso, filho: você deve caminhar pela trilha do conto, deve se perder na floresta para compreendê-la.

— Senhor, eles o mataram... — voltou a repetir o menino.

— Sim, uma tragédia, filho. Mas preciso que faça mais um esforço. Não deve ficar triste. Você é um cavaleiro, não é verdade?

— Sim, senhor; como você.

— Nós o protegeremos e lhe ensinaremos muitas coisas para que possa compreender; mas agora é importante que recorde. Pense que atrás disso tudo há pessoas muito más que não querem que o mestre consiga o que queria.

— Às vezes passeávamos juntos de manhã, e o mestre espalhava migalhas de pão pelos lugares do caminho que eu devia recordar; então me ensinava o símbolo.

— Você é um menino muito inteligente, por isso o mestre confiou em você. Além do mais, quem poderia suspeitar de um menino?

— Por isso ele me deu isto — disse Juan, depois de tirar o pequeno saquinho que guardava no bolso.

— O segredo! — disse com espanto o gigante. — Guarde-o, devemos protegê-lo com nossa vida se for preciso. Não pode cair nas mãos de Asmodeu.

— Quem é Asmodeu?

— Embora não saiba quem é, quando o vir o reconhecerá. Tomara que não aconteça nunca.

Mas, sim, agora recordava, vira-o uma vez; havia sido numa noite em que o mestre trabalhava.

O menino não fez outras perguntas, enfiou a mão dentro do saquinho e disse:

— Tem um papel aqui dentro.

— Você deve lê-lo. Depois o destruiremos.

Juan pegou o papel e leu:

— "Juan, meu querido pequeno ajudante, não se assuste. Meus irmãos o ajudarão. Agora você deve guardar o segredo, deve escondê-lo seguindo as instruções. Ele o ajudará. Depois, quando cumprir sua missão, devemos esperar até que o caminho apareça de novo. Acontecerá dentro de muitos anos, Juan. Quando se cumprirem as palavras do Padre Nosso, 'Assim na terra como no céu'. Então, alguém de seu sangue cumprirá a profecia." É isso. Pode queimá-lo — concluiu Juan, entregando o bilhete ao gigante.

Foi o que ele fez.

Deu uma mão ao menino; com a outra empunhava a espada. Foram ao centro da praça, até um dos postes que cercavam a fonte central.

— Juan, Juan, claro... Como não pensei nisso antes? Você tem o mesmo nome Batista, menino. "É necessário que ele cresça e eu diminua" — disse, recordando a frase dos Evangelhos. — João Batista precedia o homem novo... O homem velho deve morrer... O Apocalipse anuncia a mesma coisa; esse era o livro preferido do mestre. — O gigante, tomado pela emoção, olhou para o menino e afirmou: — Passou anos construindo os alicerces da nova Jerusalém.

— Eu sei — disse o menino.

Então o gigante levantou a espada e apontou um dos postes.

— E aqui você tem a primeira chave, menino: a serpente. O Oroboro,* tudo em um... *En to pan*, a serpente de luz que mora nos céus, na Via Láctea. A serpente Jormungand da mitologia nórdica. O símbolo circular da obra magna, o princípio e o fim que une o consciente ao inconsciente. Você está vendo duas serpentes enroscadas no poste?

— Sim, mas não entendo nada.

— O caduceu de Hermes! Estamos falando de uma arte muito antiga... A alquimia.

O gigante deu-se conta de que o menino não compreendia nada do que ele estava dizendo. Embora Juan fosse um cavaleiro, tinha muito a aprender, de fato estivera pouco tempo com ele, além de ser apenas um iniciado.

— Espera-nos uma longa noite, Juan. Precisamos cumprir a missão que o mestre lhe encomendou. Só você conhece o lugar exato onde deve guardar a relíquia até que chegue o dia. Depois a esconderemos para que nunca a encontrem; essa é a nossa missão. E agora vamos ao Jardim das Hespérides. Lá nos espera o dragão, que é seu guardião.

---

* Oroboro é um símbolo representado por uma serpente ou um dragão que morde a própria cauda. É usado para representar a eternidade. *(N. do T.)*

12

Depois das 22h30, o porteiro do templo, que, junto com sua mulher, cuidava do quarto e da alimentação do mestre e de seu aprendiz, foi até a reitoria e avisou o *mosén** Gil Parés. O mestre e o menino não haviam voltado à hora habitual, e tanto ele como sua família estavam muito preocupados. Aquilo não era normal.

— Esperemos um pouco — disse o *mosén* Parés, que tinha dificuldade em ocultar sua preocupação. — Se não voltarem, chamaremos um táxi e iremos ao pronto-socorro. Não me ocorre outra coisa.

Era uma noite tranquila e quente. Uma calma estranha dominava a atmosfera. Não foram ouvidos disparos; os grupos de anarquistas e pistoleiros traçavam seus planos e confabulavam escondidos em escuros tugúrios e cavernas.

Mosén Parés e o porteiro alugaram um carro.

— Deixe que eu vá; você fica aqui, *mosén*. Quando descobrir alguma coisa, farei com que saiba.

O porteiro foi ao pronto-socorro da Ronda.

— Depois das 18 horas, atendemos um ancião que combina com a descrição, mas ele estava sem documentos. Fora atropelado por um bonde na rua das Cortes.

— E onde ele está? Em que quarto? — perguntou o porteiro.

— Não, ele não está aqui. O velho estava em estado muito grave e acho que o enviaram ao Hospital Clínico.

---

* Título que se dava aos clérigos do antigo reino de Aragão. (*N. do T.*)

O porteiro foi buscar o *mosén* Parés, mas antes parou no número 25 do caminho de San Pedro, onde vivia o arquiteto Domingo Sugrañés. O porteiro informou-o em dois minutos sobre a gravidade do caso, e os dois pegaram o *mosén* Parés.

— Temos um cadáver com essa descrição. Já chegou morto.

O sangue gelou nas veias dos três homens. Não era possível que o mestre estivesse morto!

— Tem certeza de que é ele?

— O que sei é que temos um velho indigente atropelado por um bonde.

— Muita gente morre atropelada por um bonde — disse o arquiteto.

— Podemos vê-lo? — perguntou *mosén* Parés.

— É claro, padre, é claro.

Entraram no necrotério. *Mosén* Parés levantou o lençol. Lamentou a sorte daquele desgraçado, mas, por outro lado, alegrou-se: não era o mestre. Deus perdoaria sua alegria.

— Se quiserem, posso ligar para o pronto-socorro onde ele foi atendido. Normalmente, são os motoristas das ambulâncias que decidem qual é o hospital ao qual devem levar os acidentados — disse o empregado.

— Ficaremos muito agradecidos — respondeu o arquiteto.

O empregado fez a ligação.

— Sim, há outro vagabundo atropelado por um bonde... É possível que esteja na Santa Cruz.

— Obrigado — disseram os três em uníssono.

E saíram em direção ao hospital.

O homem enchapelado com um sombreiro cruzou com um grupo de freirinhas. Estava vestido completamente de preto, calçava impecáveis sapatos de verniz e empunhava uma bengala com uma talha de marfim no castão. Uma das freirinhas olhou de perfil a estranha forma da empunhadura e sentiu um calafrio. O homem nem sequer fez um gesto, nem uma saudação, e continuou caminhando lentamente pelos corredores do hospital da Santa Cruz. Olhou seu relógio: dez para a meia-noite.

Pouco depois, chegou à sala de São Tomás e foi até a cama número 19. Ali estava o velho. Recebera a extrema-unção.

O homem de preto ficou ao pé da cama. Cravou seus olhos impassíveis no rosto do moribundo. Uma onda de calor assolava meio mundo, mas o homem vestido de preto nem notava. Seu sangue era como o das serpentes. Usando a bengala, desenhou no ar sinais incompreensíveis, pronunciando uma estranha ladainha de além-túmulo. O moribundo entrou em estado de excitação, quase de convulsão. Pareceu recuperar a consciência, lutava, enquanto o esforço o consumia.

— Bem, vejo que se lembra de mim. Acalme-se... Sim, invoquei seu nome, e você recuperou a consciência. Faz muito tempo...

Da garganta do velho saiu um sussurro imperceptível. Um nome. Depois, o cansaço voltou a consumi-lo.

— Sim, sou eu. Já faz muito tempo, você se lembra? — O malvado se aproximou, quase tocou com seu rosto o do ancião. — Agora me chamo Asmodeu. — Fez uma pausa e depois continuou: — Você não quis se unir a nós. Poderia ter tido tudo, mas escolheu o caminho equivocado. Escolheu o mundo dos fracos. Olhe para você. É um velho mendigo. Sem nada, sem família. Não lhe resta nada.

Asmodeu se afastou e andou em volta da cama como um lobo ao redor de sua presa; deu vários passeios e depois continuou falando.

— Vim vê-lo para lhe dizer que seu plano fracassou. Quarenta e três anos de trabalho para nada. Meia vida — pronunciou a última palavra com desprezo. — De certa maneira, eu o admiro, sabe? Fui sempre sua sombra, desde que se negou a me seguir, a unir-se a mim. Sempre soube em que você estava trabalhando. — Fez uma pausa e depois disse, com voz cruel: — Pegamos o aprendiz. Você fracassou. Seu jogo terminou.

O velho se agitou violentamente, negando com a cabeça.

— Sim, ele está conosco.

O velho cravou seus olhos azuis em Asmodeu. Olhou-o até o fundo da alma e sorriu. Sabia que seu oponente mentia. Fechou os olhos, e a paz voltou a ele. Asmodeu nunca teria o segredo. Estava a salvo, e seu plano, mais cedo ou mais tarde, acabaria se cumprindo.

— Louco maldito! Caldeireiro infame! — exclamou Asmodeu, deixando-se levar pela ira. Levantou a bengala e ameaçou o moribundo, dirigindo-lhe toda uma série de impropérios. — Onde está o menino?

Asmodeu compreendeu que ele nunca lhe diria. Estava a um passo da morte e queria chegar a ela em paz.

Asmodeu ia descer a bengala no ancião, quando ouviu passos. Várias pessoas entravam na sala e se aproximavam, vindo do fundo do corredor. Ele tentou recuperar a compostura. Só teve tempo de dizer:

— Tomara que você apodreça com seu Deus!

Mosén Parés e Sugrañés chegaram ao hospital à meia-noite. Disseram-lhes que o mestre não podia estar ali; seu nome não constava do livro de internações do hospital.

— E foi internado alguém com a descrição que lhe demos?

O homem examinou o registro.

— Sim, por volta das 20 horas. Um indigente atropelado por um bonde; está na unidade de traumatizados de São Tomás. O médico de plantão é o Dr. Prim e poderá informar melhor.

— Obrigado.

Os três homens se dirigiram à unidade de São Tomás. Um homem cruzou com eles; um tipo estranho que se vestia totalmente de preto. Desejaram-lhe boa-noite, mas o desconhecido não respondeu. Os três chegaram à cama número 19.

Sim, era ele.

13

— Tem três costelas quebradas, mas isso é o de menos. O pior é que passa por uma grave comoção cerebral, e seu coração funciona precariamente — disse o Dr. Prim, que estava de plantão na unidade.
— Há quanto tempo está inconsciente?
— Desde que foi internado.

O doutor perguntou de quem se tratava, pois o ancião não tinha nenhum documento. *Mosén* Parés lhe disse quem era o enfermo que estava em suas mãos. O médico não conseguia acreditar. Achava impossível, mas não ia duvidar da afirmação de um sacerdote, que, além do mais, acorria ao hospital em uma hora tão complicada.

— Ninguém o reconheceu, padre — disse o médico, e acrescentou: — Quem poderia pensar que sob essas roupas tão pobres se escondia um homem tão notável?

— Não se escondia. Era um santo. Fez voto de pobreza e o cumpria. Até chegou a dizer em várias ocasiões que gostaria de morrer em um hospital de pobres, como mais um deles.

O médico esteve a ponto de afirmar que ele conseguira, mas se conteve. Eles teriam considerado sua sinceridade uma piada de mau gosto. Mas ele sabia que era questão de horas o ancião entregar a alma a Deus.

Mosén Parés, o arquiteto Sugrañés e o porteiro voltaram a suas casas. Mas nenhum deles pôde pregar o olho no que restava da noite. Às 6 horas da manhã, *mosén* Parés enviou um recado ao cônego mestre-escola dom Francisco e ao orientador espiritual do ancião, o padre Augustín Mas. Combinaram ir às 8h15 ao hospital, junto com Sugrañés.

Quando chegaram à unidade, vários médicos estavam examinando o ferido, entre eles os doutores Trenchs e Homs. Todos confirmaram o diagnóstico: possível fratura da base do crânio, comoção cerebral, diversas contusões nas pernas e em outras partes do corpo, erosões na face e na orelha esquerda e três costelas quebradas. Os amigos perguntaram se era possível o traslado a uma clínica particular.

— A viagem de ambulância é perigosa — disse um dos médicos.

— Aqui nós o atenderemos da mesma maneira que numa clínica particular — afirmou seu colega.

— Não temos dúvidas a respeito. Nem por um momento quisemos colocar isso em xeque.

Acertaram que o doente seria transferido para um quarto individual. Na cabeceira, penduraram uma litografia de São José e um rosário de Lourdes. Ele tinha sido engessado. Pareceu recuperar a consciência, e lhe perguntaram se queria receber o viático; ele respondeu que sim com a cabeça. Mais tarde, acreditaram tê-lo ouvido dizer "Deus meu, Deus meu", embora fosse difícil entendê-lo. A notícia percorreu a cidade, e milhares de barceloneses se sentiram consternados ao saber da sorte do mestre. Às 11 da manhã, o bispo da diocese, Dr. Miralles, foi ao hospital visitar o ilustre enfermo. Ficou ao lado de seu leito, e, embora o ancião tivesse tentado dizer alguma coisa, o estado de hiperagonia que o dominava não lhe permitiu articular palavra. Ao lado dele estavam seu amigo incondicional *mosén* Parés, Francisco Bonet, sobrinho do mestre, o arquiteto Buenaventura Conill e outros que haviam acorrido ao hospital ao saber da desgraça. O Sr. Ribé, representando o prefeito da cidade, se ofereceu para tudo o que fosse necessário. Visitou o enfermo várias vezes, à manhã e à tarde. O mesmo fez o presidente da assembleia, o senhor Milà i Camps.

Três dias depois, às 17h30, o mestre entregou sua alma a Deus, cercado pelos amigos que o assistiram em seus últimos momentos.

A agonia do enfermo foi muito longa. Começou por volta das 4 horas da madrugada.

— Juan, Juan, meu menino — parecia dizer repetidamente.

Mas ninguém entendia as palavras do mestre.

Às 17 horas do dia 10, um homem estranho entrou em seu quarto. Parecia um gigante. Vestia um hábito que nenhum presente soube reconhecer. O mestre, que estava havia um bom tempo inconsciente, pareceu voltar de um profundo abismo e levantou o braço para o desconhecido com um queixume que emocionou todos os presentes.

O gigante se ajoelhou à cabeceira e aproximou seus lábios da orelha direita do mestre. Ninguém ouviu o que o gigante disse; ninguém, exceto o mestre.

— O menino está a salvo. A missão foi cumprida.

O ancião fechou os olhos. O gigante se levantou e saiu do quarto com lágrimas nos olhos. Ninguém disse nada.

Meia hora depois, o mestre falecia.

No dia 11, o cadáver foi levado para a câmara ardente. As manifestações de pêsames dos notáveis da cidade não se fizeram esperar: as do prefeito da cidade, barão de Viver; as do governador civil, general Milans del Bosch, e as do bispo José Miralles Sbert. Assim como as de milhares de barceloneses, que, em silêncio, manifestaram sua dor diante dos restos mortais do mestre...

No dia 12, formou-se um cortejo liderado pela cavalaria da guarda urbana. Uma multidão acompanhou a comitiva pelas ruas da cidade.

Perto do muro, um menino esperava junto à entrada do templo, cercado por um enorme multidão que, em respeitoso silêncio, havia se congregado para dar o último adeus ao mestre. O menino esperava que o carro fúnebre fizesse sua aparição. Sabia que podiam reconhecê-lo, mas não se importava. Esperava seu mestre

Viu o carro fúnebre passar diante dele, a apenas um metro de distância. Quase podia tocá-lo, bastava esticar a mão.

— Eu consegui, mestre. O segredo está em seu lugar. Onde o senhor queria — disse o pequeno Juan em voz baixa, sem que ninguém o ouvisse.

O carro fúnebre com os restos mortais entrou na Sagrada Família.

Antonio Gaudí, o mestre, o arquiteto genial, foi enterrado na cripta do templo.

TERCEIRA PARTE

A Relíquia

14

Ano 1000, a.C., Terra Santa

Todos em Jerusalém conheciam o monte Moriá, pois fora ali que Salomão construíra o templo, quase mil anos antes do nascimento de Cristo. Essa era precisamente a idade da fundação dos Sete Cavaleiros Moriá, embora seu nome mais antigo fosse o de Árvores de Moriá, porque na esplanada do monte onde Salomão levantou o templo havia sete cedros, que foram derrubados, cuja madeira foi usada na construção da Arca da Aliança*. Seu nome só podia ser pronunciado em voz baixa, como o murmúrio do vento quando atravessa uma floresta antiga. O anonimato cobria sua identidade com o véu de uma lenda perdida na escuridão dos tempos. Os sete cavaleiros se transformaram em guardiões secretos do templo. Sua missão era velar pela integridade do lugar sagrado, e sua força e valentia eram conhecidas muito além do mar da Galileia. Suas ferramentas de metal foram fundidas na forja; assim obtiveram as espadas. E se perpetuaram no tempo protegidos pelo silêncio e o mistério. Depois da morte do rei Salomão, vieram tempos aziagos: os servidores do mal, os Homens Mísula, iniciaram, na escuridão, uma guerra implacável contra eles. Lançaram intrigas de sua caverna escura, no entorno do Pentágono Negro. As invasões de Israel trouxeram também as sombrias deidades sírias e fenícias

---

* A Arca da Aliança é descrita na Bíblia como o lugar em que as tábuas dos Dez Mandamentos teriam sido guardadas. Seria, também, o veículo de comunicação entre Deus e seu povo escolhido, os judeus. *(N. do T.)*

que profanaram o templo. Mas o espírito dos Árvores de Moriá continuava vivo e triunfava de novo sobre as trevas. O templo foi restaurado em várias ocasiões durante os reinados de Ezequias e Josaías. Até que chegaram os babilônios, capitaneados pelo rei Nabucodonosor II, que destruíram definitivamente o velho templo em 587 a.C.

Após o cativeiro do povo de Israel, os sete guardiões de Moriá propiciaram a reconstrução. Os grãos de areia continuavam caindo no imenso relógio da história, e de novo os sombrios intervieram. Novas profanações, morte, destruição, falsas deidades entraram no palácio das tribos de Israel, culminando com a tomada de Jerusalém por Antíoco IV, que mandou colocar a imagem pagã de Zeus, o deus grego. Foram eles, os Sete Árvores de Moriá, que sublevaram o povo judeu na chamada rebelião dos macabeus, capitaneada por Judas Macabeu, de quem se dizia ser um deles. O templo foi restaurado em 150 a.C. Mas, com a expansão do império romano, viu-se novamente ameaçado; no entanto o rei Herodes, o Grande, devolveu-o em toda a sua magnificência em 20 a.C.

Os Moriá tinham ouvido falar de um profeta de Nazaré que pregava e fazia milagres em toda a Galileia. Aquele homem arrastava multidões, e sua fama se espalhara por toda a Judeia. Um dia, esse profeta, que foi batizado por João nas águas do Jordão, visitou o templo com seus discípulos. Os guardiões estavam ali, perdidos no anonimato das gentes. Nesse dia, Jesus denunciou a corrupção que imperava nas classes altas de seu povo. Irrompeu no templo e pôs para fora, a chibatadas, os comerciantes e os cambistas; destroçou as barracas em que eram vendidos pombos. O escândalo foi enorme. Enquanto isso, o Nazareno gritava: "Está escrito, minha casa será chamada casa de oração, mas vós estais fazendo dela um antro de ladrões." Aproximaram-se do templo cegos, coxos e aleijados, e ele os curou. Os sumos sacerdotes e os escribas, ao vê-lo e ao ouvir as crianças que gritavam "Hosana ao filho de Davi" foram tomados de fúria...

A partir daquele momento, os cavaleiros de Moriá entenderam que aquele homem era o verdadeiro Messias e o seguiram com discrição, ouvindo todos os seus sermões.

E um dia, Jesus, do átrio dos gentios, vaticinou: "Estão vendo este templo? Eu lhes asseguro que não restará aqui pedra sobre pedra que não seja derruída para sempre. No entanto não devem temer, porque chegará o dia em que uma nova construção será concebida por Deus, e suas sete portas estarão sempre abertas à redenção do homem. Esse será meu templo."

Jesus de Nazaré, que reconhecera os Árvores de Moriá desde o primeiro momento, chamou-os de lado e lhes disse que sua missão continuava de pé, anunciando-lhes que deveriam velar pelo cumprimento da profecia, até que chegasse um tempo, por mais distante que parecesse, no qual finalmente a casa de Deus veria a luz.

Um dos 12 discípulos de Jesus, um pescador chamado Simão Pedro, percebeu a presença daqueles homens misteriosos. Pedro, que se exaltava com grande facilidade, acreditava que aqueles guardiões haviam sido enviados pelo sumo sacerdote e temeu por seu mestre. A partir desse momento, cada vez que Jesus Cristo predicava, ele procurava ficar por perto, vigiando os movimentos daqueles homens, disposto a pular sobre eles, a defender seu mestre com a própria vida.

Um dia, Jesus, a caminho de Cesareia de Filipo, aos pés do monte Hermon, no norte da Palestina, chamou Pedro de lado e falou-lhe assim:

— Simão, não temas: esses homens que vigias com tanto zelo não querem me prender nem me entregar ao sumo sacerdote...

— Mas, mestre, eu os vi no templo... Não são como os demais. Creio que estão sob as ordens de Caifás, eu juraria que...

— Cala-te, Pedro, porque está escrito que o filho do homem veio para reconstruir o verdadeiro templo, onde todos os homens de boa vontade encontrarão abrigo... Ouve-me com atenção, eles são os sete guardiões Moriá, os guardiões do templo.

— Mas, mestre, isso é apenas uma lenda muito antiga...

— Simão Pedro, quando eu não estiver mais convosco, entenderás estas palavras. Muitos templos serão erguidos em meu nome, santuários serão cobertos de joias e metais preciosos, torres mais altas do que a de Babel desafiarão o céu, e nos altares colocarão novos ídolos, mais poderosos que o bezerro de ouro que nosso povo perdeu quando Moisés desceu da montanha com as Tábuas da Lei.

Pedro, de caráter intempestivo, ergueu o punho no ar e respondeu:

— Mestre, não permitirei que isso aconteça, mesmo que precise dar minha vida. Ninguém erguerá um falso templo em vosso nome!

Jesus respondeu, com tristeza:

— Pedro, eu te asseguro que, antes que chegue o dia em que a casa de meu pai será reconstruída no coração dos humildes, negarás a verdadeira relíquia que hoje te revelo aqui em Cesareia de Filipo.

Setenta anos depois da crucificação e morte de Cristo, cumpriu-se, com a revolução dos zelotes*, a primeira parte da profecia; o templo foi completamente arrasado. A relíquia ficou em Cesareia, abandonada à sorte de quem a quisesse resgatar.

No entanto os guardiões se perpetuaram, e durante séculos sua missão foi procurar com denodo aquela relíquia perdida. As espadas forjadas com o metal que derrubara os setes cedros de Moriá passaram de mão em mão, geração após geração.

Muito tempo depois, no ano de 1126, a constelação do Dragão, situada exatamente sobre Jerusalém, anunciava que se iniciava a segunda parte da profecia: a corrida para a reconstrução do novo templo. Como o rio que se esconde sob as marismas para aparecer no curso sob o leito, os Moriá apareceram de novo para recuperar a relíquia que todos desprezaram e levá-la aos alicerces da nova Jerusalém. Já andavam atrás dela havia muito tempo. Agora se apresentara uma oportunidade, e saberiam aproveitá-la.

Um ginete cavalgava pela ladeira escura do monte Hermon, perto do mar da Galileia. Era uma região vulcânica, onde o trigo crescia mais rápido e vigoroso do que em outros lugares porque absorvia avidamente os raios solares. De Capernaum ou do próprio mar da Galileia, ao contemplar aquela região, avistava-se uma terra escura, por isso o lugar era conhecido como "terra das sombras". Ali nascia o rio Jordão, que fluía do norte ao sul.

O cavaleiro seguia o curso do rio Jordão do monte ao mar da Galileia e depois até o mar Morto, perto de Jericó. Era um rio escuro, estreito, que arrastava muitos sedimentos. Mas sua nascente era especial. Suas águas cristalinas pareciam um fragmento do perdido Jardim do Éden.

---

* Seita e partido político judaico que desencadeou a revolta da Judeia à época do imperador romano Tito. *(N. do T.)*

O solitário ginete, subindo as ladeiras da "terra das sombras", dirigia-se a algum lugar desconhecido, próximo à fonte do rio sagrado cujas águas João havia usado para batizar Cristo. Em sua cabeça retumbava o Salmo 42, que fora escrito naquele lugar: "Como a corça bramindo por águas correntes, assim minha alma brame por ti, ó meu Deus. Minha alma tem sede de Deus, do Deus vivo: quando voltarei a ver a face de Deus?"

O ginete tinha que se entrevistar com um sufi, um asceta muçulmano, um dos últimos homens que conheciam as regras da Ordem da Cavalaria do Amor. Diziam também que fora discípulo do lendário al-Jadir, o de olhos verdes, o guia de Moisés, o eternamente jovem. O sufi renunciou ao seu nome, não era ninguém, seu corpo, sua voz, sua mente, sua alma eram uma tocha acesa na escura caverna, custodiando uma pobre relíquia. De fato, só ele acreditava cegamente em seu valor sagrado. Dedicara toda a sua vida a protegê-la, velando dia e noite na caverna escura. Mas ninguém acreditava nele, todos haviam desprezado e descartado a verdadeira relíquia, e ele, com tanto zelo, com tanto amor, conseguira guardá-la e protegê-la em segredo. Deixaram-no ali como a um louco. Nem os de sua fé, seguidores de Maomé, acreditaram nele, nem tampouco os infiéis cristãos.

O asceta, com sua solitária fé na relíquia, mantivera viva a lenda. Agora sabia que, quando a entregasse ao infiel, sua vida se desvaneceria, seria poeira. Mas não tinha medo da hora da morte, porque estava escrito na profecia: "Um dos Sete Árvores de Moriá chegará à fonte do Jordão, e lhe será entregue o segredo para que os crentes possam estabelecer uma nova Jerusalém."

O ginete desmontou e prendeu as rédeas em uma rocha enegrecida que parecia uma cabeça emergindo do solo. Subiu uma trilha, ouviu o ruído da água, a fonte do Jordão. Era para lá que estava indo. Chegou ao rio, bebeu de suas águas cristalinas e esperou. Não se deu conta, mas na outra margem havia um homem sentado no chão, contemplando-o, havia algum tempo. O cristão percebeu, finalmente, uma figura embrulhada em uma túnica acinzentada; parecia um mendigo que o contemplava com rosto impassível. O eremita atravessou sua alma com o olhar e profanou todos os seus segredos; então ele compreendeu que era um deles, não tinha dúvida, era um guardião de Moriá.

O ginete se levantou do chão, desembainhou a espada e ergueu-a no ar em atitude ameaçadora. Depois, com as duas mãos, cravou-a no solo. O homem da outra margem caminhou até ele, muito lentamente; em vez de andar, parecia que deslizava suavemente pela ladeira. Estava descalço, mas era ágil, embora parecesse um ancião. Atravessou as águas e parou diante da espada; então se agachou, rasgou um pedaço de sua túnica de lã, deu a volta e envolveu nele alguma coisa que levava escondida em suas mãos. A relíquia que durante anos fora procurada pelos cavaleiros Moriá agora seria guardada de novo por um deles.

O sufi se virou de repente e a entregou ao guardião, olhando-o nos olhos. Este tinha a vista voltada para a frente, pois havia sido proibido de fitar o segredo; devia apenas recolhê-lo e protegê-lo com sua vida até levá-lo a um lugar distante.

O ginete partiu sem olhar para trás. Em seu surrão levava a relíquia, que trasladou a um porto da Palestina. Lá o esperava um navio, que o levaria à Europa. A corrida começara.

Em 1230, os sete guardiões depositaram a relíquia na *Commanderie** de Paris, sob custódia dos cavaleiros templários. Por volta daquela época, os cavaleiros tinham acabado de recuperar Jerusalém. Sua presença era temida, e suas fortalezas, respeitadas. Ali, a relíquia que centenas de anos depois teria de iniciar a construção do novo templo estaria em segurança.

Em 1290, sessenta anos depois, a lenda dos Moriá parecia se desvanecer na névoa do final de uma época de cavaleiros cruzados, magos e heresias apocalípticas que atravessavam o velho continente. Tempos convulsionados dominados pelas potências do Averno** que perseguiam a destruição da relíquia a qualquer preço, assim como centenas de anos antes de Cristo, à custa de intrigas, possibilitaram a profanação e destruição do Templo de Salomão. Os inimigos dos Árvores de Moriá também se perpetuavam, geração após geração, e lutariam com todas as suas armas para atingir seu objetivo.

---

* Designação dada às sedes das ordens templárias na França. *(N. do T.)*
** Averno era o nome que gregos e romanos antigos davam a uma cratera perto de Cumas, na Campânia italiana. Acreditava-se que era a entrada para o inframundo. Mais tarde a palavra passou a ser um sinônimo deste. *(N. do T.)*

Apenas um homem brilhou com luz própria naqueles tempos obscuros. Um sábio missionário chamado Ramon Llull, um verdadeiro alquimista das palavras, que dedicara sua vida à elaboração de um método de arrazoado de inspiração divina com o qual pretendia converter o mundo islâmico ao cristianismo, a *ars magna*. A lógica e a mística se fundiam nesse estranho artefato, um mecanismo de rodas concêntricas onde se combinavam perguntas, respostas, sujeitos, predicados, os cem nomes de Deus e todos os seus atributos. Assim o velho Llull enfrentava os sábios muçulmanos, em uma batalha de símbolos e raciocínios. Seu nome ressoava em todas as cortes cristãs e maometanas, todos o respeitavam, embora, muitas vezes, pregando nos mercados do Oriente, tivesse estado à beira de ser apedrejado pelas turbas que nada entendiam de arrazoados. Mas ninguém conhecia o verdadeiro segredo daquele viajante e escritor incansável, homem que apostara decididamente no conhecimento das línguas para convencer judeus e muçulmanos de sua única verdade teológica. Sim: Ramon Llull era um dos Sete Árvores de Moriá.

Depois da perda de Akka, em 1291, o prestígio das ordens militares caía irremediavelmente em todo o velho continente. Llull enviou um documento no qual sugeria ao papa a fusão de todas elas; a do Hospital, a do Templo, a de Uclés ou de Santiago e a de Calatrava. De tal união deveria nascer a Ordem do Espírito Santo, com um mestre em teologia e um grupo de homens formados no conhecimento das línguas do mundo árabe e hebreu, filósofos, santos e sábios que iniciariam um trabalho de missionários em terras orientais para converter os infiéis. Mas os acontecimentos se precipitaram. O projeto fracassou. O rei da França, Filipe, o Belo, envenenado pelo elixir da cobiça que os obscuros o haviam feito beber, iniciara uma campanha difamatória contra a poderosa Ordem do Templo, que dia após dia via crescer seu poder econômico na velha Europa e, no entanto, perdera tudo na Terra Santa, que era seu verdadeiro objetivo. A ameaça era tão evidente, que o velho e já cansado missionário Ramon Llull convocou uma reunião de urgência dos Sete Guardiões. E foi assim que o vento da ambição levantou as cinzas da lenda, e a chama dos guardiões voltou a iluminar as espadas dos Moriá.

Pediam ao grande mestre do Templo, Jacques de Molay, o que era seu. Foi o próprio Ramon Llull quem negociou em segredo em Paris. Os templários se recusaram a entregar a relíquia. O medo da ameaça do rei da França ou a perda de seus aliados em Roma talvez tivessem fechado seus corações à verdade, e eles se rebelaram... Os Moriá pediam simplesmente o que era seu. O velho Llull compreendeu que chegara o fim; no entanto um dos guardiões ocupava um alto cargo na direção da *Commanderie* de Paris e agiria no momento exato.

A Ordem do Templo caiu em outubro de 1307. As tropas do rei Filipe, o Belo, aprisionaram Jacques de Molay. A *Commanderie* de Paris foi subjugada; todos os monges, surpreendidos. Apenas um monge, um homem de força prodigiosa, um verdadeiro gigante chamado Cristóvão, conseguiu fugir por uma passagem secreta, levando a relíquia. Dirigiu-se para além dos Pireneus.

Os dias da Ordem — devido à ambição do papa Clemente V e de Filipe IV da França — estavam contados.

Cristóvão vadeou rios, cruzou montanhas e vales e chegou ao castelo de Miravet, às margens do rio Ebro. Os cavaleiros se prepararam para resistir, nunca se renderam. As *commanderies* templárias de toda a cristandade foram caindo nas mãos das monarquias, da Inquisição, dos nobres. Em poucas semanas, como em um efeito dominó, todos os castelos, casas, possessões deixaram de pertencer aos templários. Os cavaleiros, os monges, os mestres caíram prisioneiros e começou um tortuoso processo no qual eram acusados de hereges, de adoradores de Bafomet, de cuspir na cruz e também de sodomia. A Ordem do Templo não existia mais; apenas o castelo de Miravet, um baluarte inexpugnável, resistia encarniçadamente.

Jacques de Molay, o grão-mestre, foi condenado à morte ao lado de outros grandes cavaleiros da Ordem. Enquanto isso, Miravet resistia.

Em sua cela de Paris, Molay recordou uma reunião secreta realizada poucos meses antes da queda da Ordem. Era sobre um tema muito delicado e urgente. Ramon Llull mostrara-lhe a espada de Moriá e reclamara a relíquia que os templários se limitavam a guardar.

O sábio Llull assegurava que a relíquia era o maior tesouro da cristandade e que exercera uma influência, um poder sobrenatural, sobre a Ordem do Templo. Em setenta anos, ela havia se expandido, como uma teia de aranha, desde o centro, Paris, onde fora depositada a relíquia, até os outros países da Europa, subjugando tudo à sua ação. Mas tal poder acabaria por destruir a própria Ordem, porque a relíquia devia ser trasladada para o seu lugar exato. Ninguém levou a sério o sábio de Maiorca. Nem mesmo quiseram ouvi-lo quando ele reclamou, como um dos guardiões Moriá, sua devolução. A arrogância, o medo e as riquezas levaram-nos a se perder.

Jacques de Molay, trancado no cárcere, dava-se conta de que Ramon Llull predissera o que aconteceria, o desastre. A mãe Igreja protetora dos templários os abandonou na floresta da perdição. O último grão-mestre, momentos antes de enfrentar a morte, pensou em tudo isso. Ao se negar a devolver a relíquia a seus verdadeiros proprietários, perdera a honra. Este havia sido seu único pecado, e não as absurdas calúnias de feitos e rituais que eles nunca praticaram. Jacques de Molay pediu, por fim, perdão e se ajoelhou diante da cruz da Ordem do Templo, uma simples imagem desnuda, de madeira. Foi a única coisa que o inquisidor lhe concedeu por piedade, horas antes de ditar a sentença de que morreria queimado na fogueira.

15

Miravet, 1836

Na casa de Wentworth, um vale do Tâmisa a cerca de 30 quilômetros de Londres, um velho general carlista, o lendário Ramón Cabrera, o Tigre do Maestrazgo, recebia todos os dias um estranho visitante vindo de terras distantes. O Tigre ia lhe relatando sua vida, a fulgurante campanha militar da primeira guerra carlista, onde alcançara o mais alto posto militar e também o título de conde de Morella, a cidade amuralhada que ele conquistara e depois transformara em um bastião inexpugnável de seu pequeno império.

Ele era um jovem de Tortosa que abandonou a cidade em busca de fama e fortuna. O jovem Ramón Cabrera, sem saber exatamente aonde ir quando saiu da cidade, às margens do Ebro, ergueu seu lenço. Um sopro de vento agitou o pano branco na direção das montanhas, ao coração do Maestrazgo, Morella. Sem pensar duas vezes, tomou essa direção e se uniu aos grupos de homens que se reuniam nessa cidade para defender o pretendente da coroa espanhola, Carlos María Isidro de Borbón, irmão do finado Fernando VII.

Fernando VII, pouco antes de morrer sem descendentes varões, abolira a lei Sálica, que impedia que o trono da Espanha fosse ocupado por uma mulher. A rainha María Cristina de Nápoles, apoiada pelo Partido Liberal, tornou-se regente, em nome de Isabel II, então um bebê de dois anos, filha de seu casamento com o rei Fernando VII. Esse foi o motivo da guerra que explodiu entre irmãos, cidadãos, vizinhos, amigos da mesma aldeia. Uma guerra civil, a pior das calamidades.

Cabrera esvaziava sua memória diante daquele visitante que ouvia atentamente sua história: as correrias daquela primeira guerra carlista, que começou no final de 1833. Haviam se passado quarenta anos, mas aquele conflito o catapultou do nada até as esferas mais altas do poder, da fama, à lenda do Tigre. Participou também da segunda guerra carlista e acrescentou ao título de conde de Morella o de marquês do Ter, devido à batalha vencida no Pasteral no final de junho de 1848. Não participou da terceira guerra carlista de 1872; havia se inimizado com o arrogante pretendente Carlos VII, e inclusive, três anos mais tarde, reconheceu Alfonso XII, filho de Isabel II.

Estava desde muitos anos exilado na Inglaterra, onde conheceu Marianne Catherine Richards. Casou-se com ela em 1850, e vieram os filhos. Em Londres, na casa de Wentworth, vivendo como um *gentleman*, Cabrera, velho e cansado, afastado da política, abriu uma janela à memória. As paisagens daqueles anos de juventude, quando conseguira se converter em líder indiscutível do carlismo, que combatia os exércitos liberais defensores da regente María Cristina, lhe deram um sopro de ânimo.

Parecia-lhe incrível, proverbial, quase um milagre. Eles não tinham nada, nem armas; apenas coragem, bravura e as montanhas como guarida. Lutavam como guerrilheiros, em pequenos grupos que fustigavam e emboscavam sem parar as colunas do exército regular. Sempre lutou com sua bengala. Virou um exímio matador de homens quando se envolvia em lutas corpo a corpo, envolto em sua capa branca. Ao lado de seus voluntários, lançando o grito de *"Avant!"*, era invencível. Derrotou todos os generais da rainha, até que sua enfermidade, aquela estranha doença que arrastava desde a infância, prostrou-o na cama; seu império, cidadela após cidadela, foi desmoronando como as cartas de um baralho, e no fim só lhe restou o remédio de se exilar. Assim acabou a primeira guerra carlista.

As recordações o angustiaram, mas, de todos esses fragmentos de memória, guerras, amores e aventuras, hoje rememorava uma passagem diferente. Um episódio que nunca, jamais, revelaria nem a seu visitante nem a ninguém, que levaria consigo para o túmulo. Tratava-se de um acontecimento que não tinha nada a ver com as guerras carlistas, com as intrigas da corte, com a política partidária... Recordava o juramento que lhe fizera um monge que acudira à sua tenda de campanha em Miravet na noite da Sexta-Feira Santa de 1836, alguns meses depois do brutal fuzilamento de sua mãe, María Griñó.

O episódio lhe causara uma mistura de estranheza e um pesar extremamente profundo, porque ali perdera seu jovem sobrinho de 17 anos, por quem sentia uma predileção especial. Havia dedicado ao rapaz todo o seu carinho, toda a sua ternura, depois do fuzilamento de sua mãe em Tortosa, o assassinato de uma inocente, ordenado pelo sempre odiado general Nogueras.

No começo da Semana Santa de 1836, ele planejava um ataque ao castelo de Miravet com o chefe local Torner, natural daquele povoado, onde havia se refugiado o resto de uma coluna liberal derrotada nas cercanias de Tortosa, concretamente na aldeia de Roquetes. Seguiram a beira do rio, cruzaram o imponente passo de Barrufemes e se refugiaram na fortaleza. Um castelo templário que depois foi ocupado pelos hospitalários e mais tarde abandonado. Estava em parte derruído, mas ainda mantinha estruturas defensivas suficientes para oferecer uma dura resistência; além do mais, ficava em cima do monte que coroava o povoado de Miravet, com paredes de rocha natural, precipícios que caíam bruscamente até morrer nas águas bravias do Ebro, o rio verde, em seu caminho até o azul do delta, o mar Mediterrâneo.

Os militares liberais não chegavam a trinta homens, e havia também uma delegação de sete civis. Aparentemente, quando as tropas do Tigre os surpreenderam em Roquetes, eles se dirigiam ao castelo de Miravet com uma missão secreta. Portanto, toda a coluna se sacrificou para que aquele reduzido grupo, com uma pequena escolta, pudesse chegar a Miravet. Mas Cabrera só ficou conhecendo esse detalhe e outros mais tarde, quando o monge entrou em sua tenda.

Os sitiados se defenderam com bravura. Torner, miravetano conhecedor do terreno, conseguiu escalar um dos muros da rocha pelo lado do rio. Na noite da Quinta-Feira Santa, entrou com um grupo de carlistas na fortificação. Mataram cinco liberais e prenderam outros dez, entre eles um tenente. Todos foram passados imediatamente nas armas. A lei de talião imperava nessa guerra fratricida, e nenhum dos dois bandos fazia prisioneiros, mesmo que estes pedissem perdão. Os restantes, a metade mais os sete civis, enfiaram-se no coração da fortaleza, que fechava com um portão o acesso ao pátio de armas do castelo.

Então o Tigre, montado em seu cavalo Garrigó, com a sagrada bengala enegrecida pelo sangue absorvido durante as matanças e as escoriações do corpo a corpo, a bengala que tantas vitórias havia lhe dado, e enfurnado em sua capa branca, com a boina carlista e a borla dourada, entrou na fortaleza com cem homens. Os sitiados se defenderam durante todo o dia. Dom Ramón, como era chamado por seus fiéis voluntários, instalou sua tenda em uma das esplanadas internas da fortaleza, em uma brecha que ficava fora do alcance das balas liberais.

À tarde, Cabrera enviou representantes para tentar que os sitiados se rendessem. Mas eles se recusaram. Era uma defesa suicida, mais cedo ou mais tarde eles entrariam no pátio de armas e todos cairiam como moscas. Eles preferiam morrer a se entregar.

Dom Ramón ordenou ao chefe Torner que voltasse a negociar com os sitiados; eram 21 horas. Ao voltar, Torner expôs a situação.

— São frades; os sete civis são monges... Eu lhe garanto. Usam hábitos e espadas e têm uma árvore estampada no peito. O oficial liberal me disse que são monges e que nunca sairão de lá, porque vieram buscar um segredo que depois devem levar ao santuário da Virgem Negra de Montserrat... Os 15 soldados liberais que os escoltam querem se entregar. O oficial que me acompanhou à saída me disse isso com toda a clareza. Os frades estão loucos, trancaram-se dentro do castelo, na torre do tesouro, e jamais sairão dali. Esses loucos não possuem armas de fogo, não as querem; só têm espadas antigas de lâmina larga. O oficial me disse que hoje de madrugada, ao raiar do dia, o portão será aberto; ele se renderá, junto com todos os seus soldados, mas me pediu para preservar suas vidas... Devo responder hoje à meia-noite em ponto, acendendo uma tocha logo ali, naquela zona da muralha. Esse será o aviso. O que o senhor acha, dom Ramón?

— Tudo bem, Torner... Respeitaremos suas vidas. Pode acender a tocha... Monges que escondem um segredo que hão de levar a Montserrat? Mas o que é isso, Torner? Tem certeza do que me disse, eles não têm armas de fogo, só velhas espadas?

— Sim, dom Ramón... O oficial que me contou isso estava tão desconcertado quanto eu e o senhor. Aparentemente, até aquele momento não sabiam de nada, só lhes disseram que deviam escoltar e proteger com suas vidas aquela delegação até o castelo de Miravet e depois a Montserrat.

Quando a Sexta-Feira Santa amanheceu, Cabrera, mais um destacamento de atiradores de elite, sua guarda pessoal, da qual fazia parte seu sobrinho Juan, entrou no pátio de armas. O oficial e os 15 soldados liberais se entregaram em silêncio. Cabrera conversou de novo com o oficial, interrogou-o. O homem confirmou tudo o que dissera a Torner. Suas vidas foram preservadas, mas dom Ramón ordenou que lhes cortassem os dedos das duas mãos, para que não pudessem servir nunca mais à milícia. Os sete monges estavam dentro do castelo. Cabrera não acreditava, não conseguia acreditar no que estava acontecendo... "Monges que guardam um segredo que devem levar a Montserrat? Nesse mato tem cachorro..."

Naquela mesma manhã, de uma das ameias, um daqueles monges ensandecidos disse, em voz alta:

— Eu o desafio, Cabrera... Um duelo de espada, aqui no pátio de armas do castelo... Escolha o melhor de seus soldados. Sei que é um homem de palavra. Só lhe peço que, se eu ganhar o combate, nos deixe partir; somos monges soldados.

O Tigre respondeu a essa pretensão com uma descarga de fuzis. Ao meio-dia daquela Sexta-Feira Santa, tentaram chegar à porta da entrada do castelo partindo do pátio de armas, colocando algumas escadas de mão que trouxeram da aldeia. A operação não parecia arriscada, pois, durante toda aquela manhã, os sitiados, que podiam ter disparado de alguma das janelas laterais, nem apareceram. Juan, o sobrinho de Cabrera, um jovem corajoso que adorava seu tio, empenhou-se em participar.

Não houve nenhuma descarga de fuzil, espingarda, escopeta ou trabuco... Não havia arma de fogo. Mas da parte superior do castelo caíram grandes lajes de pedra sobre o grupo que instalava as escadas. Foi um ataque totalmente inesperado, e nem houve tempo para reagir. Cabrera, que estava afastado alguns metros, gritou, desesperado:

— Juan!

Seu sobrinho morreu esmagado por uma pedra que lhe estourou os miolos. Outros três voluntários perderam a vida, e cinco ficaram feridos.

Dom Ramón se enfureceu. Gritou e chorou, destroçado pela impotência, com seu sobrinho nos braços, a cabeça desfeita; uma massa disforme de carne e ossos, irreconhecível...

— Juan! Por Deus! O que fizeram com você...? Eles o mataram! Pagarão por isso com a vida! Vingança! Pobre da minha irmã. Primeiro minha mãe, e agora você, a pessoa que eu mais amava no mundo...

Tentaram subir pelo lado externo da muralha, mas também foi impossível: das ameias e merlões, pedras desabavam sobre os escaladores.

Ao anoitecer, a situação era a mesma; os sete monges, sem disparar um único tiro, continuavam trancados no castelo. Cabrera controlou o primeiro ataque de ira. Chorou profundamente sobre o corpo morto de seu sobrinho Juan e jurou que degolaria pessoalmente os sete monges, com suas próprias mãos. Então a mesma voz gritou:

— Cabrera, você nunca entrará aqui! Temos comida e água suficientes... Eu o desafio... Um duelo de espada aqui no pátio de armas. Escolha seu melhor homem. Se perdermos o duelo, à meia-noite em ponto nos entregaremos. Se ganharmos, partiremos na mesma hora...

Cabrera gritou, lá debaixo:

— Menos palavrório, frade, ou o que quer que seja! Aceito o desafio! Eu mesmo lutarei com minha bengala... Até a morte. Tem minha palavra: se conseguir me vencer; se me matar, meus homens os deixarão partir... Mas se eu ganhar..., seus homens se entregarão, e você já sabe o que os espera. Pagarão caro pela sua ousadia.

— Tem minha palavra, Cabrera! Prepare o campo de batalha, a luz do dia está acabando.

Colocaram tochas formando um círculo no próprio pátio de armas; os carlistas ficaram ao redor. Cabrera, com sua bengala na mão, o peito nu, esperava, a raiva desenhada no rosto. A porta se abriu. Um homem vestido com uma túnica longa aberta e uma camisa branca com um cedro estampado no peito desceu por uma corda. Era jovem, de barba e cabelo claros; todos o deixaram passar, abriram-lhe um corredor.

— É meu filho Guillermo, Cabrera... Peço-lhe que pegue uma espada ou duas, uma lança, uma maça, um escudo... O combate é mortal, e ele não terá compaixão.

A voz soou de cima do muro, de uma das janelas, onde se viam umas sombras.

— Não preciso de nada para vingar a morte de meu sobrinho Juan... Seja você quem for, reze, porque ele vai morrer.

Uma oração em latim pronunciada por aqueles monges lá no alto ressoou no pátio de armas. O oponente de Cabrera se benzeu, ergueu a espada e colocou o punho na testa...

— Vamos! O que está esperando? Vou matá-lo, monge do demônio! Não tenho medo de você! Vingarei a morte de meu pobre menino Juan!... Ele era... Um menino... Só um menino.

O combate começou. O monge se movimentava com destreza, o fio da pesada espada bailava no ar, silvava. O Tigre pulava de um lado ao outro, evitava os certeiros relâmpagos daquela arma que o jovem monge manejava com mestria. Cabrera sabia que não podia cruzar sua arma com o aço, porque seu bastão de madeira se partiria, por mais endurecido que tivesse sido pelas brasas da lenha de oliveira nos campos de batalha onde havia semeado o terror nas tropas liberais. Sua estratégia era muito clara. Devia se concentrar sem perder os reflexos, com frieza, e deixar a vingança para depois. Devia esquivar-se dos movimentos do adversário, pular, movimentar-se continuamente, deslizar, saltitar, girar e girar, ser paciente, esperar o momento, para cansar o oponente, um homem assim como ele, que tinha um limite de resistência. Então agiria, um golpe no lugar preciso seria suficiente para derrubá-lo. Como Davi derrotara o gigante Golias.

Em um lance, o monge conseguiu roçar o peito de Cabrera com o fio. O sangue não demorou a aparecer, cruzando-o de lado a lado e ferindo-lhe um mamilo. Cabrera sentiu a dor pungente do aço, a ardência, mas superou-a. Naquele momento seu adversário sabia que o encurralara e trabalhou com todas as suas forças, acossando-o sem parar, espremendo-o contra as tochas acesas, que lhe queimavam as costas. Cabrera, com os olhos fora das órbitas, via-se perdido, não podia errar; um movimento em falso, e aquela espada o abriria em dois. Em um salto para o lado, a espada atingiu sua coxa: era um corte limpo, pouco profundo; o sangue escorria por sua perna, o peito já tingido de vermelho. Cabrera sentiu que ia desfalecer, mancava. Mas os movimentos de seu rival, depois de mais de meia hora sem interrupção, tampouco eram tão precisos como no princípio. Cada vez lhe custava mais levantar a pesada espada. Era o momento do Tigre, e por fim ele conseguiu golpear seu braço com a bengala. Isso não era nada, mas os carlistas gritaram, aclamaram seu líder. O monge, que até aquele momento não vacilara, recuou um passo quando Cabrera ergueu pela primeira vez seu garrote como um molinete sobre sua cabeça, ameaçando-o. Esse era o momento de fraqueza do adversário pelo qual tanto esperara. O Tigre pulou com todas as suas forças, procurou o lado esquerdo das costas, o lado contrário ao da espada, e fez um gesto muito rápido quando o monge se revolveu para se proteger com a espada; então desferiu um golpe brutal na sua testa... O grito de euforia, de júbilo, foi escandaloso. Os carlistas gritavam vivas com paixão. Ouviam-se algumas risadas entrecortadas. Cabrera olhou de ponta a ponta o jovem espadachim, que tinha os olhos perdidos, o rosto banhado de suor; foi um instante. Ergueu o braço em atitude ameaçadora, agora a um lado, agora ao outro. O monge não enxergava nada, o golpe na testa o cegara, e um fio de sangue corria de seu nariz, manchando sua barba loura, empapando-a. Ele dava golpes a esmo com a espada para os lados, para a frente, dava a volta, ofegava, estava perdido. Agora o Tigre o tinha em suas garras e respirou fundo, contemplando-o com expressão ao mesmo tempo de prazer e de ódio. O rio de raiva, de ira, de vingança, que havia contido friamente durante o combate, explodiu como um furacão.

Ele não teve compaixão. Como um gato com um rato nas garras. O primeiro golpe arrancou-lhe a espada, destroçando-lhe os dedos da mão; o segundo golpe quebrou-lhe o joelho, seus ossos rangeram. Depois ele atingiu seu ombro, o rosto. Golpe a golpe, ia fraturando seus ossos; o pobre rapaz gemia de dor, cego, tateando o vazio com as mãos na frente, sem saber aonde ir, enquanto as risadas dos carlistas retumbavam entre as paredes do pátio de armas.

Ouviam-se, vindo de cima, gritos de dor pedindo clemência, exclamações que eram abafadas pelo clamor enlouquecido dos homens que fechavam o círculo das tochas. Cabrera dava a volta, levantava o bastão e, sem olhar, desferia uma nova bengalada. Até que, finalmente, quando se cansou de brincar com ele, mandou a tropa que ria e o aclamava enfurecida ficar calada. Um silêncio glacial tomou conta da praça de armas. Das janelas do castelo, um murmúrio de vozes foi aumentando de intensidade. Rezavam uma oração fúnebre. O Tigre levantou o bastão com as duas mãos. O monge estava ajoelhado diante dele, derrotado, esperando o golpe mortal. Mesmo assim, do jeito que pôde, levantou uma mão e se benzeu com esforço. Cabrera olhou para os lados e achou tudo muito estranho. Não reconhecia seus próprios homens. Suas caras, seus rostos eram todos idênticos, eram máscaras... Sim, ele os viu como máscaras de carnaval, todas iguais, sem nenhuma expressão. Um sentimento de ódio e vingança o possuiu, e, sem pensar, ele desferiu no seu oponente uma bengalada animalesca no meio do crânio, na altura do cocuruto. E continuou batendo, possuído por um demônio, enquanto gritava...

— Morra! Isto é por meu Juan, meu pobre Juan! Eles lhe esmagaram a cabeça... Eu farei o mesmo com você. Vingança! Vingança!

Ramón, fora de si, continuava batendo naquele cadáver que jazia no chão. Levantou a cabeça e viu seus homens, silenciosos e com aquelas máscaras.

— Meu filho! — gritou um dos monges da janela. — Não! Cabrera!... Não continue, por piedade! Meu filho! — Estas últimas palavras lancinantes, junto com o pranto do pai, que contemplava horrorizado Cabrera destroçar o rosto e todo o corpo de seu filho, tiraram a respiração de todos que presenciavam a cena.

Ninguém podia se aproximar. Estavam todos calados. Cabrera, sem forças, continuava batendo naquele corpo sem vida, de joelhos, gritando de raiva e de dor. Estava fora de si. Um acesso de ira incontrolável tomava conta dele, seus voluntários o conheciam e sabiam que naqueles momentos não era ele.

Cabrera gritou:

— Garrigó! Tragam-me meu cavalo!... Quero despedaçar este homem.

Amarrou o corpo sem vida daquele jovem monge soldado no cavalo e montou na sela. Fez o animal trotar e correr pela praça de armas. Todos o contemplavam com olhos atônitos, em silêncio; ninguém se atrevia a dizer nada. Deu voltas e mais voltas, até que, exausto, pois perdera muito sangue no combate, caiu do cavalo. Da janela, o pai do jovem monge, o mesmo que havia proposto o duelo de morte, agora gritava sem forças. Levaram Cabrera à sua tenda para que fosse atendido por um médico. Quando estavam levando-o nos braços, o Tigre se ergueu e exclamou:

— Tragam-me esse desgraçado...! Que ninguém toque nele: é meu... É minha presa, é minha vingança... Vocês me ouviram? É meu! Ele me pertence!... E eu matarei quem tocá-lo...

Pouco antes da meia-noite, acordou sobressaltado. Um assistente ajudou-o a se erguer...

— Não há nada, estou melhor...

— Os médicos disseram que não deve se mexer, dom Ramón...

— Eu estou bem, rapaz... Já passou tudo.

Cabrera foi até a entrada de sua tenda, abriu a lona e contemplou aquela massa de carne, o cadáver desfigurado do monge estendido no solo... Voltou para dentro e perguntou:

— Eles se entregaram?

— Ainda não, dom Ramón. Partirão à meia-noite em ponto, foi o que disseram... Agora estão rezando... Não está ouvindo seus cânticos?

— Sim, é verdade...

— Quer que eu lhe traga alguma coisa para comer?

— Não, pode ir embora. Quero ficar sozinho.

— Mas, dom Ramón... Estou de guarda.

— Obedeça, ordenança... Afaste-se da tenda. Quero ficar só.

— Às ordens.

O fiel voluntário se afastou da tenda. Cabrera foi até o lado de fora, contemplou novamente o cadáver vexado, ultrajado, mas em sua mente só havia o rosto trinchado de seu sobrinho Juan e de sua mãe fuzilada em Tortosa. Virou o cadáver com a ponta da bota... Então viu uma coisa que chamou sua atenção. Aquele desgraçado tinha pendurada no pescoço uma bolsinha de couro. Estava completamente manchada de sangue. Ele se agachou para arrancá-la e ultrajar ainda mais sua presa, mas algo reteve sua mão. Uma rajada de vento levantou uma nuvem de poeira à sua volta, enquanto os cantos fúnebres dos monges se perdiam nas ribeiras do rio. Cabrera se sentiu cansado e entrou na tenda. Ouvia mais claramente os monges; devia faltar bem pouco para a meia-noite, a hora acertada para se entregarem, e Cabrera meditou a respeito do que faria com eles. Estava cansado de tanta morte e talvez os deixasse partir. Não tinha ainda certeza de sua decisão, quando ouviu passos perto da tenda. Procurou o bastão. Cabrera estava sentado em uma cadeira dobrável de couro e não teve tempo de se levantar...

— Dom Ramón... Tenha piedade de mim... Sou um pobre pai e venho pedir o cadáver do meu filho para lhe dar sepultura cristã.

Reconheceu-o: era o monge com o qual havia pactuado o duelo. O pai do cavaleiro morto, um homem mais velho que chegava desarmado e vestido com a túnica e o cedro sobre o peito. Tinha os cabelos e a barba brancos como a neve. O ancião se prostrou de joelhos e beijou seus pés...

— Insensato... Mandou seu próprio filho à morte. Por quê? — disse-lhe com desprezo o Tigre.

— Ele era invencível com a espada... O melhor.

— Até que tropeçou em meu bastão. Você já perdeu um filho... Quer agora perder a vida, velho louco? Como ousou vir e se apresentar diante do homem que matou seu filho?

O ancião levantou a cabeça e disse:

— Lembre-se de seu pai, Cabrera, que tem a mesma idade que eu e já chegou ao funesto umbral da velhice... Venho buscar meu filho, que você matou; tenha piedade de mim, que eu sou mais digno de piedade, pois me atrevi a fazer o que nenhum outro homem faria: levar à minha boca a mão daquele que matou meu único filho. Ele só tinha a mim no mundo...

Assim falou o velho cavaleiro, enquanto apertava a mão do Tigre entre as suas e as beijava, enquanto lhe caíam as lágrimas. A recordação de sua mãe morta recentemente sobressaltou Ramón Cabrera; ele estremeceu, teve vontade de chorar por todos os seres queridos, por seu sobrinho Juan, um rapaz forte e nobre, por quem sentia uma grande estima. Cabrera havia jurado à sua irmã que protegeria seu filho com a própria vida, e agora ele estava morto... Mas o Tigre começou a chorar com grandes soluços ao se lembrar de seu pai, que morrera quando ele tinha 9 anos. Depois, recordou o rosto de sua mãe, assassinada brutalmente pelo general Nogueras. As recordações daqueles momentos o enterneceram.

O velho e Cabrera, cada qual chorando pelos seus, abraçaram-se na tenda. Finalmente, Cabrera afastou-o com suavidade e disse:

— Leve seu filho, velho... Saia da minha tenda, não me tente, enterre-o, parta agora, enquanto minhas lágrimas ainda estão úmidas e ainda preservo a recordação de meus seres queridos que você desenterrou do cemitério da minha memória... Agora lhe cabe enterrar dignamente seu filho; foi um nobre guerreiro, lutou com bravura e merece um bom funeral.

— É o que vou fazer, Cabrera... Quero levá-lo até a montanha sagrada de Montserrat. Ao santuário da Virgem Negra. É lá que cavarei seu túmulo com minhas próprias mãos...

O ancião deu a volta, e, quando estava prestes a sair, Cabrera disse:

— Pare! Onde você está dizendo que vai enterrá-lo?

— Em Montserrat...

Pela mente do Tigre passaram as palavras que Torner lhe dissera nas primeiras negociações, e depois a confirmação por parte do oficial liberal que lhes abrira o portão...

— Montserrat? Não é para lá que vocês se dirigiam em uma missão secreta, escoltados pela guarnição liberal?

O ancião virou pedra. Não sabia o que responder, foram momentos tensos. Cabrera pegou o pau que tinha por perto e levantou-o... O ancião abaixou a cabeça... Caiu outra vez de joelhos no chão.

— Espere, dom Ramón... Acho que deve conhecer toda a verdade. Meu sentimento e minha dor ao vir procurar meu filho foram sinceros. Não tenha nenhuma dúvida a respeito. Mas é verdade, há algo mais... E creio que agora posso lhe falar com franqueza... Só lhe peço uma coisa: que faça um juramento de silêncio sobre tudo o que vou lhe contar...

— Você ousa me ameaçar com juramentos?

O ancião fincou os joelhos e disse com voz firme, sem vacilar:

— Não temo a morte. Mate-me, se for esse o seu desejo, minha vida lhe pertence... Você é um homem honrado e compreenderá meus motivos. Não posso lhe revelar nada se não fizer o juramento. Tem minha palavra.

Essa atitude surpreendeu Cabrera.

— Está bem, velho, nesta noite aconteceram muitas coisas, estou cansado e não tenho vontade de matar um ancião indefeso que tem o atrevimento de aparecer na minha tenda para pedir o cadáver do filho que eu matei em duelo justo... Fale de uma vez e juro que nunca revelarei a ninguém suas palavras.

— Cabrera, meu filho era o portador do segredo... Estava pendurado em seu pescoço, em uma pequena bolsa de couro. Nós somos os sete guardiões Moriá, o monte de Jerusalém onde foi construído o Templo de Salomão. Nossa fundação remonta há mil anos antes de Cristo, perpetuamo-nos no tempo. Há muitos anos, os cavaleiros que nos precederam trouxeram da Terra Santa a relíquia mais valiosa do cristianismo. A Ordem do Templo nos serviu porque nós fomos seus pais. Por esse motivo, a relíquia foi depositada em Paris, sob a proteção templária, mas quando a Ordem caiu, no ano de 1307, foi trasladada para cá, para o castelo de Miravet, que resistiu encarniçadamente. Aqui ficou escondida durante mais de quinhentos anos. Nós, os Sete Árvores de Moriá, perduramos no tempo; nós, sete cavaleiros, custodiamos o segredo que foi escondido aqui mesmo, em um determinado lugar da torre do tesouro. Ninguém jamais poderia suspeitar onde estava. Esta fortaleza passou por diversas mãos; primeiro, foram os irmãos hospitalários. Mais tarde, ela foi abandonada. A relíquia continuava aqui, talvez mais protegida do que nunca; nós sabíamos disso e acreditávamos que, certamente, este lugar, solitário e abandonado, era o ideal...

"Mas esta guerra civil, as notícias de que o castelo seria ocupado por tropas, inclusive com planos de reforçar muros e muralhas, levou-nos a temer que a relíquia se perdesse. Por isso decidimos agir. Tínhamos que recuperar o segredo e trasladá-lo para Montserrat. Lá estaria seguro. Dentro de poucos anos, no final deste século, deve ser entregue ao grande arquiteto que construirá o templo. Isso é tudo.

— Velho, já que começou, quero que me diga toda a verdade... Que tipo de segredo é esse?

— Cabrera, saiamos da tenda, e poderá ver com seus próprios olhos.

O velho general fechou para sempre a janela do passado. Recordou, em um instante, a visão do segredo, a relíquia. Até a tivera nas mãos antes de um golpe de vento ter silvado nas ameias do castelo. E outra vez viu fugazmente a máscara em um relâmpejo de luz irreal. As vozes dos monges se apagaram naquele mesmo instante. Era meia-noite da Sexta-Feira Santa de 1836. Dom Ramón sentiu algo na mão. Frio, calor... Era algo que se apoderava dele, um medo atroz e ao mesmo tempo um impulso inexplicável que nascia do mais fundo de sua consciência e que lhe dizia que devia ajudar aquele pobre velho a completar a missão.

E assim fez. Dom Ramón Cabrera ordenou a um grupo de seus ordenanças que custodiassem aqueles monges até Montserrat, onde foi escondido o segredo, dentro de uma imensa caverna sob a montanha sagrada, junto ao cadáver daquele jovem cavaleiro Moriá que ele matara em justo duelo.

Quarta Parte

A Tartaruga

16

— Vivi neste bairro mais da metade da minha vida — disse María, esvaziando a xícara.

Na manhã da terça-feira, 7 de junho, antes de ir à Sagrada Família, onde estava a tartaruga, pararam em um bar da rua Marina. Da grande janela podiam ver o templo.

— Meu avô é um grande admirador da obra de Gaudí. De fato, conheço o templo como se fosse minha própria casa. Nós o visitávamos com muita frequência, assim como o Parque Güell.

Miguel a ouvia. Não queria fazer juízo de valor. Mas achava que aquele velho alimentara sua loucura durante muitos anos. Quando a doença se apoderara dele, já não distinguia a realidade da ficção. E cada palavra de María era uma confirmação.

— Ele dizia que Gaudí adiantara-se ao seu tempo, arriscando-se para sempre. Nunca ninguém fizera nada parecido, tampouco depois. Parece que sua obra e seu legado não tiveram continuidade. Era isso o que me dizia. Gaudí improvisava ao vivo, retificava sem parar e trabalhava ao pé da obra com pedreiros, carpinteiros, ferreiros, operários. Estou lhe dizendo, sempre alterando, como um artista. Dizia que o gótico era uma arte imperfeita e que seus edifícios só adquiriam beleza quando estavam em ruínas e eram possuídos pela natureza. — Deteve-se, apontou o templo e acrescentou: — A obra absoluta, uma mistura de escultura e arquitetura... Um reflexo da natureza. — Fez uma nova pausa e afirmou: — Agora seria impossível construir um edifício assim. Não obedece a nenhuma regra urbanística e, aparentemente, nada está justificado.

Houve um longo silêncio entre os dois. Ainda não eram 6 horas, mas logo o ruído do fundo da cidade se apoderou da atmosfera. Miguel continuava fitando o templo, percorria mentalmente seu interior. Ele também o conhecia. Quem não conhecia a Sagrada Família?

— Por que paramos aqui?

— Quero lhe mostrar uma coisa. Podemos pagar?

Saíram da cafeteria e caminharam em silêncio até o pórtico do Rosário, a fachada do Nascimento. Chegava-se à fachada, voltada para o levante, para o oriente, pela rua Marina, onde eles estavam. O edifício sem igual não deixou de impressioná-los. Era um sentimento inquietante, que despertou algo profundo em seus espíritos. Atravessaram a catedral por dentro e foram diretamente à fachada do Nascimento. Finalmente chegaram ao pórtico. Então María apontou aquilo que estava procurando.

— Ali está: o homem mísula. Está vendo?

Miguel viu.

— A tentação do homem; o mal com uma bomba Orsini na mão. Todos os desenhos das esculturas desta fachada foram criados por Gaudí. O conjunto escultórico foi feito pelo seu colaborador Llorenç Matamala.

Miguel a ouvia sem deixar de olhar a escultura. Um homem armado com uma bomba e disposto a lançá-la. Havia algo de terrível nela. Percebia-o internamente.

— É ele... Não sei como explicar. Eu o vi no ônibus. Os dois homens que me seguiam eram idênticos; pareciam gêmeos, seu aspecto, sua expressão. Era ele! — disse, apontando-o. — Por que você não diz nada?

— Parece-me uma barbaridade... Precisamos ser racionais. O que você está dizendo é improvável. Deve haver centenas, milhares de pessoas parecidas com essa escultura. Você está se deixando levar por uma fantasia.

— Foi uma fantasia nos terem perseguido a tiros?

— O que quero dizer é que você está relacionando coisas que não existem. Estou de acordo: aquela coisa de ontem foi terrível. Não somos dois *capos* da droga para que se embolem com a gente no meio da rua Balmes, mas daí a se tratar de uma escultura... Um retrato robótico do mal... É algo rocambolesco, María.

No fundo, Miguel não dizia toda a verdade. Quando um dos pistoleiros pulara na traseira do carro, naqueles breves segundos, no momento em que acelerava, havia, sim, algo nele que se assemelhava àquela imagem de pedra. Mas ele preferiu negar. Não queria preocupá-la mais do que o necessário.

Continuaram passeando pelo templo. Alguma coisa levou-os a erguer a cabeça. E os dois, simultaneamente, tiveram a sensação de caminhar dentro de uma imensa floresta; no coração de um bosque de troncos e galhos altíssimos, quase transparentes, cujas copas não avistavam, pois se perdiam nas nuvens.

Miguel acreditava estar em um lugar de linhas misteriosas, de luz imaterial, onde os reflexos coloridos dos vitrais se elevavam. Tudo era evanescente.

Do ponto de vista da matemática, admirava tudo aquilo. Não entendia de arquitetura, mas sim de matemática. Havia uma zona de vazio central, um espaço irreal a partir do qual parecia se organizar toda a construção. O templo era um ser vivo; um vegetal vivente. E aquela serialização perfeita, quase natural, que estabelecia uma ordem dinâmica, era um conceito mais matemático do que arquitetônico. Gaudí dominava a matemática da vida, a ordem fractal; a repetição do mesmo modelo até o infinito, desafiando, aparentemente, as leis da física, colocando Newton, Euclides e Pitágoras em questão. Toda a ciência do passado reduzida a nada. Um pequeno desequilíbrio decimal, insignificante, o número pi: 3,14159... Imprescindível para calcular a abóbada, o círculo, qualquer superfície da natureza sempre ondulante, que abomina a linha reta, o quadrado perfeito. E, depois, à medida que vai crescendo o modelo original, esse pequeno erro que arrasta consigo adquire uma proporção desmesurada que destrói todo o cálculo. E Gaudí ria de tudo isso. Suas mãos eram hábeis com o barbante.

— Em que está pensando?
— Na matemática.

Os dois se sentiam atraídos, fascinados por aquele espaço. Uma ligeira mudança de luz transformava o interior em uma cascata de penumbra.

— Existem provas de suas ideias políticas na juventude — disse María.
— De quem? — perguntou, distraído.
— De Gaudí. Lembrei esta manhã.
— Seu avô também lhe contou isso?

Ela continuou, sem atentar na pergunta.

— Em seus primeiros anos de estudante, quando fazia o bacharelado em Reus, fez amizade com outros alunos, Eduard Todà e Josep Ribera. Este último era de L'Espluga, perto do monastério de Poblet. Era um grupo de jovens estudantes que faziam excursões ao monastério. Tinham ilusões e sonhavam restaurá-lo. Até fizeram um plano e redigiram um documento. Pretendiam transformar Poblet em uma comuna, em um falanstério ou algo do gênero. Era a mesma coisa propugnada pelos socialistas utópicos da época. Em tal lembrança, o anticlericalismo daquele grupo de jovens não podia ser mais claro.

— Bem, eram socialistas utópicos, mas aonde você quer chegar?

— Não sei; apenas recordava que talvez haja muita coisa que ninguém sabe da vida de Gaudí. Só isso.

Sem dizer nada, saíram pela fachada da Paixão.

— Vamos, a tartaruga nos espera.

Não havia só uma tartaruga; eram duas. Mas María já sabia disso. "Uma, cara de serpente; a outra, patas de pau... Duro por cima, duro por baixo", pensava. As duas sustentavam as colunas que, situadas em ambos os lados, demarcavam a entrada do templo.

— O que temos de fazer?

— Primeiro, escolher a tartaruga e depois ver se isto se encaixa em alguma delas — disse ela, tirando a estranha chave do bolso.

Afortunadamente, àquela hora não havia ninguém visitando o templo. Miguel ficou diante de María, enquanto esta se inclinava e explorava a tartaruga que escolhera: a primeira da esquerda quando se olhava o templo de frente.

— Por que a da esquerda?

— É preciso escolher uma... Cara de serpente. A outra não tem cara de serpente, embora seja estranho; também não tem patas de pau, e, segundo a charada, uma teria que ter cara de serpente, e a outra, patas de madeira.

Miguel se sentia ridículo, mas continuava protegendo-a enquanto ela examinava a tartaruga. Começou a apalpá-la, procurando um lugar onde a chave pudesse entrar. Então teve a ideia. Colocou a chave sobre um dos olhos da tartaruga e pressionou. Não aconteceu nada. Experimentou o outro olho.

Então ouviram um som estranho, como o de uma engrenagem que tivesse sido acionada. A parte dianteira — a cabeça e as patas da tartaruga — abriu-se lentamente, como se fosse uma gaveta.

— Diabos! — exclamou Miguel, que havia parado de vigiar e olhava como, lentamente, aquela gaveta de pedra assomava ao exterior, até que se deteve. Uma ideia cruzou sua mente, e, maquinalmente, ele olhou o relógio: 6h06.

— Aquiles e a tartaruga... O paradoxo de Zenão... A corrida começou.

— O que está dizendo? — perguntou María.

— Nada, não sei... Estava pensando em voz alta.

Havia alguma coisa lá dentro. María enfiou a mão e tirou o que estava escondido na gaveta. No fundo, gravada na pedra, havia uma cara de serpente. A gaveta voltou a se fechar, muito lentamente. María pensou de novo na charada: "Cara de serpente..." Mas então... "E as patas de pau?", disse para si mesmo. Sem pensar duas vezes, foi até a outra tartaruga, enfiou a chave em um olho, depois no outro. Miguel olhou-a, estranhando, sem entender o que fazia... A chave não se encaixava. O que estava acontecendo com as patas de pau? Eles só tinham a caixa retirada da primeira tartaruga.

Era uma pequena caixa retangular de uns 20 centímetros de comprimento por 14 de largura. Sua altura não chegava a 4 centímetros. Era feita de madeira de cedro claro. Na parte superior havia números de 0 a 9 em relevo, e, na lateral, algo que parecia uma pequena gaveta sem nenhuma fechadura. Miguel agitou a caixa, e algo metálico soou em seu interior. Depois, explorou todos os seus lados, procurando uma maneira de abri-la, e, em seguida, apertou alguns dos números gravados na parte superior.

— É uma combinação, tenho certeza. Mas, sem uma pista, as possibilidades são infinitas.

— Precisamos sair daqui — disse María.

— Por quê?

— Estamos ao ar livre; alguém pode nos ver.
— Os membros da seita satânica? — brincou Miguel.

Ela não respondeu. No fundo, Miguel tampouco tinha todas as cartas na mão. Depois do que acontecera com a tartaruga, já não sabia o que pensar. Guardou a caixa em um bolso interno do blazer, e os dois se afastaram.

Naquela tarde, Miguel resolveu acompanhar María em sua visita à casa de repouso dos idosos. Se havia alguém que pudesse lhes fornecer a combinação que abriria a caixa, esse alguém era o Sr. Givell. Mas o ancião estava mergulhado nas trevas.

Nem sequer se deu conta da presença deles.

María lhe mostrou a caixa. Mas o ancião tinha o olhar perdido.

— Lembra-se dos números?... A combinação... Como se abre, vovô?
— A morte do mestre — disse depois de muito tempo, com uma voz tão tênue que quase não entenderam o que dizia.
— O que você disse, vovô?
— A morte do mestre — repetiu.

Ficaram ao seu lado mais de uma hora. A tarde caía quando resolveram partir.

— A morte do mestre — voltou a repetir, enquanto eles fechavam a porta.

— Voltaremos amanhã — animou-a Miguel ao acionar o carro.
— Sim, talvez tenhamos mais sorte — disse María com pouca convicção.

17

Na manhã de 8 de junho, Juan Givell estava rezando. Nas intermitências de sua memória, quando a consciência avançava até o abismo do nada, ele se aferrava à oração, o único consolo que lhe restava.

Em seu quarto na casa de idosos, sua mente voltou à deriva. Estava ajoelhado aos pés da cama, diante do crucifixo simples, de madeira.

Na primeira hora da manhã, sua mente estava lúcida, e, sem perder tempo, ele conversou longamente com o padre Jonas. Contou-lhe tudo, absolutamente tudo... Tudo o que recordava, em segredo de confissão.

Bateram à porta. Juan não reagiu, sabia que estava perto do limite do abismo, que sua cabeça voava. Aquela batida breve na madeira era como um eco. Soava de muito longe. A porta se abriu.

— Há uma visita... Juan, é um amigo seu de infância — disse a enfermeira do turno da noite antes de abandonar o trabalho.

Os olhos do ancião se acenderam como chispas na escuridão. Um torvelinho de imagens e recordações inundou sua consciência. Ele olhou diretamente nos olhos da enfermeira, e ela abaixou a cabeça.

Ela pertencia a eles; não havia nenhuma dúvida. Ele tinha sido localizado.

Sabia que chegara sua hora. Já esperava por aquilo; temera tanto aquele olhar assassino, desumano, que o espreitava desde a infância... Desde aquele dia em plena rua, quando o velho mestre caíra no chão...

Alguém entrou, e a enfermeira fechou a porta atrás de si, lentamente, parecendo abaixar a cabeça em sinal de submissão ao visitante.

— Asmodeu... — murmurou o avô com o olhar vazio.

— Encontrá-lo era uma questão de tempo.

O velho cavaleiro sabia que aquilo era impossível.

— Eu acabei com você há muito tempo — disse o velho cavaleiro, como para si mesmo.

"O mal sempre mostra o mesmo rosto", recordou o cavaleiro a frase tantas vezes repetida por seu mestre.

— Mas não com o mal, você sabe, não é verdade?

Sim, ele sabia.

— Tire a máscara. Quero ver seu novo rosto. Saber quem é agora.

— Temos sempre o mesmo rosto. Perpetuamo-nos. Somos imortais.

Não, o mal não era imortal. Por isso guardara o segredo durante tanto tempo. Por isso aquele fantasma estava ali. Porque o mal tinha medo. Porque corria perigo. Sim, o mesmo rosto... Mas outro assassino. Vinha atrás dele. Tinham medo, pensou o velho cavaleiro.

— Nós o encontramos, Juan. Já lhe disse que era uma questão de tempo. De fato, sabemos de você desde que ficou sozinho. Podíamos ter acabado com você há muito tempo, mas queremos o segredo. Você lhe contou?

O cavaleiro ancião se ajoelhou e rezou.

— Pai nosso, que estais no céu, santificado seja o vosso nome, venha a nós o vosso reino, seja feita a vossa vontade, assim na terra como no céu...

— Seu céu não lhe servirá de nada; vim matá-lo. Contou a ela? Disse onde o ocultou? — interrompeu-o.

Mas o velho cavaleiro continuava rezando.

— Contou a Jonas?

Aquele nome lhe soou muito distante. Jonas?

—... seja feita a vossa vontade, assim na terra como no céu — continuou o cavaleiro.

O assassino olhou-o nos olhos e entendeu que o velho havia voltado a seu abismo; a um lugar do qual já não o ouvia.

— Velho maluco! — gritou com raiva. — Onde você está?

Mas o velho não o ouvia.

—... o pão nosso de cada dia — continuava do outro mundo.

Asmodeu chegara muito tarde. Agora era a vez dela.

— Você já não me serve — disse com desprezo.

Abriu a porta do quarto, olhou para um lado e para outro; o corredor estava vazio. Ao fundo, a escada.

Asmodeu pegou o ancião pelo braço. O velho cavaleiro se levantou e se deixou levar mansamente, enquanto completava sua oração. O olhar perdido em sua floresta encantada. Juan já não sabia quem era, sua memória era como um voo de gaivotas. Caminharam lentamente até chegar à beira, ao primeiro degrau. O homem lhe deu uma pancada forte na nuca e empurrou seu corpo sem vida pela escada.

Ele rodou, debateu-se, até que deteve sua queda no final da escada, quase em posição fetal. Asmodeu desceu a escada, afastou o ancião com o pé. O rosto do velho cavaleiro era como o de uma criança recém-nascida. Não havia dor. Só paz. Como se tivesse encontrado seu caminho. O voo de gaivotas ascendeu aos céus, perdeu-se na imensidade de um azul intenso e luminoso; nunca mais deteriam suas asas, jamais voltaria à costa.

Asmodeu odiou-o; odiou aquele rosto. Odiou aquela vida que ele havia fechado para sempre. Odiou aquele velho louco. Odiou tudo o que representava. O veneno se destilava no fundo de suas pupilas, transformadas em chaminés escuras por onde se evaporava a fumaça da maldade.

A enfermeira apareceu e viu a cena. Mas não havia horror em sua expressão.

— O padre Jonas foi o último a vê-lo — disse.

Depois lhe indicou o caminho que levava à paróquia.

Asmodeu articulou uma careta animalesca, mistura de desgosto e, ao mesmo tempo, de complacência.

Não disse mais nada. Saiu lentamente. Afastou-se. Abandonou o lugar como o que era. Como uma sombra espectral animada pela bílis imunda do Averno.

A enfermeira esperou ao lado do ancião. Em pé. Não se mexeu. No quarto, o silêncio era total. Um minuto. Dois. Depois, um grito de alarme.

18

— Senhorita, sentimos muito... Foi um acidente terrível... — O diretor da casa tentou ser amável.

Quando telefonara para ela naquela manhã, não sabia como lhe dar a notícia, mas a jovem logo intuíra tudo, e 15 minutos depois chegava à casa de repouso acompanhada por Miguel.

— Vovô... — disse María com um fio de voz ao reconhecê-lo.

Estava deitado em uma maca; um lençol manchado de sangue cobria seu corpo. A ambulância esperava do lado de fora, na entrada da casa.

Haviam-na visto chegar, ao sair do táxi, e ela temeu o pior. A poucos metros de distância, estava estacionado, ao lado da ambulância, um carro da polícia.

O juiz e o legista haviam chegado havia um bom tempo e tinham acabado de examinar o cadáver. Aparentemente, um acidente; um lamentável acidente.

— Acalme-se — disse Miguel, abraçando-a ao ver um rio de lágrimas correr pelo seu rosto.

María tentou se recuperar, manter a compostura.

Ela não pôde evitar e se afastou deles; de Miguel e do diretor da casa de repouso. Retirou-se de cabeça baixa. Os dois homens ficaram um ao lado do outro, sem saber o que dizer. Ao redor de ambos, curiosos, enfermeiras, policiais. Mas Miguel não os via. Estavam em volta dele, mas não os via. O diretor olhou-o sem saber o que dizer. Ela se aproximou.

— Estou bem — disse com voz entrecortada.

Mas não era verdade.

Durante a viagem de táxi, temera o pior; como de fato foi. Não quiseram lhe dizer a verdade por telefone, toda a verdade. Apenas que fosse com urgência.

— Não pudemos fazer nada, ele não estava bem. Como você sabe, ultimamente sua doença... evoluía negativamente. Isso pôde ser constatado nas últimas horas.

— Mas os senhores não cuidavam dele? O que aconteceu?

— Achamos que caiu da escada e bateu a cabeça com força... Foi o que disse o legista. — E, como se desculpando, acrescentou: — Fazemos o que podemos; não pode haver uma enfermeira para cada ancião. Entenda: isto aqui não é uma prisão. Nossos anciãos precisam de seu espaço. Sim, ficam sob controle, mas devem achar que têm certa independência.

— Um controle que deixa muito a desejar — disse ela com certa hostilidade.

— Temos três enfermeiras de plantão em cada andar. Acreditamos que, quando o acidente aconteceu, as três estavam ocupadas em outros quartos. Além do mais...

O diretor parou. Como dizer aquilo?, pensou.

— Além do mais?... — perguntou Miguel.

— A polícia não descarta a hipótese de que possa se tratar de um suicídio.

— Meu avô não se suicidou! Jamais passaria uma ideia dessas por sua cabeça.

— Em condições normais, não, mas...

— Jamais! — afirmou María com tanta determinação e raiva na voz que deixou o diretor momentaneamente sem palavras.

— Compreenda, nós achamos que foi um acidente, ele caiu da escada e bateu com a nuca. Mas a polícia... Enfim... Você sabe: ela nunca descarta nenhuma hipótese.

— Meu avô era católico. Essa possibilidade jamais passaria por sua imaginação. Posso lhe garantir que esperava pela minha visita de hoje.

O diretor ficou em silêncio, evitando refutar a última afirmação da jovem.

— Quero vê-lo pela última vez — disse ela, com os olhos inchados e as faces de novo cobertas de lágrimas.

O diretor e Miguel a acompanharam até onde estava o cadáver, que, carregado por dois enfermeiros, ia ser enfiado na ambulância. O diretor lhes fez um gesto, e eles pararam. Ao lado deles, acompanhado por dois policiais, um homem de meia-idade e não muito alto fazia anotações em um caderno, mastigando furiosamente um pirulito. Aproximou-se do grupo.

— Sou o inspetor Mortimer, Augustín Mortimer... Estou à sua disposição, senhorita, sinto muito... — disse, apresentando-se e tirando o pirulito da boca.

María parecia não ouvi-lo. Miguel apertou a mão que o inspetor lhe ofereceu. Depois sugeriu a um policial que levantasse o lençol que cobria o rosto do ancião.

Ela não conseguiu suportar aquilo e se entregou aos braços de Miguel.

— Não chore...

— Sentimos profundamente. Para a instituição que dirijo, este fato é muito grave. Se precisar de alguma coisa... — voltou a repetir o diretor do centro.

Ela não respondeu.

— Se não houver algum inconveniente, gostaria de lhe fazer algumas perguntas — disse-lhe o inspetor Mortimer.

Ela assentiu com a cabeça.

— Quem foi a última pessoa que o viu com vida? — perguntou Miguel ao diretor.

— A enfermeira do turno da noite, é claro... A Srta. Rosário. Está arrasada, é uma excelente profissional. Estava sendo requisitada em outros quartos, e, ao que parece, suas companheiras estavam ocupadas. Todas as enfermeiras carregam um bip no bolso, e os anciãos podem chamá-las quando quiserem; têm uma campainha em cima da cama. É a primeira coisa que aprendem...

— Bem, mas não me refiro à enfermeira... Quero saber se falou com alguém — insistiu Miguel.

— Espere um momento... Sim, claro, o padre Jonas, o confessor, foi o último a vê-lo hoje de manhã.

— O padre Jonas? Um confessor? — estranhou Miguel.

Aquele nome deixou María em guarda. Jonas... O que seu avô dissera sobre Jonas?

— Somos uma instituição laica, mas muitos anciãos são católicos. Então pedimos ao padre Jonas que venha assisti-los. Ele está sempre à nossa disposição, é um santo, e tinha longas conversas com o Sr. Juan. Era seu orientador espiritual. Bem, na realidade era muito mais do que isso; eram amigos.

— E o visitou cedo?

— Bem, o padre Jonas celebra uma missa às 8h30. E, embora possa lhe parecer estranho, visitava-o muitas vezes em horas, digamos, pouco comuns, antes de sua missa.

— Posso vê-lo? — perguntou-lhe Miguel.

Aquela série de perguntas incomodou extremamente o inspetor Mortimer. Ele não gostava que usurpassem seu papel. Era ele quem fazia perguntas. Além do mais, tudo aquilo já constava do informe. Mas não se atreveu a interromper.

— Ele não vive aqui na casa. Como lhe disse, esta é uma instituição laica. Ele fica na paróquia de San Cristóbal, na Zona Franca.

— E vinha de lá para confessar meu avô? — perguntou María, que não havia deixado de se interessar pela conversa.

— Foi isso que ele pediu quando você partiu na tarde de ontem. Insistiu e ligamos para ele. O padre Jonas entra e sai... É como se fosse um membro desta casa.

— Pode nos dar seu endereço? — perguntou Miguel. — Talvez ele possa nos ajudar.

— Não se preocupe, já o localizamos... Sabemos fazer nosso trabalho... — disse Mortimer.

O nervosismo do inspetor não deixou de ser notado por Miguel. Aquele sujeito parecia muito suscetível. Talvez excessivamente, pensou.

O diretor, que olhava alternadamente para o policial e o casal, hesitou por alguns instantes, mas estava em dívida com María e enfim disse o endereço de um impulso, como se estivesse se desculpando de alguma coisa. Mortimer lançou-lhe com o olhar uma flecha envenenada, jogando no chão o palito do pirulito. Miguel guardou o endereço na memória.

— Bem, não se preocupem, nós resolveremos esse assunto... Agora gostaria de lhe fazer algumas perguntas — disse Mortimer, dirigindo-se a María.

— Pode nos perdoar por um momento...? Preciso fumar um cigarro — disse Miguel.

— É claro — respondeu o inspetor.

Foram até a porta principal, fora do alcance da visão de Mortimer e do diretor.

— Mas você não fuma — disse ela ao dobrar a esquina.

— Você pode ficar sozinha?

— Meu avô me falou de um tal de Jonas, está lembrado?

— Você pode ficar sozinha, atender o policial?

— Por quê?

— Pelo que acaba de dizer. Tenho de ver o confessor.

— O padre Jonas tem que me ajudar. Você acha que meu avô lhe disse algo?

— Não sei ainda, mas preciso ver esse sacerdote... Tenho um... — não se atrevia a dizer a palavra.

—...pressentimento.

Não gostava daquela palavra. Era matemático.

— Isso; um pressentimento.

19

Nunca estivera ali. Conhecia o bairro apenas do ponto de vista literário, graças aos romances de Paco Candel, um escritor que considerava injustamente esquecido. As Casas Baratas: uma zona de edifícios quadrados, blocos de apartamentos dos anos 1950 e 1960, monstruosos, enxames humanos, onde viviam milhares de famílias que chegaram em aluvião durante o pós-guerra; a mais longa, miserável e triste da Europa. Um pós-guerra e o bairro que Candel cravou em seu coração quando, na adolescência, lia seus romances.

A antiarquitetura, pensou Miguel; no entanto a funcionalidade e especialmente a rentabilidade haviam sido máximas. Edifícios quadrados e retangulares, de cimento, sem nenhum critério; quanto mais apartamentos, mais se aproveitava o espaço, e mais dinheiro ganhavam seus mesquinhos construtores. Edificados como celas para operários e trabalhadores. Para os "murcianos de dinamite", pensou, recordando Miguel Hernández. Ali podia ver as 30 mil pesetas por um homem; os cárceres dos "outros catalães" e seus descendentes. "O que havia sido feito do velho escritor, daquele "*charnego* no Parlamento", cujas crônicas acompanhara em seu tempo?... Que horror, pensou, enquanto procurava um lugar para estacionar, dando voltas no quarteirão.

Ali estava. A igreja de San Cristóbal, um edifício que parecia extraído do pior realismo socialista, feito de materiais humildes. Aquilo, sim, era um verdadeiro templo dos pobres.

Encontrou uma vaga na rua Ulldecona, a uns 50 metros da igreja, e parou o carro. Estacionou. Estava quase saindo, mas não o fez. Na outra calçada, caminhava um homem: cabeça raspada, casaco longo... Era o homem mísula, pensou, e achou que aquilo que passara por sua mente era irracional. Mas não saiu do carro e seguiu o estranho indivíduo com o olhar. Não conseguiu vê-lo de frente. O homem parou, abriu a porta de um Audi preto e partiu.

Miguel saiu do veículo, foi até o parquímetro e pegou um tíquete. O homem mísula, repetiu interiormente. Depois caminhou os parcos 50 metros que o separavam da igreja de San Cristóbal.

O templo ficava no meio de uma praça alongada, de cimento, dura e fria, com um pequeno jardim ao redor. Velhas árvores que haviam sido respeitadas, talvez por milagre, quando a desolação urbanística arrasara aquele lugar. Ele margeou a grade. Alguns meninos jogavam bola na praça situada à esquerda. A porta principal estava fechada. Miguel deu a volta no edifício. Na parte traseira havia outra porta menor, um corredor estreito que terminava em um beco sem saída. Os muros de cimento do parque fechavam esta parte da igreja. Devia procurar a sacristia, pensou. A porta estava fechada, e por isso ele bateu na madeira com os nós dos dedos e se deu conta de que estava aberta; cedeu.

Um cheiro de cera e incenso impregnava o aposento escuro. O contraste da luz com o exterior cegou-o por alguns instantes. Ele avançou um passo, procurou com a mão o interruptor na parede lateral, mas antes de tocá-la teve uma intuição e abandonou a ideia. Esperou alguns segundos até que seus olhos se acostumassem à penumbra interior. Os objetos, os perfis apareciam lentamente. Um veio de luz exterior penetrava por uma fresta da madeira da porta, e ele pôde ver o interruptor. Uma caixa branca quadrada. Aproximou-se e acionou-o com o cotovelo.

O espetáculo deixou-o paralisado. Assustou-se com a cena que contemplava. Tremeu. Sentiu medo, mas devia superá-lo. A vertigem se apoderou dele, e suas tripas se revolveram. Não conseguiria suportar, pensou; não podia dar mais um passo à frente naquele imenso charco de sangue a seus pés e o corpo mutilado e sem vida do sacerdote, jogado no solo como um saco disforme.

Agora tinha certeza. O homem de preto era um assassino abominável.

As vísceras do sacerdote estavam espalhadas pelo chão, o sangue ainda fluía de seu corpo. Cheirava a morte. Parecia que o padre se arrastara pelo solo, abandonando as tripas naquele aposento não muito grande entre paredes de pedra nua. Ao fundo, uma porta redonda, por onde se subia ao altar do templo. À direita, uma mesa com livros, papéis e um computador desligado. Tudo estava revolto. As portas de um grande armário que ocupava a parede lateral estavam totalmente abertas. A roupa pelo chão, gavetas abertas... Na outra parede, um crucifixo.

"Meu Deus! Quem pôde fazer uma coisa dessas?" Miguel precisava de um ponto de apoio, pois suas pernas eram incapazes de sustentá-lo. Abandonou-se, deixou-se cair, apoiando as costas em uma das paredes. Afastou a vista de tudo aquilo e enfiou a cabeça entre os joelhos.

Tentou pensar. Estava aturdido. Afastar-se mentalmente daquele horror. Devia chamar a polícia? Fugir dali a toda pressa? O que estava fazendo naquele lugar? Felizmente, María não o acompanhara. Qual era o sentido daquelas duas mortes? Voltou a se erguer.

O primeiro impulso foi de fuga, mas seu instinto impeliu-o a não abandonar aquele lugar. Queria saber, queria ver, embora... Ver? Ver o quê? Sabia que, provavelmente, não lhe restava muito tempo. "A polícia... Aquele inspetor, Mortimer, estava na casa de repouso e seguramente também gostaria de falar com o confessor. Não podem me encontrar aqui."

Sua mente seguia adiante por instinto. Parecia que o padre se arrastara até a porta de acesso ao templo com alguma intenção, mas a imagem, espantosa, grotesca, não deixava de impressioná-lo e aturdi-lo. Aquilo era horrível. Não podia parar de observar o sacerdote, o padre Jonas, deitado de costas, sem vida. O sangue fluía lentamente. Não podia estar morto havia muito tempo. Fazia quanto tempo vira o homem de preto? Dez? Quinze minutos? Vinte? Observou o cadáver, estava em uma posição anormal, viu bem: com o braço esticado, parecia até que tentara desenhar alguma coisa com os dedos nas lajotas do chão. Daquela posição não o distinguia bem, e, além do mais, o sangue ia ocupando pouco a pouco o espaço. Se aquele homem escrevera alguma coisa, muito depressa ficaria oculta. O momento de tensão era indescritível.

Era possível que aquele homem de preto tivesse assassinado o avô de María? O mesmo que cometera esse crime brutal? Alguém da casa informara ao assassino que o padre fora a última pessoa a falar com ele? As perguntas se acumulavam enquanto Miguel estudava o cadáver, o corpo sem vida do sacerdote.

Deu um passo cuidadoso, tentando não manchar as solas do sapato com o sangue. Outro passo, mais um, teria de ir para a direita. Tinha perdido todo o sangue. Olhou para o chão e contemplou um pedaço de carne, enegrecido, não quis nem imaginar o que era. Respirou e, sem pensar, impulsionou-se para a frente, até o rosto do padre. Inclinou-se com cuidado, quase não podia se mexer; havia sangue por todos os lados. Não pôde evitar olhar seu rosto... "Meu Deus... Arrancaram-lhe os olhos! Quem pode ter feito uma coisa assim?" Conseguiu se acalmar respirando fundo, expelindo o ar pela boca e aspirando-o pelo nariz, em grandes quantidades. Depois se virou lentamente e contemplou o dedo esticado do morto; estava manchado de sangue; o padre escrevera ou desenhara algo com ele, parecia um triângulo... Não era um triângulo... Era um grande V invertido... Exatamente acima do vértice, um sinal que parecia um B maiúsculo com o traço vertical alongado... Como... A letra beta do alfabeto grego? Debaixo do grande V invertido havia algo mais; ele se agachou um pouco, estava muito borrado; além do mais, o sangue da grande poça avançava como um mar de lava candente de um vulcão em erupção. O primeiro sinal se perdera, só se distinguia a parte superior, depois, outros... Observou atentamente e... Um número... Agora conseguia vê-lo. Estava muito nervoso, excessivamente alterado, mas tinha de memorizar aquele número. Repetiu mentalmente as cifras... Um, um, oito... Ali a caligrafia era péssima, não se distinguia nada, era uma mancha, depois mais dois números... Dois, dois. Repetiu a operação lentamente: um, um, oito... Aquilo poderia ser um zero ou um... Não, não estava claro, e depois 22... Era isso...

Examinou de novo o V invertido. Talvez fosse um grande I grego ao revés, mas o traço mais longo era muito curto... Olhou com atenção, recordava-lhe alguma coisa, algo que tivera muitas vezes nas mãos, sobretudo quando era estudante, quando desenhava. Procurou em sua mente, rios de adrenalina corriam por suas veias. Seu coração se acelerou, e, finalmente... Um compasso! Um compasso enorme, não tinha nenhuma dúvida, com a letra beta em cima. Agora precisava memorizar os números 118... 22; faltava a quarta cifra, a do centro e também a primeira... Observou melhor e disse para si mesmo: "A primeira cifra é maior, poderia ser um símbolo, ou, talvez, um cinco ou uma letra. Não posso perder mais tempo; se me encontrarem aqui, terei de dar muitas explicações."

O sangue continuava avançando, alastrando-se, apagando tudo, encharcando o solo. Ele precisava sair dali movendo-se com precaução, evitando se sujar. "Meu Deus, quanto sangue há em um corpo humano!" Com um grande esforço, tentou pular, mas desta vez não conseguiu, e marcas vermelhas de seus sapatos ficaram impressas no pavimento. Chegou à porta; estava muito nervoso e, sem se dar conta, apoiou a mão no umbral e saiu a toda pressa.

Caminhando com passo firme, ia repetindo mentalmente a numeração. Os meninos que estavam brincando no parque já haviam ido embora. Aparentemente, não havia ninguém na rua. Ele acelerou o passo até chegar ao carro. Abriu-o e sentou-se no banco.

Respirou fundo e procurou no porta-luvas. Sempre tinha esferográfica e papel. Apoiado no volante, traçou o desenho, o número que o sacerdote escrevera com seu próprio sangue. Desenhou tudo como recordava... Era uma mensagem, algo que delatava o assassino... Sim, era bem possível, mas de que se tratava? O que o padre Jonas quisera deixar registrado?

Guardou o papel e procurou a chave do carro no bolso.

Um carro de polícia avançou pela sua esquerda. Parou alguns metros adiante dele. Antes de se agachar, ele viu voar pela janela da esquerda um palito de pirulito. A polícia... Mortimer!, pensou, e se escondeu. De fato, o inspetor que estivera na casa de repouso, seu ajudante e outro policial saíram do carro e se dirigiram à igreja de San Cristóbal. Miguel esperou alguns segundos até que os perdeu de vista. Depois, ligou o motor do carro e se afastou. Acelerou até chegar à esquina. Então se lembrou de que deixara a luz acesa... "Diabo... A pressa... Acho que me apoiei no umbral da porta... Minhas pegadas devem estar em tudo que é canto." Sentiu uma sensação de desfalecimento. Os sapatos... Precisava se desfazer deles.

20

Naquela manhã, Yukio Fumiko passeara pela praia. Gostava de caminhar perto do mar antes do amanhecer. Ver o sol surgir lentamente. Em certas horas da manhã e da tarde, a costa de Cadaqués lhe recordava seu país. Aquele lugar litorâneo catalão ainda tinha *tama*, força vital. As pedras, a vegetação, as montanhas, a água, tudo possuía a energia do *tama*.

Mas isso não lhe bastava para recuperar o sossego.

A preocupação o impedira de dormir na noite passada. Desde que soubera que suas suspeitas eram corretas, o sono o abandonara, como acontecera com Macbeth.

Precisava impedi-lo.

Yukio Fumiko nunca fazia negócios com um homem se antes não o tivesse visto comendo; para o velho chefe da Yakuza, os rituais eram fundamentais. Sentar-se à mesa e compartilhar era importante, uma coisa que muitos ocidentais não compreendiam. Aquele catalão era diferente: tinha modos à mesa, respeito, e se comportava como um verdadeiro *daimio*, um senhor nobre; mas isso não era suficiente para lhe entregar outras coisas.

Precisava impedi-lo.

Depois de passear, o velho Yukio cultuou seus antepassados. Rezou com devoção e fez uma oferenda simbólica. Ele amava a tradição e acreditava firmemente no "caminho dos deuses". Sem eles, a família e seu país desmoronariam. Por tudo isso lutara seu pai, a quem não conhecera, mas que honrava naquele exato momento. Havia sido um oficial fiel que serviu sob as ordens do general Tojo Hideki. Perdida a guerra, os norte-americanos o processaram. Haviam destruído seu país, "a terra dos 8 milhões de *kami*", e o próprio imperador, ao renunciar à sua divindade, cooperara com as forças de ocupação. Aqueles pagãos se atreveram a anular por decreto a religião xintoísta. O Japão de seus antepassados não existia mais. Como tampouco grande parte de sua família, originária do delta do rio Ota, em Hiroxima.

Sua mãe estava grávida de seis meses quando o grande cogumelo foi visto a distância. Ele tinha três anos, mas ainda recordava aquele resplendor que apagou para sempre tudo quanto haviam sido.

Sua irmã nasceu, e correu tudo bem. O tempo passou: 35 anos. Então aconteceu. Um mal estranho, que, sem se manifestar, havia se desenvolvido lentamente desde seu nascimento, acabou com ela de maneira fulminante.

Então Yukio foi cuidar de sua pequena sobrinha recém-nascida.

Anos depois, quando, em 7 de janeiro de 1989, o novo imperador Akihito designou seu reinado como a era Heisei, "da paz conseguida", Fumiko chorou. Chorou no santuário de Yasukumi de Tóquio, aquele que homenageava os mortos da guerra. E fez uma promessa ao pai que nunca conhecera.

Haviam lhe ensinado a venerar a figura do imperador, e nenhum decreto podia mudar isso, mas não estava de acordo com ele. Não teria paz até que se vingasse.

Agora, aos 64 anos, era um dos chefes mais respeitados da Yakuza. Entre seus múltiplos negócios, nenhum lhe dava mais prazer do que, em associação com os cartéis sul-americanos, envenenar a juventude dos Estados Unidos. Os italianos entraram tarde no negócio das drogas; hesitaram. Ele, não. Aquilo lhe daria dinheiro e poder suficientes para comprar um continente e todos os seus políticos. Mas não era isso o que ele queria. Queria algo parecido com o grande cogumelo que vira na infância e que acabara com sua irmã.

E o queria no sangue de todos os norte-americanos com mais de 12 anos.

— Pai.

Yukio não respondeu. Acabou de rezar e se levantou.

— Você mandou me chamar, pai? — perguntou o filho.

— Sim, filho.

Então foi ao grande terraço que dava para o mar. Sentou-se em uma espreguiçadeira.

— Você sabe por que o chamei.
— Sim, pai.
— Precisamos impedi-lo. Essa relação não terá presente nem futuro.
— Falarei com Bru.
— Não, primeiro converse com ela.
— É o que farei, pai.

21

Eduardo Nogués recolheu o palito do pirulito que seu chefe acabara de jogar no chão. Era o terceiro dia. Só lhe faltava isto: que, além de toda aquela porcaria, o chefe contaminasse o cenário de tamanha atrocidade; aquilo não era um crime, mas uma verdadeira selvageria.

Os legistas estavam trabalhando fazia um par de horas e haviam passado o primeiro informe preliminar.

— O que temos? — disse Mortimer, que estava realmente nervoso.

— O que há, chefe? Acho que está tenso.

Eduardo Nogués tinha fama de debochado no departamento; era capaz de comer um pedaço de fritada de batata usando como mesa o tórax de um *capo* da máfia tombado em uma mesa de dissecação. Mas Mortimer não estava para brincadeiras. "Por que aquele assassino descerebrado teria deixado a luz acesa?", pensava.

— Já pode vê-lo, chefe; é um presunto muito confeitado. O sujeito que faz uma coisa dessas não deve estar muito bem da bola.

— Nogués, não torre minha paciência e limite-se a me informar.

— Ao que parece, o velho monsen...

— Um pouco de respeito, Nogués — cortou Mortimer.

— Foi destripado, chefe, mas lentamente, como se estivessem se deliciando. Até arrancaram seus olhos. Mas o padre, talvez por isso mesmo, porque era padre, ainda teve, milagrosamente, tempo de rezar uma ave-maria.

— O que está querendo dizer?

— Que, depois do que lhe fizeram, parece um milagre que tenha conseguido se arrastar. Ainda estava vivo quando o deixaram; não há dúvida, ele se arrastou. As provas são claras... Está vendo? Esta é a posição inicial — disse, apontando o lugar.

Mortimer conteve a respiração e engoliu saliva. Parecia ter a mente em outro lugar.

Nogués já estava acostumado com aqueles instantes de puro ensimesmamento do chefe e disse:

— Volte a fumar... Eu lhe recomendo; tantos pirulitos não podem fazer bem, acredite em mim.

— Não diga sandices... — respondeu o superior e ordenou que continuasse dando informações.

— Bem, chefe... Depois, chegou até aqui e, finalmente, tudo está cheio de sangue... É como se tivesse tentado nos indicar alguma coisa; as fotografias talvez nos deem alguma pista. Mas o segundo sujeito também contaminou o seu...

Mortimer ia jogar o palito do novo pirulito no chão, quando Nogués disse:

— Eu o proíbo de fazê-lo, chefe.

Mortimer não o ouviu, jogou o palito, e Nogués pegou-o em pleno voo.

— O segundo sujeito? — perguntou Mortimer com grande curiosidade. — Eram dois?

— Não sei se eram dois assassinos. As marcas de suas pisadas indicam que chegou mais tarde. Além do pobre sacerdote, foi a única pessoa que deixou impressões digitais... Aqui... Está vendo? No umbral da porta. O outro, certamente o assassino, usava luvas.

— Como sabemos disso?

— Que eram dois? Pelos sapatos. São dois tipos diferentes. Quanto aos rastros, também não temos dúvidas. Tendo a pensar que não estavam juntos. Que alguém entrou depois, viu o presunto, cagou-se de medo e saiu daqui correndo o mais que pôde.

— Fale direito, Nogués. Você é um policial, não um personagem de *Corrupção em Miami*.

— Perdão, chefe. É por causa dos filmes; você vê tantos que acaba usando o tom dos policiais da tevê.

— O que acha a respeito do motivo? Tem alguma ideia?

— Não sei o que pensar, chefe. É claro que ninguém que é flagrado roubando as esmolas de uma igreja comete uma selvageria dessas. Você acha que este assassinato tem algo a ver com a morte do velho da casa de repouso? O padre era seu confessor e, além do mais, foi o último a falar com o ancião.

Mortimer não respondeu.

22

— Yuri, você tem que me fazer um favor.

Yuri chegaria à sua casa em meia hora. Havia coisas que não era possível pedir por telefone. Bru não confiava naquela turma de tarados que financiava. Não o fazia porque gostasse, mas porque, no fundo, era um homem de palavra. E as promessas familiares precisavam ser cumpridas. Mas queria o caderno. Se aquele diário continha algo que lhe proporcionasse poder, obviamente o queria. Além do mais, não confiava em Asmodeu, e menos ainda em seus esbirros. Uma quadrilha de fanáticos.

Jaume Bru tinha 58 anos. Nem sempre se chamara assim. No princípio da democracia, aconselhado por seus amigos políticos, fora ao cartório e trocara Jaime por Jaume, porque precisava se adequar aos novos tempos. Tanto fazia Jaume ou Jaime, assim como este ou aquele partido político; ele era um dos homens mais ricos da cidade e dava dinheiro a todos.

Sua casa, uma enorme mansão, era um resumo do esplendor do passado e do presente de sua estirpe: era enfeitada por móveis modernistas, estátuas, peças e quadros de grande valor.

Sua família exercera o mecenato na *Renaixença*. Podia se permitir: negócios em Cuba antes do desastre, fábricas em Pueblo Nuevo. Tudo, graças às origens obscuras de sua fortuna: o comércio de escravos. Durante séculos, uma família de negreiros, um ofício que exercera tanto no tráfico e na compra e venda de escravos no século XVIII, como com os operários a partir de meados do XIX.

A perda de Cuba foi um desastre para os negócios dos Bru. A debilidade e a incompetência do maldito governo de Madri, a guerra com os Estados

Unidos... Um doloroso golpe econômico para eles e outros empresários. Mas os Bru sempre se davam bem. Já no começo do século XX, Marcos Bru, seu avô, contratava pistoleiros para que enfrentassem a tiros os malditos operários de suas fábricas que haviam abraçado o anarquismo e ameaçavam uma prosperidade econômica que ele dinamizara durante a Primeira Guerra Mundial: seus navios não transportavam mais escravos, mas negociavam com todas as potências em litígio que precisavam das mercadorias que, sob uma bandeira neutra no conflito, fornecia a uns e a outros. Os Bru não tinham escrúpulos. Terminada a Primeira Guerra Mundial e com uma fortuna mais do que triplicada, não iriam permitir que as algazarras e os descontentes colocassem em perigo nem uma única das pesetas que haviam acumulado durante séculos. A cidade era sua porque eles haviam pagado por ela e se deixavam ver no Círculo Equestre, no Palau*, no Grande Teatro do Liceu, na Câmara do Comércio, no Fomento do Trabalho Nacional e em todas as instituições que eles mantinham com suas contribuições e eram o símbolo de sua classe e de seu esplendor econômico.

Quando a cidade se descontrolou e os políticos de Madri foram incapazes de impor limites, Marcos Bru ordenou ao capitão geral da Catalunha que restabelecesse a situação.

A tranquilidade durou pouco e, durante esse curto tempo, nem chegou a ser completa. Bru, poucos anos depois, também colocou dinheiro naquela operação que levaria de avião outro general para que comandasse um golpe militar. Mas não pôde sair de Barcelona, ficou preso, eram aquelas as circunstâncias. Ele já contava com isso. Ficou durante três anos em sua casa na zona republicana, e ninguém, nenhum comunista, miliciano ou anarquista se atreveu a se aproximar. Marcos Bru voltou às ruas em 26 de janeiro de 1939. Plantou-se na Diagonal como se fosse mais um e levantou o braço cheio de decisão. E então chorou. Três anos, três longos anos sem poder sair, sem caminhar pelas ruas que eram suas, por uma cidade que era sua. Marcos Bru chorou com uma emoção só comparável à do dia em que morrera sua santa esposa: uma grande mulher, feia, católica e sentimental. As coristas, as operárias e as putas eram outra coisa. Ele gostava tanto delas quanto da *cava*. Uma vez esvaziada a garrafa do

---

* Palácio em catalão. *(N. do T.)*

espumante espanhol, pegava outra e mais outra. Mas sua mulher... Uma santa! Ele guardava o vício para as outras.

A ditadura foi uma verdadeira maravilha para os negócios dos Bru.

O pai de Jaume Bru foi um digno continuador da estirpe e se entendia muito bem com aquele general que não gostava de se meter em política.

— Você faz bem, Francisco; faz bem. Não se meta em política, deixe-a para nós. Você já tem seu quartel, toda a Espanha. Os negócios e a política correm por nossa conta. Trata-se da *maca** Barcelona, dom Paco.

José Antonio Bru, de vez em quando, dizia-lhe alguma palavra em catalão para ver se o general se animava a falar a língua na intimidade.

— Muito bonita, Sr. Bru.

— E o Clube de Futebol Barcelona? O que me diz, Paco?

— Bom, bom.

— Se quiser, eu o faço sócio. De honra, claro, sem pagar uma peseta.

— A verdade é que eu gosto de pescar.

— Então vamos pescar! Tenho em barquinho em Palamós, nada luxuoso. Quando quiser, vamos pescar.

— E rios?

— Também tenho rios. E, a uma ordem minha, as trutas enchem sua cesta.

José Antonio Bru era dos poucos que chamavam o general pelo nome. Uma joia para dona Carmen, alguns milhões para os homens do regime que lhe permitiam fazer seus negócios e um pouco de *foie-gras* da marca Mina para o general cada vez que visitava Barcelona foram suficientes para viver tranquilamente durante quase quarenta anos.

A familiaridade entre o Generalíssimo e o magnata catalão se acentuara quando ambos decidiram escrever, em duo, e sob o pseudônimo de Jakim Boor, uma série de artigos contra a maçonaria, publicada pelo diário *Arriba*. Os artigos foram reunidos em um livro com o título *Maçonaria*. O *No-Do*** divulgou um suposto encontro entre o caudilho e o Sr. Jakim Boor, que não era outro senão José Antonio Bru disfarçado de

---

* Linda em catalão. *(N. do T.)*
** O *No-Do*, acrônimo de NOticiero DOcumental, era um noticiário projetado obrigatoriamente nos cinemas espanhóis antes do filme principal durante grande parte do regime franquista, do qual fazia apologia. *(N. do T.)*

inglês. Segundo a reportagem, "Como era de esperar, ambos conversaram afetuosamente."

— Paco, você precisa me fazer um favor — disse certa vez José Antonio Bru ao Generalíssimo.

E, em um dia de 1952, Franco e José Antonio Bru visitaram o monastério restaurado de Poblet; o general, na presença do magnata catalão, exigiu do abade da congregação cisterciense que fizesse o favor de retirar o túmulo de "um dos homens mais perversos de seu século". Assim fez o abade, e os restos do duque de Wharton foram trasladados para o cemitério particular dos monges. Felipe de Wharton, ao lado de um grupo reduzido de ingleses, fundara, em 1728, a primeira loja maçônica da Espanha.

Jaume Bru — filho de José Antonio Bru, procurador das cortes e amigo íntimo do caudilho — era o último da casta. Fora educado no Colégio Alemão — afinal das contas, seu pai havia sido germanófilo durante a guerra, e seu avô pagara algumas das montagens de Wagner no Liceu — e completara sua educação na Inglaterra. Sua mentalidade, sua forma de ver e de entender o mundo eram uma cópia das de seu pai; uma questão genética. Em outros aspectos jamais haviam se entendido. Jaume Bru odiava o pai, aquele velho maldito que apodrecia em outro andar da casa. Prometeu dirigir os negócios, mas não quis saber nada das loucuras do pai.

Jaume Bru olhava a cidade e se dava conta de que ainda era sua e de outros quatro: sempre fora assim e assim continuaria. Como o eram Nova York, Londres ou Paris: de quatro. Nisso, o mundo não havia mudado.

Jaume Bru era um sujeito esperto, e paralelamente aos seus negócios legais mantinha a tradição familiar. A queda do Leste foi providencial. Bru não apenas fornecia carne fresca aos bordéis de Barcelona e de toda a costa mediterrânea, mas tinha sucursais nas principais cidades europeias. O passado escravagista de seus ancestrais conectou-se muito bem com os mafiosos russos, com os quais fazia bons negócios. A globalização de suas atividades estava no papo: chinesas, tailandesas, birmanesas e japonesas também viraram pupilas de seus bordéis. Mas, talvez por tradição familiar, vender negras era a parte do negócio que mais o satisfazia. Só que as negras eram um material altamente defeituoso: mais da metade vinha com AIDS, e isso era muito ruim para a atividade. Ele precisava abandonar inteiramente esse material tão problemático.

— Fique com as minhas polonesas e deixe as negras. Minhas garotas são limpas, são jovens e, se obrigá-las, podem ser muito safadas. Vai gostar delas — dizia-lhe Yuri, um de seus sócios.

— Eu gosto das negras.

— Está bem, mas é necessário enterrar a metade, tirá-las do meio; estão cheias de merda. Bru, não há problema, eu posso fazê-lo, os amigos existem para isso. Mas vai perder dinheiro.

— Tenho muito. Além do mais, para que serve o dinheiro se não for para um ou outro capricho?

— Sim, eu sei que seu fraco são as negras e as asiáticas.

— Não, as asiáticas, não. Só as japonesas — afirmou.

— Você é muito estranho, polaco. Os polacos são muito estranhos — disse-lhe. — Por que as japonesas?

— É uma questão familiar. Alguns de meus antepassados foram missionários no Japão.

— Você sempre teve um lado muito humano — brincou o russo.

— Não ria, Yuri. Não venho de uma família de selvagens das estepes que se dedicava ao canibalismo porque não tinha nada para pôr na boca. Minha família faz parte da história, temos princípios e sempre acreditamos em Deus.

— Ora, Bru, vá se foder!

— Nós somos senhores... *"De porcs i de senyors se n'ha de venir de mena.*"*

— O quê?

— Deixa pra lá. Você não entenderia.

— Está certo. Mas o que devo fazer com as negras?

— O mesmo de sempre, até novo aviso. Tenho uma ideia.

A ideia não era nova, tratava-se de recuperar a tradição familiar. Como não lhe ocorrera antes? Foi então que criou as chácaras. Tinha três na África, e uma no Maresme. Não precisava de mais. Compravam meninas e meninos muito jovens; os que estavam sãos eram alimentados e cuidados com esmero durante anos, até lhes proporcionavam uma educação elementar e o ensino do idioma do país em que trabalhariam. Sua introdução

---

* Em catalão. O sentido é "se nasce porco como se nasce senhor. A pessoa não se faz, mas já nasce feita." (N. do T.).

no mercado podia levar de cinco a dez anos: cinco para os menores, que eram usados no negócio da pornografia e em filmes "especiais" — *snuff movies*, como os chamava, embora não entendesse muito de cinema — pelos quais eram pagas verdadeiras fortunas. Os afortunados e as afortunadas eram comercializados nos bordéis clandestinos.

Alguns casais eram usados "para criar", como Bru gostava de dizer. Essas crianças demoravam mais para serem comercializadas. Mas os negócios de Bru com a *cava* o haviam levado a compreender que a paciência também dava dinheiro. Tampouco perdiam dinheiro com as crianças defeituosas que não passavam nos testes médicos: o mercado de órgãos era um bom negócio, e Yuri era um especialista nisso e lhe oferecia bons preços.

Assim iam seus negócios quando Bru foi ao terraço. Contemplou a cidade. Continuava sendo sua e de quatro amigos, como sempre. Estava nisso, quando ela surgiu, tirou a roupa e se jogou na piscina que ocupava grande parte do terraço. Bru se aproximou da borda. Ela se aproximou nadando, emergiu como uma sereia amarela e beijou Bru.

— Olá, chefe — disse Taimatsu.

— Não sou chefe. Você é a sua própria chefa e pode deixar essa posição quando quiser.

— Nem sonhar! A Fundação é metade da minha vida.

— Eu achava que eu era a sua vida.

— Você é a outra metade.

— Sou muito velho para você. Sei que me quer pelo meu dinheiro.

Taimatsu tinha uma beleza quase felina. Parecia uma jovem de 20 anos. Bru tinha quase o dobro de sua idade.

— Não seja estúpido. Meu tio tem mais dinheiro do que você. Eu te amo por que você é bom, divertido, culto, bonito, elegante...

— Está bem, está bem...

— E, além do mais, é o dono de uma Fundação que é um sonho para mim.

Taimatsu era a diretora da Fundação Amigos do Modernismo, criada e subvencionada pela Imobiliária e Incorporadora Bru S.A., uma das empresas líderes de seu setor e com filiais na República Tcheca, Hungria, Polônia e outros países do Leste. Jaume Bru havia comprado um edifício modernista na rua Bruc, entre as ruas de Provença e Mallorca, para ser a futura sede da Fundação.

Taimatsu ignorava tudo sobre seus verdadeiros negócios, assim como os de seu tio Yukio. Vivia desde menina em uma redoma de vidro. Era historiadora de arte e *expert* em Modernismo catalão. Visitara pela primeira vez a Catalunha aos 10 anos, quando seus tios compraram de Bru uma casa em Cadaqués. Taimatsu achava que a amizade de seu tio e Bru começara ali. Ela e seus tios passavam os três meses do verão na casa de Cadaqués. Às vezes, Bru aparecia como convidado. E ela se apaixonara por ele. Chegara a Barcelona dois anos antes para tomar conta da Fundação. Seu tio não colocou nenhum empecilho; desconhecia a relação clandestina entre sua sobrinha e o mafioso catalão. Sua segunda paixão foi Barcelona; a cidade a encantava. Tinha um apartamento magnífico e confortável no bairro de Gracia, em uma região animada e alegre, perto de cafés que a fascinavam porque sempre estavam cheios de gente interessante e divertida e, também, do cine Verdi, onde de vez em quando via filmes de seu país. Taimatsu era livre, feliz, tinha um trabalho de que gostava e vivia em uma cidade onde haviam sido erguidas as obras daquele que considerava o maior arquiteto de todos os tempos. E sua paixão por Bru foi crescendo. Para ela, aquele homem maduro e atraente era um benfeitor e o sujeito mais maravilhoso do mundo. Estava realmente apaixonada. Ele representava para Taimatsu a vitalidade empresarial catalã e o amor da burguesia endinheirada pela arte. Gente que devia ser admirada. Uma sociedade de príncipes empreendedores, cultos e filantropos que, segundo ela, combinava em parte com a maneira japonesa de entender a vida. Bru achava muita graça dessas últimas considerações.

Anunciaram-lhe a chegada de Yuri.

— Que espere — disse Bru. — Jantaremos juntos? — perguntou a Taimatsu.

— Não, combinei com uma amiga.

— Quem é ela? — perguntou de novo e se arrependeu. Sabia que ela odiava que a controlassem. Mas Bru não o fizera com esse propósito. Simplesmente gostava de saber de tudo.

— María. María Givell. Uma garota que conheci há pouco. Ficamos muito amigas; ela faz alguns trabalhos para a Fundação. Você não a conhece.

Taimatsu estava enganada; sim, Bru a conhecia. De uma ou outra forma, ele sabia de tudo ou de quase tudo a respeito daqueles que trabalhavam para ele.

— Estou um pouco nervosa; daqui a pouco teremos a grande noite.

A Fundação Amigos do Modernismo estava prestes a ser inaugurada.

— Não se preocupe; tudo vai correr bem.

— Estou indo — disse ela, dando-lhe um beijo.

Yuri entrou poucos minutos depois.

— Como lhe disse, preciso que me faça um favor.

23

Entrou com medo, vestiu a túnica preta e foi ao altar onde Asmodeu o esperava. O homem inclinou a cabeça diante de seu senhor em sinal de submissão e respeito.

— O que você quer? Se pediu esta entrevista, deve ser por motivo grave.

— É, sim — afirmou com nervosismo e acrescentou: — Bitrú exagerou. Não gosto desse sujeito. O senhor sabe que não gosto. É um psicopata que se embriaga com sangue. O pessoal lá de cima quer que eu investigue. Na casa dos idosos, as coisas podem ser ajeitadas, mas, na paróquia, o caso do padre... Ele perdeu a mão.

Asmodeu fez um gesto para que tirasse o capuz. Mortimer assim o fez, mas continuava sem se atrever a olhá-lo. Aquela máscara se impunha.

— O padre Jonas era um deles. E você sabe como são essas coisas. É preciso esvaziar-lhes as tripas, as vísceras... Sempre foi feito assim. Eles também fazem o mesmo conosco, você já deveria saber.

— Eles nos destripam? — perguntou com espanto. Quando entrara na seita, não contava com isso. Do dia da sua iniciação, recordava especialmente a máscara e o anel de pedra pentagonal preta que Asmodeu mandara que beijasse.

— Eles nos matam, seu imbecil. Quando têm oportunidade de acabar com um de nós, não hesitam em fazê-lo.

— Não é a mesma coisa, não é a mesma coisa.

Asmodeu não queria discutir com aquele subordinado as diferentes formas de morrer e acrescentou:

— Enganaram-nos bem, infiltrando um agente na nossa organização, e nós engolimos o anzol... Não pode haver compaixão.

— Sim, mas isso pode prejudicar a missão; o objetivo final é o que importa, e no momento não temos nada — disse, quase sem se atrever a elevar o tom de voz.

— Eu sei que você saberá ajeitar tudo. Confio em você, está melhorando muito e vai conseguir ascender...

— O maldito psicopata tornou as coisas difíceis... Divertiu-se com Jonas como quis, mas quando foi embora o padre ainda vivia.

— Isso é impossível.

— Um milagre, foi o que disse Nogués, o agente que me acompanha...

— Não entendo. Bitrú não é um idiota, tem cérebro, e matando é o melhor... Parece que a natureza dotou-o dessa virtude, nunca antes...

— Acredite em mim, o imbecil deixou-o vivo. Por pouco tempo, mas vivo... Além disso, há outra coisa...

— Outra coisa? Não me venha com rodeios...

— Quando chegamos, a luz estava acesa...

— A luz acesa? Impossível. Bitrú nunca usa luz para trabalhar, de fato não a suporta, seria incapaz de agir... Além do mais, foi uma execução ritual; precisava de escuridão. Você tem certeza?

— Não tenho nenhuma dúvida a respeito...

— Então...

— A coisa se complica... Há provas de que outra pessoa esteve no lugar do crime.

— Talvez o nosso carniceiro tenha perdido a mão, isso não me preocupa... Mas ele sempre age sozinho. Não entendo... Tudo estava perfeitamente planejado... Não consigo entender... Vivo e com a luz acesa? Você chegou a...

— Sim... — interrompeu-o, dando-se conta de que devia ter esperado que seu amo e senhor terminasse a frase. Esclareceu: — Meia hora depois da execução e de acordo com o plano. — Parou um momento e depois continuou: — Foi nesse intervalo que alguém esteve ali e... ao partir deixou a luz acesa. Embora eu creia que foi coisa desse negligente.

— Não, Bitrú odeia a luz... É um selvagem, isso é verdade, mas nunca deixaria a luz acesa... Outra pessoa esteve ali, exatamente alguns minutos antes de você... Acha que viu alguma coisa?

— Não sei... Preciso examinar de novo as fotografias. O padre se arrastou, tinha a mão esticada. Conseguiu escrever alguma coisa... Uma coisa que, depois, a grande poça de sangue acabou encobrindo. De fato, analisando as fotografias infravermelhas, só pude ver umas marcas estranhas, muito borradas. Reconheci o que poderia ser um símbolo e algumas cifras debaixo dele. Estou trabalhando nisso, levarei algumas horas.

— Você acha que nos delatou?

— É uma possibilidade...

— Se for assim, o erro de Bitrú é grave. Não podia ir embora sem checar se estava morto. É incrível. Suponho que haverá alguma maneira de ajeitar as coisas.

— No momento, a possibilidade de estabelecer uma conexão entre a morte do ancião e a do confessor é remota. Eu também não posso controlar tudo. Você sabe como trabalhamos. Se outra pessoa se interessar pelo assunto, acabará juntando as pontas e poderemos ficar na corda bamba.

— Então você acredita que alguém esteve ali, na paróquia de San Cristóbal, depois de Bitrú?

— Temo que sim — disse em um sussurro.

— O matemático é mais esperto do que eu achava.

Fez-se silêncio. Mortimer sabia que Asmodeu controlava todos os passos da neta...

— Você está fazendo bem seu trabalho, será recompensado.

— Ele fez perguntas na casa de repouso, e o diretor lhe revelou que naquela manhã o velho conversara pela última vez com o padre Jonas, o confessor. Se você quiser tirá-lo de circulação, não será difícil... Temos suas pegadas — disse, tentando agradar seu chefe.

— Não, no momento isso não nos convém; mas acho bom pressioná-lo um pouco. Além do mais, a esta altura e depois do que viu, deve estar bastante assustado. Esse matemático deve estar a ponto de entrar em outro mundo e não creio que esteja preparado — disse, como se o conhecesse, e acrescentou: — O que você sugere?

— Terei que dar explicações. Temos as pegadas do matemático, e isso o implica na morte do padre Jonas.

— Você é convincente... Saberá ganhar tempo. Agora não nos convém que ela e o matemático se vejam envolvidos. Creio que nos serão de grande utilidade, mas devemos vigiá-los. Quando atingirmos nosso objetivo, serão mortos.

— Farei o que puder, não duvide. Quanto a Bitrú, dê-lhe uma folga... Que esse desastrado não se meta, pois poderá pôr tudo a perder. Agora, que desapareça de circulação por alguns dias... Já tivemos o bastante quando os dois idiotas que você mandou perseguir a garota atiraram nela na rua Balmes.

— Mais alguma coisa? — perguntou Asmodeu.

— Sim, senhor. Sabemos que o casal foi à Sagrada Família. Um dos nossos os seguiu; eles foram diretamente à porta do Nascimento, e ficaram durante um tempo contemplando o pórtico do Rosário. Parecia que estavam procurando alguma coisa.

— O pórtico do Rosário?

— Foi o que eu disse, mestre, o que tem de especial?

Houve uma interrupção da conversa. Asmodeu esperou um momento; por sua cabeça passavam imagens, conversas distantes, suposições...

— Nada... O certo é que essa parte do templo foi desenhada e completada durante a vida do próprio arquiteto. O que fizeram depois?

— Depois foram à fachada do Nascimento e... Não vai acreditar no que vou lhe dizer agora.

— Fale de uma vez.

— Encontraram alguma coisa na...

— O que encontraram onde?

— Em uma tartaruga, chefe. Em uma das tartarugas que sustentam as colunas do templo.

— A tartaruga! — gritou Asmodeu e acrescentou: — A contagem regressiva começou.

— O que disse, chefe?

— Deus fez sua obra em seis dias e no sétimo descansou.

— O seis não é o número sagrado dos judeus, chefe?

— Simboliza as seis direções do espaço. Gaudí semeou toda Barcelona com cruzes de quatro braços coroando quase todos os edifícios... Cruzes espaciais que indicam as seis direções. A chegada do sexto dia é o tempo limite para o cumprimento da profecia.

— Não entendo, chefe.

— Não se preocupe, eu falava comigo mesmo. E pare de me chamar de chefe.

— Perdão, mestre Asmodeu. Havia uma caixa na tartaruga.

— Sim, com um caderno dentro dela.

— Um caderno? Como sabe disso?

— Essa foi a única confissão que Bitrú conseguiu arrancar de Jonas, quando ele estava sendo torturado. Sabíamos algo a respeito. Sabíamos que o velho tinha um caderno onde anotava coisas, copiava desenhos, capitéis, esquemas de velhas ermidas e abóbadas, estruturas de catedrais...

— É a única coisa que o velho deixou? Um caderno?

— Sim, mas imagine: perde a cabeça... Sabe que tem um segredo, que o guardou, que possivelmente ali está dito onde e o que deve fazer com ele... Mas não se lembra.

— E por que foram procurá-lo àquela hora?

— Porque nos informaram que, no último encontro com sua neta, ele havia melhorado. Era como se o velho esperasse por alguma coisa para que sua mente se desbloqueasse. Não podíamos eliminá-lo, ele era a única testemunha, a única pessoa que podia nos levar ao segredo. Mas não foi assim. Acreditamos que sua neta é o novo guardião.

— E agora precisamos recuperar o caderno, não é?

Por que explicar uma coisa daquelas a um subordinado? Não respondeu à pergunta, e seu subordinado entendeu ou interpretou seu silêncio, afirmando:

— Estou entendendo. É necessário recuperar o caderno, mas sobretudo é necessário dar corda à neta, porque é ela quem acabará sabendo de tudo e terá de cantar para nós.

— Não se precipite... Eu lhe darei pessoalmente essa ordem no momento oportuno; é uma corrida contra o relógio. É preciso ganhar tempo.

Asmodeu se calou de repente. Estava convencido de que a neta do velho, María, com a ajuda de Miguel, era a única pessoa capaz de juntar os fios. Eles só precisariam seguir o casal e agir no momento oportuno.

— Pode ir.

Mortimer inclinou a cabeça e saiu.

24

Miguel deixou o carro em um estacionamento subterrâneo. Ao chegar ao lado de fora, parou um minuto diante da vitrine da Casa del Libro e, alguns metros depois, na da livraria Jaimes, mas o fez por inércia, não olhava os livros. Depois atravessou o passeio de Gracia e desceu. Havia combinado com María e Taimatsu comer em La Camarga; esperavam por ele em um terraço ao ar livre do passeio de Gracia. Não sabia se devia contar a verdade; sem dúvida, aquele não seria o momento oportuno, devido à presença de Taimatsu. Além disso, tampouco tinha tempo para ficar com elas. Precisava ficar sozinho, pensar, investigar. Devia dizer à polícia que estivera no local de um crime? Que tinha algumas provas que poderiam ser úteis? Mas o que tinha na realidade? Umas cifras, um par de objetos desenhados com sangue. Deus! O que significava tudo aquilo?

Continuou o passeio de Gracia acima, até que as avistou em um terraço exatamente diante da Casa Batlló.

Tentou aparentar tranquilidade. Beijou María, cumprimentou Taimatsu e sentou-se ao lado delas. Pediu uma cerveja. Elas bebiam refrigerantes.

— María me contou tudo — disse Taimatsu.

— Um acidente lamentável — comentou Miguel.

Ele se deu conta de que María não podia ocultar um rosto invadido pela dor. A trágica morte do avô e todos os acontecimentos que haviam cercado aquele fato pareciam afundá-la literalmente na cadeira. Tentara cancelar o encontro com Taimatsu, mas não conseguira localizá-la. Passara boa parte da manhã na casa de repouso, envolvida com a papelada do enterro, e via-se que estava aturdida.

— Como foi com o padre Jonas? — perguntou María, com olhos tristes.

— Bem. Na realidade, ele simplesmente ouviu sua confissão.

María se deu conta de que ele não queria falar daquele assunto e mudaram de tema. Miguel comentou que não poderia ficar para comer, pois tinha um trabalho a fazer, mas que poderiam se encontrar dentro em breve.

— Ficarei com vocês só um pouco — concluiu.

— Antes de você chegar, falávamos de Gaudí. María me dizia que seu avô era um grande conhecedor de sua obra e que você está estudando a relação de Gaudí com a matemática fractal.

Aquela última afirmação caiu sobre ele como um jarro de água fria.

— Comentei com Taimatsu que você estava interessado nesse assunto.

— Em que consiste? Qual é sua tese? — perguntou Taimatsu.

Miguel precisava pensar com rapidez.

— Bem... Na realidade... Ainda não sei. É só uma ideia; menos do que isso. Uma intuição baseada na aplicação do princípio natural do crescimento dos galhos das árvores que Gaudí parece ter aplicado às colunas da Sagrada Família... E também na modulação, na seriação, na repetição de formas, especialmente helicoides e paraboloides em escalas distantes. Mas na realidade não tenho nada, estou começando.

— Bem, quando tiver elaborado mais a sua intuição, eu gostaria de ouvi-la — disse Taimatsu.

— Por que vocês, japoneses, sentem tanto fascínio por Gaudí? — perguntou Miguel, em parte para mudar de tema e também porque realmente chamava a atenção os milhares de japoneses que ano após ano acudiam a Barcelona para visitar as obras do arquiteto de Reus.

— Nossa cultura está muito relacionada com a filosofia zen... Toda a atividade humana, por mais simples e singela que pareça, é um caminho até *undo*: a perfeição. Para nós, Gaudí haveria de chegar ao *satori*: a iluminação; quer dizer, abandonara a técnica para se lançar à criação. Os mestres zen ensinam que um dedo serve para apontar a lua, mas, uma vez que tenha reconhecido a lua, não se deve continuar olhando o dedo. Gaudí edificou casas, edifícios, construiu-nos dedos para apontar as estrelas, o céu, o espírito... Mas nós continuamos olhando o dedo. Talvez por esse motivo, entre outros, depois de Gaudí ninguém, nenhum arquiteto, deu continuidade à sua linha de trabalho.

— Muito interessante a sua teoria, extremamente profunda para um ocidental... Aqui tudo é mais superficial... Mas você não acredita que Gaudí era o único...

— Não zombe de mim, por favor...

— Desculpe, Taimatsu, mas não estava zombando. Eu acredito em Gaudí, seus edifícios são, por assim dizer, um reflexo da natureza, de certo modo se assemelham a rochas, arvoredos... Lembram suas casas, seus jardins... E sobretudo a criação de atmosferas íntimas, penumbras de árvores imensas, claro-escuros.

— Você tem razão. Gaudí compreendeu e compartilhou a grande importância que nossa cultura dá à arte da natureza e também a certas atividades que no Ocidente são consideradas artes menores, artesanais... No entanto no Japão são verdadeiras artes, com letras maiúsculas... A arte floral, o *ikebana*, por exemplo, ou o bonsai*. A grande tradição de nosso teatro de marionetes e máscaras... Gaudí improvisava sempre ao pé da obra com os mestres pedreiros, arquitetos auxiliares, projetistas e, muito especialmente, com os mestres artesãos, os forjadores, canteiros, escultores. Mesmo você zombando disso, em minha cultura os artesãos são venerados como verdadeiros artistas, procuram a perfeição em seu trabalho; nós entendemos muito bem essa ideia da arte, do ofício muitas vezes anônimo. Gaudí também entendia isso...

— Talvez porque Gaudí fosse filho de caldeireiros. Sempre me surpreende essa visão da arte que vocês têm no Japão, fazem arte a partir das coisas mais inverossímeis...

— Está zombando de novo...

— Estou começando a me documentar sobre Gaudí. Você sabe, preciso reunir todas as informações que puder para elaborar minha teoria. E tudo me interessa. Depois farei a seleção... Sei que ele foi evoluindo, em

---

* Técnica ou arte originária do Japão de miniaturizar plantas mantendo suas características originais de proporção e morfologia. *(N. do T.)*

um momento de sua vida se entusiasmou com o arquiteto Viollet-le-Duc, que foi o grande agente da redescoberta da arte gótica, mas Gaudí o superou, até considerava algumas das soluções arquitetônicas do gótico como muletas. A questão da luz natural foi um tema de grande transcendência para ele. Por isso modificou a cripta da Sagrada Família quando assumiu definitivamente o projeto em 1883, para que recebesse luz natural, modificando o plano original criado por Villar.

— Vejo que você sabe muito a respeito do mestre — disse Taimatsu.

— Não creia. A complexidade de Gaudí é enorme... Não me engane... Agora é você quem está zombando de mim.

María não disse nada, mas estava realmente surpresa diante da paixão demonstrada por Miguel. Ela sempre acreditara que ele não gostava nem um pouco de Gaudí. Que desprezava a arquitetura por ser uma arte a serviço do poder.

Mas Miguel continuou, sem dar atenção à impressão que estava causando nas duas mulheres.

— Eu creio que é simplesmente um componente estético, nada mais. Gaudí parte do neogótico, o estilo que predominava na época. De fato, como você deve saber, Villar usou, no projeto da Sagrada Família, a catedral dos pobres, uma linguagem neogótica convencional. Gaudí supera de longe esse estilo e vai mais além. Alguns o criticaram e desprezaram, acusando-o de praticar uma arquitetura eclética, uma fusão caótica que misturava vários estilos. Gaudí, de certo modo, partiu do neogótico, mas também da arte mourisca; muitos de seus edifícios têm um ar romântico, um estilo que se relaciona com a natureza.

— Sim, é verdade, eu me rendo às suas apreciações, Miguel, mas não acredite que se trata apenas de uma questão estética. Gaudí foi um homem muito religioso, sobretudo no final de sua vida, e sua arquitetura nos assinala sua espiritualidade. Mas não me refiro à simbologia cristã que utiliza, ou inclusive à hermética que tivesse podido usar, não, não... Estamos falando do próprio edifício em seu conjunto... Ele construía edifícios vivos, sua arquitetura é orgânica, está viva.

— Sim, me parece que ouvi isso em outro lugar... Os antigos alquimistas também consideravam as pedras e metais que queimavam em seus fornos como coisas vivas, orgânicas.

Falaram de muitos aspectos da obra e da personalidade de Gaudí, mas María não os acompanhava, não conseguia parar de pensar em seu avô. Teria estado realmente louco? E se fosse verdade? Bem, talvez não tivesse sido um cavaleiro, mas e se realmente lhe dera um segredo para que o ocultasse? Que segredo podia ser tão importante para que matassem Gaudí e, oitenta anos depois, possivelmente seu avô? Quem seria capaz de esperar oitenta anos? "Não há caminhos", disse para si mesma. "Estamos dentro de um bosque, perdidos." E devia matar a besta que espera na terceira porta, essas haviam sido as últimas palavras que o avô lhe dissera...

— María? — perguntou Taimatsu.

— Desculpe, fiquei abobalhada, pensando em coisas minhas.

— María, Taimatsu comentava uma coisa muito curiosa: no Japão a sinceridade é malvista, a linguagem tem sempre que esconder alguma coisa, com sutileza, isso sim. Os japoneses consideram terrivelmente incômoda a sinceridade excessiva dos ocidentais... Talvez por isso gostem tanto de Gaudí. Suas obras, carregadas de símbolos, com aparência de rochas, árvores...

Taimatsu interrompeu-o.

— São um reflexo da natureza... Em sua linguagem arquitetônica, nada é reto, tudo é sinuoso, a curva predomina, na natureza não existem linhas retas. Qualquer detalhe está repleto de significados, talvez ocultos. Ele chegou a usar muita simbologia esotérica, muitas vezes incompreensível. Eu creio que não é só estética. Não é uma linguagem direta... É preciso interpretar. É preciso ler a pedra, o tijolo, o *trencadís*, como os catalães chamam aquela espécie de mosaico feita com cacos brancos de cerâmica... A arte de sugerir sutilmente, de falar sem dizer... Isso é zen. Gaudí sabia esconder no interior das coisas o verdadeiro segredo, para que cada um o descobrisse, descobrisse sua própria espiritualidade... Sua arquitetura, sua rica simbologia, é um *do*, um caminho à iluminação. Gaudí nos conta uma história, mas em sua linguagem nunca nos revela o final, o segredo... Está nos oferecendo uma fruta para que nós descubramos seu sabor, sua textura... Que sentido haveria em nos oferecer uma fruta já mastigada...? Esse é o caminho do zen, a sugestão... A palavra que não diz nada, mas contém tudo, sutilmente. O dedo que aponta as estrelas. Somos nós que devemos contemplá-las. Como a arte do *ikebana*, a decoração floral, ou a do bonsai, mas eu creio que a arquitetura de Gaudí está muito mais próxima do *suiseki*.

María ficou perplexa; interrogou sua amiga com o olhar, e ela lhe respondeu:

— A palavra *suiseki* deriva de *san-sui-kei-jo-seki*, que significa montanha, água, paisagem, sentimento...

— O que é o *suiseki*?

— É a arte das pedras... *Inochi suiseki*, arte criada pela natureza... É muito antiga, provém da China, nasceu por volta do ano 2000 antes de Cristo, chegou ao Japão no século V e logo ficou muito popular.

— Sim... — afirmou Miguel debilmente, enquanto tentava recordar. — Eu vi algumas exposições, são pedras pequenas, como paisagens em miniatura.

— Isso é a arte do *suiseki*, a pedra que descreve a paisagem ou o universo. Uma pedra natural que evoca uma paisagem completa. Um cosmo.

— É como o bonsai? — interveio María.

Taimatsu lhe respondeu:

— De certo modo, sim... O bonsai reproduz uma árvore em miniatura, que está viva... O *suiseki* é como uma paisagem em miniatura. Uma pequena pedra que é como um modelo em escala muito reduzida de uma paisagem imensa... Mas o *suiseki* é uma arte diferente do bonsai, mais complexa e profunda, e está, como já disse, muito relacionada com o zen, com a cerimônia do chá, o *sado*. O *suiseki* é a pedra que adquire vida pela corrente de água; está unido a uma ideia muito nossa: harmonizar o universo, *wabsabi*. Os edifícios de Gaudí, as obras e, especialmente, o Parque Güell são *suiseki*. E La Pedrera, por exemplo, é uma amostra muito clara do que estou dizendo... É realmente fascinante conceber um edifício como uma pedra, como o *suiseki*, a arte criada pela natureza, como um pequeno espelho onde se reflete toda uma paisagem viva; para nós, isso tem um poder sugestivo muito importante.

Taimatsu era uma mulher realmente culta, e Miguel, ao ouvir toda aquela argumentação, ficou impressionado. Havia profundidade e beleza em tudo aquilo que dizia, mas também algo oculto e relacionado com aquela história de Juan Givell que os capturara como uma teia de aranha. Matar a Besta da Terceira Porta, procurar um segredo, essa era a mensagem do avô de María, e ela, exatamente a eleita. E agora a morte de Jonas, o pároco da igreja de San Cristóbal... O que Jonas sabia? O que deixara escrito? Como sabia que ele apareceria? Afinal, para quem, se não para María, Jonas deixara aquela imagem enigmática que tinham que decifrar? Tudo passava por sua mente como um cometa cruzando o firmamento, como uma estrela que viaja pelo cosmo. Era uma sucessão inquietante de imagens. A igreja de San Cristóbal, o padroeiro dos viajantes... Por que essa ideia acudia à sua mente?

Taimatsu devolveu-o à conversa, afastando-o de seus pensamentos.

— Olhem, por exemplo, onde estamos — disse Taimatsu, apontando a Casa Batlló.

Todos voltaram o olhar para o edifício.

— Quando Gaudí trabalhou nessa obra, seus contemporâneos a chamavam de Casa dos Ossos; parece uma casinha de conto infantil... Como o de...

— João e Maria? — disse María.

— Sim, é isso. Prestem atenção nesses parapeitos feitos de ferro fundido que parecem máscaras, eu diria... japonesas?

— Sim, Taimatsu, você tem razão: é uma estética que me lembra muito aquela peça de marionetes a que você me levou... *Os amantes suicidas de Sonezaki*... É uma lenda magnífica.

— No Japão, há muitos estilos de teatro de máscaras e marionetes. Essa peça, *Sonezaki Shinju*, é representada em um estilo chamado *bunraku*, um dos mais belos do Japão. As marionetes são impressionantes, sendo manipuladas por três pessoas; além disso, há um narrador *gidayubushi* e um músico que toca o alaúde de três cordas *shamisen*... Gosto mais e particularmente da obra escrita por Minzaemon Chikamatsu, autor dos séculos XVII-XVIII. É considerado o Shakespeare japonês... *Os amantes suicidas de Sonezaki* é a primeira peça ao estilo do povo *sewa-mono*.

María recordou a lenda daqueles amantes, que primeiro Taimatsu lhe contara e que depois pudera ver representada. Os protagonistas são

Tokubei, aprendiz de uma barraca de soja de Osaka, e uma prostituta de Sonezaki, chamada Ohatsu... Seu amor é impossível. Ohatsu está deprimida em Tenmaya, a casa de encontros. Tokubei, aproveitando a escuridão, vai buscá-la, e à meia-noite saem juntos de mãos dadas e sem que os vejam. Ao raiar do dia, suicidam-se no bosque de Tenjim, e só um corvo pousado em um galho de árvore testemunha o suicídio. No sombrio olhar do corvo, como se fosse um espelho negro, reflete-se a imagem do suicídio. María reteve em sua mente o sombrio e selvagem olhar daquele corvo.

— Mas essas máscaras sempre me deram um pouco de medo — disse María.

— Por quê? — perguntou Miguel.

— Vocês se lembram do poema "A máscara do mal"?

— É de Brecht, Bertolt Brecht — disse Taimatsu.

E María recitou:

Pendurada em minha parede tenho uma talha japonesa,
Máscara de um demônio maligno, pintada de ouro.
Compassivamente olho
As veias avultadas da testa, que revelam
O esforço que custa ser mau.

Taimatsu disse rindo:

— Acho que você exagera; nunca, nem por um momento, eu cheguei a estabelecer tal semelhança entre essas supostas máscaras e o poema de Brecht.

— Bem, sei que existe uma distância temporal... Mas estou dizendo apenas que me recordam o poema.

Taimatsu não queria se desviar muito do tema — embora gostasse de falar das artes cênicas, do teatro e da dança de seu país, com sua grande variedade de modalidades, e, por outro lado, admirasse a obra de Brecht — e conduziu outra vez a conversa.

— A história da Casa Batlló é notável, pois se trata de uma reforma. A casa já existia, tendo sido comprada pelo industrial José Batlló. Era uma casa sem interesse, e sua reforma foi encomendada a Gaudí em 1904. Ele foi tão revolucionário, que, no final, não tinha nada a ver com a casa original. Por exemplo, a fachada principal e a da parte térrea são praticamente novas, lavradas com pedra de Montjuïc; se prestarem atenção, todas aquelas ondulações presentes na superfície foram feitas a golpes de picareta, depois usaram dezenas de vidros coloridos e cerâmica multicor.

— Sim, o resultado é inigualável, parece um espelho... — disse María.

— A ideia era que o sol da manhã, ao incidir lateralmente na fachada, a fizesse brilhar com uma iridescência capaz de refletir a policromia dos vidros. Parece que Gaudí, da calçada, em pleno passeio de Gracia, indicava aos operários os fragmentos que tinham de ir escolhendo nos cestos onde eles estavam, para depois colocá-los nas fachadas de acordo com suas instruções.

Miguel e María haviam visto a casa milhares de vezes, mas não puderam deixar de se maravilhar, pois sempre valorizamos mais as coisas e as pessoas quanto mais sabemos a seu respeito.

— E a figura de cima? Aquela da cumeeira ondulada.

— Um dragão sem rabo e sem cabeça que termina na torre cilíndrica. É feito de grandes peças de cerâmica de diferentes formas: esféricas, semicilíndricas; as cores mudam.

— Por causa da luz?

— Sim, pela luz e, claro, pela própria cor das peças e suas combinações. — Taimatsu fez uma pausa e depois acrescentou: — O mais curioso de tudo é que na Cátedra Gaudí se conserva uma gravação do Sr. Batlló na qual se explica que todos os materiais foram alçados com uma simples polia, e os andaimes eram de madeira, sustentados por cordas. O material utilizado incluía tijolos, pedra e socadores de cal.

— Seria possível conversar com alguém da Cátedra Gaudí?

— Por causa de seu trabalho sobre Gaudí e a matemática fractal?

— Sim — mentiu Miguel.

— Claro. Quando?

— Não sei... O mais depressa possível.

Taimatsu tirou o celular da bolsa, afastou-se alguns metros e discou um número. A conversa foi tão breve que Miguel não teve tempo de comentar nada com María sobre os últimos acontecimentos.

— Amanhã à tarde, às 17 horas. Está bem para você?

— Perfeito — disse Miguel, espantado com a rapidez da gestão de Taimatsu.

— Bem. O Sr. Conesa nos convidou para ir ao seu escritório. Podemos ir os três.

25

Depois de deixar María e Taimatsu, Miguel se trancou em seu escritório da faculdade, diante do computador, decidido a tirar a limpo a mensagem escrita pelo padre Jonas com seu próprio sangue, antes de morrer assassinado por não sabia quem e por quê. Começou a procurar na internet informações sobre seitas, maçonaria, sociedades secretas, grupos satânicos. Não tinha grandes conhecimentos de simbologia, mas o compasso é um dos instrumentos dos arquitetos, dos construtores e dos mestres-de-obras; portanto, relacionou-o com a maçonaria, um de seus símbolos por excelência.

Encontrou diferentes versões sobre o compasso, embora a grande maioria de informações teimasse que significava a luz da mestria e a perfeição. Apareceram também o nome do Templo de Salomão e o de seu arquiteto, Hiram, que adotou o segredo que emana da luz do compasso, quer dizer, a perfeição humana. A internet era assim: um caos; a pessoa partia de um documento e navegava até que, ao final, se não estivesse com sorte, podia se perder na rede ou, o que era pior, encontrar informações pouco significativas ou nada diferenciadas.

Miguel tampouco se esqueceu de que, exatamente acima do compasso, o padre desenhara a letra beta do alfabeto grego... "O que queria dizer aquela letra?", perguntou-se com certa impaciência. Miguel tinha um conhecimento muito superficial da maçonaria, sabia o mesmo que a maioria, porque, até aquele momento, era algo afastado das suas preocupações e interesses. Leu com atenção uma das definições que encontrou na rede e lhe pareceu a mais confiável:

A franco-maçonaria ou maçonaria é um tipo de organização que se define como uma irmandade filosófica e filantrópica que tem como objetivo o aperfeiçoamento material e moral tanto do ser humano como da sociedade, e cuja estrutura básica é a loja. As lojas maçônicas costumam estar agrupadas em uma estrutura superior, denominada Grande Loja ou Grande Oriente.

Continuou lendo, tomando notas, sintetizando as informações.

Os maçons têm uma carga simbólica que provém especialmente da construção, de todas as suas ferramentas. Além do compasso, o prumo, o esquadro, o cinzel, a maceta, o avental do canteiro, a escada com nove degraus que simboliza as nove etapas da ascensão. Na maçonaria, existe uma infinidade de doutrinas e rituais que diferenciam umas correntes de outras, embora todas tenham coisas em comum: a finalidade filantrópica, entendida como aperfeiçoamento individual e também social; os lemas surgidos na Revolução Francesa: igualdade, fraternidade, liberdade; de fato, foi a partir de todas essas ideias que se deu a fundação da maçonaria tal como a conhecemos hoje, embora suas raízes possam ser encontradas no passado, nos grêmios de pedreiros e mestres construtores das catedrais góticas. A cerimônia de iniciação, os graus de aprendiz, companheiro e mestre também fazem parte das afinidades de quase todas as doutrinas. Todas as lojas têm como símbolo o compasso, que, quase sempre, aparece cruzado com o esquadro, formando uma espécie de estrela de Davi. Mas o compasso nunca aparece sozinho... "Por quê?", perguntou-se Miguel. Procurando naquele caos, também ficou surpreso com outro aspecto: todas as doutrinas maçônicas tinham em comum a veneração pelo Grande Arquiteto do Universo. Os maçons, para se referir a ele, quando invocam seu nome nos rituais usam o acrônimo GADU... Gadu... Gaudí... Que curiosa coincidência, pensou, eram parecidos, mas isso não queria dizer nada.

Depois de um tempo, sentiu-se abatido, cansado. Havia tantos sítios na rede... Ele entrava e saía das páginas sem encontrar nenhuma pista. Deixava-se levar por aquela sensação que tem o navegador à deriva, sem um rumo, constrangido por tanta informação. Tédio, chateação, desconcerto e, de vez em quando, uma pequena surpresa, uma curiosidade. O tema era demasiadamente extenso para que pudesse investigá-lo em algumas horas. Existiam mil e uma vertentes, seitas, categorias, graus, regras, rituais. Miguel tinha a impressão de que se tratava de um universo intrincado, difícil de acessar e de compreender, envolto em uma aura de sigilo que quase o tornava inacessível aos profanos, a todos aqueles que ainda não fossem iniciados. Parecia claro que havia uma origem maçônica que bebia em diferentes mitos clássicos. O templo do rei Salomão, os construtores de catedrais e, antes deles, os rosa-cruzes... Um amálgama incrível que só conseguia aumentar o caos, a ambiguidade. Com tudo aquilo, não tinha nada. No momento o desenho do compasso indicava uma loja maçônica. Mas, levando em conta a informação de que dispunha, os assassinos não podiam ser maçons. Como uma seita dedicada à confraternização universal seria capaz de uma atrocidade como a que fora usada com o padre Jonas? Não, quem fizera aquilo passara dos limites. Se fossem maçons, tratava-se de um desvio, de uma, digamos, como se dizia, loja transviada, obscura, e que não tinha nada a ver com a maçonaria clássica, mas que usava seus símbolos ou para implicar aquela ou com outro propósito. Seria a mesma que, segundo o avô de María, contactara Gaudí?

Miguel se concentrou nos números escritos pelo padre Jonas... 118... 22. Seria o de um telefone? Difícil saber... Adiante havia outro signo, parecia um cinco, mas era maior, talvez fosse um símbolo... Uma letra?...

Não tinha grande coisa e estava confuso e desconcertado. Sem pensar duas vezes, procurou na rede o que havia: loja 118... 22... E esperou pelos resultados. Nada, a não ser confusão. Depois, tentou acrescentar às cifras as palavras *número cabalístico, hermético, esotérico*... Páginas sem sentido, percentagens, algumas em outros idiomas. Passou o resto do tempo consultando os livros que solicitara à biblioteca da faculdade, tomando notas sobre a vida e a obra de Gaudí.

Depois de várias horas, sentiu-se cansado. Olhou o relógio. O tempo transcorrera em um suspiro.

Desligou o computador. Precisava encontrar María. Não queria deixá-la sozinha.

Devia lhe contar sobre a morte do padre Jonas naquela noite em que ela já estava tão afetada? Que diabo estava acontecendo? O que continha a maldita caixa? O que significava a afirmação de que a corrida havia começado?

Precisava pensar antes do encontro com Conesa no dia seguinte.

26

— Durante anos guardamos nosso segredo até que chegasse o grande dia pelo qual tanto temos esperado. Esse dia está muito próximo. Ela é esperta, é uma questão de tempo que faça as perguntas corretas e encontre as respostas adequadas.

— Precisamos vigiá-la de perto.
— Não pode acontecer nada com ela.
— Seu avô foi um dos nossos e perdeu o segredo.
— Foi um erro não tê-lo compartilhado conosco no momento certo.
— Ele foi o eleito. Ninguém podia pensar que, com o tempo, esqueceria tudo.
— Bem, o que está feito, feito está. Mas intuo que agora estamos muito perto.
— Sim, mas nossos inimigos são muitos e poderosos.
— Sempre tivemos inimigos poderosos. Os Homens Mísula, a seita sombria. Mas nós, depois de tantos séculos, estamos aqui. Sobrevivemos.
— Sim, mas de que maneira?
— Da única possível, amoldando-nos às épocas, escondidos no silêncio dos tempos.
— Somos uma mera sombra do que fomos.
— Mas continuamos servindo ao mesmo senhor. Continuamos servindo a Cristo. Algo que muitos já esqueceram. Temos poder. Mas não o queremos para usá-lo em nosso benefício, como os sacerdotes, os mafiosos, os banqueiros ou os políticos, e sim para continuar nosso trabalho e, sobretudo, servir a Cristo.

— Não esqueçamos: o mundo é um banco de testes: o bem contra o mal. A luta eterna. E a fronteira é delimitada por um traço muito tênue, quase como o fio de uma navalha. Por sorte, não tivemos a tentação de cair no lado obscuro. Outros irmãos, depois de tanto tempo, o fizeram. Nós, não. Seguimos as regras do nosso Senhor. Continuamos defendendo os caminhos dos peregrinos, de todos aqueles que se aventuram pelo bom caminho, nosso padroeiro São Cristóvão nos protege, é o mensageiro de Cristo, nos inspira, sempre nos ajuda... Somos rochas, fortes e duras, vadeamos o rio da vida como uma criança protegida, somos templos resistentes às tentações, defendemos os humilhados e ofendidos pelos infiéis.

— Agora os infiéis habitam nossas terras.

— Sim, o mal nos cerca. Fomos traídos pelos senhores a quem durante séculos servimos fielmente.

— Você está dizendo que o papa é ateu?

— O que estou dizendo é que, na melhor das hipóteses, gostaria de acreditar em Deus.

— São poucos os que servem ao Senhor.

— Por isso é necessário restabelecer a ordem. O homem não apenas deixou de acreditar em Deus, pecado que é perdoável. O homem já não crê em si mesmo. E isso vai contra toda a obra de Deus. A grande obra.

— Somos os últimos cavaleiros. Estamos esculpidos nas pedras. Outros ocuparão nosso lugar. Mas, para quem souber lê-las, as pedras sempre preservarão nossa memória.

— Agora devemos rezar pela alma de nosso irmão Jonas. Foi descoberto e morto sem piedade. Esvaziaram suas tripas, vísceras, arrancaram-lhe os olhos... Um assassinato brutal, como nos tempos antigos. Foi Bitrú. Deixou sua marca, sua brutalidade. Jonas estava preparado para suportar tudo. Foi um cavaleiro exemplar durante toda a sua vida, fiel à causa até o extremo de suportar a dor, a tortura infame que lhe foi infligida pelo anjo das trevas. Jonas sabia que ia morrer e guardou seu último sopro para escrever uma mensagem, a última que escreveu, tenho certeza disso.

— Quer dizer que enganou Bitrú, que fez com que acreditasse que estava morto?

— Sim, seu coração já não batia, suas vísceras haviam sido profanadas, ele não respirava mais, mas também guardou seu último suspiro à porta da morte para nos prevenir... Ele foi o último a falar com Juan Givell. Agora precisamos encontrar a testemunha, nós podemos decifrar a mensagem, devemos agir antes que Mortimer o encontre.

— Uma testemunha?

— Sim, o namorado de María. Chama-se Miguel e é matemático. Precisamos protegê-lo, talvez ainda não seja o momento de nos manifestarmos. Asmodeu tentará arrancar-lhe toda a informação a qualquer preço... Os Homens Mísula começarão a agir. Mas devemos ser prudentes, manifestarmo-nos com cautela. Não sei se acreditaria em nós, é um homem racional, cético por natureza. Mas devemos fazê-lo. Ele ainda não sabe disso, mas através dele age o guardião, o arcanjo.

— Então...

— É preciso deixá-lo. Se ele é quem esperamos, seguirá em frente, investigará por conta própria, tentará chegar ao fundo, e então... agiremos.

— Sim, fomos enviados pelo céu. O dia se aproxima.

— Exatamente, o dia se aproxima. Mas resta muito pouco tempo.

— O dia da besta ou o dia dos pobres... Gaudí construiu o templo expiatório para isso... A catedral dos pobres, a Sagrada Família.

— A profecia se cumpre... "Assim na terra como no céu." Os lacres serão abertos, devemos estar alerta. A seita obscura estará ali. Enfrentaremos Asmodeu e seus esbirros, nossa luta é mortal. Se triunfarem, o reino da escuridão governará o mundo, nada é seguro, mas a raça dos homens poderá cair nas trevas. Quando não restar ninguém com piedade, quando não restar um único inocente, quando já não houver ninguém que renuncie ao mundo, que abrace a pobreza material para alcançar a riqueza espiritual, então tudo estará perdido... E o anjo do extermínio arrasará a fogo a nova Babilônia... Barcelona.

— Tanto tempo esperando... Tudo me parece tão estranho. Esta era a Terra da Promissão, o Jardim das Hespérides. Nosso grande mestre Ramon Llull nos indicou o momento exato de realizar a grande obra. Tudo estava disposto, a lenda bárbara se cristianizou através da música de Wagner...

— Não houve nenhum erro. Esta é a terra do preste João... A grande obra foi iniciada com o despertar, a *Renaixença*... Mas eles surgiram das trevas, se interpuseram...

— Sim, Asmodeu... E não pôde completar a grande obra, e Barcelona, o Jardim das Hespérides, a Terra da Promissão, converteu-se em inferno, em eixo do mal... Foram desatados os poderes de Averno. A guerra, a morte, a calamidade... A relíquia ficou escondida aqui por oitenta anos, na recordação, a quimera de um homem... Precisamos ajudar o novo portador da profecia; não lhe resta muito tempo.

— Devemos todos nos reunir sem falta. Você protegerá Miguel e, se for preciso, lhe revelará o passo seguinte.

O plano estava escrito, e todos eles o conheciam, a conjunção de forças sociais confluiu na corrente espiritual, o portador de Cristo cruzava o rio da história, e a relíquia desprezada pelo papa, pelos imãs, pelos popes, escondida durante tanto tempo sob a grande montanha, protegida pela Virgem Negra, foi entregue ao novo arquiteto dos pobres no dia de Glória... E começou a secreta iniciação na arte suprema... Serviu durante sua vida a todos os senhores da terra e do inferno para acabar seus dias vadeando o rio dos pobres, como São Cristóvão. Só ele sabia o lugar exato da obra... Tudo parecia claro como um dia de primavera...

27

Ramón Conesa recebeu-os na tarde do dia seguinte em seu escritório da rua Mallorca, esquina com Pau Claris. Tratava-se de um apartamento típico do Ensanche, de tetos altos, e Conesa e seu sócio no escritório de arquitetura haviam respeitado sua estrutura.

Conesa era um homem de uns 50 anos que não aparentava mais de 35. Tinha aspecto de tenista aposentado e vestia um elegante terno de Gonzalo Comella. Era um homem de voz pausada, de gestos tranquilos, e que, como era possível perceber, levara uma boa vida. Um homem que se dedicava àquilo de que gostava e falava de seu ofício com paixão. Era um dos membros mais notáveis da Cátedra Gaudí e um apaixonado pela arquitetura do gênio de Reus, cuja vida e obra conhecia de cor.

Cumprimentou os três visitantes com cordialidade, pediu-lhes que se sentassem e perguntou se queriam beber alguma coisa, oferta que os três recusaram.

— Taimatsu me disse que você está interessado na obra do mestre do ponto de vista da matemática fractal... Um tema interessante e muito recente. Creio que foi um matemático francês de origem polonesa...

— Sim, Mandelbrot. Foi ele quem a definiu em 1975. É uma geometria que estuda as figuras irregulares, as que estão presentes na natureza, nas nuvens, nas paisagens, nas folhas, e também em objetos; figuras que vão se repetindo infinitamente em diferentes escalas, seguindo um mesmo padrão.

— Gaudí, antes de tudo, definia-se como um geômetra, e a natureza está presente em sua obra; talvez exista certo paralelismo entre essa geometria fractal e a arquitetura orgânica de Gaudí, não sei...

— Bem, existem dois tipos de fractais: os matemáticos e os naturais... E creio que Gaudí usou os dois modelos em muitas de suas obras. As colunas em forma de árvores, as helicoides... As espirais.

— Muito interessante, um campo novo de investigação...

— Sim. Mas eu gostaria de ter uma visão sucinta e de conjunto sobre o mestre antes de entrar na matéria.

— Bem, não sei se poderei ajudá-lo, mas responderei a todas as suas perguntas. O que deseja saber?

Miguel não sabia por onde começar. Ia responder que tudo, mas aquela teria sido uma resposta demasiadamente imprecisa para alguém que, como se supunha, tinha ido ali com perguntas bastante concretas e com um questionário que, na verdade, não tinha.

Conesa pareceu entendê-lo. Intuiu que aquela visita tão precipitada havia pegado o matemático um pouco de surpresa, embora tivesse partido dele a solicitação daquele encontro. Sem se fazer esperar, Conesa começou a desenvolver um pequeno esboço biográfico de Gaudí: origens, estudos, primeiros projetos.

Miguel ouvia com atenção.

Conesa terminou aquela primeira parte, dizendo:

— Gaudí foi um homem simples, amante de sua terra e de sua língua. Não era adepto de teorizações; via a realidade das coisas sem convencionalismos nem distorções profissionais.

— Eu gostaria que falasse de seus primeiros trabalhos.

— Em Gaudí, há uma evolução não apenas interessantíssima, mas soberba e inovadora. Depois de algumas obras de principiante, evoluiu para uma fase de influência oriental. Naquela época, tinha 30 anos e havia lido Walter Pater e John Ruskin. Arquitetos da época, como Lluís Domènech i Muntaner, inspiraram-se na arquitetura alemã, que entrou em voga depois da guerra franco-prussiana, mas Gaudí procurou o exotismo da arquitetura da Índia, Pérsia e Japão...

— Você se refere, por exemplo, ao Capricho de Comillas?

— E à Chácara e ao Palácio Güell.

— Sem esquecer a Casa Vicens — observou Taimatsu.

— É claro, é claro — respondeu Conesa. — É magnífico o uso nela da cerâmica vidrada para as formas orientais, assim como o arco catedrático na cascata do jardim.

— Também não descuidou do desenho interior — disse Taimatsu.

— É verdade. Gaudí desenhou móveis, usou papel machê na decoração interna. Teve, como no caso do Palácio Güell, bons colaboradores, como os pintores Alejandro de Riquer e Alejo Clapés, e o arquiteto Camilo Olivares.

— É aqui que surge Juan Martorell Montells? — perguntou Taimatsu.

— Sim, o arquiteto Martorell tinha 50 anos e era um homem extremamente religioso, muito amigo de Gaudí e que terminou virando seu protetor. Foi ele quem colocou Gaudí em contato com os Güell e os Comillas e o recomendou para as obras da Sagrada Família. Juan Martorell construía igrejas e conventos; admirava o arquiteto e ensaísta Viollet-le-Duc e suas ideias sobre o gótico. Gaudí, que colaborou com Martorell em algumas de suas obras, aprendeu com ele o neogoticismo que imperava na época. Gaudí não sentia nenhum apreço pelos arquitetos do Renascimento, que considerava simples decoradores. Pelo contrário; afirmava que o gótico era o mais estrutural dos estilos arquitetônicos. Embora também achasse que a arte gótica era imperfeita, que era mal resolvida. O próprio Gaudí declarou que a prova de que as obras góticas tinham uma plástica deficiente era o fato de produzirem uma emoção maior quando estão mutiladas, cobertas de hera e iluminadas pela lua... Não vou aborrecê-los agora falando das obras que realizou nessa época, tenho certeza que as conhecem...

Taimatsu, que era a especialista do grupo, recordou a decoração dos colégios das freiras de Sant Andreu del Palomar e Tarragona, o projeto de uma capela para a igreja paroquial de San Félix de Alella e as modificações introduzidas na conclusão das obras do colégio das freiras de Santa Teresa em San Gervasio, o palácio episcopal de Astorga e a Casa de los Botines.

—... O que eu gostaria mesmo de mencionar — continuou Conesa — é Bellesguard, na serra de Collserola. Nesse lugar, existiu uma casa medieval do rei Martín, o Humano. Foi seu secretário, o grande poeta Bernat Metge, que lhe deu o nome: Bella Vista. Gaudí, em memória do último rei da dinastia catalã, projetou uma obra inspirada no gótico catalão do século XV, na qual apresentou novas e atrevidas soluções estruturais. Se lerem Bassegoda, verão como Gaudí, a quem simplesmente encomendaram uma moradia voltada para os quatro ventos, transformou essa simples encomenda em uma homenagem à memória do rei. Gaudí refez a muralha, que estava em ruínas, desviou o caminho do cemitério de San Gervasio, que cortava a chácara ao meio, construiu um viaduto perto da torre de Belém e edificou um castelo que, como lhes disse, se inspirava nas formas do gótico civil, usando arcos de meio ponto, janelas bífores e molduras, assim como uma torre terminada em agulha com uma cruz de quatro braços e um cinturão de ameias. E agora entramos no período que mais interessa a você.

— Sua obra orgânica... — disse Miguel.

— Fractal, como parece que gosta de denominá-la.

— O período mais criativo de Gaudí — afirmou Taimatsu.

— Mas também de uma série de projetos malogrados. Quero dizer: que não tiveram um final feliz.

— Uma verdadeira lástima. Suponho que se refere às missões de Tânger e ao projeto de um hotel para a cidade de Nova York.

— As missões de Tânger? — perguntou Miguel com viva curiosidade, sem dar atenção ao outro projeto.

— Foi uma encomenda do marquês de Comillas — observou Taimatsu.

— Eu os advirto que estamos pulando uma etapa — disse Conesa.

— Não importa, logo voltaremos a ela — replicou Miguel, vivamente interessado.

Conesa resolveu satisfazer a curiosidade de Miguel.

— Em 1892, o marquês lhe encomendou o projeto de um edifício para as Missões Católicas Franciscanas em Tânger; tratava-se de uma igreja, um hospital e uma escola. Gaudí concluiu o projeto em um ano, mas os padres franciscanos acharam que era muito pomposo. Também não gostaram da ideia de que sua torre central medisse 60 metros de altura.

— Não gostaram da torre?

— Suponho que não foi só isso. Talvez os franciscanos não tenham gostado das soluções arquitetônicas.

— Que tipo de soluções?

— Geniais! Muros inclinados, janelas em forma de hiperboloide e torres em forma de paraboloide de revolução, que, como disse, não foram concluídas. Doeu muito a Gaudí não poder construir as missões.

— Pena; um projeto perdido — afirmou Miguel.
— Não.
— Não? — perguntou com interesse.
— A partir de 1903, Gaudí usou a forma pensada para as torres na fachada do Nascimento da Sagrada Família.
— Isso é normal — disse Taimatsu.
— Bem, pelo menos não deixa de ser curioso — acrescentou Miguel.
— E o outro projeto, o de Nova York? — voltou a perguntar Miguel.
— Sim, em 1908 ele recebeu a visita de dois empresários norte-americanos que lhe encomendaram um projeto para um hotel. Tratava-se de um edifício de quase 300 metros de altura. Tinha um perfil catenoide, para que fosse possível conseguir um perfeito equilíbrio de sua estrutura.
— E o que aconteceu com esse segundo projeto? Por que não foi realizado?
— Não se sabe exatamente. Ao que parece, em 1909 Gaudí adoeceu. De qualquer maneira, os dois projetos foram essenciais para avançar na forma definitiva do templo expiatório da Sagrada Família. Tanto a elegância das torres de Tânger como a monumentalidade do projeto de Nova York inspiraram Gaudí para fazer as maquetes definitivas da estrutura da Sagrada Família. Ele depurou seus estudos sobre as superfícies em forma de hiperboloides e paraboloides hiperbólicos, assim como as formas esbeltas das colunas da nave central do templo.
— Você disse que havíamos nos adiantado aos acontecimentos.
— Sim. Gaudí, diante desses projetos, compreendeu que, na natureza, não prevaleciam as intenções estéticas, mas as funcionais. Entrou então em um período que denominamos de naturalista, e cuja fonte é a observação das plantas, dos animais, das montanhas. Compreendeu que na natureza não existem nem a linha reta nem o plano, mas uma imensa variedade de formas curvas.
— Você quer dizer que isso não estava previsto no plano? — perguntou Miguel.
— Quero dizer que ele se atirou diretamente à terceira dimensão, através de maquetes e modelos.
— A Casa Batlló — disse María, que demonstrava saber tanto como Conesa, embora tivesse permanecido em silêncio durante grande parte da conversa.

Havia passado a maior parte daquela manhã no velório, ao lado de Miguel.

— E a Casa Milà — acrescentou Conesa.

— Segundo você, seriam o ponto culminante de sua arquitetura naturalista.

— Bem, segundo minha opinião e a de todos especialistas. Um exemplo da primeira seriam as formas orgânicas de cerâmica vidrada; da segunda, aquela forma de escarpado; um símbolo do mar e da terra. Podemos também comprovar isso nos vitrais da catedral de Mallorca e na Ressurreição de Cristo da montanha de Montserrat.

— O Parque Güell é um bom exemplo desse naturalismo que você menciona — disse Miguel.

— Certo, e se me permitem que faça uma observação, foi nessa época que monsenhor Cinto Verdaguer escreveu *La Atlántida*, poema que dedicou ao marquês de Comillas, que, como vocês sabem, era sogro de Güell. Mas, voltando ao parque; nele, Gaudí ajustou as formas das ruas à topografia do terreno e projetou viadutos que não interviessem no terreno original, construindo com a própria pedra em estado bruto do lugar, aproveitando as demolições de uma caverna; dela, tirou as rochas de várias cores que distribuiu por todo o parque. Como lhes digo, partia de um apaixonado interesse pela natureza, onde a linha e o plano não existem.

— Uma coisa que um arquiteto, habituado ao compasso e ao esquadro, tem dificuldade em entender.

— Mas ele não vinha de uma família de arquitetos, e sim de caldeireiros e batedores de cobre. Seu pai tinha uma oficina na atual praça de Prim de Reus, justo na esquina onde há hoje uma agência bancária. Seu avô Francisco também era caldeireiro em Riudoms, um povoado a uns 4 quilômetros de Reus. O arquiteto Juan Bassegoda é da opinião de que foi na oficina que Gaudí, ainda criança, diante das formas helicoides das serpentinas e as arqueadas das caldeiras, adquiriu seu conceito espacial da arquitetura; que sempre foi capaz de imaginar em três dimensões, e não como os estudantes de arquitetura aprendem: sobre dois dos planos e com a ajuda da geometria descritiva e a perspectiva. Gaudí, sem desconfiar disso, sempre achou que recebera o dom divino de ver e conceber as coisas no espaço.

— Você está dizendo que sua forma de trabalhar não tem nada a ver com as que são habituais na arquitetura? — perguntou Miguel.

— Olhe, desde as pirâmides até a nova entrada de I. M. Pei para o pátio do museu do Louvre, os arquitetos sempre trabalharam da mesma maneira: projetam com o compasso e o esquadro formas bidimensionais, e, com os poliedros regulares, cubo, tetraedro, octaedro, icosaedro etc., chegam às três dimensões. Mas Gaudí, à base da observação, percebeu que essas formas regulares ou não existem na natureza ou são muito raras.

— Colocava em questão a sacralização que Platão propôs no *Timeu* e que se identifica com os quatro elementos: fogo, água, ar e terra — disse Taimatsu.

— E a quintessência. Vejo que leu os artigos de Bassegoda.

— E também os de García Gabarró, o primeiro arquiteto espanhol a dedicar uma tese de doutorado à figura de Gaudí centrando-se no estudo das formas naturais. Mas você sabe explicar isso melhor do que eu; continue, por favor.

— Quais são as formas que viu na natureza?

— Seguindo Bassegoda — disse Conesa sorrindo para Taimatsu —, Gaudí pôde confirmar que não há melhor coluna do que o tronco de uma árvore ou os ossos do esqueleto humano. Ou que nenhuma cúpula iguala em perfeição o crânio de um homem, e que é preciso prestar atenção nas montanhas para conseguir estabilizar um edifício.

— Simples — disse María.

— Simples, sim. Tudo o que é simples é genial... Mas primeiro é preciso vê-lo e depois ser capaz de usar tais estruturas no terreno da construção. Quero mostrar-lhes algo.

Conesa tirou de um envelope umas fotografias e foi colocando-as na mesa em series de duas.

— Vejam isto.

Então lhes mostrou uma fotografia da Sagrada Família e outra de uma planta.

— Trata-se de um *crespinell picant*, uma planta encontrada perto de Reus.

Taimatsu e María já haviam visto aquelas fotos. Mas Miguel ficou vivamente impressionado. A semelhança da fachada do Nascimento com a planta era um puro decalque.

Conesa continuou com toda uma série de fotografias.

Em outra, aparecia a maquete da fachada da Glória, idêntica à que estava ao lado: a imagem de uma caverna de Nerja, na província de Málaga.

As duas fotografias seguintes mostravam um desenho da igreja da Colônia Güell e uma imagem do Mont Blanc: praticamente iguais.

A seguinte era uma lareira da Casa Milà, cuja forma era idêntica à de um caramujo. Um bosque do Campo de Tarragona podia ser transplantado à maquete das colunas da Sagrada Família.

Conesa continuou apresentando fotografias que mostravam analogias verdadeiramente geniais e surpreendentes entre o fazer do arquiteto de Reus e as formas naturais. Diante das imagens e das explicações de Conesa, Miguel e suas duas companheiras começaram a sentir que iam sendo dominados por uma excitação crescente.

— Como vocês estão vendo, essas formas naturais permaneceram ocultas aos olhos dos arquitetos que seguiam a geometria euclidiana. Mas não para Gaudí, que descobriu milhares delas nos três reinos da natureza e as usou em sua arquitetura. Não podemos ignorar que ele tinha uma grande sensibilidade e respeito pela arquitetura popular; não podemos esquecer que provinha do Campo de Tarragona. Pensem, por exemplo, na barraca de videira catalã, que se adapta com perfeição ao seu entorno natural.

— Em resumo, você afirma que as soluções apresentadas por Gaudí são de aparência geológica, botânica e zoológica, entre outras.

— Isso não é nenhum segredo. É uma coisa com a qual todo mundo concorda. Sua geometria contém parte da botânica, da geologia ou da anatomia. Ele vê como a lei da gravidade e a natureza desenham perfis parabólicos e catenários nas folhas, galhos e copas das árvores. Os troncos dos eucaliptos e algumas trepadeiras são helicoides. O lírio é um helicoide, e o fêmur, um hiperboloide regrado... Mas não sei se estou cansando vocês ou se estou conseguindo me fazer entender.

Talvez Miguel não entendesse os termos, mas entendia a ideia de fundo. Uma ideia genial de Gaudí: usar tais formas para dotar suas construções de maior rigidez e resistência estrutural. Mas isso, por ser magnífico, era só a ponta do iceberg, pensava Miguel. Ele queria saber a razão.

— Por quê?

A pergunta surpreendeu Conesa, mas ele entendeu o sentido profundo que levara o matemático a formular uma questão tão simples.

— Para continuar a obra de Deus — disse Conesa, sem qualquer hesitação.

— Gaudí era maçom?

Miguel se precipitara; talvez aquele especialista notável começasse a mudar o conceito que até aquele momento tivera a seu respeito. Mas já havia perguntado.

— Um maçom usaria um simples barbante para projetar suas construções? Um maçom desdenharia o esquadro e o compasso, duas das três luzes maçônicas? Não imagino Gaudí seguindo as diretrizes de uma sociedade secreta cujo Deus traça o limite do universo com um compasso. Não, não acredito que fosse maçom. Gaudí foi um sacerdote da arquitetura, na qual seguia as leis de Deus voltando seu olhar para sua grande obra: a natureza. Ele construiu bebedouros, ninhos de aves, formigueiros, estalactites, montanhas, árvores, rochas, plantas, transformando tudo em torres, abóbadas, cúpulas, colunas, pilastras. Gaudí dizia que a originalidade era voltar às origens e que a beleza é o resplendor da verdade. E, para ele, a verdade estava representada no Filho de Deus.

— Mas não é possível que sua obra respondesse a um plano oculto?

— Não sei o que você entende por plano oculto. Suponho que os poetas, os escritores e os outros criadores sempre vão atrás de algumas ideias que consideram transcendentes e são os esqueletos de sua obra. No meu modo de ver, Gaudí procurava a sublimação do espírito. O que ele estava levantando não era outra coisa que não a casa de Deus.

— Você se refere à Sagrada Família?

— Ao templo expiratório da Sagrada Família. Não se esqueça, "expiatório". É um templo para a redenção ao qual dedicou metade de sua vida. Não, Gaudí não era maçom; não era nenhum pedreiro medieval. Gaudí acreditava na salvação do homem através de Cristo e tinha verdadeira devoção pela Virgem Maria. No friso de La Pedrera se lê a invocação Mariana do Ângelus.

— *Ave gratia plena Dominus tecum* — recitou Taimatsu.

Conesa assentiu.

— Inclusive ia colocar em sua fachada uma imagem da Virgem do Rosário ladeada pelos arcanjos São Miguel e São Gabriel — completou o anfitrião.

— Não chegaram a ser feitas?

— A escultura, em tamanho natural, foi modelada em gesso; mas os acontecimentos da Semana Trágica* levaram o Sr. Milà a não se atrever a instalar o conjunto escultórico. Mas, bem, isso não é importante. O que quero dizer é que Gaudí era um homem profundamente religioso que dedicou seus últimos anos ao trabalho e viveu como um monge no interior do templo. Só vivia para ele.

— Fale-me da gênese do templo.

— A primeira pedra foi colocada em 1882, no dia de São José. A ideia surgiu quando o Concílio Vaticano I proclamou São José patrono da Igreja Universal. Um livreiro, José María Bocabella, fundou uma Associação dos Devotos de São José. A finalidade dessa associação era levar aos operários catalães a doutrina social da Igreja Católica. Bocabella comprou no bairro de San Martí de Provençals o que seria hoje uma quadra do Ensanche, distrito central de Barcelona, com a ideia de construir um templo expiatório. O arquiteto Villar deu seu projeto de presente ao templo. Depois, por uma série de circunstâncias, Villar se demitiu, e Gaudí começou a trabalhar nele em 1883. Gaudí não gostava do projeto de Villar, mas foi impossível mudar a localização do eixo principal da igreja. Como lhes disse, Gaudí trabalhou nela durante 43 anos, mais da metade de sua vida. Deixou terminada a maquete geral do templo, viu concluída a fachada do Nascimento e deixou bem clara a simbologia de todos os elementos que deviam figurar no templo.

— Você não acha que grande parte dessa simbologia que deixou não apenas na Sagrada Família corresponde a...

— Algo oculto? — interrompeu-o Conesa, com certa ironia na voz.

Miguel não respondeu, não queria parecer o sujeito que na verdade não era. Ele era matemático, e por isso mesmo não queria descartar nenhuma possibilidade, por mais estúpida que pudesse parecer.

---

* O nome de Semana Trágica é dado a fatos políticos ocorridos em Barcelona e outras cidades da Catalunha entre 26 de julho e 2 de agosto de 1909, com saldo de 75 civis e três militares mortos, cerca de 500 feridos e 112 edifícios, dos quais 80 religiosos, incendiados. (N. do. T.).

— Escreveu-se de tudo sobre ele. Entre as coisas que li, é claro que sem nenhum tipo de critério por parte de seu autor, é que Gaudí era um alquimista que procurava a pedra filosofal; também que em sua juventude foi um esquerdista anticlerical.

— Sim, mas voltemos aos símbolos.

— No meu modo de ver, os que não respondem à estatuária cristã são simples decoração.

— Não podem esconder algum tipo de mensagem?

— Eu não entendo disso.

— O que há de verdade sobre o cogumelo *amanita muscaria*?

— Está se referindo àquelas histórias sobre um Gaudí alucinado por drogas?

— Sim.

— Por Deus! Quanta besteira! Você prestou atenção na Casa Calvet?

— Em quê, especificamente?

— Na proliferação de cogumelos em sua fachada, por exemplo. Ele fez aquilo para satisfazer seu cliente, o Sr. Calvet, que era micetólogo. Como vê, a realidade é mais simples e desmente essa e muitas outras besteiras que foram escritas.

— A serpente? — perguntou Taimatsu.

— Que serpente?

— A cabeça de serpente feita com azulejo valenciano que está no Parque Güell.

— Certamente se trata de Nejustán, a serpente de bronze que Moisés tinha sobre seu cajado.

— A rosa mística? — perguntou a jovem de novo.

Taimatsu conhecia o simbolismo de tudo o que mencionava, mas queria a opinião de Conesa e, sobretudo, que Miguel pudesse ouvi-la dos lábios daquele especialista.

— Símbolo da virgindade de Maria, a rainha do céu e mãe de Jesus Cristo. Está em La Pedrera.

— O labirinto?

— Nas catedrais medievais, são conhecidos como "Chémins à Jerusalén", e foram entendidos como uma alternativa à peregrinação à Terra

Santa, quando o fiel percorria o trajeto orando de joelhos. O da catedral de Chartres tem um diâmetro de 12 metros, e o caminho percorrido é de 200 metros.

— A salamandra?

— O sol nascente da justiça: Nosso Senhor Jesus Cristo. Símbolo da morte e da posterior ressurreição.

— A tartaruga?

— Segundo Santo Ambrósio, com sua concha é possível fazer um instrumento musical de sete cordas que oferece uma arte que alegra o coração. Representa a força tranquila e a busca de proteção contra qualquer inimigo externo. As figuras de tartarugas de pedra, como as da fachada do Nascimento, por exemplo, que suportam todo o peso sobre suas costas, garantem a estabilidade do cosmo. Há duas, uma terrestre e outra marinha.

— O pelicano representado na Sagrada Família? Na alquimia, é um tipo de retorta cuja forma recorda a do pelicano e, além disso, é a imagem da pedra filosofal, que, ao ser submersa em chumbo líquido, se funde e desaparece para propiciar a transformação em ouro.

— Os cavaleiros da Rosa-cruz eram chamados de "cavaleiros do pelicano" — disse Miguel.

— Não é errado, mas eu prefiro ficar com a versão que relaciona sua imagem com o símbolo da imolação de Cristo. O *Bestiarium* medieval comenta um canto litúrgico esquecido: *Pie pelicane, Jesu Domine*. O que quer dizer "Piedoso pelicano, Senhor Jesus". E menciona que as características desse animal eram as de não consumir mais alimento do que o estritamente necessário para se manter vivo, "de modo semelhante ao ermitão, que só se sustenta de pão e não vive para comer, mas come para viver". Isso não lhe soa à última etapa de Gaudí, a de um ermitão encerrado em sua oficina para concluir sua grande obra?

Todos ficaram calados por alguns minutos, refletindo sobre as palavras de Conesa. Mas Taimatsu voltou à carga.

— E o arco-íris?

— Sim, temos um na fachada da Casa Vicéns. A ideia de Gaudí era a de que a água do bebedouro da piscina de mármore, ao cair sobre uma retícula elíptica, como uma teia de aranha, formasse lâminas abauladas que, ao serem atravessadas pelos raios do sol poente, se decompusessem nas cores do arco-íris.

— Bem, essa é a explicação e a solução técnica, mas...

— No Gênesis 9, 11, encontramos o sinal por parte de Deus de que a partir daquele momento já não voltará a haver nenhum dilúvio. É um símbolo divino de caráter benevolente. Também o Juiz do Mundo no final dos tempos aparece amiúde representado sentado sobre um arco-íris. Na Idade Média, e dentro do simbolismo cristão, as três cores principais do arco-íris se concebem como imagens de: azul, o dilúvio; vermelho, o incêndio do mundo; verde, a nova terra. As sete cores são representações dos sete sacramentos e dos sete dons do Espírito Santo e, além disso, símbolo de Maria, que reconcilia o céu e a terra.

Miguel, a exemplo de suas duas companheiras, estava extremamente impressionado com a erudição de Conesa. Sete cores: sete cavaleiros, pensou Miguel; curiosa coincidência.

— E o número seis?

— Um número muito interessante na simbologia de Gaudí. O número de Deus para os judeus! Santo Ambrósio o considerava o símbolo da harmonia perfeita; não se esqueça de que seis foram os dias que Deus levou para criar o mundo e, logicamente, as seis direções do espaço: acima, abaixo, norte, sul, leste e oeste.

— O que nos remete de novo às cruzes espaciais de Gaudí.

Taimatsu continuou perguntando.

— A floresta?

— Certamente um símbolo muito difundido. Nas lendas e nos contos, os bosques são habitados por seres enigmáticos, ameaçadores e perigosos: bruxas, dragões, demônios, gigantes, anões, leões, ursos. São elementos simbólicos que personificam os perigos que o adolescente tem de enfrentar durante sua iniciação, que normalmente é uma prova de maturidade e um rito de passagem, se quer se converter, transformar. A luz, que aparece muitas vezes nos contos, e que brilha entre os troncos das árvores, caracteriza a esperança. E que outra coisa é um templo? A luz que ilumina um caminho de sombras, que leva a olhar para o alto para se converter e se transformar.

— A cruz?

— Está presente em muitas das obras de Gaudí. Do ponto de vista cristão, é o símbolo da crucificação de Jesus. É o mais universal dos símbolos, e não é exclusivo do cristianismo. Originalmente, representa a orientação no espaço entre acima, abaixo, direita e esquerda. Representa tanto a quaternidade como o número cinco. Em muitas culturas, a representação da imagem do cosmo é feita através de uma cruz. Também foi representado dessa maneira o paraíso bíblico com os quatro rios que dele nascem. Na obra de Gaudí, creio que seu simbolismo é evidente: representa o sofrimento, a morte e a esperança de ressurreição em Cristo.

— O número 33?

A resposta de Conesa foi breve e contundente:

— A idade de Jesus Cristo, é claro. Mas também o número de cantos da *Divina Comédia*, assim como o número de degraus da "escada mística".

Taimatsu ia perguntar pelo simbolismo da escada, mas disparou outra pergunta que tinha em mente havia algum tempo:

— O atanor?

Conesa riu com vontade.

— Me perdoem — desculpou-se Conesa —, é que esse é um elemento que alguns usaram para falar do Gaudí alquimista. Mas, deixando esse aspecto de lado, o atanor é um símbolo do forno de fusão e do forno usado para fazer pão. Se acompanharmos Jung, ele acreditava que, aceso, representava a energia vital: o fogo, que, apagado, e por sua forma côncava, simboliza a maternidade. Se voltarmos de novo às histórias infantis, João e Maria, por exemplo...

A menção daquela história levou María a aguçar a atenção.

—...o forno de pão onde queimam a bruxa que quer comer João representa a fogueira que purifica e destrói o mal até que não reste mais nenhum rastro da sua matéria terrena. Se voltarmos à Bíblia, no Livro de Daniel é dito que só os eleitos do Senhor podem resistir ao fogo, como os três jovens que Nabucodonosor lançou na fogueira por se recusarem a adorar um ídolo. Em Gaudí e segundo minha modesta opinião, o forno ou atanor é uma homenagem à sua origem, a seu pai e a seu avô caldeireiros. Nada além disso.

— Por que foi retirado da escadaria do Parque Güell e colocado em seu lugar um ovo cósmico? Como você sabe, na alquimia "o ovo filosófico" é a matéria primitiva que mais tarde se transformará na pedra dos sábios...

— Ou pedra filosofal — cortou Conesa.

— Exatamente.

— Ignoro por que foi retirado, mas o simbolismo de Gaudí é outro. Gaudí não era alquimista — concluiu, e deu uma gargalhada tranquilizadora.

— O ovo de Páscoa, o símbolo da primavera? — perguntou Miguel.

— Poderia ser uma representação da Páscoa, mas o que eu acho é que, como sempre, e levando em conta as firmes crenças religiosas de Gaudí, trata-se de Cristo, segundo a comparação cristã, ressuscitando do túmulo como um pintinho que sai da casca. Essa casca branca simboliza sua pureza e perfeição. Nada mágico nem esotérico — concluiu Conesa.

— O cristianismo lhe parece pouco mágico ou esotérico? — questionou Miguel.

Aquele comentário incomodou María. Sua crença era firme.

— Isso depende das convicções de cada um e não vou entrar nessa discussão. Não vou começar a duvidar agora da eletricidade por ser incapaz de vê-la — disse Conesa, ferido em sua fé católica.

— Desculpem; não foi minha intenção...

— Eu sei; não tem motivos para pedir desculpas.

Taimatsu voltou a perguntar, querendo tornar a conversa objetiva.

— E as escadas? Todas as obras de Gaudí são cheias delas.

— E as de todos os arquitetos — afirmou Conesa.

— Mas a mim interessam as de Gaudí. Na maçonaria, a escada mística, de duas vezes sete degraus, é um símbolo do grau trinta dentro, digamos, da organização.

— Sim, e cada degrau é uma das sete artes liberais da Idade Média.

Gramática, retórica, lógica, aritmética, geometria, música e astronomia, repetiu para si Miguel, enquanto acompanhava a conversa. De novo sete, pensou.

— E justiça, bondade, humildade, fidelidade, trabalho, formalidade e magnanimidade — acrescentou Taimatsu.

— Sim, mas Gaudí não era maçom — insistiu Conesa. — Dentro do cristianismo, que era no que Gaudí acreditava, não cansarei de repetir, a escada é o símbolo da união entre o céu e a terra. Vocês se lembram da visão de Jacó?

— Sim, está no Gênesis. Jacó teve um sonho no qual via uma escada pela qual subiam e desciam anjos celestes — completou María.

— Bem, mas eu acho que representa a Ascensão de Cristo.

— Com um dragão em seu início? — perguntou Miguel, pensando na do Parque Güell.

— Bem, fabulando, essa escada que você menciona poderia ser a da ascese, cujo primeiro degrau é o dragão do pecado, que deve ser pisoteado. E assim continuamos dentro da simbologia cristã.

Foi uma afirmação que pareceu brilhante aos três. Conesa continuou:

— Mas eu continuo acreditando que as escadas seguem a interpretação de Bizâncio na qual a Virgem Maria é chamada de "Escada do Céu"; por ela, Deus desceu aos homens através de Jesus Cristo, e é ela que lhes permite ascender ao céu.

— Você é imbatível — afirmou Miguel.

— A Besta da Terceira Porta? — perguntou María, sem dar uma folga ao arquiteto.

Conesa hesitou. Repetiu a frase para si.

— Um momento... Sim. Refere-se ao dragão. De novo o dragão, minha amiga.

— O dragão do Parque Güell?

— Não; o da Chácara Güell. O mecenas de Gaudí comprou trinta hectares entre Les Corts e Sarrià. Originalmente eram duas chácaras: Can Feliu e Can Cuyàs de la Riera. A chácara foi cortada em pedaços quando Eusebio Güell faleceu. Uma parte são os jardins e o palácio de Pedralbes, propriedade da Casa Real; outras partes foram adquiridas pela universidade para a criação da cidade universitária; nós, a Cátedra, estamos nos pavilhões. Bem, das três portas que Gaudí abriu no muro, uma está diante da cerca do cemitério de Les Corts. A segunda foi demolida quando se construiu a Faculdade de Farmacologia; mas foi reconstruída mais tarde.

A terceira é a principal, a do passeio Manuel Girona, onde, como vocês sabem, há um dragão.

— O dragão acorrentado — disse Miguel.

— E preso a um pilar de tijolos em cujo cume há uma laranjeira de antimônio.

— Qual é o seu significado?

— É Ladón, o dragão que guarda os frutos de ouro do Jardim das Hespérides.

O Jardim das Hespérides, a cidade de Barcelona. O dragão que cuida dela, pensaram em uníssono María e Miguel, olhando-se com cumplicidade.

— E assim poderíamos continuar — prosseguiu Conesa. — Mas, no meu entender, não há nada de esotérico, oculto ou misterioso em Gaudí. Ele não era maçom, nem alquimista, nem templário, nem rosa-cruz, nem carbonário. Tudo isso fica bem nos romances, mas a verdade é muito diferente. Josep Francesc Ràfols, o pintor e arquiteto, dizia que Gaudí, visto fora da fé, será sempre incompreensível.

— E o escritor Josep Pla, que vestiu suas formas essenciais com a simbologia da liturgia católica, um mundo prodigioso e imenso, mas seguindo suas raízes terrestres, convertendo as abstrações simbólicas em símbolos realizados, ou seja, reais — disse Taimatsu.

— Gaudí era um filho do Mediterrâneo e do Campo de Tarragona, sua simbologia não tem nada de esotérico — disse Conesa, concluindo.

María, que ficara em silêncio durante boa parte da conversa, interveio:

— Meu avô era um grande admirador da obra de Gaudí. Ele comentou comigo que vários incêndios destruíram parte do legado do arquiteto.

— É verdade. Foi durante a Guerra Civil. Gaudí fez um testamento no cartório de Ramón Cantó. O documento se perdeu em 1936, junto com todo o arquivo do tabelião, que foi destruído.

— Como sabemos que fez 'um testamento? — perguntou Miguel.

— Porque, tanto no Colégio Notarial de Barcelona como na Direção Geral de Arquivos e Tabelionato de Madri, conservam-se fichas desse testamento.

— Mas houve outros incêndios — disse María.

— Sim. O arquivo de Gaudí e sua mesa de trabalho foram queimados durante um incêndio que atingiu a Sagrada Família em 1936.

— Não lhe parecem muitos incêndios?

— Bem, leve em conta que isso aconteceu em plena Guerra Civil; muitas igrejas foram queimadas. No próprio dia 19 de julho, a cripta da Sagrada Família foi saqueada e incendiada por um grupo de exaltados. O túmulo do livreiro Bocabella foi profanado, e o mesmo teria acontecido com o de Gaudí, se Ricardo Opisso, um antigo colaborador, não tivesse impedido. Meses depois, o túmulo de Gaudí foi aberto pela polícia; achavam que dentro dele havia armas. Quando, em janeiro de 1939, as tropas do general Franco entraram na cidade, o sepulcro foi fechado de forma provisória. No final do ano, foi fechado definitivamente, depois de terem se certificado de que o cadáver que estava ali era mesmo o de Gaudí.

— Grande história!

— Como muitas outras tão terríveis como essas que aconteceram durante a guerra. Foi mesmo lamentável. Seu estúdio da Sagrada Família ficava ao lado da casa do padre, em cima da despensa. Era dividido em três partes: a sala dos projetistas, um escritório e o laboratório fotográfico. Os tetos eram cobertos pelos modelos de gesso das esculturas do templo. Imagine que maravilha se perdeu no incêndio.

— Como sabemos disso?

— Como era o estúdio? Graças a algumas fotografias feitas dez anos antes, pouco depois da morte de Gaudí.

— Para que ele usava o laboratório fotográfico?

— Ao que parece, o laboratório tinha uma luz zenital e um jogo de quatro espelhos que permitiam que Gaudí visse a imagem fotografada de cinco posições diferentes: a frontal e mais as quatro refletidas nos espelhos. Como lhe disse, era um gênio que alimentava sua genialidade com soluções simples.

— E não lhe parece estranho que tudo isso tenha se perdido? — perguntou Miguel.

— Foi a guerra. Você acha que se trata de uma conjura? De inimigos poderosíssimos com ciúmes de sua genialidade?

— Não devemos descartar nada.

— Meu amigo, Gaudí não podia ter inimigos. Gaudí era um santo. Viveu com o pai e uma sobrinha em várias casas e no Parque Güell até que os dois faleceram. Depois, um ano antes de sua morte, mudou-se para a Sagrada Família, a cujo projeto se dedicou de corpo e alma; vivia como um monge ou um ermitão. Alguns dizem que uma criança morava com ele. Mas o certo é que só o Dr. Santaló e o escultor Llorens Matamala o visitavam às vezes, sempre aos domingos. Como lhes disse, ele vivia em sua oficina humildemente, com simplicidade. Não, Gaudí não tinha inimigos. Só a estupidez e a barbárie desenfreada de uma guerra incivil poderiam ter destroçado parte de seu legado.

28

— E agora vocês vão me contar a razão de tudo isso? — perguntou Taimatsu assim que saíram da sala de Ramón Conesa. Tinha a impressão de que seus dois amigos não haviam sido sinceros com ela.

María e Miguel se entreolharam. María assentiu com a cabeça.

— Está bem — disse Miguel. — Mas não aqui. Aconteceram muitas coisas.

— Vamos à minha casa — disse María.

Taimatsu olhava para um e outro. Não podia imaginar o que lhe seria revelado em breve.

— Taimatsu, você ainda tem tempo de não entrar nessa história — disse Miguel.

— Estou ansiosa por entrar, somos amigos, não é mesmo? — respondeu, dirigindo-se a María e procurando seu apoio.

Ela não respondeu.

— Além do mais, sou especialista nesse período e apaixonada por Gaudí... Como todos os japoneses — concluiu sorrindo.

— O que sabemos não é suficiente para uma tese de doutorado — afirmou.

— Bem, estão vamos escrever um bom romance — devolveu a japonesa, brincando.

— Até agora é material de loucos, Taimatsu. Na verdade, acho que deveria procurar a polícia. Seu romance é uma coisa tão incrível que... Bem, seria necessária uma grande credulidade por parte do leitor.

Taimatsu não queria começar a discutir sobre a teoria do romance ou a gênese do romance popular; não era seu tema, mas tinha clara a sua nova argumentação.

— A única coisa que você está conseguindo fazer, Miguel, é me matar de curiosidade. Por favor, pode entrar no assunto?

Miguel começou o relato, até chegar ao assassinato do padre Jonas.

— Um assassinato? Diabo, isso está ficando interessante! — afirmou Taimatsu.

— E brutal. Vamos para casa. Pelo caminho lhe contaremos tudo, mas antes quero lhe mostrar uma coisa — disse Miguel.

Pararam no meio da rua. Taimatsu não conseguia disfarçar a curiosidade.

— Antes de morrer, o padre Jonas escreveu isto no chão com seu próprio sangue.

Miguel pegou o papel que copiara no carro... Então María se assustou. Tremia como no dia anterior, quando o vira pela primeira vez. Ele tranquilizou-a. Taimatsu perguntou:

— O que está acontecendo?

María, titubeando, disse:

— Meu avô, um dia antes de morrer, mencionou o padre Jonas... Disse que ele precisava me dizer algo...

— Isso que está no papel...

— Sim, essa é a mensagem... — interrompeu-a Miguel. — Nós não conseguimos decifrá-la.

A japonesa anotou, repetindo:

— A letra beta do alfabeto grego... Um compasso e um sinal partido por uma cifra, 118... 22... Não tenho a menor ideia, mas...

Continuaram andando enquanto iam colocando-a a par do resto dos acontecimentos.

María estava realmente assustada. A morte do padre Jonas reafirmava seu pressentimento de que o avô fora assassinado. Seu pobre avô. Tinha sido eleita não sabia para quê. Mas o que de fato sabia é que aquilo significava uma ameaça de morte e que lhe restava pouco tempo.

— Não tema. Estamos juntos — disse Taimatsu.

— Sim, diante de assassinos que, ao que parece, não hesitariam em me matar. Não posso envolvê-la nessa história.

— Já estou envolvida — respondeu Taimatsu.

Miguel não disse nada. Ofereceu a mão a María, que a segurou com força enquanto caminhavam.

Ao chegar em casa, foram diretamente ao estúdio e, na mesa, à luz do abajur, mostraram-lhe a caixa que haviam encontrado dentro da tartaruga.

— Não sabemos como abri-la — disse María.

— Também não queremos forçá-la — acrescentou Miguel.

Taimatsu pegou a caixa e passou os dedos suavemente sobre os números em relevo.

— O que seu avô disse quando lhe mostraram a caixa?

— Nada; estava completamente perdido.

— Bem, na realidade só repetia uma frase — disse Miguel.

— Que frase?

— "A morte do mestre", repetia sem parar — acrescentou María.

Taimatsu ficou pensativa, com a caixa nas mãos. Foram poucos segundos até que seus olhos se iluminaram e, suavemente, com o indicador da mão direita, ela pressionou quatro números.

E a caixa se abriu.

O espanto se refletiu nos rostos de Miguel e María.

— O que você fez?

— É elementar. Ele lhes disse: a morte do mestre. Um, nove, dois, seis: 1926, o ano em que mataram Gaudí — disse Taimatsu com um sorriso de vitória, entregando a caixa a María.

Não era possível afirmar que estavam desiludidos, mas aquele simples livrinho azul formado por um par de cadernos de 32 páginas, pelo menos no princípio, não correspondia às suas expectativas. O medalhão, com uma tira de couro, tampouco parecia grande coisa. Não era muito antigo, tinha o tamanho de uma moeda de dois euros, com uma letra, alfa, e, no reverso, um pássaro gravado.

Não havia nada além disso dentro da caixa de cedro.

María passou o medalhão pelo colo enquanto Miguel se dedicava a folhear o caderno, tentando ler alguma frase. Certas páginas continham desenhos a lápis preto e outros coloridos. Um simples olhar mostrava que o avô não era um mau desenhista.

— Parece que seu avô se dedicou a copiar miniaturas de livros medievais...

— Devem ter algum sentido. O que mais?

— Textos mais longos; alguns datados. Parecem recordações. E pequenas frases, como aforismos... Algumas em latim — disse, virando as folhas do caderno com rapidez.

— Por que não o lemos? — perguntou Taimatsu.

María começou a chorar. Havia tentado manter a calma durante horas, mas naquele momento não conseguiu mais se conter.

Miguel abraçou-a.

— Você quer ir descansar?

— Não. Estou bem. Eu também quero saber o que há no caderno — disse, secando as lágrimas com o dorso da mão. — Estou bem — repetiu.

Começaram a ler o diário do avô com inquietação e cheios de expectativas. À medida que avançassem em sua leitura e análise, tomariam notas.

María abriu, com as mãos trêmulas, a primeira página e começou a ler em voz alta:

O DIÁRIO

Ao final de minha vida de pecador, enquanto, grisalho e decrépito como o mundo, espero o momento de me perder no abismo sem fundo de minha memória que cada vez se torna mais e mais silenciosa, partindo assim da pouca luz que ainda me rege, neste quarto de minha querida casa, onde ainda me retém meu corpo pesado e enfermo, me disponho a deixar registrado neste caderno os fatos assombrosos e terríveis que me foi dado presenciar em minha infância (com o objetivo de evitar a chegada do Anticristo e com a intenção de que, querida minha, se cumpra em você a profecia que me foi anunciada).

O Senhor me conceda a graça de dar fiel testemunho dos acontecimentos que se produziram em uma cidade cujo nome é impossível silenciar sob um piedoso manto: Barcelona.

Para compreender melhor os acontecimentos em que me vi envolvido, talvez convenha recordar o que estava acontecendo naquelas décadas, tal e como então eu compreendi, vivendo-o, e tal e como agora o recordo, enriquecido com o que mais tarde ouvi contar sobre aquilo, sempre e quando minha memória for capaz de atar os cabos de tantos e tão confusos fatos.

Falarei de meu mestre, a quem Deus há de ter perdoado seu às vezes excessivo orgulho intelectual, e porque era próprio dos jovens de meu tempo se sentirem atraídos por um homem mais velho e mais sábio que me entregou seu segredo para que o guardasse para você e assim cumprisse a profecia que foi confiada aos membros de nossa família. Escrevo em código aquelas partes que creio saberá decifrar para cumprir tal missão para maior glória de Nosso Senhor Jesus Cristo e o merecido prêmio dos necessitados.

Cheguei a Barcelona em uma época muito conturbada. Barcelona era, para alguns, um inferno, e, para outros, sua fazenda particular. Três anos antes de minha chegada, o capitão geral da Catalunha, Primo de Rivera, proclamara-se chefe de um grupo militar que foi aceito sem problemas pelo rei da Espanha. Em Barcelona, as classes conservadoras eram partidárias do que elas chamavam de "a paz e a ordem". O general lhes interessava, por isso não apenas prestaram seu apoio às suas ideias, como participaram ativamente de sua ascensão. Primo de Rivera confraternizou com tal classe e lhe prometeu uma autonomia regional suficiente, tutelada por ele e seus militares, para que continuassem fazendo seus negócios e mantivessem suas propriedades. Os conservadores catalães acreditaram nele. Em Madri, não foram tampouco honestos com o sistema constitucional; o governo conhecia a existência da conspiração, mas também não fez nada para evitá-la. Os conservadores de toda a Espanha a desejavam e a propiciaram, fazendo um acordo para que tivesse êxito. Barcelona foi o cenário da proclama de Primo de Rivera. O general, além do mais, contava com o apoio incondicional do general Sanjurjo, segundo na hierarquia militar de Aragão, e do general Milans del Bosch, que era o chefe da Casa Militar do rei Alfonso XIII. Faltava-lhe a confirmação do resto das capitanias gerais, mas ele estava convencido de que, uma vez dado o golpe, e levando em conta os apoios conseguidos até então, e todos os que estavam incentivando-o por trás, elas adeririam. E foi o que aconteceu.

Quem não estava de acordo era a classe operária. Mas o golpe militar estava sendo feito contra as classes populares, contra o povo. E quem se importava com o povo? Ele era a desordem e tinha de ser colocado em seu lugar, era necessário dar um fim às suas justas reivindicações. Entre os seus dirigentes, quem viu tudo o que estava sendo preparado foi Salvador Seguí, a quem chamavam de Noi del Sucre. Ele preparou um plano de greve geral para o caso de o golpe ser dado e, além disso, tentou negociar para acabar com o terrorismo da CNT. Não conseguiu. Seguí sabia que, tanto uns quanto os outros, a única coisa que conseguiriam seria que a classe operária não levantasse a cabeça durante muito tempo e fossem adiadas as conquistas sociais. Noi del Sucre foi assassinado em uma tarde de março, quando passeava com um amigo pela rua de Sant Rafael. Um pistoleiro atirou em sua nuca, ao mesmo tempo em que outros comparsas disparavam para cobrir sua fuga. Cinco meses depois, teve lugar um pronunciamento militar. O general, em Barcelona, tornou público um manifesto no qual dizia que, em vista da necessidade de salvar a pátria, que perigava diante dos profissionais da política, constituía em Madri uma junta militar de caráter provisório até que as águas voltassem ao seu leito e o país saísse daquela desordem geral que ameaçava destruí-lo.

Às 5 horas da madrugada de um dia de meados de setembro, saíram da Capitania Geral pelotões da cavalaria de Montesa encarregados de distribuir pelas ruas e praças da cidade de Barcelona o bando que declarava estado de guerra e confiava o comando civil das províncias de Barcelona, Lérida, Gerona e Tarragona aos respectivos governadores militares, que baixariam as ordens necessárias. Vallés i Pujals, presidente da Câmara dos Deputados, foi entrevistado por alguns jornalistas para que opinasse sobre a situação. O presidente respondeu:

— Nós aceitamos o poder constituído, e por isso não faremos outra coisa a não ser obedecer.

Às 4 horas da madrugada, quando os jornais publicaram o manifesto do comandante, os cidadãos já arrancavam os exemplares das bancas. Ao longo daquela manhã, esgotou-se edição após edição. Mas o aspecto da cidade era como em qualquer dia anterior à notícia. As forças do exército montaram guarda apenas nos correios, companhia telefônica, delegacia da Fazenda e outros centros oficiais.

O general, nesse dia e nos seguintes, prometia velar pela manutenção da ordem pública, assegurando o funcionamento normal dos vários ministérios e organismos oficiais, com o afastamento total dos partidos. Assumia o lema do *somatén**: paz, paz, paz, com o objetivo de garantir a ordem e a salvaguarda da nação.

---

* Grito de guerra das antigas milícias da Catalunha. *(N. do T.)*

Depois dissolveu as cortes, instaurou o estado de guerra em todo o país e suspendeu as liberdades públicas. Demorou bem pouco, um mês, para dissolver e suprimir as prefeituras, e proclamar uma norma que estabelecia a nova organização central e provincial. Suspendeu os concursos para os vários corpos da administração. A paz social, uma de suas grandes promessas aos conservadores catalães, não se fez esperar. Só se salvaram os sindicatos católicos e o Sindicato Livre; os sindicalistas foram duramente reprimidos, e todas as suas organizações, proibidas; seus dirigentes voltaram à clandestinidade, e outros, ao exílio.

Primo de Rivera não cumpriu as promessas que fizera aos conservadores catalães a respeito de uma autonomia regional para a Catalunha. Mas estes, preocupados no fundo com seus interesses de classe e esperando tempos melhores, já que o resto o general cumpria, não fizeram nenhum tipo de oposição ativa.

Cheguei a Barcelona em uma noite de inverno, depois de o mestre ter me pegado em Riudoms, termos tomado o trem em Reus e embarcado em uma carruagem que nos esperava na estação de Barcelona.

Foi assim que cheguei à Casa Encantada do Parque Güell, onde vivia meu mestre. Pouco depois, mudamos e fomos viver no ateliê do templo expiatório da Sagrada Família onde ele trabalhava.

Nessa época, Barcelona estava vivendo grandes transformações em sua estrutura urbana em razão da futura Exposição Universal que deveria ter lugar três anos mais tarde. As principais ações eram dirigidas ao Bairro Gótico, à colina de Tibidabo, Montjuïc, o parque Zoológico e a Sagrada Família, um monumental projeto arquitetônico e religioso no qual o mestre trabalhava havia muitos anos.

Eu soube mais tarde que o mestre e meu avô haviam estudado juntos, que eram unidos por uma grande amizade, e que, por isso e por outras razões transcendentais que averiguei depois, meu avô me confiara a Antonio Gaudí.

A vida no ateliê era melhor do que eu esperava quando abandonei meu povoado. Gaudí me tratava como se eu fosse seu neto. Mandou-me ao colégio, e quando eu voltava, observava-o trabalhando até que ele ia à missa. Jantava com o porteiro e sua mulher enquanto esperava seu regresso e, depois, continuava trabalhando e me deixava ficar ao seu lado enquanto ele me explicava os detalhes de seu trabalho. Às vezes, ao seu regresso, lia *La Veu de Catalunya* e comentava as notícias.

Lembro-me agora de algumas muito curiosas e seus comentários a respeito.

— Olhe, dizem aqui que um escocês inventou um rádio que se vê.

Tratava-se de um cientista chamado John Baird que acabara de apresentar na Royal Institution um aparelho que transmitia imagens a distância. Era um curioso artefato que, através de um tubo, transformava os impulsos elétricos em imagens que eram projetadas em uma tela ligada ao tubo.

O mestre gostava de acompanhar as inovações técnicas pela imprensa.

— Filho, dentro de vinte anos estaremos na Lua — me disse em outra ocasião.

— Na Lua? Por quê, mestre?

— Diz aqui que um tal de Robert Goddard, na granja de sua casa em Massachusetts, lançou um foguete ao espaço que funciona com um combustível líquido.

— E logo iremos à Lua?

— Bem, é uma questão de tempo, Juanito. Vou lhe dizer: daqui a vinte anos, estaremos todos na Lua!

Em uma noite de carnaval, o mestre recebeu uma visita estranha.

Gaudí desenhava em uma grande folha de papel vegetal presa em um tabuleiro de madeira e à altura da sua vista. Desenhava a lápis, e de vez em quando se afastava do papel para olhar o conjunto. Eu estava ao seu lado, ele voltara da missa, e, depois de jantarmos juntos, continuou trabalhando. Eu o observava em silêncio.

— O que está fazendo, mestre?

— É hora de dormir, Juanito.

— Eu gosto de vê-lo desenhar, vovô.

Gaudí sorriu. De vez em quando me escapava aquela palavra que lhe causava certo agrado.

— É muito bonito. O que é?

— Desenho tudo que tem que estar na fachada da Paixão da Sagrada Família.

Fiquei à sua esquerda, alguns metros atrás dele, sentado em um tamborete; tinha a intenção de não molestá-lo. Então o mestre abandonou o trabalho e procurou um desenho entre suas pastas e papéis. Colocou-o sobre o que estava fazendo e me disse:

— Este templo, meu filho, será uma obra de várias gerações. Mas eu tenho a obrigação de definir o projeto para que seja realizado tal como o imaginei. O importante é que o templo fique concluído para que seja aquilo que deve ser.

— A que se refere, mestre?

— Este templo é o final do caminho. É uma Bíblia para o povo e anuncia a chegada da nova Jerusalém. Os pobres precisam de Jesus Cristo, e a profecia deve ser cumprida.

— Não estou entendendo, mestre.

— Vivemos tempos conturbados, e já é hora de mudar isso; já é hora de voltar para casa. Tudo está nas estrelas. Nosso Senhor espera.

O mestre parecia falar para ele mesmo.

— O homem, meu pequeno, se move em um mundo de duas dimensões, e os anjos, em outro, tridimensional. É hora de acabar com a dor do mundo. Venha, aproxime-se.

Aproximei-me do mestre tal como me indicou, e então, apontando-me o desenho, ele disse:

— Nesta folha está contida toda a doutrina, o plano da Sagrada Família.

O desenho representava, como começara a explicar, o simbolismo do templo. Tratava-se de um quadro sinótico que não ocupava toda a página. E o mestre começou a enumerar tudo aquilo que elaborara no desenho:

As três pessoas da Trindade e sua correspondência com as três virtudes teológicas e os três primeiros mandamentos.

Os sete sacramentos e sua relação com as sete petições do pai-nosso.

Os sete dias da criação.

Os sete mandamentos da lei mosaica.

Os sete dons do Espírito Santo.

As sete virtudes capitais.

Os sete pecados capitais.

As sete obras da Misericórdia.

— Sete vezes sete?

O mestre sorriu, e vi como seus olhos azuis brilhavam. Aparentemente, havia compreendido algo cujo significado eu ainda ignorava.

Recordo muito bem esse dia. Estávamos sozinhos no ateliê. Uns sinos distantes soaram, e isso me distraiu por um momento. Como sempre fazia, contei as horas mentalmente. Não sei exatamente o que aconteceu. O certo é que perdi a conta no eco do último tangido. Então contemplei o mestre. Sua expressão me surpreendeu. Ele tinha a cabeça levantada, com os olhos muito abertos. Eu ia lhe perguntar o que estava acontecendo, quando ele me fez um gesto muito rápido com o dedo para que me calasse. Na expressão de alarme de seu rosto, compreendi que algum perigo nos ameaçava, nos espreitava ali mesmo no quarto. Eu nunca o vira assim. A reverberação daquele último toque do sino ainda vibrava na atmosfera, e de algum lugar próximo começou a crescer uma respiração. Fiquei em guarda. Imaginei que era um gato, um cão talvez, que ficara trancado. Depois me dei conta de que aquele ofego tinha algo de humano, mas também de fera. Advinha da parte escura da oficina, onde se acumulavam as estátuas e os moldes de gesso. O mestre olhava para lá com uma atenção anormal. Parecia paralisado. Meus olhos procuraram no fundo e se detiveram em uma silhueta. Descobri sobressaltado o perfil escuro de uma estátua que nunca estivera ali, tinha plena certeza. Contemplei de novo o mestre e sua quietude; a expressão de seu olhar me provocou uma mistura de estranheza e aturdimento. Senti medo. O que estava acontecendo?

Não sei se foram fantasias minhas, mas, ao olhar novamente para a silhueta escura do fundo, senti como se estivesse sendo envolvido pela sua presença fria, senti seu espírito penetrando, percorrendo meu corpo, como uma névoa invisível e muito espessa. O mestre estava ali, e no entanto tive a sensação de que também ele era uma das estátuas sem vida. Não podia fazer nada. Senti-me tão só, tão desamparado, que uma vertigem se apoderou de todo meu ser. Diante de mim se abria um abismo insondável. Meu corpo, minhas veias estavam gelando; imaginei então que aquela coisa intangível não era deste mundo. Esse pensamento me fez tiritar. Podia ouvir nitidamente seu estertor sibilante, estava me chamando pelo meu nome, como em um sussurro. Lutei dentro de mim para que fosse embora, para apagar aquela voz que me atraía e ao mesmo tempo me repugnava... Recordo que essa foi a primeira vez que senti, que quase mastiguei um desassossego tão absurdo e estranho que não consigo descrevê-lo com palavras. O terror e a escuridão ou até a morte não eram nada comparados com a sensação de pânico em relação ao desconhecido que experimentei naquele momento. A percussão do tangido do último toque de sino, seu eco metálico havia se coagulado na atmosfera, ia decrescendo tão lentamente que me arrastava com ele às trevas. O horror em relação a algo sobrenatural que estava ali, na oficina, que me oprimia o peito, me cortava a respiração. Eu chorava em silêncio, as batidas do meu coração retumbavam em minhas têmporas, eu queria gritar, sair correndo dali, e no entanto compreendi que também era uma estátua.

Foi então que a silhueta escura, cujo rosto estava coberto por uma máscara, adiantou-se um passo. Sua pisada troou em meus ouvidos como um tambor imenso. A silhueta continuou avançando.

A voz rasgada do mestre me resgatou do pânico, do abandono.

— Fora! — gritou, pronunciando sem parar algumas frases em latim que não consegui compreender.

A silhueta parou.

— Venha, Juanito, esconda-se atrás de mim, depressa — disse-me o mestre, gritando, fora de si.

Ainda não sei como o fiz, mas reagi, não tinha forças para pular nem dar um passo e deixei meu corpo cair, me arrastei pelo chão, tinha as pernas e os braços intumescidos. Fiquei como pude atrás do mestre, exatamente debaixo de uma longa mesa repleta de projetos.

Não entendi o que diziam, mas estou certo de que ali se desenvolvia uma batalha terrível. As duas figuras em pé, uma diante da outra, trocavam imprecações, ofensas, em um idioma estranho. Eram como golpes de espada no vazio. A voz do mestre se modulava em uma oração, enquanto o homem da máscara parecia se retorcer de dor. Recordo que tive de tapar meus ouvidos diante daqueles gritos horríveis. Sua máscara ficou de um vermelho vivo, seu fulgor era tão intenso que afastei os olhos. Não sei quanto tempo durou aquele combate, só sei que de repente aquela sensação de afogamento desapareceu, e o tangido do último toque de sino se desvaneceu para sempre.

Todo o meu corpo tremia, eu não podia me controlar... Com a voz muito débil, depois de um grande esforço, perguntei:

— Está passando bem, mestre?

O mestre estava exausto, parecia que tinha envelhecido muitos anos, estava encurvado, os braços caídos, ofegava... Não me atrevi a sair de meu esconderijo, olhava para todos os lados. Ao cabo de um longo tempo, quando sua respiração foi sossegando, falou comigo:

— Foi embora... Não voltará. O plano precisa ser cumprido. Não temos muito tempo.

O mestre ocupou uma cadeira. Tinha os olhos fechados, respirava com força. Saí de um pulo e me acocorei entre suas pernas, o espanto me fez chorar...

— Já passou, Juanito... Não tenha medo. Eu lhe prometo que ele não voltará.

— Mestre, mestre... Ele, ele estava me chamando pelo meu nome... Eu não podia fazer nada. O que era aquilo, mestre?

— Meu pequeno Juanito, você precisa ser forte... Muito depressa aprenderá a se defender...

— Mestre, eu, eu... Tenho muito medo. Aquela coisa não era um homem, eu sei...

— Confie em mim... Um dia você vai derrotá-lo... Poderá fazê-lo...

— Mas, mestre, não era um homem, era, era... Por isso escondia o rosto?

— Isso é o de menos. Conheço seu rosto. O mau sempre tem a mesma cara... Nunca se esqueça disso. Eu o esculpi em pedra. Olhe! — disse, mostrando-me uma fotografia.

Tratava-se de uma escultura localizada em uma das mísulas da porta do Rosário da Sagrada Família. *A tentação do homem,* a quem o demônio entrega uma bomba Orsini. Essa escultura, junto com A *tentação da mulher,* era muito estimada pelo mestre. Na exposição de Paris de 1910, foram apresentados dois modelos em gesso, expostos no Grand Palais.

— Um dia, esse homem apareceu e me disse que ele era a imagem do mal que estava procurando; a princípio, não o reconheci. Depois entendi que era ele. Podia tê-lo matado naquela ocasião, mas me sentia velho e cansado. Esse homem me persegue há anos, desafiando-me. Tenta por todos os meios evitar que eu complete minha obra. E naquele dia teve a ousadia de aparecer diante de mim para que o fotografasse... Depois de tantos anos.

Eu conhecia aquela afeição do mestre. Uma afeição que me aterrorizava a ponto de sempre me recusar a acompanhá-lo. Gaudí, em seu laboratório fotográfico, retratava muitas pessoas de qualquer condição com a ideia de que serviriam de base para suas figuras de santos, anjos, evangelistas ou profetas. Até visitava o diretor da Casa da Maternidade e Enjeitados de Les Corts para procurar modelos de crianças moribundas, pessoas agonizantes e cadáveres. Outras vezes, recorria a pessoas conhecidas para que servissem de modelo. O rei Davi era, na verdade, um pedreiro chamado Ramón Artigas.

Eu não disse mais nada. Deixei que o mestre se tranquilizasse e que, se assim o desejava, me explicasse o que estava acontecendo.

E assim foi.

— Quero lhe contar uma coisa, e vou fazê-lo como se você fosse adulto, porque sei que entenderá tudo o que lhe disser — começou me dizendo o mestre. — Seu avô e eu estudamos juntos na Escola de Arquitetura. Éramos muito jovens, tínhamos 18 anos, e Barcelona nos fascinou. Na classe, fizemos amizade com um aluno pouco brilhante, Luis Zequeira. Seu pai era um grande homem, que, como constatei depois, não merecia ter um filho como aquele. Sua mãe era filha de um editor que, ao confraternizar com a ditadura, procurando prosperar politicamente, descuidou de seu negócio e acabou se arruinando. Por sorte dele, Primo de Rivera o ajudou. Ele montou uma gráfica e fornecia material pornográfico aos quartéis de toda a Espanha. Mas essa é outra história que não vem ao caso, Juanito. Zequeira era um sujeito mulherengo e simpático, comentava-se que se reunia com um grupo de amigos em um porão de Las Siete Puertas e participavam de certos rituais de iniciação. Seu avô e eu éramos dois jovens um pouco confusos, com ideias que agora não seríamos capazes de sustentar e desejosos de ver, conhecer, experimentar. Um dia, ele nos convenceu a acompanhá-lo. Fomos a algumas reuniões e participamos de alguns rituais, que, no princípio, nos pareciam inocentes. Mas, à medida que continuamos indo, seu avô e eu percebemos que todos aqueles sujeitos encapuzados estavam de fato loucos. Uma noite, a última, pois não fomos nunca mais, não posso lhe contar o que chegamos a ver, pois poderia aterrorizá-lo.

"Naquela época, havia em Barcelona 16 lojas maçônicas ligadas a sete obediências. Muitos artistas e intelectuais se relacionavam com essas sociedades secretas. Mas Luis Zequeira não pertencia a nenhuma delas. Não era maçom. Pertencia a uma sociedade satânica. No princípio, não sabíamos; só quando lá estivemos foi que nos demos conta do que era toda aquela loucura. Eram os Homens Mísula, que também gostavam de ser chamados de Cavaleiros Irmãos de Judas. Celebravam suas cerimônias, em cima do altar, junto a um compasso e a um esquadro negro e dispostos ao inverso. Como lhe disse, formavam uma seita satânica, um desvio dedicado ao lado sombrio. Eram assassinos que profanavam, assassinavam, cometiam atentados, praticavam rituais que não posso mencionar sem assustá-lo, invocavam os demônios e adoravam o diabo e um ídolo chamado Bafomet. Você perguntará o que fazíamos ali. Posso lhe dizer que no começo não sabíamos nada de tudo isso... Eu, pelo menos, não sabia; achava que era uma sociedade secreta como milhares de outras que existiam na cidade, mas cujo espírito era entender o mundo para conhecer Deus, e que seus membros acreditavam que toda a natureza se nos apresenta como uma revelação gradual que pode nos conduzir ao Ser dos Seres. Como você está vendo, nada a ver com o lugar onde havíamos nos metido.

"Quando Luis Zequeira nos contactou, seu avô era o mais interessado em saber o que se urdia lá dentro. De fato, foi ele quem me arrastou para que fôssemos àquelas primeiras reuniões. Só fui entender o interesse de seu avô muito mais tarde.

"Seu avô era um infiltrado.

"Passou o tempo e não voltamos a falar de tudo aquilo. Mas Zequeira não nos perdoou o fato de termos abandonado sua organização. Naquele tempo, sempre tive a impressão de que me espionavam.

"Muito depois, seu avô e eu ingressamos no Centro Excursionista. Visitávamos vários lugares da Catalunha levados por nossa paixão pela arquitetura. Fazíamos informes, consultas e projetos de restauração; como o da igreja de Santo Estêvão em Granollers. Visitamos muitos lugares, e uma noite, em Montserrat, ele me contou tudo.

"Seu avô era cavaleiro, um dos Árvores de Moriá: os sete cavaleiros que tomaram seu nome do monte onde Salomão ergueu seu templo e que se perpetuam através dos séculos e são os encarregados de guardar o maior segredo da cristandade. Sei que lhe será difícil acreditar em mim, embora seja possível que não, porque você é um menino, e a fantasia, a curiosidade e a aventura fazem parte de seu mundo. Sim, Juan, seu avô era um cavaleiro. Já o era quando o conheci, quando quisemos fazer parte dos Homens Mísula. Essa seita, durante séculos, teve como objetivo impedir que o plano dos Moriá se cumprisse. Por isso ele ingressou nela como espião. Como lhe disse, ele me contou tudo isso naquela noite em Montserrat. Então me falou dos sete cavaleiros guardiões do segredo. E me uni a eles.

"Entregaram-me o segredo, e, com o tempo, converti-me em seu grão-mestre.

"Desde então, toda a minha obra, tudo o que fiz nesta cidade, obedece a um plano. Sei que, como Moisés, não entrarei na Terra Prometida. Mas tudo está preparado para que a profecia seja cumprida. Eu, como o Batista, hei de lhe entregar o testemunho, e, dentro de muitos anos, assim como está escrito, um de seus descendentes, a quem dará o nome de María, fechará o círculo.

Foi isso que me revelou mestre Gaudí depois de receber aquela estranha visita.

Depois, saímos em silêncio do estúdio. Era uma noite fria, e percorremos as ruas da cidade sem dizer uma palavra, até que chegamos a La Pedrera.

Ali, tendo como testemunhas os guerreiros de pedra, Antonio Gaudí me nomeou cavaleiro Moriá.

Eu era o eleito para guardar e conservar o segredo até o dia em que tivesse que entregá-lo a você. Durante aqueles dias, saíamos a passear pelas manhãs, aparentemente sem rumo certo. Ele espalhava migalhas de pão, e eu tinha que reconhecer os símbolos nos lugares precisos.

Quando meu mestre foi assassinado, os cavaleiros me ocultaram, me treinaram, compartilharam seus segredos, e, com o tempo, cheguei a me converter em seu grão-mestre. No chefe dos sete eleitos para proteger o segredo. Um segredo que estava comigo, que eu ocultei e pelo qual jamais me perguntaram. Eles tinham a missão, como lhe disse, de me proteger, porque, fazendo-o, protegiam o segredo e garantiam o cumprimento da profecia.

Mas só uma vez resolvi sair à luz. Haviam se passado dez longos anos, e os tristes acontecimentos que tiveram lugar naquela época me incentivaram a me arriscar. Meus companheiros quiseram me dissuadir. Mas eu teria atravessado todos com minha espada se tivessem tentado me impedir.

Bitrú e os seus haviam queimado o legado de meu mestre e profanado seu túmulo. Meu sangue pedia vingança.

Sua organização era simples: um chefe recebe o nome de Asmodeu e um lugar-tenente que é chamado de Bitrú, o príncipe herdeiro. Quando Bitrú ascende, transforma-se no novo Asmodeu, e outro ocupa o lugar do antigo Bitrú. Seus nomes são tão antigos quanto o mundo: pertencem a dois dos piores demônios do inferno. Através de suas pérfidas ações, conseguem ter um único rosto, e, às vezes, são confundidos. O rosto do mal, essa é sua máxima aspiração. Dizem que a mãe do primeiro Asmodeu foi Medusa.

Sabíamos que alguns Homens Mísula se reuniam em um antro do Paralelo, El Paradís. Os *music-halls*, como eram chamados na época, estavam muito em moda havia tempos. Ali se juntavam pessoas de todas as classes e condição social para se entregar a todos os tipos de vícios. Alguns desses locais haviam fechado várias vezes por ordem do governo. Eram famosos o Bataclán, o Royal Concert, o Pompeya e o Concert Apolo.

Dirigi-me ao El Paradís quando podia passar por um filho da noite e da névoa. Precisava encontrá-lo. Bitrú havia se transformado no novo Asmodeu, depois de tantos anos. Seu antecessor, Luiz Zequeira, havia morrido pouco antes, enlouquecido pela sífilis, e o príncipe das trevas adotou seu nome, tornando-se chefe dos Homens Mísula.

Entrei ali procurando meu oponente, dissimulando, mas com os olhos de um lobo enfurecido. O El Paradís estava repleto de mulheres de vida fácil, parasitas, empresários, filhinhas-de-papai entediadas, capangas, empregados, cafetões e outros tipos da noite. Mas ali estava ele, em uma mesa perto do palco, cercado por quatro putas e dois de seus comparsas. Não foi difícil reconhecê-lo. Fui até ele como um doente do mal de Amok,* mas, quando estava a poucos passos, ele me viu. No princípio, sua expressão foi de surpresa, depois achou que me reconheceu, e o ódio iluminou seus olhos. Levou a mão ao coldre, sacou a arma e apontou. Não lhe dei tempo para mais nada. Corri em sua direção como Aquiles, o dos pés ligeiros, desembainhando minha espada ao mesmo tempo em que pulava em cima dele. Com o primeiro golpe, arranquei-lhe a mão pela raiz; ela caiu sobre a mesa como um fardo, enquanto ele detonava a arma: a bala atravessou o coração de uma das putas

---

* Ataque de fúria provocado pela falta de serotonina no cérebro. *(N. do T.)*

que o cercavam. Com o segundo golpe, separei sua cabeça do corpo; ela caiu pesadamente sobre a mesa, rodou batendo nas taças e parou ao lado de uma garrafa de champanhe. A música foi interrompida e fez-se um silêncio mortal. Vi seu corpo cair para trás na cadeira, e então afundei a lâmina no seu coração.

Todos olharam para a cabeça de Asmodeu ao lado da garrafa, horrorizados. E aconteceu algo que ainda hoje, ao me lembrar, me impressiona: seus lábios articularam uma palavra: "mamãe". E seus olhos se fecharam para sempre.

Saí daquele antro com decisão, aproveitando o espanto geral, sem olhar para ninguém, e mergulhei na noite. Aquela morte não serviu para nada. Outro ocupou seu lugar.

Se você chegou até aqui, minha pequena, é porque resolveu a charada e encontrou este caderno.

Duro por cima,
Duro por baixo,
Cara de serpente
E patas de pau.

Você se lembra de como gostava das charadas quando era pequena?

De cela em cela vou
Mas presa não estou.

A da abelha era a sua preferida.

É possível que este caderno caia nas mãos dos Homens Mísula, e é por isso que preciso ser prudente.

Mas confio que você saberá resolver seus enigmas simples, encontrar o segredo e compreender o que deve fazer com ele para cumprir a profecia.

Algo, minha querida pequena, que você também deve descobrir por si mesma. Assim está escrito.

Mas antes o arcanjo deve se renovar. Deve acreditar em você para que o plano se cumpra.

Você deve matar a Besta da Terceira Porta para poder se renovar. Esse é o primeiro passo. Nele também está o mapa... Ali está o tesouro... Mas falta uma parte.

O segredo está em você desde o dia do seu nascimento. Como tudo, somos filhos das estrelas.

Lembre-se do pai-nosso... Assim na terra como no céu.

No ano de 1126, começou a contagem regressiva na Terra Santa, quando a relíquia foi encontrada.

No ano de 1926, ela me foi entregue por Gaudí antes que o matassem

No ano de 2006, eu a entrego a você, para que se cumpra a profecia. Leia com o coração, não com a razão, e encontrará a verdade na última porta que se fecha atrás de mim.

María lera em voz alta até esse ponto. Enquanto ouviam, Miguel e Taimatsu iam fazendo anotações. Miguel, habituado a resolver problemas matemáticos, teve sua atenção despertada por duas datas do caderno: 1926, o ano da morte de Gaudí, e 1126, quando, segundo o diário, começara a contagem regressiva. Oitocentos anos separavam as duas datas, e oitenta, da morte de Gaudí até o presente. Portanto, havia uma possível relação, uma progressão simples: 8 multiplicado por 100 e por 10.

María virou a página e atraiu de novo a atenção de Taimatsu e Miguel.

— Aqui estão!

O parágrafo que acabara de ler terminava com uns textos que pareciam charadas. Todos eram encabeçados por uma letra do alfabeto grego, destacada no começo.

María mostrou-os a Miguel e Taimatsu, e os três leram:

Alfa
Gira o sol da alma entre palmeiras e cravos.

Beta
Embora não tenha cem pés para acender o forno da noite que ilumina os frutos do Jardim das Hespérides, a vida lhe dá a luz.

Gama

Você deve contar o número de uma escada sem degraus para poder ver o símbolo delimitado pelos quatro lados.

Delta

Sua mãe é a água, seu pai, o fogo. Você não é nave e viaja no tempo afundada no cimento da nova cidade, contemplada pelos guerreiros.

Ípsilon

Nem os fogos de San Telmo podem iluminar seus olhos perdidos nas trevas.

Zeta

É sábia a loucura; embora a veja, não pode encontrá-la em cima do cipreste.

Eta

Na primeira letra desta morada, os magos viram a cruz e o coração da luz de Maria Imaculada.

"Você deve brincar, María; como quando era menina. Não resta muito tempo. Aproveite a sua vantagem."

A partir desse ponto, o caderno era um verdadeiro caos de desenhos, esboços, frases, estranhos esquemas geométricos inacreditáveis. Nada parecia seguir uma ordem. Havia até desenhos e notas que se superpunham uns aos outros. María virou várias páginas ao acaso, penalizada, intuindo que atrás daqueles escritos estava a loucura, o desespero de seu próprio avô. Não podia continuar, tinha os olhos cheios de lágrimas, e foi para a cozinha.

— Vocês querem beber alguma coisa?

Miguel e Taimatsu ficaram calados. Respeitavam sua dor e esperavam que voltasse. María voltou alguns minutos depois.

— Estou bem — disse, diante do olhar terno de Miguel. — Continuamos?

Tinha os olhos avermelhados e brilhantes, e um copo de água nas mãos.

Continuaram folheando o caderno. No final, havia uma cópia de uma miniatura medieval ou de um ícone, onde aparecia um monge com cara de cachorro, com um nome: *Marmitae*, e embaixo uma frase inacabada que dizia: "M... a protegerá no cam..." Depois, um garrancho ilegível, uma mancha de tinta que o autor aproveitara para desenhar um feto de duas cabeças.

Taimatsu ficou seduzida pela cópia da miniatura.

— Um monge com cara de cachorro... Não entendo, acho que, na mitologia egípcia, Anúbis, o deus dos mortos, também tem cara de cão... Não sei, precisaria pesquisar — disse.

— Mas parece um religioso — respondeu Miguel, interessado naquele detalhe.

— O que vocês encontraram? — perguntou María, que havia perdido o último achado.

— É uma miniatura medieval. Está vendo? Além do mais, esta frase está incompleta: "M... a protegerá no cam..." Acho que seu avô está nos dizendo alguma coisa. Você reconhece o desenho?

— Não... Embora tenha uma cruz ortodoxa... Creio que se chama Cruz de Lorena, como a de Caravaca. É isso que estou estranhando. De qualquer forma, na Idade Média as miniaturas, os desenhos de monstros, deidades antigas, eram muito frequentes. Há, inclusive, uma espécie de sincretismo no qual se fundem antigas crenças pagãs, lendas obscuras e mitos cristãos.

— Procuraremos na internet... Talvez tenhamos alguma surpresa.

Não demoraram a encontrar alguma coisa... Navegando pela internet, deram com uma página onde aparecia a imagem de um monge com cabeça de cão que simbolizava São Cristóvão, o padroeiro dos viajantes, dos motoristas. Aparentemente, na iconografia ortodoxa grega São Cristóvão era originário de uma tribo de gigantes ou de monstros da África chamada *marmitae*. Estas representações eram denominadas de cinocéfalos.

María se lembrou de algo...

— Sim... Agora me lembro que li a lenda em Fulcanelli, há muitos anos... Deixe-me pensar... Trata-se de um mito muito popular na Idade

Média, na época da construção das catedrais. Meu avô admirava muito Fulcanelli, o alquimista. Sempre falava dele. Quando eu era uma adolescente, ele cismou que eu devia ler O *mistério das catedrais*.

— E o que diz a lenda sobre esse santo?

— Como lhes disse, era uma história muito difundida na Idade Média, especialmente na época da construção das catedrais. A ficção e a realidade se confundem; eu prefiro o mito. Parece que se tratava de um jovem de Cananeia de proporções gigantescas que quis servir ao rei mais poderoso do mundo. Quando estava já havia algum tempo servindo a esse imperador, um dia encontrou o diabo e lhe perguntou quem era. O demônio lhe respondeu que era um servidor de Satanás, o príncipe das trevas, o ser mais poderoso de todos. Então o jovem se pôs a seu serviço, porque Satã era muito mais poderoso do que o rei ao qual servia. O diabo e o arrogante gigante iam por um caminho, e em um desvio encontraram uma cruz. O demônio começou a correr, porque temia a cruz. São Cristóvão, então, ao ver que o diabo temia a cruz, colocou-se a serviço de Deus, porque, sem dúvida, era o rei mais poderoso de todos; pelo menos, muito mais poderoso do que o diabo. Ajoelhou-se diante da cruz e pediu a Deus que lhe dissesse qual era o serviço que devia lhe prestar. Deus lhe disse que muito perto dali havia um rio, e que, com sua estatura e sua força, ele seria de grande utilidade aos viajantes que quisessem atravessar a corrente de água. A partir desse dia, São Cristóvão começou a servir ao Senhor, fazendo o papel de transportador: carregava nos ombros todos os viajantes e atravessava assim a corrente de água. Um dia, um menino lhe pediu que o levasse à outra margem. São Cristóvão colocou-o sobre o ombro, e quando estava no meio da água, o peso daquele menino aumentou tanto, que o gigante não conseguia se mexer... "Quem é você, que pesa tanto?" "Sou o Menino Jesus", respondeu-lhe o menino, e nesse instante São Cristóvão conseguiu sair da água e se ajoelhou diante do filho de Deus... Essa é a lenda que li em O *mistério das catedrais*.

María tinha o caderno nas mãos, ia virando páginas e mais páginas sem ver nada, um caos de garranchos, sinais de alfabetos estranhos, traços desordenados...

Miguel foi buscar o exemplar de O *mistério das catedrais* de Fulcanelli que estava perdido em uma das estantes. Queria lê-lo, para ver se encontrava alguma coisa, embora também não soubesse o que estava procurando; no fundo, tudo aquilo lhe parecia uma loucura.

Taimatsu se despediu deles; estava cansada, e o dia da inauguração da Fundação ia ser duro. Além disso, depois devia ir a Paris, devido a uma exposição itinerante que lhe pedira assessoramento. Mas, antes de partir para sua casa, pediu permissão a María para escanear algumas folhas do caderno que haviam atraído sua curiosidade. Além da página do cinocéfalo, também copiou outras, uma delas simplesmente porque o desenho lhe recordara a montanha mais alta de seu país, o Fujiyama, embora ao pé da página se mencionasse o monte Hermon — ao norte de Israel e Cesareia de Filipo, uma região daquela área —, ao lado de uma frase enigmática que, segundo ela, tentaria elucidar com calma em seu escritório: "Aos pés do Hermon, em Cesareia de Filipo. O Terceiro Ser Vivente da Adoração Celestial... 16, 18".

Fez dois jogos de cópias e entregou um à amiga.

— Nunca se sabe — disse.

29

Quando chegou em casa, Taimatsu foi diretamente ao seu escritório. Desdobrou as cópias que fizera do diário do avô de María, assim como a nota com a estranha mensagem que Miguel encontrara na paróquia do padre Jonas.

Taimatsu não conseguia dormir. Tudo aquilo lhe parecia tão incrível que se negava a se entregar ao sono. Tinha um mistério em suas mãos. Possivelmente, o grande segredo da obra do personagem que mais admirava: Antonio Gaudí. Quem conseguiria dormir com uma bomba daquela nas mãos?

Começou a estudar os papéis detalhadamente, até que o telefone tocou.

— Yasunari — disse sucintamente seu interlocutor quando Taimatsu atendeu.

— Yasu! — disse surpresa, mas feliz. Olhou maquinalmente seu relógio. Era muito tarde. Por que ligava tão tarde? — Aconteceu alguma coisa?

— Preciso vê-la.

— Agora?

— Agora.

— Onde você está?

— Na porta da sua casa.

— Na porta?... O que está fazendo aí.

Yasu não respondeu.

— Suba.

Taimatsu teve o tempo exato de guardar os papéis na gaveta de sua escrivaninha antes de a campainha do interfone soar. Abriu a porta.

Yasu não foi muito carinhoso ao entrar. Ela achou estranho aquele ar austero de seu primo. Mais que primos, sempre haviam se considerado irmãos. Um irmão mais velho que, quando era criança, a protegia. E lhe recordou isso.

— É disso que se trata — disse Yasu. — Quero continuar protegendo você.

No começo, Taimatsu hesitou. De que devia protegê-la? Não era possível que Yasu soubesse alguma coisa sobre aquilo em que se metera. Não, não era possível. Esperou que se explicasse.

— Meu pai está muito preocupado com você; você está saindo com um homem que tem o dobro da sua idade... Um ocidental.

— Por Deus, Yasu, você conseguiu me assustar! — exclamou Taimatsu ao ver que seu grande segredo e o de seus amigos não tinha nada a ver com a conversa que estava prestes a começar.

— Você devia estar assustada; esse homem não lhe convém.

— Se o conhecesse, não pensaria assim.

Yasu mordeu a língua. Conhecia-o muito bem. Mas não ia começar a dar explicações. Procurara-a para lhe ordenar que o deixasse. Simples assim. Taimatsu devia levar em conta a opinião dos mais velhos.

— Yasu, o mundo mudou. Não estamos no Japão. Além do mais, volto a lhe repetir que, se o conhecesse, não diria uma coisa dessas.

— Meu pai está muito desgostoso. De verdade, Taimatsu; ele não lhe convém. Diga-me ao menos que vai pensar nisso.

"Estou apaixonada, Yasu; realmente apaixonada", isso era o que de fato queria lhe dizer. Mas não se atreveu.

— Está bem, vou pensar.

— Vai, de verdade?

— Vou.

— Você sempre me enganava quando era menina.

— Mas você sempre sabia e ficava do meu lado.

— Desta vez, não, Taimatsu; desta vez, não posso ficar do seu lado. Gosto muito de você e não posso fazer isso.

— Você está me assustando.
— O homem que você escolheu não é legal. Não a merece, Taimatsu.
— Você não pode me dizer algo mais?
— Não. Só que acredite em mim, como sempre fez.

QUINTA PARTE

A Besta da Terceira Porta

30

— Bitrú, não questiono o método. Agora nossos inimigos terão motivos para nos temer. Mas você cometeu erros, erros que não podemos cometer — disse Asmodeu.

Bitrú se sentiu incomodado; ele era o príncipe, o destinado a sucedê-lo. Mas sabia que seu chefe não tolerava erros. Sua voz soou cavernosa, e lhe subia à garganta como se viesse do fundo de um poço.

— Erros?

— Você o deixou vivo.

Aquela afirmação fez Bitrú suar frio.

— É impossível!

— Bitrú, não levante a voz. Você precisa ser humilde. Foi isso que lhe ensinamos. Aprender a honrar seu nome. Ele foi usado por outros antes de você, e todos prestaram grandes serviços. Um dia você ocupará o meu lugar e receberá o anel.

Bitrú ficou em silêncio e abaixou a cabeça.

— O padre ainda estava vivo quando você partiu. Nunca deve menosprezar suas vítimas. Sabe que são fortes, treinadas para a dor, a tortura e a morte.

Sim, Bitrú sabia de tudo isso. Mas ele fizera um bom trabalho. Seguira o ritual tal como o aprendera.

— Isso é impossível. Ele estava morto. Morto — repetia.

— Não, Bitrú; ele vivia. Além do mais, a luz estava acesa; alguém esteve lá depois de você.

— Como sabe de tudo isso?

— Mortimer — respondeu, austeramente.

Bitrú odiava aquele nome; não gostava do policial.

— Quando chegou, a luz estava acesa, e ele encontrou indícios de que alguém estivera ali depois de você. Diga-me, você não viu nada? Precisa se concentrar.

— Fiz bem o meu trabalho.

— Claro, sabemos como trabalha, é isso que é estranho. Mas achamos que o padre se arrastou e deixou uma mensagem escrita com seu próprio sangue. O que não sabemos é o que deixou escrito e se o intruso chegou a vê-la.

— Quem é ele?

— O companheiro da garota.

— O arcanjo?

— Sim, embora ele ainda não o saiba. E, possivelmente, também não saberá interpretar a mensagem. Mas vamos ajudá-los.

— Ajudá-los?

— Eles vão encontrar algo que nos pertence. Então, quando o obtiverem, agiremos. Temos que deixá-los investigar, mas devemos estar sempre vigilantes e sem perder a perspectiva.

— Bem, vou vigiá-los.

— Não, Bitrú; você precisa se acalmar. Tenho outra tarefa para você. Agora deve ir à câmara escura, meditar, esvaziar sua alma e orar.

— Eu fiz tudo no escuro, como manda o ritual.

— Certamente, filho, certamente. Mas agora deve se retirar. Mortimer cuidará do matemático.

Bitrú compreendeu que a entrevista terminara. Beijou a pedra do anel e saiu do aposento.

Asmodeu ficou sozinho. Precisava pensar. Dar-lhes-ia tempo para que estudassem aquele caderno. Mas o queria; ele tinha de ser seu. E assim teria duas equipes investigando: a sua e a de seus inimigos.

No passado, haviam cometido muitos erros. Em um determinado momento, até chegaram a pensar que, se não eram donos do segredo, o fogo deveria acabar com tudo. E foi o que fizeram.

Asmodeu era o último de uma longa lista, e seria ele quem conseguiria aquilo pelo que haviam lutado durante séculos.

Agora viviam tempos conturbados, tinham dificuldades em conseguir novas vocações... Sujeitos que não fossem pirados, psicopatas, ricos entediados ou simples assassinos. O crime e o terror eram bem aceitos, mas havia mais. Os Homens Mísula sempre haviam agido com uma ideia. Não eram simples assassinos. Asmodeu sentia que o poder do mal perdia terreno. Quando os assassinos são arbitrários, quando o mal não segue uma grande ideia, tudo está perdido. A banalidade do mal... Que tempos!, pensou Asmodeu. Não, aquilo era uma luta contra o poder de Deus e a favor das iras do inferno. Todo o resto eram simplesmente crimes.

E não havia entregado sua vida para ser um simples assassino, mas sim para obter o glorioso rosto do mal e o advento de seu império sobre a face da terra.

Recordou o que seu antecessor lhe contara.

Um passado glorioso. Até que chegaram os dias de Bitrú, o melhor de todos, que terminou com sua cabeça rodando pela mesa de um antro do Paralelo.

Os conventos de Barcelona ardiam. Padres, freiras e frades morriam justiçados. No dia 19 de julho de 1936, aproveitando os acontecimentos daquela selvageria nacional que se anunciava longa, decidiram profanar, saquear e incendiar a cripta da Sagrada Família. Bitrú era um especialista dirigindo a turba.

Profanaram o túmulo do livreiro Bocabella e o do próprio Gaudí. Não se encontrou nada neles. Sabiam que a escondera o menino, mas não era excessivo lançar um olhar no meio dos despojos do velho. Depois, Bitrú ateou fogo a todos os planos, maquetes e projetos do mestre.

Antes do levante militar, muitas pistas foram seguidas. Mas o maldito menino desaparecera sem deixar rastro.

Os Homens Mísula ficaram ao lado dos militares facciosos, mas seu golpe fracassou na cidade. Tiveram que esperar pela entrada do general Franco em Barcelona para ascender de novo ao templo. Mas aquele maldito general, que carregava um milhão de mortos nas costas, considerava-se católico e mandou tapar o ataúde de Gaudí provisoriamente. Em seguida, decidiu lacrar definitivamente o sepulcro, depois que o diretor das obras do templo, um tal Quintana, e alguns que haviam conhecido Gaudí certificaram que o cadáver era o dele.

Então apareceu o menino pedindo vingança. Havia se transformado em um jovem adestrado pelos cavaleiros guardiões; em um dos seus. Procurou Asmodeu. Matou-o. E voltou a desaparecer durante anos.

Foi encontrado muito tempo depois. Os Homens Mísula não descansavam. Vigiaram-no. De nada teria servido sequestrá-lo, torturá-lo e arrancar-lhe o segredo. Ele havia sido treinado na dor e não lhe arrancariam nada. Esperaram.

Mas esperaram muito.

O menino se convertera em um velho com a cabeça perdida em outros mundos. Agora, a única esperança era sua neta.

Ela lhes entregaria o segredo.

María, sem saber, trabalharia para eles.

31

María caminhava atrás do ataúde e pensava em muitas coisas ao mesmo tempo. Recordava quando era uma menina, e seu avô a levava para excursionar; sempre faziam a mesma coisa. Mudavam os lugares, as paisagens, as cidades, mas os edifícios, os monumentos, os lugares sempre falavam da mesma história. Agora fazia este último passeio, com Miguel a seu lado, além de dois anciãos residentes amigos de seu avô que ela não conhecia, o diretor da casa de repouso, duas enfermeiras... Taimatsu ainda não havia chegado, e ela supôs que estaria muito ocupada com os preparativos da Fundação.

O carro avançava lentamente entre as ruas do cemitério de Montjuïc, e ela continuava pensando, recordando. Era como se naquele último passeio quisesse evocar todas as recordações que a uniam a seu avô; eram bons e maus momentos, e todos avançavam sobre sua consciência ao mesmo tempo; centenas de milhares de episódios, situações e conversas lutavam em sua mente, amontoavam-se para render uma última homenagem.

Numa manhã de primavera, visitaram Montserrat. O dia era dia luminoso, a cor do céu era de um azul intenso, uma ligeira brisa abria passagem entre as árvores da Montanha Sagrada, como seu avô gostava de chamá-la, perto da cruz de São Miguel, no alto da montanha. Haviam subido pelo teleférico. Ela acompanhava seu avô com certa dificuldade pelas veredas que rodeavam a parte norte do monastério... Pegaram, entre as fendas das pedras, uma erva, o chá de rocha. Naquele dia, seu avô lhe falou de Gaudí, disse-lhe coisas estranhas sobre fabulosos tesouros ocultos; alguns deles, segundo ele, em Montserrat. Sob a montanha. Era estranho.

Por que recordava aquilo agora? Uma conversa esquecida, de quando era uma menina, que emergira de sua memória quando caminhava atrás do carro fúnebre que naquele momento se detinha em uma das ruas. María se assustou quando viu o nicho aberto na parede, era o último daquela fileira, todos os demais estavam tapados, com flores enrugadas, murchas, retratos, cruzes, epitáfios... Miguel apertou ligeiramente seu braço, chegara o momento de dizer adeus, o da última despedida...

Ela queria chorar, mas não conseguia. Era uma sensação estranha, como se seu avô lhe mandasse, do ataúde, uma corrente de energia que adquiria voz e resgatava de sua memória aquela excursão a Montserrat, quando haviam falado de Gaudí e também da morte. Agora recordava nitidamente as palavras de seu avô. Ela completara 9 anos, e naquele momento não compreendera nada. Tinha toda a vida pela frente, até acreditava que seu avô e ela própria nunca morreriam, talvez por isso tivesse esquecido aquelas palavras que agora a memória lhe devolvia... "Maria, no mármore da última porta que se fechará atrás de mim você encontrará o mapa do caminho das estrelas." Ela não entendera nada naquele momento. Seu avô já a habituara aos seus enigmas, suas charadas, suas adivinhações infantis. Mas algumas vezes falava assim, de coisas que ela não compreendia. María, nesse momento, perguntava-se em silêncio: "Como é possível que esta recordação, esta cena, esteja agora tão viva em mim, e no entanto tivesse desaparecido por completo? O que aconteceu?"

Queria falar com Miguel, contar-lhe suas recordações; certamente ele encontraria alguma pista, alguma mensagem em toda a história que estavam vivendo As perseguições, as mortes, o segredo... "O segredo...", zumbia em sua cabeça, e ela não podia chorar, precisava esperar que se fechasse a última porta para descobrir o significado.

Os dois operários da funerária, auxiliados por Miguel, depositaram o ataúde no nicho. Depois, pegaram a lápide de mármore que estava apoiada no chão e a colocaram no lugar. Fecharam o nicho. Essa operação durou alguns minutos, e depois os operários da funerária se retiraram. María estava um pouco afastada, levantou a cabeça e viu Miguel com uma expressão estranha no rosto. Estava lendo a inscrição na lápide... "A mensagem da última porta", pensou María. Todo o pequeno grupo lia a inscrição. María entendeu tudo naquele momento: seu avô lhe mandava uma última mensagem do túmulo; sabia que talvez nela estivesse uma das peças que faltava para completar o quebra-cabeça.

> Videmus nunc per especulum in aenigmate: tunc autem facie ad faciem.
> Nunc cognosco exparte: tunc autem cognoscam sicut et cognitus sum.*
>
> São Paulo I, Coríntios, 13, 12

— O epitáfio foi uma escolha dele — explicou o diretor da casa de repouso.
— Obrigada — disse María, assentindo com a cabeça.
María leu lentamente o epitáfio, uma frase de uma das cartas de São Paulo aos Coríntios. Miguel escreveu-a em um papel. E por fim ela chorou, as lágrimas correram pelas suas faces. Miguel passou um braço em volta de seu ombro. Todos lhe deram os pêsames e se despediram educadamente. O casal ficou um bom tempo em silêncio diante do túmulo fechado. Quando se acalmou, María lhe disse, sussurrando ao ouvido:
— Acho que meu avô nos mandou uma última mensagem.
— Eu também acho que é uma pista.
Ela continuou falando em voz muito baixa ao seu ouvido:
— Posso traduzi-la... Agora vemos o enigma através de um espelho. Depois conheceremos cara a cara o rosto da verdade... O rosto... O rosto de Deus...
— O espelho, María... Esse símbolo vai se repetindo... Assim na terra como no céu. O reflexo... O mar, a água é um espelho imenso do céu...
— E o fogo...
— O fogo?
— Sim, Miguel, o fogo é o espelho das estrelas...

---

* "Agora vemos em espelho e de maneira confusa, mas depois veremos face a face. Agora meu conhecimento é limitado, mas depois conhecerei como sou conhecido." *(N. do T.)*

— A dualidade... A água e o fogo... O mar e as estrelas. O céu e a terra... A pedra e o ar. Zero e um... Um sistema binário. Todo o nosso mundo, a civilização, a lógica da ciência, tudo se baseia nesse modelo... Aberto e fechado, zero e um... Séries infinitas, cadeias de zeros e de uns. Combinatória... Com essa linguagem, podemos descrever o mundo. A linguagem dos computadores...

— Portas abertas e fechadas... A última porta se fecha para meu avô, e no entanto ele nos abre a seguinte.

Depois dessas palavras, houve um longo silêncio. Ela pensava na frase gravada na tumba: "O enigma visto através do espelho... A cara de Deus sem nenhuma máscara... A verdade autêntica... A máscara serve para ocultar o rosto... O mundo é o reflexo infinito dos espelhos... Esse é o enigma... O infinito é a máscara do mundo."

A manhã avançava irremediavelmente. Estavam sozinhos, e ele fez um gesto para que fossem embora.

— Vá pegar o carro, Miguel, e me espere na porta, quero ficar alguns instantes sozinha.

— Está bem, não demore...

María ficou só. O rumor do denso trânsito da estrada costeira que passava aos pés da montanha chegava até lá no alto como o murmúrio de muitas vozes roucas. Ela respirou profundamente e, ao pronunciar a frase em voz baixa, uma ligeira brisa se levantou. Miguel havia partido havia alguns minutos. Ela olhou ao seu redor. O nicho estava localizado no final de uma das ruas, diante dele havia uma bifurcação, com outras fileiras de tumbas, todas pareciam iguais. Não havia ninguém.

Fizera uma promessa a seu avô, mas não pôde cumpri-la. Estava sozinha e chorou até desatar aquilo que lhe atazanava o peito desde o momento em que, na casa de repouso, vira o corpo sem vida de seu avô. Deixou-se levar até que sua vista se nublou, e, uma a uma, as recordações empurraram novas lágrimas.

— Sinto muito, vovô; sei que lhe prometi não chorar até terminar aquilo que ainda nem sei o que é... Perdoe-me — disse, enxugando as lágrimas.

A brisa era como um sussurro entrecortado por um sopro moribundo. A agonia de um eco imenso que penetrava no silêncio das tumbas. María apalpava a calma desoladora que sobreveio depois da última lufada de ar, e nesse exato momento se sentiu inquieta. No final da rua à direita da bifurcação, junto a uma tumba com muitas flores murchas que sobressaíam, achou que reconhecia algo. Talvez só fosse um reflexo, um clarão de luz naquele entardecer no cemitério da montanha de Montjuïc, o Monte Judeu, diante do mar. A luz adquiria tonalidades estranhas com algum lampejo de ouro velho que se refletia nos mármores, nos vidros de algumas tumbas. María caminhou para a frente e situou-se no centro da aleia, ali onde estava a escultura de um anjo com pequenos bancos alinhados ao seu redor. Olhou para os lados, outras ruas idênticas se perdiam em todas as direções. Parecia um labirinto de tumbas. Seguiu adiante por uma das avenidas, cruzou outra rua, e, nesse instante, pelo rabo do olho, acreditou ver um movimento brusco. Deteve-se, inquieta, virou levemente a cabeça e a viu ali... Era a máscara veneziana, tinha certeza, estava ali, em pé, contemplando-a do fundo da rua, na outra esquina.

Sentiu um medo terrível e, de repente, começou a correr; desviava à direita, à esquerda, seu coração galopava com força dentro do peito. Não sabia para onde se dirigir, perdera o rumo, a orientação. Sabia que Miguel estava na porta com o carro esperando-a, e gritou:

— Miguel!

Mas sua voz se afogou entre as ruas com o som de seus passos e da brisa marinha que naquele momento se levantara de novo, e agora já não era apenas um sopro moribundo, era uma voz que lhe sussurrava ao ouvido... "Corra, María! Corra, María!"

Ela se virou e viu a máscara atrás dela; movia-se agilmente e parecia conhecer o segredo do labirinto. Esperava-a em outro cruzamento de ruas mais adiante. Estava brincando com ela. Esperava-a em cada desvio. María respirava com dificuldade, estava muito assustada, fugia sem saber para onde, e quando acreditava estar se afastando do perigo, levantava o olhar e via outra vez a máscara ali, impassível, recostada junto à esquina da frente. Como o infinito reflexo de um mesmo rosto perverso que a torturava, perseguia-a entre os túmulos sem lhe dar trégua.

Enquanto corria, María pensava que aquela máscara era irreal, produto de sua fantasia, ela mesma estava provocando o medo. Então, enquanto se deslocava, olhava fugazmente as fotografias dos defuntos e acreditava ver também máscaras. Precisava se controlar, se se deixasse levar, acabaria exausta, aterrorizada, perdida naquele imenso labirinto de túmulos. Tentou pensar. A brisa continuava batendo em seu rosto, cada vez com mais força. Ela não podia se perder. Agora corria com um rumo, desesperada, e ao dobrar uma das esquinas tropeçou em alguém...

— Taimatsu... É você?

Era ela. Depois da conversa com seu primo, ficara acordada até tarde e, depois, adormecera.

— María, o que está acontecendo com você? Cheguei tarde. Miguel está esperando por você na porta, e me disse que você ainda estava aqui. Mas por que está tão nervosa...? Acalme-se um pouco!

Ela fechou os olhos, respirou fundo... Olhou ao seu redor. Estava exatamente diante da tumba do avô, e ali estava sua amiga.

— Sinto muito, Taimatsu... Fiquei muito nervosa. Achei que alguém estava me perseguindo e comecei a correr. Parece impossível, uma loucura, mas me perdi. Não sei o que aconteceu comigo; vi um homem com uma máscara veneziana. Tenho certeza, estava aqui e me seguia... Me perdi.

— Acalme-se, tudo já passou... Vamos, Miguel está nos esperando no carro. Você está melhor?

— Sim... — disse, olhando para todos os lados.

Saiu segurando o braço de Taimatsu. Soou a buzina de um carro.

— É Miguel...

— Sim, vamos.

Abandonaram o cemitério. Miguel, impaciente, estava do lado de fora do carro.

— O que aconteceu?

— Nada. Você viu alguém entrar ou sair quando eu estava lá dentro?

— Não. Por que pergunta?

Taimatsu adiantou a resposta.

— Ela acha que viu alguém com uma máscara veneziana. Acabou se perdendo entre os túmulos...

32

Miguel deixou María muito assustada na porta de sua casa; ela precisava descansar um pouco depois do enterro, ficar sozinha. E ele resolveu ir até a Biblioteca da Catalunha. Voltaria mais tarde.

Quando chegou, tentou se concentrar. O que fazia ali e que informação queria? Pegou as notas que havia copiado do caderno do avô de María. Leu atentamente as charadas. Decididamente, devia deixar aquela parte nas mãos de María; era ela a especialista.

Bem, se o avô dizia ser um cavaleiro de uma ordem anterior à dos templários, talvez o melhor fosse procurar informações sobre a tal ordem de cavalaria: quem eram seus membros, quando fora fundada, suas regras e, sobretudo, os mitos e as lendas que eram contados sobre ela, pensou.

Mas, se as informações sobre as ordens militares eram abundantes, não encontrou uma única linha que mencionasse os cavaleiros Moriá.

Não quis perder tempo com outros livros sensacionalistas e de pouco rigor histórico. Era um matemático. De tudo o que havia lido, resolveu repassar a época das Cruzadas.

Voltou atrás e reviu seu caderno. Em uma das folhas, depois da leitura do diário do velho Juan, estavam anotadas três datas: 1126, 1926 e 2006, assim como a informação de que a corrida começara na Terra Santa. Depois recordou também que, no dia anterior à sua morte, o avô dissera a María que a corrida devia começar com a tartaruga. A tartaruga? A corrida? Pegou o lápis e escreveu: Zenão. Paradoxo de Zenão. Foi uma intuição que quase dirigiu sua mão. Então ele se perguntou que sentido tinha relacionar aquela sucessão de anos que aparecia no caderno de Juan com o paradoxo de Zenão... Recordou outra vez as palavras de María: "Vovô me disse que a corrida começa com a tartaruga, faltam poucos dias." Isso também não era grande coisa, na realidade não era nada. Mas, para o matemático, a corrida e a tartaruga conduziam ao paradoxo mais famoso da história: a corrida onde se enfrentaram o homem mais veloz da terra, Aquiles, e a tartaruga, o animal mais lento. E se o avô de María quisera dar uma pista a María? Tudo era tão absurdo que ele não podia descartar nenhuma hipótese, por mais remota que fosse. Não tinha certeza de nada, e, simplesmente, por puro instinto, sem saber aonde queria chegar, começou a procurar.

Zenão de Eleia, o filósofo pré-socrático discípulo de Parmênides, de quem fora aluno, era famoso por seus paradoxos. Queria demonstrar com eles que os sentidos nos enganam, e a verdade só se encontra na razão. Miguel os conhecia, o da flecha que nunca chega ao alvo, o do estádio ou o de Aquiles e a tartaruga, o mais conhecido. Todos os seus paradoxos giravam em torno da mesma ideia: um objeto móvel nunca pode chegar à meta, porque sempre podemos subdividir o espaço infinitamente. Tratava-se de uma série geométrica progressivamente decrescente. Para resolver tal problema, existiam dois tipos de solução: a matemática e a física. Ao longo da história, filósofos e matemáticos haviam encontrado múltiplas explicações para este paradoxo, e quase todas faziam referência a uma soma de infinitos como um resultado finito. O infinito, ou, dizendo melhor, a série infinita e a convergência, era um conceito que se desconhecia na Antiguidade. Mas interessava mais a Miguel, nesse momento, aplicar a solução física.

A mente de Miguel começou a funcionar. A partida estava situada no ano de 1126, e a chegada, em 2006. Um total de 880 anos. Aquiles, que corre dez vezes mais do que seu oponente, concede-lhe uma vantagem. Fica na saída, quer dizer, no ponto 1126, e a tartaruga, em 1926, ou seja, com 800 pontos de vantagem. A corrida começa. Os dois partem ao mesmo tempo. Quando a tartaruga avança 80 e alcança o ponto 2006, Aquiles está em 1926, avançou 10 vezes, quer dizer, 800. O próximo passo da tartaruga, seguindo a sucessão da série, seria o ponto 8... No paradoxo de Zenão, as subdivisões do espaço continuariam, ou seja, quando Aquiles chegasse ao ponto 8, a tartaruga estaria no 0,8, e quando Aquiles estivesse no 0,8, a tartaruga estaria no 0,08... E assim decrescendo até o infinito. Nisso consiste o paradoxo: Aquiles nunca a alcança, porque sempre está em uma subdivisão anterior. Zenão havia detido o tempo. No universo da tartaruga e Aquiles, só havia um espaço infinito. Esse era o erro. De qualquer maneira, Miguel continuou com a solução empírica, ou seja, a física. No mundo real, quando um objeto móvel se afasta, interagem duas coordenadas: espaço e tempo, e, portanto, Aquiles, que corre dez vezes mais do que a tartaruga, sempre conseguirá alcançá-la.

Miguel imaginava os corredores movendo-se aos pulos, então sabia que Aquiles alcançaria a tartaruga quando esta desse o terceiro salto, e agora estavam nesse momento... Então recordou outro dado importante: o avô de María dissera que restavam poucos dias... E continuou: "O número da sequência é: 800, 80, 8... Portanto... antes de chegar ao nono dia, Aquiles nos alcançará. Nossa tartaruga começou a correr no dia 7 de junho às 6 horas da manhã, quando encontramos a caixa com o caderno e o medalhão dentro dela. Já se passaram três dias desde que a tartaruga entrou em ação na Sagrada Família: o primeiro foi a quarta-feira, o segundo, a quinta, e hoje estamos na sexta, 9... Antes de cinco dias! Esse é o tempo limite, mas para fazer o quê?

Era tarde, e Miguel olhou ao seu redor, restava pouca gente, três leitores. Durante aquelas horas, muitas pessoas haviam passado pela biblioteca. Entravam, ficavam um tempo e saíam. Ele percebeu que uma delas estava havia quase tanto tempo quanto ele na sala de leitura. Tratava-se de um religioso, pois usava um hábito, embora Miguel não soubesse precisar se se tratava de um franciscano ou de um membro de alguma outra congregação. Não conhecia muito esse assunto. Era um homem já velho, embora ele não soubesse determinar sua idade. Miguel se preparou para ir embora.

Saiu à rua e resolveu caminhar um pouco para relaxar, mais tarde pegaria um táxi e iria ao encontro de María. Embora tivesse dúvidas, de qualquer forma queria lhe explicar o que havia descoberto. A relação, a progressão numérica entre 1126, 1926, 2006, ou seja, 800, 80, 8... Era uma casualidade muito estranha... Teria algum sentido? Oito dias de tempo? — perguntava-se, sem entender nada. E, curiosamente, o avô também havia sido morto em um dia 8, quinta-feira. Sabia que aquilo talvez não tivesse nenhum significado, mas queria contar a María.

Andou pela rua Hospital. A rua estava muito animada, e o comércio permanecia aberto e com bastante atividade, mas ele já percebera que estava sendo seguido. Era o religioso da biblioteca. Tentou fazer um itinerário ziguezagueante, sem rumo, itinerário que o religioso também seguiu. Ao chegar à praça San Agustín, no cruzamento com a Jerusalém, parou na esquina. A rua estava vazia. Esperou apertando os punhos e tentando se acalmar. Se suas suposições fossem corretas e aquele indivíduo estivesse armado, não teria nada a fazer. Até havia sido um erro ter parado. O melhor teria sido continuar até as Ramblas, parar um táxi e afastar-se dali, ludibriando-o. Mas Miguel queria saber, e esse desejo era mais forte que o medo que começou a sentir.

Seu perseguidor não teve tempo de reagir: quando o homem dobrou a esquina, Miguel lançou-se sobre ele e o derrubou no chão.

— Quem é você? Por que está me seguindo?

— Vim ajudá-lo. Acredite em mim. Por favor.

Miguel não lhe deu tempo de se levantar, segurou-o com força.

— Porque haveria de acreditar?

— Porque fui amigo do padre Jonas. Porque posso ajudá-lo a decifrar a mensagem e porque vocês estão correndo um grande perigo.

Miguel parou de apertar, instante que seu oponente aproveitou para atirá-lo no chão e inverter os papéis.

— Assim na terra como no céu? — perguntou Miguel, recordando a frase que María lhe dissera.

— O que está no alto é como o que está embaixo — disse-lhe o ancião, mostrando-lhe um medalhão. No reverso estava gravada uma letra.

— É a letra beta — disse Miguel.

Era um medalhão idêntico ao de María.

— Cada um de nós tem um com uma letra diferente. Sete medalhões.

— Ela tem a letra alfa.

— Exatamente. Ela agora é alfa. Bem, não temos tempo e preciso lhe explicar muitas coisas. Nós sabíamos que Juan Givell, o avô de María, havia revelado uma parte do plano ao padre Jonas sob o segredo da confissão.

— Que parte do plano?

— Uma mensagem que só nós podemos decifrar e que ela deve descobrir. Letras, símbolos, talvez uma citação evangélica. Sabemos que você esteve lá antes da chegada da polícia.

Miguel hesitou.

— *Marmitae*, São Cristóvão... a protegerá no...

— Como pode saber isso? — cortou Miguel, recordando a frase do caderno e a miniatura medieval do monge com cara de cão. Compreendeu que devia confiar naquele homem. Eram muitas as coincidências.

Os dois se levantaram.

— Estive lá. Vi o que o padre Jonas deixou escrito. Desenhou com seu próprio sangue a letra beta, um grande compasso e alguns números: 118.22, embora na frente da numeração houvesse outro símbolo.

— Tem certeza?

— Total. A letra beta em cima, sob um grande compasso com esses números dentro.

— Nessa ordem, a mensagem significa uma coisa; mas, quando é invertida, significa outra. — O ancião fez uma pausa. — Creio que Jonas lhe revelou onde está o segredo.

— Onde? O que é? O que devemos fazer com ele? Quanto tempo nos resta?

— Comecemos pela última pergunta. Tudo tem de ser cumprido no dia perfeito, a palavra, o número perfeito. Você o encontrará nas primeiras páginas do Gênesis, quando tudo começou. O mestre coroou muitos de seus edifícios com um número que é necessário saber interpretar. Creio que lhe será fácil encontrá-lo; você é matemático. Mas terá de fazê-lo por si mesmo, eu não posso lhe revelar nada mais sobre... Tampouco saberia o que lhe dizer. Só que a corrida começa com a tartaruga...

— Você conhece o paradoxo de Zenão, o de Aquiles e a tartaruga? Creio que no caderno do avô...

— Não entendo... O que quer dizer exatamente?

— Quero dizer que Aquiles nunca pegará a tartaruga enquanto esta for suficientemente hábil e conseguir fazer uma nova subdivisão do espaço... Perder-se no infinito. Compreende? É preciso captar a ideia.

— Levar Aquiles ao terreno da tartaruga? Jogar em campo próprio... O infinito?

— Exatamente, meu amigo... Juan Givell se referia a isso. Os números às vezes também podem nos armar ciladas, podemos ficar obcecados, eles nos fazem perder a razão, a perspectiva, a ideia global, o sentido profundo; os números podem se transformar em uma armadilha, a pior delas. — O homem se calou.

Os pensamentos de Miguel iam e vinham a uma velocidade vertiginosa. Um caos de números rondava sua mente. Uma progressão, 800, 80, 8... Mas como se pode entrar no infinito? É impossível! Todas essas ideias martelavam em seu cérebro, eram como um círculo vicioso, fechado, uma prisão que não o deixava sair do lugar. Miguel, habituado a lidar com problemas numéricos, com limites concretos e definíveis, conhecia o infinito usado na matemática. Mas não pudera evitar o desconcerto, a inquietação que lhe causava o conceito em si mesmo. Até chegara a pensar certas vezes que era como um ponto de lupa, uma maneira de criar ilusão, o limite até onde a razão podia chegar, mais além... o que há? Nada. O infinito. E o que é na realidade? Nesse momento, desesperado, pensou em María, viu seu rosto sorridente. Entendiam-se, formavam um casal perfeito. Cada um vivia sua própria vida, eram livres, não queriam se comprometer com nada. Então uma ideia passou por sua cabeça: amava-a de verdade? Até onde seria capaz de amá-la? Até o infinito? Como se pode amar infinitamente alguém? Além da vida e da morte? Miguel nunca se fizera estas perguntas. Aquele momento de inquietação e incerteza que sentia quando introduzia o conceito infinito nos problemas matemáticos, agora, ao introduzi-lo nos sentimentos da vida, fazia-o tremer, sentir-se à beira do abismo; ele sabia que podia dar mais um passo, ir mais além, mas isso também significava romper com todos os seus esquemas. Seu coração batia com força. Então, sem saber como nem por que, recordou a conversa com Ramón Conesa. Foi como um relâmpago: na tela de sua mente, viu María e depois também o número perfeito. O número da criação. O número da vida, quando tudo começara. Foi um instante.

— Ouça, ouça, volte a si... Não temos muito tempo, acho que nos seguem. Vamos agora nos concentrar na mensagem do padre Jonas — continuou o monge. — Beta é o lugar, e o compasso, o local exato onde está escondido; a terceira linha comprova que se trata de uma relíquia.

Miguel não entendia nada.

— Encontrarão outras mensagens no caderno; precisam descobrir os símbolos e organizá-los.

— Ordenar as letras?

— Sim.

— Mas desconhecemos a simbologia... As charadas.

— Vocês correm grande perigo. Os Homens Mísula lutarão com todas as forças para impedir que tudo se cumpra. Seu símbolo é o pentagrama invertido.

Miguel estava se perdendo. Então o ancião lhe revelou:

— A letra beta corresponde ao Parque Güell. Terão de procurar ali o compasso, e nele se oculta...

Não pôde continuar. O desconhecido se dobrou sobre si mesmo, e Miguel o segurou na queda.

— O que está acontecendo? — disse Miguel, tentando sustentá-lo.

O ancião se dobrou no chão.

Miguel viu então o sangue começar a brotar de seu peito. Era o buraco de uma bala, mas ele não ouvira nenhum disparo. Olhou para o começo da rua, tentou se levantar, mas não viu ninguém. Então o homem se aferrou à sua camisa enquanto com a outra mão pressionava a ferida do peito.

— Não temos... tempo... — disse entrecortadamente. — Tudo deve ser cumprido no dia, o número perfeito...

O homem respirava pela boca com dificuldade, estava coberto de sangue. Agarrou a mão de Miguel, em um último esforço, e quase em um sussurro lhe disse:

— Mer... ac, Mer... ac...

— O que está dizendo?

O desconhecido não conseguiu dizer mais nada. Estava morto.

Miguel ficou por alguns segundos sem saber o que fazer. Ajoelhou-se ao lado do corpo sem vida do ancião. Não erra horror o que sentia, tinha uma sensação de irrealidade; de que aquilo não podia estar acontecendo. Então ouviu o som de passos, sorrisos. Um casal de jovens, abraçados e brincando entre si, entrou no beco.

Os dois jovens ficaram quietos, não podiam acreditar no que estavam vendo. Um sujeito morto, esvaindo-se em sangue, e outro, suarento e morto de medo, ajoelhado ao seu lado.

Miguel procurou o medalhão que o religioso tinha ao redor do pescoço, e, ao enfiar os dedos, viu que, sob o hábito, impresso na camisa, havia o que lhe pareceu parte de uma árvore. Pegou o medalhão e puxou-o. O gesto de segurar os braços do morto e cruzá-los sobre seu peito foi mecânico. Ao fazê-lo, ouviu um som metálico. Levantou-se e saiu correndo em direção à rua Carmen.

33

María resolveu fazer um longo passeio antes de ir para casa. Precisava de ar livre, de grandes espaços e, sobretudo, de muita gente; talvez assim não se atrevessem a fazer nada com ela. Perambulou pelo bulevar Rosa sem direção e depois entrou em um café, decidida a deixar o tempo passar; não queria pensar. Mas as recordações a inundavam e nublavam seus olhos. Seu avô nunca fizera mal a ninguém. Recordava-o como um homem pacífico, tranquilo, amável, e no entanto haviam-no matado. Precisava voltar, pois Miguel estava prestes a chegar. Não o vira desde a manhã, durante o enterro.

Passaria para buscá-la depois da biblioteca.

A porta de sua casa estava aberta. Entrou com certo temor.

— Miguel? — perguntou.

Ninguém respondeu.

Tudo estava revolvido. Alguém estivera ali e deixara o apartamento de cabeça para baixo.

Apesar do silêncio, ela sentia a presença de alguém. Não, não era Miguel, pensou. Entrou no corredor com passos curtos e lentos, tentando se tranquilizar e fugir daquela estranha sensação que, lentamente, começava a dominá-la.

Depois, um leve som, como um rangido, às suas costas.

"Meu Deus, estão aqui!", pensou, com uma sensação de ansiedade indescritível. Mas não podia parar, sua curiosidade era mais forte do que o medo que sentia, e continuou avançando. Nesse momento, a porta da entrada começou a se fechar muito lentamente, e, atrás dela, apareceu uma figura mascarada e vestida de preto.

— O caderno — ordenou-lhe o desconhecido, estendendo uma mão enluvada.

Ela caminhou para trás, lentamente, enquanto o mascarado se aproximava, ameaçador.

— Me dê o caderno — voltou a repetir a sombra.

María estava tremendo de medo; engoliu saliva e respondeu:

— Na sala de jantar, na mesa...

O mascarado tirou da bengala uma enorme e fina lâmina metálica. Não acreditava nela. Já revistara aquele lugar.

— Dê a volta lentamente e caminhe para a sala de jantar. Eu estarei atrás de você. Se tentar algo, não hesitarei em matá-la... Se me entregar o caderno, não lhe acontecerá nada.

María achou que ia morrer, tinha a certeza de que, com o caderno ou sem ele, o assassino a mataria de qualquer jeito. Sentiu sua respiração às suas costas. Caminhavam pelo corredor, quando ouviram a fechadura da porta.

— Quieta — sussurrou o mascarado.

Tudo aconteceu muito depressa. Miguel abriu a porta. María deu um grito de terror que o alertou; um grito terrível.

Ele se deu conta do que estava acontecendo quando entrou e reagiu com rapidez. Pegou um guarda-chuva no cabide da entrada e enfrentou seu oponente, enquanto ela corria para o fundo do aposento e começava a atirar no mascarado tudo o que encontrava ao seu redor.

A luta era confusa, e, finalmente, no meio de uma chuva de objetos e das estocadas de seu oponente, o mascarado correu para a abertura da porta, ganhou o corredor e fugiu, descendo as escadas a toda pressa. Miguel tentou segui-lo.

Ao chegar à portaria, a sombra havia desaparecido.

— Você está bem? — disse Miguel ao voltar, abraçando-a.

María começou a chorar. Ele, sem parar de abraçá-la, permitiu desabafar tudo o que quisesse.

— Queria o caderno.

Miguel não respondeu. Como iria lhe dizer que haviam acabado de matar outro homem?

— Destroçaram o jogo dos enigmas — disse, apontando a caixa quebrada ao lado de todas as suas coisas espalhadas pelo chão, assim como as peças com seus símbolos. Algumas ainda estavam grudadas no tabuleiro. Uma das patas de madeira do jogo também estava partida ao meio. María recolheu então uma das casas, a correspondente à tartaruga, que estava solta no meio do caos... Quando ela era pequena, tinha uma predileção especial por esse símbolo. Seu avô sabia disso, por isso lhe dera a chave. Então ela se lembrou da charada e exclamou:

— Descobri, Miguel...! Há duas tartarugas... Meu avô me disse... Cara de serpente e patas de pau... A cara de serpente estava na Sagrada Família. Você também viu a cara da serpente dentro da gaveta de pedra da tartaruga... E aqui temos a...

— Patas de pau?

— Sim... O tabuleiro do jogo tem quatro patas de pau... Esta é a segunda tartaruga... Patas de pau!

María examinou o pequeno quadrado pensando: "Duro por cima, duro por baixo". Virou-a:

— Olhe!... Aqui está a mensagem da segunda tartaruga!

Era a letra de seu avô, reconheceu-a, e leu em voz alta o que estava escrito no dorso da peça: "Menina esperta, María... Você deve procurar o verdadeiro jogo na Casa Encantada."

Miguel estava desconcertado. Era uma brincadeira entre María e seu avô, uma partida que continuava aberta além da vida e da morte. Havia outra matemática no coração das pessoas que não estava sujeita à razão pura... María apertava aquele pequeno quadrado em suas mãos. Precisava organizar seus pensamentos, voltar a ser criança, recuperar as recordações, os sonhos, os longos passeios com seu avô.

Depois de alguns minutos de silêncio, disse, com resolução:

— Acho que devemos fazer uma visita ao dragão.

— Sim, mas antes devo lhe contar algo sobre Zenão e a tartaruga, e o que aconteceu quando saí da biblioteca — disse Miguel.

Então lhe relatou a morte do último cavaleiro, mostrou-lhe o medalhão. A história se complicava com aquele novo assassinato e as últimas revelações. Miguel tentou se acalmar e acalmar María.

— Não percamos a calma — disse Miguel.

Precisava se concentrar e dividir suas conclusões com María.

— Creio que sei exatamente quantos dias temos para cumprir a profecia. A contagem regressiva começou na tartaruga, na quarta-feira, 7 de junho, quando foi aberta a gaveta. Lembre-se das palavras de seu avô: a corrida começará com a tartaruga, faltam poucos dias.

— Sim, eu me lembro.

— Bem, na biblioteca realmente eu estava perdido. Não sabia o que procurar nem onde... Depois, revendo as notas que havia escrito enquanto você lia o caderno, vi as datas 1126, 1926 e...

— 2006?

— Exatamente, uma progressão: 800, 80, e o próximo número será...

— Oito.

— Sim.

— Então, você quer dizer que temos oito dias?

— Não, você verá. Eu havia me empenhado em analisar o paradoxo de Zenão. A tartaruga tem uma vantagem, e Aquiles não pode nunca pegá-la...

— Agora que você está dizendo... Estou lembrando, meu avô era apaixonado por todos esses jogos... Chegou a me falar deles, mas eu preferia as charadas...

— Quando saí da biblioteca, o monge, antes que o assassinassem, me deu uma pista sobre isso que me fez pensar em você, em nossa relação...

Miguel ficou olhando para ela embasbacado. María o fez reagir:

— Uma pista?

— Sim... Ele me falou do número perfeito.

— O número perfeito?... Por favor, Miguel, você sabe que meu conhecimento de matemática...

— María, são números perfeitos aqueles que são iguais à soma de seus divisores. Foi Euclides quem descobriu a forma de obter números perfeitos. Na Antiguidade, só conheciam quatro desses números, e atualmente se conhecem 39. De fato, o último foi descoberto em 2001 por Michael Cameron, e, para escrevê-lo, seria necessária uma folha de papel de mais de 10 mil metros. São números curiosos; também são denominados de números primos de Marsene, em homenagem ao frade franciscano que elaborou algumas teorias sobre os números...

— Perdoe interrompê-lo, mas do que você está falando? Não entendo nada.

— Desculpe, María. O primeiro número perfeito é o seis! O Gênesis... O mundo foi criado em seis dias, e, no sétimo, Deus descansou. Lembre-se do que Conesa nos disse. Gaudí coroou quase todos os seus edifícios com uma cruz espacial de...

— Seis direções — observou María.

— Sim. Creio que o limite é de seis dias, a partir do momento em que foi iniciada a corrida na Sagrada Família, com a tartaruga... Passaram-se três dias, e só nos restam três. Temos até as 6 horas da manhã da terça-feira, dia 13.

— Para encontrar o quê?

— É isso que precisamos descobrir. O importante, como as ciências ensinaram, não são as respostas, mas a qualidade das perguntas. O que procuramos? Onde está? Que devemos fazer quando encontrarmos o que procuramos? E para quê? E não temos muito tempo. Mas o monge vai me dar uma resposta... Se estivermos juntos...

Miguel ia dizer: "Se nos amarmos sem limites, infinitamente", mas se calou. María o olhava com os olhos resplandecentes e intuiu perfeitamente o que seu silêncio queria dizer. Mas faltava a Miguel dar o passo, lançar-se no abismo do infinito. Ele tentou disfarçar o que sentia e sem mais nem menos acrescentou:

— Acho que, se estivermos juntos, Aquiles não conseguirá alcançar a tartaruga.

— Vamos ao dragão — disse María.

34

A noite caía sobre La Pedrera, onde os cavaleiros haviam se reunido.

Era um edifício misterioso, uma das últimas obras civis realizadas por Gaudí. Naquela época, o mestre arquiteto contava com uma longa experiência e um reconhecido prestígio. Ao longo dos anos, havia experimentado novas formas e materiais, deixado fluir toda a sua imaginação arquitetônica e incorporado à sua equipe seu colaborador Josep María Jujol e outros arquitetos, os quais deixava trabalhar, permitindo-lhes que sua imaginação se fundisse com a matemática secreta das estruturas. Alguns o acusavam de eclético, afetado por um barroquismo natural, excessivamente vegetal, mas, sem dúvida, sua obra, espalhada por toda Barcelona, culminava na catedral dos pobres: a Sagrada Família. Toda uma alegoria.

Além de ampliar e aprofundar as questões técnicas e arquitetônicas, Gaudí depurara sua linguagem simbólica. Uma linguagem que tinha um sentido, uma interpretação, e que não falava de outra coisa além de sua secreta missão em relação àqueles que fossem capazes de ler. Teria ali, em La Pedrera, obtido inspiração nas *Metamorfoses* de Ovídio, cujas três pinturas do vestíbulo tinham como modelo provável essa obra? Talvez onde a obra de Ovídio parecesse estar presente fosse na fachada ondulada do edifício: nos jogos da luz diurna que transformavam sua estrutura em pele viva; a superfície do mar em plena tormenta, o mundo submarino, um jogo de nuvens elevando-se no horizonte... Gaudí chegara ao cúmulo de suas experiências ao entender que a luz devia adquirir o protagonismo essencial da vida e de sua multiplicação na incessante transformação da natureza. Uma descoberta que aplicaria depois no espaço interno da Sagrada Família.

A vida é um sonho, pensava Gaudí, à semelhança de seu admirado Calderón, e por isso chegou à conclusão de que o terraço seria o cenário ideal para representar seus autos sacramentais e outras obras dramáticas e religiosas. "Tudo se transforma, aquilo que parece ser uma coisa é outra... A pedra é osso; o muro, coluna; a coluna está pintada... A vida é sonho." Mas, além disso, o terraço desse edifício orgânico, onde a vida é representada pela incessante mudança de luz e de forma, devia ser o centro de reunião dos Sete Cavaleiros Moriá; daqueles que velavam para que tudo se cumprisse de acordo com seu plano.

E o auto sacramental, tal como ele o desenhara, se reproduzia agora na cúspide protegida pelas chaminés: pelos guerreiros, cavaleiros sempre vigilantes e orientados para a grande obra. Eles eram a ponta da flecha que aponta a constelação de Leão, o sol. A luz.

Ali se reuniram os cavaleiros Moriá. Agora só restavam quatro. Eles sabiam que eram os últimos e que desapareceriam para sempre, mas antes deveriam dar a vida, se fosse necessário. A Ordem chegava a seu fim, porque o segredo estava a ponto de ser revelado, e a profecia devia ser cumprida...

A reunião seguiu o protocolo ancestral, todos eram iguais, ninguém impunha sua opinião, falava-se e ouvia-se. Nos últimos dias, haviam perdido a vida os irmãos Juan, Jonas e Davi. Os três cavaleiros, em silêncio, esperavam Cristóbal.

Um gigante de barba negra e ondulada apareceu de detrás da imensa figura que fitava o passeio de Gracia e levava à frente uma cruz que dava voltas sem parar, símbolo da consagração do pão e da metamorfose sublime.

Enquanto Cristóbal se unia ao grupo, a irmã Magdalena disse:

— Creio que devemos intervir, revelar-lhes o plano, os passos que devem seguir... Tudo ficaria muito mais fácil... Os Homens Mísula espreitam e sabem tanto como nós.

— Não podemos fazer isso — interrompeu Cristóbal. — María deve descobrir o caminho por ela própria... A senda que está escrita em seu interior. Nós devemos apenas protegê-la. Ela tem que descobrir a verdade sem a ajuda de ninguém. Nossa missão não é a revelação, é a guarda.

O irmão Joaquín, que estava ao lado de um dos guerreiros de pedra, tomou a palavra.

— É verdade... O irmão Cristóbal tem razão. Creio que o irmão Jonas talvez tenha ido longe demais.

— Não, era parte do plano — disse Cristóbal.

Joaquín se adiantou alguns passos, ficando no centro. Era alto e magro; uma ligeira brisa apertava o hábito escuro contra seu corpo.

— Irmãos, o consenso deve ser a nossa norma... Nos tempos do mestre, pedimos a intervenção da Sapinière; confiava-se plenamente nela. Irmãos, recordem o caminho de 150 esferas do rosário... O mestre o construiu no labirinto. Devemos rezar, esperar por tempos melhores e que o segredo permaneça onde está... Pela nossa segurança, pela segurança do mundo.

Joaquín havia trazido à luz um tema que era polêmico para os sete cavaleiros guardiões. Todos sabiam que a Sapinière era o nome em código de uma sociedade secreta: Sodalitium Pianum, uma organização com um número reduzido de membros que fora criada pelo papa Pio X — o pontífice que combateu, com todos os meios ao seu alcance, a perigosa expansão das lojas maçônicas e outras sociedades secretas na Europa do princípio do século passado. Fora monsenhor Beaujeu o encarregado pelo Santo Padre de organizar a Sapinière; uma complexa rede de espionagem e inteligência a serviço do Vaticano, cujo maior trunfo era seu sistema de intercomunicação em códigos secretos. Ela atuara em missões de todo tipo; infiltrando-se nas lojas e nas organizações secretas, intoxicando, minando, gerando falsas informações. O mestre sentia verdadeira devoção por Pio X, e no quarto de sua casa do Parque Güell havia uma imagem do Santo Padre.

Talvez por influência ou pela intervenção direta da Sapinière, o mestre assumira seu próprio destino. O perigo espreitava, a relíquia devia permanecer escondida: esse era o argumento da Sapinière. Uma ideia que, passados oitenta anos, voltava a ser submetida a julgamento ali, no terraço de La Pedrera.

O irmão Sebastián, bispo auxiliar da diocese de Barcelona, sentiu uma fisgada fria, muita fria, no peito. A história se repetia. O Vaticano, o poder de Roma, lutava como sempre para manter seu poder. A nova Igreja podia significar o fim de seu mandato. A nova Cidade de Deus acabaria com 2 mil anos de um papado feito de intrigas e silêncios... entregue ao poder terreno. A Igreja lutaria com todas as suas forças para que o segredo ficasse oculto para sempre. Um segredo que podia colocar em risco sua continuidade, a estabilidade de Roma. Em poucos segundos, passaram por seu cérebro rajadas aterradoras. Sua mente deu um salto no tempo e recordou a operação Peixe Voador, a venda de mísseis Exocet à ditadura argentina durante a guerra das Malvinas. A ditadura argentina fizera a operação através da empresa Bellatrix, com sede no Panamá e controlada pelo Banco do Vaticano e sua rede financeira. Corrupção, conexão com a máfia e lavagem de dinheiro. O apoio às ditaduras de Somoza na Nicarágua e de Duvalier no Haiti. Ele conhecia tudo isso muito bem e sabia de onde provinha. Ano de 1945. Organização: Corredor Vaticano. Objetivo: orquestrar a operação "Convento", com a missão de ajudar destacados membros do Partido Nazista a fugir para países sul-americanos. Entre eles, Hans Fischböck, general das SS; Adolf Eichmann, responsável máximo pela chamada "solução final" para exterminar milhões de judeus; Josef Mengele, médico de Auschwitz...

Anos depois, a ordem também era clara: a mutilação de toda ideia de renovação dentro da própria Igreja. A Sapinière, ajudada pela CIA, empreendeu uma luta encarniçada contra a teologia da libertação; não hesitou, inclusive, em perseguir e difamar Leonardo Boff, seu amigo e esperança da Igreja para os deserdados da terra.

O irmão Sebastián estremeceu ao recordar tudo aquilo; devia impedir que o Vaticano, através de alguma organização secreta, interviesse no plano traçado pelo mestre. Mas o pior de tudo era a menção explícita à Sapinière feita pelo irmão Joaquín. Até que ponto a organização mais secreta do Vaticano, com missões em assuntos internos, estaria metida naquela história?

— Não... Discordo de que ela intervenha... O Vaticano não pode meter o nariz nesse assunto. Mais: creio que Roma chegou ao fim. Vai se agarrar ao poder com todas as suas forças... Impedirá a todo custo o nascimento da Igreja dos pobres... Todos nós conhecemos muito bem a sua posição em relação à renovação. Temos o exemplo da teologia da libertação...

— Essa é outra heresia... Irmão Sebastián, acho que você não me entendeu... Se for essa a sua opinião, eu me pergunto: o que é que você faz ocupando um alto cargo no seio da Igreja?

— Joaquín, fora da Igreja não há nada... É de dentro que florescerá uma nova esperança, uma renovação...

— E se fracassar? Colocaremos a Igreja em risco? Com tudo o que há de bom e de ruim? Não estou defendendo as ações de Roma, foram cometidos erros... é verdade. Mas temos aprendido com eles. O fundamental é que a esperança de Cristo continua viva. Se o segredo cair nas mãos dos Homens Mísula, estaremos perdidos; sabemos disso muito bem... Por isso eu digo que o segredo deve continuar oculto até que cheguem tempos melhores. Os Moriá devem continuar vigilantes até que chegue esse momento.

— Esse momento nunca chegará... Essa esperança de que você fala jamais se cumprirá... Isso não interessa nem um pouco ao poder de Roma. Você sabe muito bem, irmão Joaquín. O Vaticano não está disposto a se renovar, acha que assim perderia poder. Faz muito tempo que muitos de nós, cristãos, perdemos a fé no Vaticano. O poder corrompe tudo...

— Isso é heresia, irmão Sebastián! — voltou a repetir.

Sebastián meditou durante alguns instantes e pronunciou algumas frases do mestre que todos reconheceram:

— A salvação da humanidade está no nascimento de Cristo e sua Paixão. O templo dos pobres tem duas fachadas, o Nascimento e a Paixão. Esta nova Igreja se fundamenta no Apocalipse, quando diz: "A Igreja é uma árvore frondosa sob a qual correm fontes... Felizes os que lavam suas vestes para ter direito de participar da árvore da vida e entrar pelas portas da cidade. Do lado de fora ficariam os cães e os feiticeiros, os luxuriosos, os assassinos, os idólatras e todos aqueles que amam e praticam a falsidade." O irmão Joaquín crê que o Vaticano entrará na nova Cidade de Deus para assumir as rédeas do poder?

— Sob os alicerces da Igreja está depositada...

— Cristo é a pedra fundamental, a pedra descartada pelos construtores — cortou Sebastián.

A discussão entre Sebastián e Joaquín foi subindo de tom... Todos ouviam atentamente seus argumentos. De certo modo, os dois tinham alguma razão. Magdalena ficou do lado de Sebastián. Não achava necessária a intervenção da Sapinière. Cristóbal permanecia calado, ouvindo as opiniões de seus companheiros. Ao final, disse:

— Continuaremos protegendo a eleita, vamos segui-la por toda parte e ajudá-la. O plano deve ser cumprido. Não podemos trair nosso mestre. Assim está escrito. A corrida começou há oitocentos anos, e agora só lhes restam três dias.

A reunião se dissolveu. A partir daquele momento, cada um sabia o que devia fazer.

35

— Nogués, o que temos?

— Outro presunto, chefe.

— Isso eu já sei — respondeu Mortimer, mordiscando furiosamente o pirulito.

— Atiraram nele pelas costas. Calibre nove... Possivelmente com silenciador.

Mortimer não respondeu.

Nogués aproximou-se do cadáver e abriu o nó que fechava o hábito do morto.

— Você entende de padres, chefe?

— Não.

— Parece uma espécie de franciscano ou então o vovô ia sair no carnaval. Tudo isso é muito estranho, chefe. Você acha que este presunto tem algo a ver com o do padre da igreja de San Cristóbal?

Nogués acabou de abrir o hábito do morto.

— Não sei, Nogués. Ele tinha algum documento?

— Nada, chefe.

A camisa, ao ficar a descoberto, exibiu a grande imagem estampada de um cedro.

— É um desenho, como as cruzes templárias e tudo isso que os cavaleiros antigos usavam, chefe... Eu sei através dos livros de J. J. Benítez. O que isso significa?

— Bem, em princípio temos alguém que resolveu matar padres e monges franciscanos.

— Os franciscanos usam espada? — disse Nogués ao descobrir a arma que o monge carregava dentro do hábito.

— Interrogue o casal que descobriu o cadáver.

— Já fiz isso, chefe, enquanto você estava vindo. Ao que parece, havia um homem ao lado do morto.

— Eles lhe deram uma descrição?

— Estavam muito nervosos, mas a garota é bastante observadora. Em princípio, a descrição fornecida coincide com o matemático.

— O matemático?

— Sim, você já sabe; o namorado da garota cujo avô faleceu na casa de repouso.

Mortimer se aproximou do morto e começou a explorá-lo.

— Está procurando alguma coisa, chefe?

Nogués observou Mortimer examinar o pescoço da vítima.

— Sim, chefe. O morto tinha alguma coisa no pescoço. Foi arrancada. Devia ser uma medalha, e, pelas marcas no pescoço, com uma corrente bastante grossa.

Mortimer não pôde dissimular uma expressão de desgosto que não passou inadvertida a Nogués.

— Deveríamos interrogar o matemático e sua namorada. Talvez se trate de uma simples coincidência, mas...

— Sim, temos que interrogá-los. Mas ainda não — disse Mortimer, lacônico.

36

Resolveram pegar um táxi. Depois de alguns minutos, viram a luz verde, e ele levantou o braço. Entraram no carro. Miguel disse ao motorista:

— Aos pavilhões da Chácara Güell... Em Pedralbes...

María permanecia calada. Tinha uma intuição; talvez fosse pura coincidência, mas o taxista era muito parecido com o homenzarrão do ônibus, aquele personagem que se interpôs a tempo na frente de um dos dois bandidos que depois a perseguiram a tiros pela rua Balmes. Ele quase batia no teto. Era muito alto e robusto, tinha rosto largo, barba negra, cabelo revolto, mas seu olhar era limpo, e ele sorria. No retrovisor estava pendurada uma figurinha que tanto Miguel como María reconheceram imediatamente. Uma imagem de São Cristóvão. O taxista percebeu e disse:

— Nosso santo padroeiro... Que pena que o papa tenha decidido tirar sua festa do santoral. De qualquer forma, nós, os motoristas, continuamos venerando-o; até temos uma associação, uma confraria.

— Não me diga — respondeu Miguel.

— Sim, e muito antiga... Foi fundada há mais de quinhentos anos...

— Quando se construíam catedrais?

— Sim, claro... Mas algumas delas retiraram a imagem do santo. Na de Sevilha ainda perdura e também no caminho de Santiago...

O taxista parecia ter vontade de falar, de instruí-los. Eles deixaram; ficaram ouvindo.

— Existe uma longa tradição... Com a quantidade de acidentes que há, não entendo como ocorreu ao papa retirar São Cristóvão do santoral

— voltou a repetir o taxista. — Eu não entendo... Bem, dá para entender, é claro...

O taxista ficou em silêncio, continuava sorrindo, era como se tivesse deixado uma porta aberta com aquela última frase inacabada. Miguel se conteve, mas María mordeu o anzol, queria chegar mais longe...

— O que você quer dizer?

— Nada... São coisas minhas, sabe... Suponho que esteja incomodando vocês...

— Não, não, por favor, continue...

— Nós, na confraria, fazemos muitas atividades culturais, sempre aprendemos coisas, fazemos excursões, convidamos conferencistas. Temos muito interesse em lendas medievais relacionadas ao nosso santo padroeiro... Outro dia, por exemplo, um conferencista, professor de história, nos falou do caminho de Santiago, pois, aparentemente, os peregrinos sentem uma grande devoção por nosso santo. O conferencista nos disse que tudo são símbolos... Que a viagem, a peregrinação, percorrer o caminho de Santiago, enfim, é como um ato de renovação. Sim, foi o que disse... É como morrer e renascer de novo... Como matar o dragão... Imaginem! Quem poderia dizer uma coisa dessas? Vemos tantas vezes a imagem de São Miguel ou São Jorge degolando o dragão e acaba sendo tudo um símbolo, tudo é a mesma coisa. Claro que essas histórias interessam hoje a pouca gente. Encontrar pessoas como vocês é um milagre, e olhem que eu vivo no táxi, pode-se dizer... Por aqui passa de tudo, e quase ninguém se interessa por essas histórias; vive-se muito depressa e... Ninguém se atreve a matar o dragão... Ha, ha, ha! Quanta bobagem estou dizendo... Vocês me desculpem. Não estou incomodando? — insistiu o taxista.

— Não, não... — disse María, apertando a mão de Miguel.

— Olhem, já chegamos... Aqui é...

— Poderia nos esperar um momento?

— Gostei de vocês, não vou cobrar a espera... — Então o taxista pegou um cartão no porta-luvas e disse: — Fiquem com ele; se precisarem dos meus serviços, não hesitem em me chamar. — Miguel pegou o cartão.

— Podem ir, eu espero.

Desceram do carro, estacionado na esquina de Manuel Girona, e foram lentamente até a cerca da Chácara Güell, que ficava a poucos metros.

Atravessaram a rua. Não havia ninguém; era muito tarde. Miguel se virou. O táxi continuava estacionado ao lado da calçada.

— Em que você está pensando, María?

— O taxista é o mesmo homem do ônibus.

— O que está dizendo?

— Tenho certeza... É ele... Estava lendo um livro sobre Gaudí e colocou-se propositalmente diante de um dos Homens Mísula para me dar tempo de saltar.

— Vamos à terceira porta, não percamos tempo; o dragão nos espera — disse Miguel.

Contemplaram durante alguns minutos a impressionante forja de ferro: ali estava Ladón, o dragão; com a goela aberta e uma atitude tão ameaçadora que parecia estar vivo. "Venho matá-lo" — dizia Miguel para si mesmo —, "mas como? O que tenho de fazer? Como posso matar esse monstro de ferro? O que é que se espera de mim?" Tudo fervia dentro dele. María não parava de observá-lo; conhecia tudo o que se debatia em seu interior. Ele precisava acreditar; para matar o dragão, precisava acreditar. Precisava compreender que o que se estava realmente pedindo era que acreditasse nela com fé cega. Uma transformação; um rito de passagem. Traspassar sua incredulidade, renovar-se, ser outro; olhar com olhos novos. Nada mais havia. Isso era o que seu companheiro precisava compreender. Depois de tudo o que havia passado, como ainda podia duvidar? As pessoas morriam ao seu redor, ele estava metido em uma trama que, apesar de tudo, podia ser simplesmente uma loucura. Nada podia ser verdade, pensou Miguel.

Miguel alçou a vista às estrelas; contemplou o céu estrelado. Avistava, apesar do excesso de luz de Barcelona, a estrela polar, ao norte, e a Ursa Maior e a Ursa Menor, que se agrupavam dentro da constelação do dragão. "Outro dragão" — pensou Miguel: — "no céu. O que está no alto é como o que está embaixo. Matar o dragão, renascer... O que está acontecendo? Por que estou tremendo?" Virou-se para María e contemplou-a. Ela estava chorando. Lágrimas silenciosas corriam por suas faces.

— O que está acontecendo com você?

— Você não compreende? É a mensagem do meu avô... É o início, se começamos a viagem, devemos renascer, devemos crer... Já sei que para você é muito difícil, mas é assim, não podemos seguir adiante sem antes...

— O dragão flanqueia a porta...

— Sim, o caminho de João e Maria... A trilha se perde no bosque... Você compreende?

— Por favor, María... Não sei o que pensar. Tudo isso é... Não sei o que devo fazer. O que o dragão esconde? Seu avô escreveu alguma coisa no mapa; a metade de um mapa ao qual faltava um pedaço, e esse pedaço estava em você. O que devo ver?

Miguel percorreu a figura do dragão com as mãos, tocando as correntes, sua terrível goela, as bolas pontiagudas unidas às correntes. Tentava gravar aquela imagem em sua mente.

— É uma decisão sua. Você está só diante de seu dragão, não compreende?... Não há nada além disso... Nenhum mistério... Não tem que lhe cravar sua espada.

— Irei afundá-la em mim, não é isso?

— Eu estou decidida, irei adiante. Como Virgílio, você pode ficar nas portas ou... acreditar.

Então ele compreendeu tudo. Amava-a. Amava María como jamais pudera imaginar. Não podia abandoná-la, deixá-la só. Amava-a.

— Você acredita em mim?

— Eu te amo.

Sentiu-se muito pequeno e, ao mesmo tempo, tremendamente grande ali, sob as estrelas e diante daquele monstro que estava lhe dizendo: você encontrou o amor de sua vida, vai abandoná-lo agora?

Ele, tão racional, tão cético, temia quebrar sua carapaça. Mas ali estava ela. Ela.

Olhou o dragão, seu dragão, cravou os olhos naquela goela e disse:

— Eu te amo. Estou ao teu lado e sempre estarei... Se esse for o teu desejo...

María viu seu rosto; estava transfigurado.

Fundiram-se em um longo abraço, em um beijo interminável. O dragão vigiava aquele novo Jardim das Hespérides.

Estavam sozinhos. Como João e Maria. Mas sabiam que deviam encontrar juntos o caminho da floresta.

Nem sequer perceberam que o taxista arrancava, afastando-se lentamente.

Miguel continuava abraçado a ela, e, ao mesmo tempo, fitava o dragão por cima do ombro de María. Até que aquela imagem ficou presa em sua memória.

SEXTA PARTE

Gama

Na tarde do domingo, os convidados começaram a chegar à sede da Fundação.

O edifício, localizado na rua Bruc, havia sido desenhado por um arquiteto desconhecido. Datava, possivelmente, de 1901, mas não se sabia a data exata. Era um belo edifício multifamiliar de composição simétrica e com porta central. A entrada era espaçosa, e as paredes estavam decoradas com desenhos geométricos orientais. O vestíbulo, esgrafiado e pintado de branco, conservava a placa da campainha original. Os balcões eram de ferro forjado, e a fachada estava ornamentada com uma composição floral vegetal, com curiosos merlões que coroavam um edifício discreto, mas que tinha seus atrativos e seus pontos de interesse.

Bru havia comprado o andar térreo, que pertencia a uma agência de venda de motocicletas, e os três andares do prédio principal por uma quantia astronômica, com o propósito de que fosse a sede da Fundação que Taimatsu, sua protegida, dirigia.

María e Miguel chegaram quando o prefeito finalizava seu discurso. Ali, no térreo do edifício, fora instalado um pequeno palco com longas mesas laterais.

Todas as forças vivas da cidade haviam marcado encontro ali para a inauguração. Miguel e María ficaram perto da entrada e ouviram as intervenções do secretário de Cultura e de Taimatsu.

Depois começou a festa, regada com os melhores vinhos das adegas Bru.

Taimatsu estava radiante, recebendo os conhecidos. Assim como Bru, que, como bom mecenas, não descuidava de alguns de seus convidados ligados ao mundo dos negócios e das finanças.

María tentou se aproximar de Taimatsu, enquanto Miguel abria passagem entre as pessoas, tentando localizar um par de taças de cava.

— Está se divertindo?

Miguel se virou. Álvaro Climent, sorridente, estendeu-lhe a mão.

— Álvaro! Há quanto tempo! — exclamou ao encontrar aquele amigo de juventude a quem vira fazia pouco na televisão.

Saudaram-se efusivamente. Álvaro Climent era um velho amigo da faculdade que havia desistido da matemática no primeiro ano e emigrara para a história. Dedicava-se ao negócio familiar, uma pequena livraria na rua Freixures, onde Miguel passara um bom tempo explorando suas estantes. Álvaro sempre era convidado como debatedor por programas de televisão do tipo sensacionalista e dedicados a temas esotéricos e a mistérios não resolvidos.

— Você está vendo, estou aqui ouvindo políticos sobre os objetivos da Fundação, a importância do Modernismo, o apoio institucional à iniciativa privada no âmbito da cultura e tudo isso. Faz quanto tempo?

— Dez anos?

— Pelo menos. Você está o mesmo. Acompanhei-o um pouco. O Nobel é para quando? — brincou.

— Álvaro, acho que você encontrou o algoritmo que faz o tempo parar.

— Como você acha que vou paralisar a flecha do tempo antes que ela parta do arco? Falaria melhor do algoritmo do alho, embora, nos últimos tempos, tenha encontrado a fórmula das nozes...

— Vejo que continua com suas dietas...

— Você deveria me ouvir, Miguel. Suprima as favas da sua dieta... Pitágoras não podia comê-las, eram proibidas. Uma plantação de favas é o inferno dos matemáticos...

— Você continua com seus temas esotéricos, enlouquecido pelos mistérios da história? Vi-o algumas vezes na tevê.

— A livraria não vai mal, e isso permite que me dedique aos temas de que gosto. Virei uma autoridade. Você vai fazer alguma coisa ao sair daqui? Por que não passa na livraria, conversamos e vamos jantar?

— Não estou só. Vim com... — Ia dizer com uma amiga, mas se deteve.

— Com sua namorada?... Bem, isso é novidade. Quem poderia dizer? Meu matemático e ex-campeão nacional de esgrima favorito está apaixonado.

— Bem, estamos saindo há pouco tempo, mas, sim. Estou apaixonado — afirmou Miguel.

— Isso é fantástico. Ela está aqui?

— Venha, vou apresentá-la.

Os dois se aproximaram de María, que estava ao lado de Taimatsu e de alguns colaboradores da Fundação. María se afastou do grupo.

Miguel fez as apresentações.

María o reconheceu, também o havia visto na televisão.

— Essa coisa da tevê é incrível; todo mundo conhece você.

O livreiro se interessou por María.

— É uma boa combinação, um matemático e uma historiadora de arte. Vocês trabalham juntos em algum tema?

Aquela pergunta os surpreendeu.

— Bem, digamos que sim.

E Miguel lhe explicou sucintamente sua teoria da matemática fractal e algumas obras do Modernismo.

— Vocês estão centrados em algum arquiteto específico?

— Em Gaudí.

— Um personagem curioso, muito curioso... E enigmático. Um autêntico maçom.

— Gaudí não era maçom — exclamou María, talvez com excessiva veemência.

Álvaro Climent deu-se conta daquilo.

— Bem, não digo que fosse um grão-mestre, mas, pelo que eu sei, seus contatos com a maçonaria foram confirmados. Trabalhou com os irmãos Josep e Eduard Fontseré, reconhecidos maçons. Além disso, visitava com frequência o monastério de Poblet, onde está, ou esteve, o túmulo de um tal de Wharton, um miserável, pois terminou arruinado e servindo ao rei Filipe V em um regimento de Lérida.

— E isso prova o quê?

— Bem, são alguns dados, mas posso apresentar outros. Por exemplo, o escritor Luis Carandell alega que o Parque Güell foi projetado como uma cidade maçônica, uma espécie de loja financiada por seu mecenas — disse o livreiro.

— No entanto Juan Bassegoda, o arquiteto e diretor da Real Cátedra Gaudí, afirma exatamente o contrário. Na juventude, Gaudí participou dos ideais do socialismo, mas a fé católica que manifestou durante toda a sua vida o afasta da maçonaria. Além do mais, Bassegoda sustenta que, se fosse assim, seu nome teria aparecido em alguma lista das dúzias de lojas que existiam em Barcelona — respondeu María.

— Bem, todos sabem que, ao se filiar, escolhe-se um nome simbólico.

Taimatsu se aproximou nesse momento.

— Odeio interromper, mas preciso de você — disse a María.

María se desculpou, despediu-se de Álvaro e se afastou com Taimatsu. Os dois amigos ficaram sozinhos.

— É verdade, Miguel, você está apaixonado. Produziu-se o milagre. Você, tão impassível com as mulheres e interessado apenas por seus cálculos e teoremas, finalmente caiu nos braços de Afrodite.

— Sem zombarias.

— Não estou zombando; fico contente. Além do mais, a garota é muito bonita e parece ter ideias claras. Ouça, falo sério, por que vocês não passam na livraria? Agora preciso ir, mas podemos combinar às 21 horas. Só precisa ligar. Estarei lá dentro; pode-se dizer que vivo praticamente na livraria.

Miguel não lhe prometeu nada, mas ficou de conversar com María.

— Isso não pode durar muito — disse Álvaro.

Miguel ficou só e tentou localizar María. Viu-a ao lado de um grupo de cinco pessoas no qual também estava Taimatsu. Resolveu não se aproximar naquele momento. Descobrira que gostava de observá-la. María estava radiante. Sim, estava apaixonado por ela, não podia negar. Até seu amigo percebera. Álvaro era um sujeito estranho, mas Miguel gostara de encontrá-lo depois de tanto tempo. Conheciam-se desde a adolescência, quando frequentavam a mesma escola, e durante uma época haviam sido inseparáveis. Tinham o mesmo grupo de amigos e combinavam muitas vezes ir ao cinema, sair e estudar juntos. Álvaro era um leitor apaixonado e começara a gostar de temas que não chamavam sua atenção; a livraria de seu pai estava bem abastecida desse tipo de livros, pois eram muito vendidos. Depois, quando Álvaro abandonara a matemática, perdera sua pista. Recordava tudo isso, mas não conseguia parar de observar María. O dragão. Havia sido o dragão. Mas o que acontecera realmente? Nada e tudo. Dava-se conta de que já não era o mesmo. O dragão o havia despertado. Até aquele momento, o que sentia realmente por María? Uma simples atração? Tinham uma relação de pessoas adultas que por nada no mundo renunciariam à sua independência. Ele a amava, sentia-se bem ao seu lado, sonhava com o momento de vê-la, mas nem sequer haviam planejado viver juntos e menos ainda se comprometer com algo mais profundo. Permaneceriam assim até que um deles se cansasse e desse por terminada a relação ou então continuariam se vendo, fazendo amor, divertindo-se juntos. Mas nada mais. Uma mudança podia acabar com tudo; a transferência para outra universidade, uma bolsa, ou a decisão dela de continuar a vida profissional em outro lugar. Tudo estava muito claro até aquele momento. O compromisso era com o aqui e agora. Mas tudo isso havia mudado. Agora não podia viver sem ela. Agora entendia aquela máxima: a fé é uma confiança, não um saber. Tivera uma morte doce diante do dragão. Agora tinha de viver o novo com capacidade de mudar. E o novo era María. María havia deixado de ser um desejo para se transformar em sua unidade, em sua liberdade e sua paisagem, em pura alma. Agora não caminhava na direção do nada.

María, lá do fundo, também o observava. Estavam sozinhos. Nada existia ao redor. E ambos compreenderam que um sentia o mesmo pelo outro.

38

— Você acha que ele é confiável? — perguntou María.
— Acho que pode nos ajudar. Marquei com ele na livraria.
— Mas podemos confiar nele?
— É meu amigo. Conheço-o há muito tempo, e é um especialista em seitas e esoterismo. Como já disse, tem um sebo. Passa a vida trancado nele.
— E aparecendo na televisão.
— Sim — disse, como se desculpando —, mas acredito que precisamos dele para resolver os enigmas de seu avô... Mas não faremos nada que você não quiser.
— Você lhe contou alguma coisa...?
— Não... E não é necessário contar-lhe tudo; só o imprescindível.

María ficou calada. Haviam deixado a festa e caminhavam Bruc acima em direção à Diagonal. Viraram à esquerda, na Provenza.

— Seu carro está aqui por perto?
— Sim, na esquina do passeio de Gracia; um pouco acima de La Pedrera.

María parecia refletir enquanto caminhavam em silêncio. Não tinha muita clareza sobre a ajuda que aquele sujeito poderia lhes dar. Apertava a bolsa com força. Desde a visita do mascarado, não se atrevia a deixá-la em casa. Ali estava o segredo, entre charadas, anotações e desenhos. Ali, perdido no caos daquela floresta de palavras.

— María, fui testemunha de dois assassinatos, e, certamente, a morte de seu avô não foi nenhum acidente.

— Isso eu já sei; ele foi assassinado. Estou convencida.

— Eu também. A esta altura, me parece muito estranho que a polícia não tenha me interrogado. Creio que não tardarão a me deter.

— Detê-lo?

— Veja: minhas pegadas estão em toda parte. Um casal me viu ao lado do cavaleiro Moriá. Sim, María; não demorarão a juntar os fios. Isso, se já não o fizeram. E o que posso lhes dizer?

— Não podemos dizer nada. Temos que encontrar...

— Encontrar o quê?

—...o que meu avô ocultou. Somos nós que temos de resolver este assunto.

— Se soubéssemos o que estamos procurando!

— E o que temos de fazer depois... — acrescentou María.

— Creio que, quando dermos com a coisa, saberemos o que será necessário fazer.

— É necessário mostrar o caderno?

— A quem?

— Ao seu amigo, logicamente.

— Creio que devemos lhe dar as informações suficientes, nada mais.

— E os crimes?

— Em princípio, só o do padre Jonas, e devemos também lhe mostrar os medalhões.

— E a história de meu avô?

— Isso, sim, devemos contar... Como poderá nos ajudar se não o fizermos?

— Está bem.

Chegaram à entrada do estacionamento e desceram por uma escada lateral. A máquina de cobrança ficava no final. Miguel introduziu o cartão de crédito e pegou o tíquete de saída. Atravessaram a porta de acesso e avançaram pelo subterrâneo, tentando localizar o veículo. Estavam sozinhos, e María sentiu medo; aferrou-se instintivamente ao braço de Miguel.

— O que está acontecendo?

— Tenho medo.

— Não posso lhe mentir: eu também.

Sentiam-se vigiados. Pararam e olharam ao redor. Não havia ninguém. Localizaram o automóvel no fundo, ao lado de outros. Avançaram, apressando o passo. Quando estavam a poucos metros do carro de Miguel, os faróis de um veículo se acenderam de repente, cegando-os por um instante. Tudo foi muito rápido. Um sujeito saiu do meio dos carros estacionados atrás deles. Empunhava uma arma. Os dois ficaram quietos, sem saber o que fazer. Do interior do carro, que continuava iluminando-os com os faróis, saiu outro indivíduo. Também estava armado.

— Parem ou disparamos.

Foram empurrados contra o capô de um automóvel.

— Quietos; não se virem e não acontecerá nada.

Obedeceram.

Um dos pistoleiros começou a revistá-los.

— O que vocês querem? Não façam mal a ela — disse Miguel.

— Cale-se!

Miguel se deu conta de que os dois tinham sotaque do Leste Europeu.

— Onde está o caderno? Sabemos que está com vocês — disse o outro pistoleiro.

Não responderam. Miguel sentiu uma dor intensa no lado direito. Haviam lhe dado uma forte pancada que, por um momento, deixou-o sem respiração.

— Está comigo! Não façam nada com ele! — disse María, levantando a bolsa sem se virar e sem afastar a cabeça do capô.

Arrancaram-lhe a bolsa das mãos com violência. Ela ouviu os objetos que estavam na bolsa caindo no chão. Na batida, o celular perdeu a bateria.

— De joelhos! — gritou um dos pistoleiros.

Eles obedeceram. Percebiam que os indivíduos estavam muito perto. Aqueles tipos estourariam seus miolos ali mesmo, sem contemplação. E aí encontraram o diário.

— Aqui está! — disse um deles, agachando-se para pegá-lo no chão.

Não conseguiu fazê-lo.

Miguel ouviu um som que lhe era muito familiar: o da lâmina de uma espada cortando o ar.

Depois, um grito de dor e um corpo caindo no chão. Soaram vários disparos. Miguel pegou María e a empurrou entre dois carros estacionados.

— Não se mexa!

— O que está acontecendo?

Miguel levantou a cabeça. Um dos dois homens que os haviam atacado jazia no chão no meio de uma poça de sangue e com a cabeça separada do corpo. Miguel agachou-se instintivamente ao ouvir novos disparos. Alguém armado com uma espada estava colocando em xeque os dois pistoleiros. Miguel não se atrevia a levantar a cabeça. Podia ouvir alguém correndo e maldizendo em um idioma desconhecido. Depois, um carro arrancou e passou diante deles a toda velocidade.

Ele ouviu alguém correndo para a saída do estacionamento.

— O que aconteceu?

— Creio que alguém apareceu para nos ajudar; liquidou um deles. O outro fugiu e ele desapareceu. Vi-o correndo para a saída. Como pôde esquivar-se das balas?

— Está morto — disse María, referindo-se ao pistoleiro esticado no chão.

— E bem morto. Mas ficamos sem o caderno de seu avô.

— Eles iam nos matar — disse ela, sem poder dissimular o medo e o nervosismo.

— Sim; isso estava claro. Aqui mesmo, como se fôssemos coelhos. Se não fosse nosso misterioso amigo...

— Um dos sete cavaleiros?

— Alguém que maneja a espada como um campeão olímpico.

— Vamos sair daqui — disse María.

— Teremos que chamar a polícia.

— Vamos embora, por favor. Nada de chamar a polícia. Vamos, antes que alguém nos veja.

Entraram no carro e abandonaram o estacionamento em silêncio.

— Tudo isso é muito estranho. Esses indivíduos não eram Homens Mísula; eles se bastam sozinhos.

— E o que vamos fazer agora?

— Primeiro, tomar um café bem forte; depois, visitar o meu amigo. Não me ocorre outra coisa. O que sei de fato é que nos restam dois dias. Dois dias, e ainda não sabemos o que estamos procurando! Ainda bem que Taimatsu tirou cópia do caderno.

— Estou muito assustada.

— E eu também. Eu também.

Mas não podia lhe dizer que temia por ela, não devia inquietá-la. Miguel estava convencido de que a salvação de María dependia de que a profecia se cumprisse, e restava muito pouco tempo.

39

Jaume Bru e Taimatsu não esperaram a saída do último dos convidados para deixar a Fundação. Voltaram à casa do magnata com uma urgência cheia de nervosismo. Queriam fazer amor. Bru nunca vira Taimatsu tão satisfeita. A inauguração fora um sucesso, e ela estava radiante e feliz. Ele admirava a alegria de viver de Taimatsu, a alegria de estar viva e desfrutar cada instante com plenitude. Taimatsu era sempre tão feliz que não podia dissimular o sentimento, mesmo que tentasse. Para ela, o mundo era o melhor possível. Estava em ordem. E ela só desejava não estragá-lo. Ela conseguia afastar qualquer dor, qualquer coisa desagradável. Não viera ao mundo para sofrer, mas sim para usufruí-lo com seu trabalho e seu esforço. O mundo era cheio de possibilidades, e ela não entendia como havia gente disposta a fodê-lo. Como era possível que não suspeitasse de nada a respeito dos negócios de seu tio? E até dos que ele próprio comandava? Era incapaz de ver alguma coisa turva nele. Mas Bru não era um homem turvo; era um perverso profissional. E, além do mais, desfrutava a vida. Taimatsu era sua antítese, e talvez exatamente por isso tivesse se apaixonado perdidamente por ela. Apaixonara-se por uma menina de 14 anos que passeava pela praia de Cadaqués procurando conchinhas. Isso fora muito tempo atrás. E ele, que sempre havia sentido uma premência devastadora com todas as mulheres de sua vida, esperara. Esperara que sua japonesa crescesse. Esperara em silêncio, como um colegial, visitando seus tios de vez em quando só para ter o prazer de vê-la.

No princípio, quando se dera conta de que a amava, ficara furioso consigo mesmo. Não podia se permitir aquele sentimento de fraqueza. Ele tinha todas as mulheres que queria; pegava-as e as deixava ao seu bel-prazer. Foi isso que o enfureceu; não querer possuí-la, nem protegê-la, nem ser seu amigo, nem sequer amá-la. Que diabos queria daquela maldita japonesa dos infernos?, perguntava-se naquela época. O que sentia era algo espantoso. Duas palavras vinham à sua cabeça: inevitável e incondicional.

O fato é que enlouqueceu, ou desejava acreditar nisso, mas aquela estranha loucura não o fazia sentir-se nem uma pessoa miserável nem um ser desamparado. Aliviado porque aquela surpreendente loucura o mantinha vivo como um incêndio alimentado pelo vento, abandonou-se a um lirismo que até então desconhecia e a um ensimesmamento prazeroso que o fazia ver Taimatsu como uma peça musical perfeita escrita por um gênio e executada por um virtuose.

E ele, que estava meio apodrecido e não sofria por isso, viu que aquela menina olhava para ele como ninguém jamais o fizera. Acreditava que era um ser nobre. Claro que ele não tinha por que acreditar nessa estupidez; nunca o fora e nunca o seria; mas reconhecer nos olhos de alguém aquela candura acabou desarmando-o. Ela também o amava.

Desde aquele momento, não passou um único dia sem que algo lhe lembrasse que tinha de pensar nela. E foi assim durante 12 anos. Ele não tinha pressa. Tinha todas as outras para as questões prosaicas. Ela era outra história. E agora, finalmente, estavam juntos.

Fizeram amor assim que chegaram à sua casa, sem pressa e com a desenvoltura e a competência de um mestre ceramista. Ela havia lhe ensinado. A arte do amor é a arte da lentidão e do reconhecimento. Nada a ver com as putas dos bordéis; com as negras que ele espancava quase até a morte, depois de tê-las arrebentado. Descobriu com Taimatsu uma forma diferente de fazer amor e se sentiu desarmado. Ambos dançavam na cama, tocavam-se suavemente, beijavam-se, acariciavam-se, um descobria o outro, e Bru até lamentava o momento da penetração. Pela primeira vez, trocara a urgência animal por uma calma absoluta na qual o prazer não tinha limites. Então se sentia capaz de abandonar tudo e de, como um colegial, pedir-lhe que fossem viver juntos em uma ilha deserta. Estava disposto a dizer coisas nas quais nunca havia pensado; toda uma série de mentiras sem fim; dizer-lhe, por exemplo, que a amava loucamente, que era um criminoso e um sujeito ruim, mas que estava disposto a abandonar tudo e ir viver com ela onde quer que fosse pelo resto de seus dias; que se conformava em olhá-la, em vê-la sorrir, em acariciar seus cabelos, em ouvir sua voz, em estar ao seu lado sempre, sempre, sempre. Dissera-lhe algo assim várias vezes, sem poder evitar uma sensação de ridículo absoluto, mas tanto fazia. Ela era o mundo, e ele estava disposto a percorrê-lo se houvesse espaço.

— Você está louco, Jaume — dizia-lhe Taimatsu, sorrindo e abraçando seu corpo.

Sim, estava louco. Mas se aquela doce loucura era o amor, ele estava disposto a dar tudo o que tinha para que nunca acabasse. Taimatsu era a imortalidade.

— Tenho que ir — disse Taimatsu.
— Tão cedo?
— Tenho trabalho.
— Trabalho? Que trabalho? É muito tarde.
— Resolva, então. É muito cedo ou muito tarde?

Bru sorriu.

— Vá, se quiser. Você acabará indo de qualquer maneira.
— Eu te quero.
— Eu não.
— Não?
— Eu te amo.

Taimatsu se vestiu, enquanto ele não parava de observá-la comprazido. Depois, ela foi ao banheiro.

Então tocou o telefone. Era Yuri. Estava esperando por ele.

— Você conseguiu? — perguntou.
— Está comigo. Mas um dos meus homens morreu.
— Cinco minutos; espere cinco minutos.

E desligou.

O que lhe importava que um russo de merda tivesse morrido?

40

Acabaram resolvendo contar a Álvaro o que acontecera até aquele momento, sem esconder nada. Miguel acreditava que o amigo lhes daria alguma pista. Não tinham nada, não haviam avançado nem um pouco. Na realidade, só haviam descoberto que a corrida começara com a tartaruga e que a partir daquele momento tinham seis dias para completar um plano, uma profecia. E já se haviam passado quatro dos seis dias, restavam apenas dois. Tinham muita pressa. Depois dos fatos do estacionamento, não tinham ânimo para filtrar informações; o que devia ou não ser relatado. Haviam perdido tudo, o caderno e o jogo. Afortunadamente, tinham a cópia que Taimatsu fizera para eles.

Estavam na livraria fazia meia hora. Era um lugar pequeno situado em uma rua que a María pareceu curta e sombria, a rua Freixures; entraram nela pela Sant Pere Més Baix, depois de estacionar o carro na Via Layetana.

Em comparação, o espaço no fundo da loja era muito maior. Álvaro tinha ali seu verdadeiro santuário. Tratava-se de um aposento sem janelas. Suas quatro paredes eram cobertas por estantes de madeira repletas de livros, muitos deles desfolhados, e todos organizados quase em ordem de naufrágio. Uma pequena porta ao fundo, no lado oposto ao da saída do estabelecimento, dava para um estreito corredor que conduzia a um lavabo e a um diminuto quarto também sem janelas que funcionava como depósito. Ali, o livreiro tinha sua mesa de trabalho, de madeira enegrecida e repleta de velhos livros empilhados, manuscritos, antigos mapas, pergaminhos e cadernos soltos em busca do conjunto da obra que rezavam para não morrer no chão. O computador em um lado, e, em um canto espaçoso, um globo abaulado com aros de metal traçando as trajetórias dos cinco planetas. Ao lado da mesa de trabalho, havia um sofá que parecia estar desabando, uma pequena mesa com revistas amareladas, copos de plástico, restos de comida e sacos vazios de batatas fritas. Em um canto, uma geladeira e uma pequena estante fixada na parede que mal sustentava o peso de um forno de micro-ondas e uma pequena máquina de café.

— Perdoem-me a desordem... Pode-se dizer que vivo aqui.

Álvaro recolheu os copos, os sacos vazios e os restos de comida. Abriu a geladeira e pegou umas cervejas. Como os três não cabiam no sofá, o livreiro foi buscar uma cadeira dobrável que estava na loja.

María se sentira inquieta em alguns momentos da longa explicação. Mas Miguel confiava em seu amigo. Já era tarde quando, depois de falar sobre Gaudí, templários, guardiões Moriá, maçons e todo um conjunto de coisas que tentavam ordenar enquanto as explicava, Álvaro interveio. Parecia conhecer muito bem as relações do arquiteto com alguns personagens misteriosos de sua época. Entre as coisas que Álvaro contou, ambos prestaram especial atenção ao singular encontro a que Gaudí comparecera em algum lugar da Occitânia. E o fizera através do Centro Excursionista, acompanhado por seu amigo e poeta Joan Maragall. Ao Centro Excursionista, fundado no final do século XIX, pertenciam personagens curiosos da época: Lluís Domènech i Muntaner, Francisco Ferrer y Guardia, Anselmo Lorenzo e Eliseo Reclús, um geógrafo anarquista e franco-maçom.

— Fulcanelli, o último alquimista, suponho que o conheçam, esteve muitas vezes em Barcelona. Como vocês sabem, na realidade se chamava Jean-Julien Champagne, e nasceu em uma pequena comunidade rural a uns 20 quilômetros ao norte de Paris; um lugar chamado Villiers-le-Bel. Morreu em 1932, em Paris, na mais absoluta pobreza. Como disse, ele visitou Barcelona algumas vezes, mas Gaudí não o conheceu na cidade. Foi através do arquiteto e amigo comum Eugène Emmanuel Viollet-le-Duc, que, como vocês sabem, foi o restaurador das catedrais góticas. Admirava-o profundamente. Fulcanelli manteve uma estreita amizade com ele e também com Gaudí. Não tenho a menor dúvida de que os três eram mestres da *art got*.

— *Art got?* — perguntou Miguel.

— Sim, eles a conheciam... A língua perdida... Fulcanelli, o alquimista, decifrou as palavras esculpidas na pedra... Gaudí quis ir mais longe, e isso os distanciou, justo quando ele começava a dedicar sua vida à Sagrada Família.

Miguel, antes que o amigo continuasse, pois lhe dava a impressão de que estava andando pelos galhos, perguntou-lhe diretamente, sem rodeios:

— Tudo isso está muito bem. Mas o que estamos procurando? O que você acha que Gaudí deu ao avô dela?... Supondo você tenha uma ideia a respeito... Não nos resta muito tempo.

Álvaro ficou em silêncio. Havia pouca luz no aposento. De um abajur de pé situado em um extremo, outra antiguidade, com uma serpente enroscada, um caduceu. María não perdeu de vista esse e outros detalhes daquele espaço singular.

Álvaro ficou em silêncio. Lentamente, como se iniciasse um ritual, levantou-se, abriu a geladeira, contemplou os rostos curiosos de seu amigo Miguel e de María, esperando uma resposta... Cada vez que o proprietário da livraria abria a geladeira para repor as cervejas, a luz os iluminava por alguns instantes... Ele pegou três latas e se virou de repente. Agora sorria abertamente, seus olhos resplandeciam. Fechou a geladeira mexendo a cabeça, e, quando a luz fugaz velou os olhos do casal, disse, com voz cerimoniosa:

— O Ônfalo... Não tenho a menor dúvida.

— O quê?

— A Pedra Fundamental, o Umbigo do Mundo. Foi isso que Gaudí entregou a seu avô. Para quê? Eu ignoro.

— Você pode ser, digamos, mais explícito? — perguntou Miguel.

— A pedra, em muitas culturas, é o símbolo do poder divino.

— Sim, nós a utilizamos para fabricar armas e utensílios. O que isso tem de divino? — replicou Miguel, desconcertado.

— As pedras foram a primeira fase da cultura humana. Mas eu estou falando de outra coisa. Erigir construções religiosas com grandes blocos de pedra remonta, aproximadamente, ao ano 6000 antes de Cristo. No antigo Oriente, a pedra era o sinal da presença divina e lhe faziam oferendas líquidas.

— Sangue?

— E azeite... A pedra se transformou em altar; o Beth-El, a casa de Deus.

— Bem, sim, tudo isso é verdade, não duvido de seus conhecimentos... Mas é puro pensamento mítico, construções mentais que os homens...

— Você me permite continuar? — interrompeu-o bruscamente o livreiro.

Miguel levantou a cabeça, e Álvaro, com voz pausada, continuou seu relato:

— No livro do Êxodo, 20, 25, está escrito: "Se me fizeres um altar de pedras, não o construirás de pedras lavradas; pois, se sobre ele levantares o teu buril, profaná-lo-ás."

— Bem, já sabemos a origem do altar. É isso o que estamos procurando?

— Não, não seja impaciente.

— Deixe que ele continue com a história das pedras, suponho que pretenda nos levar a algum lugar — insistiu María, vivamente interessada em tudo aquilo que Álvaro estava contando.

— Um pouco de paciência, por favor, meu querido amigo. O que eu quero lhe dizer é que a pedra é uma constante na história humana, em todas as culturas, e que seu simbolismo, sua interpretação, nos dará a chave daquilo que estamos procurando. Outra coisa será como e onde. Mas, como eu lhes dizia, as pedras, por exemplo, representam um papel nas antigas cerimônias de coroação, como tronos. Na antiga Irlanda havia uma "pedra do saber" na cidade de Tara. Também havia duas pedras tão juntas que não se podia passar a mão no meio delas. Mas quando elas aceitavam um homem para ser o futuro rei, separavam-se diante dele e lhe permitiam passar com seu carro. A lenda do rei Artur... A espada Excalibur cravada na rocha... Alguns dolmens pré-históricos da Bretanha eram considerados carregados de energia: as mulheres estéreis se sentavam sobre eles para se apoderar das forças da fecundidade, dos ossos da mãe terra. O calor dessas pedras simboliza a energia vital, necessária para trazer descendência ao mundo. Em resumo, algumas culturas atribuíam às pedras a virtude de armazenar as forças da terra e transmiti-las por contato às pessoas. Agora, meus queridos amigos, saltemos um pouco no tempo. O simbolismo franco-maçônico, a "pedra tosca", que ainda não recebeu forma, representa o grau de aprendiz. Mas o objetivo é a pedra lavrada que se encaixa no grande edifício do Templo da Humanidade. Esse simbolismo remonta às catedrais medievais, nas quais o trabalho da pedra era de primordial importância. Os fechos da abóbada eram providos amiúde da marca do mestre pedreiro. No mundo da alquimia, a chamada "pedra dos sábios" ou filosofal, o *lapis philosophorum*, é símbolo do objetivo final da velha aspiração de poder transformar, com a ajuda dessa pedra, metais não nobres em ouro.

— Mas não é isso que estamos procurando.

— Não. Esse não era o grande segredo de Gaudí.

O livreiro fez uma pausa.

— O oráculo de Delfos era o santuário mais importante do mundo antigo, assentado em um lugar sagrado desde tempos imemoriais.

— Sim, era consagrado a Apolo, que representava a ideia da eterna juventude, da beleza, da harmonia e do equilíbrio. Seu apelido mais conhecido era Febo, o Luminoso — interveio María.

— Bem, vejo que você está bastante a par da mitologia grega. Pois era em Delfos que, como disse antes, estava o Ônfalo, representado pela pedra umbilical que era o centro do mundo.

— Protegido por um animal terrível.

— A serpente Píton, de onde deriva o nome de Pítia, a grande sacerdotisa e profetisa de Delfos. E Apolo, para se apoderar daquilo, teve de matar com suas flechas douradas a serpente Píton. — O livreiro fez uma pausa. — Vocês também têm que neutralizar o monstro para conseguir seu objetivo.

— O Ônfalo — sentenciou Miguel.

— Sim, mas o pertencente à nossa tradição...

— Não estou entendendo... Em nossa tradição também há...?

— Sim, Miguel... Está escrito no Evangelho de São Mateus... Concretamente, no capítulo 16, versículo 18... Nele se concentra tudo o que a Igreja é como instituição... É o capítulo de preparação para a Paixão, quando Jesus revela a seus discípulos qual deverá ser sua missão na terra. Cristo perguntou a seus discípulos, vocês se lembram: "Quem eu sou?" Uns disseram que era um profeta; só Simão, filho de Jonas, respondeu corretamente... Tudo aconteceu em Cesareia de Filipo, aos pés do monte Hermon...

— Sim, agora recordo uma das páginas copiadas por Taimatsu... Havia uma frase que dizia alguma coisa sobre o monte Hermon, Cesareia de Filipo...

— É uma região vulcânica... situada ao norte de onde fica a atual Israel...

— Mas o que aconteceu ali? O que diz o Evangelho?

O rosto de Álvaro mudou de expressão.

— Pedro foi o único discípulo que disse a Jesus: "Você é o Messias, o filho de Deus." E Jesus lhe disse: "E eu lhe digo: você é Pedro, e sobre esta pedra edificará minha Igreja, e o poder da morte não prevalecerá contra ela."

— Cristo entregou uma pedra a Pedro para que construísse a Igreja? Perdoe-me, Álvaro, mas creio que isso é interpretado simbolicamente pela Igreja.

— Palavras e mais palavras... Dominam a arte da linguagem... Mascaram, ocultam com um véu... Mas a palavra esconde a pedra, é aí onde está guardado o segredo. É um dos enigmas que Fulcanelli revelou em sua obra... É preciso matar a palavra para descobrir a verdade. A Igreja, como instituição, fomentou e permitiu que circulassem muitos mitos, lendas sobre o Santo Graal, as relíquias de Cristo, os pregos, o Santo Sudário... Se reuníssemos todos os pedaços de madeira da cruz em que Cristo morreu espalhados por catedrais, igrejas e ermidas onde são venerados, certamente poderíamos construir uma casa... A lança do centurião Longino... Uma infinidade de relíquias de santos, anjos que são venerados, protegidos, saem em procissão... E o Vaticano não se opõe, permite todas essas manifestações que quase poderiam ser consideradas pagãs... No entanto soube proteger, através dos séculos, seu verdadeiro segredo, onde reside todo o seu poder... a pedra. Dali emana seu verdadeiro poder, que se espalha por toda Europa, se ramifica, cresce... Templos, santuários, ermidas... catedrais... O maior dos segredos da cristandade é o que temos mais próximo, diante dos olhos, mas foi protegido, velado pelas palavras... Quem poderia imaginar que...?

— Uma simples pedra... — disse María, assustada, interrompendo Álvaro, que logo prosseguiu.

— Sim, aquela que o próprio Jesus tocou com suas mãos... Sobre esta pedra edificarei minha Igreja... E assim foi... Esse é o centro do mundo.

O livreiro mudou o tom de voz. E María notou nele algo estranho, quando ele disse:

— Os alicerces de nossa fé e da cultura do Ocidente. A Pedra Santa. O poder de Roma se encarregou de manter oculto o segredo de Jesus; um segredo que está escrito nos evangelhos, com palavras claras, precisas, sem divagações, sem parábolas... No entanto não souberam ver, e Pedro ergueu uma Igreja sobre alicerces equivocados e semeou de ódio e sangue a fé cristã. Se a relíquia tivesse vindo à luz e seu erro tivesse ficado patente, a Igreja não teria governado.:. Dois mil anos de poder sobre a terra. Nenhum estado, nenhum império, se excetuarmos o Egito, conseguiu se manter em pé durante tanto tempo. E, atualmente, sem exércitos, sem armas nucleares... Apenas com a palavra, desde uma cidade minúscula, o Vaticano se ramifica por todo o mundo... Souberam esconder o segredo que todos temos diante de nossos olhos, que podemos quase tocar com as mãos. A palavra é o véu... Também em Meca, centro de todas as grandes religiões do mundo, exatamente no ângulo nordeste da Kaaba, está a célebre pedra negra, outra pedra equivocada que regou o mundo de sangue. A versão ortodoxa diz que Abraão e seu filho Ismael a colocaram em Meca depois do dilúvio; no entanto há quem diga que foi uma seita sufi que a depositou no lugar onde agora todos os muçulmanos a veneram.

— Álvaro, creio que tudo isso está muito correto, mas é outra lenda... Suponhamos que fosse verdade. Nesse caso, aquela pedra de Cesareia de Filipo, aos pés do monte sagrado, o monte Hermon, foi escondida... Então, teríamos que atribuir a essa pedra que Jesus Cristo tocou, quando revelou aos apóstolos qual devia ser sua missão na terra, certas propriedades...

— Sobrenaturais? O que é sobrenatural? Aquilo que a ciência, a razão, as matemáticas, os cálculos ainda não descobriram? — disse Álvaro com uma ponta de ironia.

— É uma explicação... É o que temos...

— Sim, sim... O tribunal da Inquisição sabia muito sobre isso... Galileu também sabia... A lista de cientistas queimados na fogueira é extensa. Mas explicar um fato, digamos, através da mitologia, também não significa alguma coisa. A questão é o que entendemos por sobrenatural. Então o mundo, a natureza, a própria vida, cheia de mistérios a desvelar, também é sobrenatural... É um paradoxo... Na realidade, o que sabemos? Você acha que tem algum sentido prognosticar matematicamente o fim do universo? Segundo os cientistas e os astrônomos de prestígio, dentro de uma cifra elevada a uma potência de anos concretos, calculáveis, o universo, tudo desaparecerá... Acontecerá a grande entropia, o equilíbrio perfeito... Não haverá nenhum corpo celeste, nem planetas, nem estrelas... Nada... O cosmo transformado em uma imensa sopa de prótons... Você acha que isso faz algum sentido, Miguel? Eu creio que isto, o caminho para o nada, a dissolução, é a coisa mais sobrenatural que a ciência e os cientistas mantêm como fato provado e constatado nos últimos tempos...

Miguel não queria discutir com Álvaro, estava fazendo o papel de advogado do diabo. Seu amigo continuou falando:

— Segundo uma lenda antiga, a pedra de Cesareia de Filipo foi esquecida, desprezada. Pedro ergueu a Igreja de Jesus Cristo sobre uma pedra simbólica. Os grandes arquitetos de todas as religiões evitaram a verdadeira rocha, e durante algum tempo ela ficou perdida. Até que uns guardiões que a haviam perseguido e procurado deram, finalmente, com ela...

— Os Árvores de Moriá — sussurrou María.

— Exatamente.

Álvaro se levantou, e, com o olhar perdido em um ponto difuso do teto, de costas para eles, disse:

— Os Sete Cavaleiros Moriá, os antigos guardiões do Templo de Salomão. Eles presenciaram o escândalo de Jesus de Nazaré quando ele expulsou os mercadores, os cambistas. Os Moriá o seguiram, e ele lhes relevou a profecia, a destruição definitiva do antigo Templo de Salomão e...

— A construção de uma nova Igreja — interrompeu-o Miguel.

— Exatamente. O verdadeiro plano de Cristo... Jesus revelou a seus discípulos em Cesareia de Filipo qual era sua missão. Entregou a relíquia a Pedro. Disse-lhe: pega, estás vendo-a, sobre essa pedra edificarei minha Igreja. Jesus sabia que Simão, o impulsivo, o único de todos eles que dissera que ele era o Messias, naquele momento de grande tensão não entenderia sua verdadeira mensagem. Eram pessoas simples, pescadores, ainda não haviam recebido o dom da comunicação, o Espírito Santo. Não entenderiam que uma pedra pudesse ter tanto poder. Se lhes tivesse dado uma joia, armas... Mas uma pedra... Jesus sempre falava através de parábolas, de exemplos, e Pedro achou que aquelas palavras que seu mestre lhe dizia eram apenas simbólicas. Pensou que Jesus quisera transmitir-lhe a necessidade de criar uma Igreja robusta como uma rocha, mas nunca pensou que aquela pedra estava carregada de poder.

— Então, você quer dizer que a pedra...

— Acho que você captou a ideia, Miguel... Como podiam saber que naquele momento seu mestre adorado entregava, oferecia a Pedro a pedra fundamental? Como podiam imaginar que aquela pedra simples e vulgar era o verdadeiro tesouro, o alicerce, o fundamento de um novo templo?

Nesse momento, María interveio:

— Vamos ver se eu compreendo... Você está dizendo que ninguém, nenhum discípulo, nem o próprio Pedro entendeu nada?

Álvaro olhou-a com um sorriso irônico nos lábios.

— Isso é o que diz a lenda. A pedra ficou em Cesareia de Filipo. Jesus o sabia. Sabia que aqueles homens simples, os discípulos, ainda não estavam preparados, não podiam compreender a mensagem contida em uma coisa tão vulgar, tão humilde como uma simples pedra; para eles, o Messias era o poder, era tudo... Cristo sabia que aqueles homens espalhariam sua mensagem pela terra, prepararium o mundo para a verdadeira chegada, que aconteceria com a construção do verdadeiro templo... Dois mil anos depois do sacrifício na cruz. Eles, os discípulos, o próprio Pedro arrastavam um grande peso nas costas, talvez fosse lhes pedir muito, talvez o mundo ainda não estivesse preparado...

— E os guardiões Moriá? O que aconteceu com eles? — perguntou Miguel.

Álvaro se virou bruscamente para ele:

— Eles, sim, os lendários Árvores Moriá... Procuraram o lugar. Durante séculos. Eles sabiam que precisavam ficar atentos, manter a chama acesa durante mais de mil anos. Jesus lhes falou do plano, eles sabiam quando encontrariam o segredo... Quando os exércitos da cruz entrassem em Jerusalém...

— A época das Cruzadas... — disse muito surpresa María.

— Sim, fala-se inclusive de uma data... 1126. Um sufi, um asceta, encontrou-a, talvez por revelação divina. Diz-se que um anjo o guiou até o lugar exato e apontou-lhe a pedra com a espada de fogo. O certo é que esse sufi a conservou até a chegada dos Moriá... Depois, consta que a pedra foi para a Europa, até se acredita que os cavaleiros templários ajudaram em algum momento os Moriá... Mas os cavaleiros que carregavam uma cruz no peito desapareceram... E a relíquia ficou esquecida em algum lugar ao sul da Catalunha. Por último, foi trasladada para a montanha sagrada de Montserrat... Gaudí a encontrou, ou melhor, ela lhe foi entregue quando ele começou a construir o templo... Gaudí se converteu em um dos cavaleiros Moriá do século passado. Ele tinha a missão de colocar a pedra em algum lugar da nova Igreja... A viga mestra da abóbada? Ninguém sabe... Essa é a pedra que Gaudí, antes de morrer, entregou ao seu avô. Isso, meus amigos, é o que vocês estão procurando. Onde seu avô a escondeu?

Álvaro dirigiu a Maria seus olhos penetrantes, brilhantes como faíscas, quando lhe fez a última pergunta.

— Eu gostaria de acreditar em você, mas... Tudo parece tão absurdo... O cristianismo, Roma, a expansão do Evangelho, o poder... Tudo isso sobre os alicerces do nada... Um império sobre o nada? Guerra, morte, calamidades, séculos de matanças entre religiões. Entre cristãos, maometanos e judeus... O poder dos homens, a corrupção... Essa não podia, não pode ser a verdadeira Igreja de Cristo, sua mensagem de amor e humildade... Como é possível matar milhares de homens e mulheres em nome de um Deus que prega o amor, a paz, a compreensão entre os homens? — María disse essas palavras com o coração. Mas Álvaro a interrompeu.

— Sei que tudo parece muito fantástico... Mas entre os maometanos, que é uma das religiões mais difundidas do planeta, também há cientistas, homens e mulheres que têm bom senso, pensam mais ou menos como os cristãos, há sábios, pessoas inteligentes, incrédulas... Eles adoram uma pedra, a Kaaba, símbolo de seu poder, centro do mundo islâmico... Constitui até um preceito visitá-la uma vez em peregrinação... Trata-se de uma pedra... Lenda? Mistério? Imaginação, fantasia...? Isso eu deixo a seu critério, vocês me perguntaram e eu simplesmente lhes disse o que sei...

Mas, de todas as relíquias perdidas do cristianismo, essa talvez seja a mais razoável, a mais coerente. Ainda há outra coisa...

Fez-se um silêncio tenso. O livreiro falou:

— Alguns dizem que é o Santo Graal, outros creem que ali está o verdadeiro Evangelho escrito por Cristo... Todos procuram a mesma coisa... Poder. Certamente há gente disposta a matar para se apoderar dessa pedra.

41

O velho, que não pesava mais de 40 quilos e estava atado a meia dúzia de máquinas, ouviu-o com atenção. De vez em quando, durante a leitura, um penoso gemido escapava da garganta do ancião. Então Jaume Bru parava, mas ele lhe indicava que seguisse. Bru terminou de ler o caderno.

Houve um longo silêncio, interrompido pelo ancião.

— Deve entregá-lo a Asmodeu; ele saberá o que deve ser feito.

— Que mundo este! A juventude não quer mais aprender nada, o mundo está de pernas para o ar, cegos guiam outros cegos e lançam-nos nos abismos, os pássaros arremetem antes de começar a voar, o...

— Pare de fazer citações, pai! Eu também li O *nome da rosa*.

O cadáver vivente, cujo rosto dava medo e parecia ter toda a idade do mundo, tentou se levantar.

— Mantive-me vivo só para ver como meu inimigo deixaria este mundo. Para que seu plano não se cumprisse. E agora estamos tão perto...

— Isso vale dinheiro?

— Dinheiro, dinheiro! Eu não lhe ensinei nada?

— Sim, pai, tudo. Tenho conduzido seus negócios melhor do que você.

— Eu o ensinei a conduzir os negócios, uma filosofia que você rechaçou! Podia ter sido meu sucessor.

— Eu já sou. Sou seu herdeiro.

— Não, você não é meu herdeiro. Não quis ser o novo Asmodeu, meu sucessor.

— Besteira, pai! Você acha mesmo que eu ia perder o meu tempo com sua seita maldita? Já faço o bastante mantendo todo esse bando de pirados que durante anos ficou sob seu comando. O mundo mudou.

— O mundo não mudou, maldito imbecil. Salvo que hoje é mais descrente. Essa é uma luta entre a luz e as trevas. Você é um pervertido sem nenhum tipo de moral. O que você não compreendeu é que o mal, como seu contrário, é uma filosofia, uma forma de entender o mundo e de querer moldá-lo. Existimos para negar nosso contrário. Eu fiz o mal porque é da minha natureza; você, porque se beneficia dele. Falhei como pai porque não soube moldar seu ser; não fui capaz de fazer com que visse a luz das trevas.

— Tudo isso é mero palavrório. Eu faço o que quero, quando quero e como quero. Posso pegar qualquer vida e fazer com ela o que bem entender. Sei que posso levar a desgraça a milhares de pessoas, se tiver esse capricho. Tenho poder, pai; muito poder. Poderia comprar este país 25 vezes e ainda me sobraria dinheiro para comprar o resto do continente. Não me venha com histórias do diabo! Eu sou o diabo! Posso desafiar qualquer homem e qualquer demônio.

— Foi o que fez Ulisses e levou anos para voltar para casa.

— Deus não existe, e tampouco o bicho que você adora. O que queria? Que eu vestisse um capuz como todos os pirados?

O velho não respondeu. Ao longo dos anos, tivera essa mesma conversa milhares de vezes com seu filho. Ele se recusara a ser seu sucessor, obrigando-o a eleger outro Asmodeu entre os membros dos Homens Mísula. Não se perdoaria nunca aquele fracasso como pai.

— Por que você nunca quis me mandar para um hospital?

— Aqui você tem tudo de que precisa. Todo um andar só para você, com todos os médicos e cuidados necessários. Você queria continuar vivendo, como uma tralha, mas continuar vivendo. É isso o que tenho feito, mantê-lo com vida.

— Por que sempre vem me ver?

— Quero vê-lo apodrecer.

O velho sorriu.

— Vejo que nem tudo está perdido. Você é um verdadeiro filho da puta.

— Como você, papai, como você.
— Ande, vá, dê o caderno a Asmodeu.
— Eu poderia vendê-lo.
— Você não fará uma coisa dessas!

As máquinas aceleraram seus apitos, e o rosto do velho se encolheu. Bru riu com vontade. Havia tocado no seu ponto fraco. Seu pai se remexeu nos lençóis, sua expressão exibia um ódio cego e ao mesmo tempo a impotência de estar dentro daquele corpo moribundo e não poder pular no seu pescoço.

— Acho que o Vaticano pagaria bem.
— Você não fará uma coisa dessas!
— Não, pai, não farei. Prometi-lhe recuperar o caderno, e sempre cumpro minhas promessas.

42

Jaume Bru esperou. Asmodeu não tardaria a chegar. Já era muito tarde, mas Bru disse aos empregados que estava esperando uma visita e que a fizessem entrar assim que chegasse. Pôs um disco para tornar a espera mais leve, sentou-se em seu sofá preferido, depois de se servir um cálice de *brandy*, e colocou os fones sem fio.

Não conseguia parar de pensar no velho que vivia no andar de cima, com todo um exército de médicos e enfermeiras só para ele. Como podia aguentar tanto? Não conhecia ninguém com tal acúmulo de doenças e com uma deterioração física tão lamentável. Mas não sentia nenhuma pena dele. Odiava-o profundamente, por isso o mantinha por perto. Sempre o temera, desde muito pequeno. Com o tempo, conseguira ter um rosto tão terrível, que sua visão aterrorizaria o próprio Dorian Gray. Mas já não o temia. Agora, não.

Bru recordava que houvera uma época em que o amara. Mas seu pai não admitia nenhuma demonstração de ternura ou afeto. Sempre o afastava a pancadas. Aquilo era para os fracos. Um homem não devia amar a ninguém; só a si próprio. Tratava-o como se fosse um cachorro, que começou a chamar de Bitrú. E o cão parou de se aproximar.

Fez a mesma coisa com sua mãe, que ficou louca e acabou internada em um manicômio. Jamais permitiu que a visitasse.

— Está louca, e os loucos não são deste mundo. Esqueça. Você não tem mãe.

Mas tinha. E às vezes ele fugia para vê-la. Mas ela não o reconhecia mais. Bru tinha 20 anos quando sua mãe morreu esquecida em um quarto acolchoado.

— Enterrem-na — foi o que disse seu pai quando recebeu o telefonema informando-o de seu falecimento. E desligou. Não permitiu que ele fosse ao seu enterro.

Ele também não conseguiu ter amigos.

— Os amigos nos enfraquecem. Temos que ouvir seus problemas, colocar-nos em seu lugar, fazer coisas juntos, felicitá-los, enviar-lhes algum presente quando têm filhos, ouvir suas opiniões políticas. Você tem sócios ou serviçais.

Durante seus estudos em Londres, recebeu dinheiro, mais nada. Seu pai nunca telefonou, nem foi visitá-lo. Quando se graduou e voltou para casa, seu pai não estava. Ao entrar em seu quarto, duas putas e um bilhete o esperavam: "Desfrute-as".

E foi isso o que fez. Não se via com ânimo de contrariar o pai.

Mas seu genitor tinha razão; aquela vida espartana acabou fortalecendo-o. E quando seu pai lhe contou que era o chefe de uma estranha organização que, através dos séculos, procurava a maior das relíquias do cristianismo e que enfrentava sete cavaleiros que também se perpetuavam no tempo, não pôde deixar de gargalhar diante de seu nariz. Seu pai se enfureceu, mas já estava velho e não podia mais com ele. Não, ele não estava interessado em ser seu sucessor naquela palhaçada. Não dava a mínima para o fato de Gaudí ser um cavaleiro Moriá ou um jogador de basquetebol. Não acreditava nem em Deus nem no diabo. Era muito grande para perder tempo com assuntos paranormais.

Estava pensando em tudo isso, quando abriu os olhos e o viu diante de si. Tirou os fones.

— Como entrou aqui?

O mascarado não respondeu à pergunta.

— Você não deve agir por conta própria.

— O que há atrás dessa máscara? Você é ridículo. Tire-a, estamos sozinhos. Gostaria de ver o seu rosto uma vez, embora desconfie que não seja o de um Adônis.

— Você deve isso a mim. Não deve agir por conta própria.

— E quem paga a você? Não confunda os termos. É você quem me deve. Sou eu quem financia você e o seu bando de tarados. Eu mesmo

tive de me preocupar em obter o caderno, porque seus homens são uns incapazes.

— O que você sabe sobre o caderno?

Bru não se dignou a lhe responder.

— E sua japonesa. O que ela sabe sobre o caderno?

— Não a meta nisso. E não é minha japonesa. Tenha cuidado, está me ouvindo? Não a meta nisso ou arrancarei sua maldita alma em pedaços e a darei como comida aos cachorros.

Bru se levantou e pegou o caderno que havia deixado na estante.

— Tome.

O mascarado o pegou.

— Vá visitar meu pai. Está esperando por você — disse, com um desprezo que não pôde dissimular.

O mascarado fez um gesto de que ia partir.

— Pelo elevador interno. Não quero que os empregados o vejam. Pensarão que há fantasmas na casa. E, por favor, da próxima vez bata antes de entrar.

Não haveria outra vez, pensou o mascarado enquanto se afastava. O tempo da vingança havia chegado.

43

Taimatsu estava havia um bom tempo tentando atar os fios. Concentrada no escritório de seu pequeno apartamento, de vez em quando se levantava e pegava um livro na estante. Tinha, sobre a mesa, as cópias que fizera do manuscrito; o computador, com algumas páginas da internet abertas, piscava.

Desde que deixara seus amigos, e depois de ter lido com atenção aquelas cópias, uma ideia, ainda vaga, crescia em sua cabeça. Tentava lhe dar forma e coerência; naquelas folhas e desenhos estava a chave do que estavam procurando. A ideia começara a fermentar na noite em que deixara seus amigos, depois da visita de seu primo.

Pensativa, recordou o número, os símbolos que o padre Jonas escrevera com seu próprio sangue antes de morrer. Miguel estava obcecado por aquilo. Ela recordava perfeitamente a conversa. Diante da primeira cifra, havia um símbolo maior... Miguel acreditava que era um cinco. Só a parte inferior, ondulante, era legível. Taimatsu se concentrou nesse aspecto... "Um cinco? Não, não creio que Miguel esteja equivocado... Poderia ser um símbolo, talvez uma letra... Uma letra parecida com um cinco, vejamos. Uma maiúscula...? Um C ao contrário? Qual seria o sentido? Não, também não; Miguel estava muito seguro, a letra ou o símbolo do princípio continuava para cima, ondulando..." Então ela colocou diante da cifra outro símbolo, a letra mais sinuosa do alfabeto, ou seja, o S — 118.22... "Sim, poderia ser. Vejamos o que nos diz o Google..."

Na primeira tentativa, não encontrou nada, só páginas com estatísticas, regulamentos, catálogos... Refletiu por um instante. "Tenho que acrescentar outra referência... O padre Jonas morre assassinado e escreve S 118.22 dentro de um grande V invertido... Tentarei Jonas S 118.22."

Taimatsu teve um ligeiro sobressalto ao ver as referências que apareciam na internet... Entre elas, uma página bíblica, com menção a Jonas, mas também algo que a surpreendeu: "Claro! Um salmo!... O salmo 118.22." Teclou e apareceu na tela o texto que estava procurando: "A pedra que os edificadores rejeitaram, essa foi posta como pedra angular." Estava muito excitada e se perguntava em silêncio por que o padre Jonas, antes de morrer, citara o salmo 118.22. O que teria querido dizer? Não fazia nenhum sentido. Ela continuou procurando na rede notas sobre o salmo, parágrafos que ia selecionando e copiando em um documento que havia aberto. Surgia muita informação, mas era preciso selecionar; o caos da rede podia engoli-la. Algumas informações faziam referência aos Feitos dos Apóstolos, às Cartas de São Pedro e de São Paulo, e ao próprio Jesus Cristo, que mencionava o salmo... Depois de um bom tempo de busca, tentando não se perder entre tantos documentos, encontrou a seguinte explicação na página da web de uma organização católica:

> O simbolismo da rocha não foi um mero jogo de palavras com o nome de Pedro, vindo da tradição do Velho Testamento e ainda de antes. Em Isaías 28: 16, lemos: "Eis que eu assentei em Sião uma pedra, uma pedra preciosa, solidamente assentada."

A partir desse momento, na mente de Taimatsu nasceu uma nova intuição, talvez uma hipótese. Mas ela ainda não podia cantar vitória. Procurou entre as cópias o desenho de uma montanha; lembrava-se bem dele, porque, no princípio, ao vê-lo, pensara no vulcão Fujiyama, embora, aparentemente, a montanha mais alta e mais emblemática do Japão não tivesse nenhuma semelhança com o monte Hermon, que era o que aparecia no desenho. O avô escrevera alguma coisa naquele desenho. Ali estava! Encontrou-a. Sim, sob o desenho a frase enigmática que escrevera: "Aos pés do Hermon, em Cesareia de Filipo... O terceiro ser vivente da adoração celestial... 16, 18".

Desta vez, Taimatsu recorreu à enciclopédia Espasa para procurar informações sobre o monte Hermon... Era o mais alto da Palestina. Na realidade, um vulcão como o Fujiyama, pensou; só por isso atraíra sua atenção. Segundo os geólogos, tratava-se da rocha mais antiga de Canaã, onde nascia o rio Jordão. A Bíblia dizia que essa elevação era um lugar celestial, de ascensão, e, portanto, tinha um significado especial; um caráter místico para as três grandes religiões monoteístas: a judaica, a maometana e a cristã. E Cesareia de Filipo era a região que ficava precisamente aos pés do Hermon... No momento, já estabelecera uma relação, e por isso continuou investigando... "Bem, agora vejamos o que quer dizer a frase 'o terceiro vivente da adoração celestial'." A partir desse momento, Taimatsu ganhou velocidade consultando os dicionários e seu exemplar da Bíblia, mas ao cabo de um tempo desistiu e voltou à internet. Inseriu no programa de buscas as palavras "adoração celestial" e não demorou a encontrar várias páginas do Apocalipse de São João. A adoração celestial era concretamente o quarto capítulo. Leu-o em silêncio desde o começo, e quando chegou ao versículo 4, 7 encontrou o que estava procurando:

> 4, 7: O primeiro ser vivente é semelhante a um leão, o segundo vivente, a um touro; o terceiro tem a face como de homem; o quarto é semelhante a uma águia em voo.

A partir daí, não foi difícil compreender que aqueles quatro seres viventes relacionados com um símbolo eram os evangelistas. O primeiro ser vivente, o leão, era Marcos; o segundo, o bezerro, era Lucas; o quarto, a águia, era João, e o terceiro, o homem, era Mateus. Taimatsu estava tão satisfeita quanto uma criança em festa de aniversário: havia conseguido decifrar a frase do avô de María. Agora já sabia que o homem, o terceiro ser vivente da adoração celestial, era o evangelista São Mateus. Faltava-lhe relacioná-lo com o monte Hermon, com Cesareia de Filipo e com aqueles dois números, 16, 18, do final da frase.

Taimatsu viu tudo muito claro: São Mateus, 16, 18. Era uma citação evangélica: São Mateus, 16, 18. Procurou no Novo Testamento o capítulo 16 e começou a lê-lo; a partir do versículo 13, seu coração deu um pulo:

> 16, 13: Chegando Jesus ao território de Cesareia de Filipo, perguntou aos discípulos: quem dizem os homens ser o Filho do Homem?

16, 14: Disseram: "Uns afirmam que é João Batista, outros que é Elias, outros, ainda, que é Jeremias ou um dos profetas.

16, 15: Então lhes perguntou: "E vós, quem dizeis que eu sou?"

16, 16: Simão Pedro, respondendo, disse: "Tu és o Cristo, o filho do Deus vivo."

16, 17: Jesus respondeu-lhe: "Bem-aventurado és tu, Simão, filho de Jonas, porque não foi carne ou sangue que te revelaram isso, e sim meu Pai que está nos céus."

16, 18: Também eu te digo que tu és Pedro, e sobre esta pedra edificarei minha Igreja, e as portas do Hades nunca prevalecerão contra ela.

16, 19: Eu te darei as chaves do Reino dos Céus, e o que ligares na terra será ligado nos céus, e o que desligares na terra será desligado nos céus.

O relógio de seu computador marcava 3 horas da madrugada. Taimatsu estava já não sabia havia quantas horas procurando e por fim encontrara. Voltou a repassar todas as notas, o salmo 118.22, a pedra descartada pelos edificadores... A referência a Isaías: "Eis que eu assentei em Sião uma pedra, uma pedra preciosa, solidamente assentada." O monte Hermon, em Cesareia de Filipo, o terceiro ser vivente, São Mateus... Tudo levava a... "Uma pedra!", exclamou Taimatsu na solidão de seu estúdio. Além do mais, confirmou também que os outros evangelistas não faziam menção a tal episódio. São Mateus era o único que falava de Cesareia de Filipo. A pedra! "Gaudí deu uma pedra ao avô de María. Essa é a chave, o segredo... Sim, talvez fosse a rocha tocada por Jesus Cristo quando disse: Pedro, sobre esta pedra edificarei minha Igreja... Uma pedra tocada pelo próprio Jesus de Galileia, o Filho de Deus, ao anunciar a criação da Igreja! É extraordinário... Uma simples pedra, o fundamento da Igreja!"

Nesse instante se deteve, não podia se conter, seu cérebro seguia adiante; ela precisava chegar mais longe... Por sua cabeça passavam e se misturavam muitas coisas· ela pensava no *suiseki*, a arte japonesa... Como seria essa pequena pedra? Um fragmento da vida, uma verdadeira maravilha entre maravilhas... Gaudí a tinha e ia utilizá-la para culminar sua obra. O fecho da abóbada de toda uma vida dedicada à arquitetura mística, e cuja culminância seria um fragmento de pedra descartada pelas grandes religiões monoteístas... E os descartados de nosso mundo, quem eram? Os miseráveis, os deserdados, os pobres, os que não têm nada... Sim, Gaudí ia colocá-la em algum lugar... O templo. "Descobri! Tenho certeza! Não poderia ser em outro lugar... Mas, morreu, e o avô de María a escondeu..."

Taimatsu, embora não fosse católica, conhecia perfeitamente o simbolismo e a história da arte cristã, suas construções. Estava realmente feliz. Encontrara o segredo, não tinha dúvidas, sabia que isso era de importância fundamental para Miguel e María; agora já sabiam o que estavam procurando. Sem mais demora, abriu o correio eletrônico para mandar uma mensagem a María. Ao digitar sua contrassenha, "hipostila", teve uma intuição... Recordou o Parque Güell. Ela, como especialista em Modernismo, de fato o conhecia muito bem, escolhendo sua contrassenha para o e-mail ao pensar precisamente na sala hipostila do Parque Güell, a sala com 86 colunas de ordem dórica que sustentam a grande praça com o banco do dragão ondulante. Taimatsu recordou a grande sala hipostila de Ramsés II, que havia visitado com Bru. Depois das pirâmides, esta era a estrutura mais espetacular e significativa da arquitetura egípcia. E então viu claramente que Gaudí, um cristão com vocação mística, de alguma maneira introduzira esta ideia egípcia em sua obra, embora simbolicamente... A Sagrada Família era o templo aberto ao povo. No entanto havia outro conjunto arquitetônico que, por toda a simbologia nele contida, correspondia claramente a um templo restrito aos iniciados... O Parque Güell. A prova era a colunata da sala hipostila que sustentava o terraço, o dragão, os bancos. Nos templos vedados ao povo, os antigos egípcios construíam sempre uma sala hipostila, de telhado sustentado por colunas. Era uma sala de passagem, de transição, antecedia o *sanctasanctorum*,* ao qual apenas o faraó e alguns sacerdotes tinham acesso.

Pela mente de Taimatsu passaram imagens do Parque Güell, referências, livros, documentos que havia lido... De repente, ela levantou a cabeça: "O compasso... No parque foram feitas retificações... Creio recordar que havia um compasso na escadaria principal. Sim, claro... Foi retirado. Fizeram o mesmo com o ovo cósmico, que substituíram pelo atanor no

---

* Lugar muito sagrado. *(N. do T.)*

final da escadaria... O compasso... O padre Jonas desenhara em sua mensagem um compasso justamente em cima do salmo 118... Portanto, a pedra está no Parque Güell, no lugar onde estava o..."

Escreveu com grande excitação no e-mail preparado para María:

> É uma pedra, não há dúvida. A chave está no Evangelho de São Mateus, 16, 18. Jonas desenhou um compasso acima da citação do salmo 118.22... Está no Parque Güell. Foram feitas várias retificações, na escadaria principal havia um compasso...

Um estremecimento percorreu Taimatsu. O mascarado havia entrado em sua casa, em seu estúdio, e estava atrás dela. Ela percebia sua respiração.

— Não mexa nem um dedo.

Diante daquela voz imperativa, Taimatsu não conseguiu completar a frase, embora já tivesse escrito o mais importante, a informação de que María e Miguel precisavam.

Asmodeu se aproximou dela lentamente.

Taimatsu continuava com as mãos sobre o teclado. Estava muito assustada. Não podia escrever mais nada. O cursor piscava na tela. Armando-se de coragem, só teve tempo de afastar um dedo e apertar a tecla *"enter"*. Enviou a mensagem. Mas suas palavras ficaram gravadas na tela. Então, para evitar que o mascarado as visse e descobrisse a chave, puxou o cabo, e o computador se apagou. Nesse instante, uma bengala golpeou sua mão e esmigalhou o teclado.

Outra bengalada atingiu sua cabeça; ela desabou, mas não perdeu a consciência e pôde ouvir a exclamação daquele ser abominável.

— Maldita cadela japonesa! Não importa... Cedo ou tarde iriam descobrir... Tudo está previsto.

Ela sentiu dor quando ele a golpeou nos joelhos com precisão e pôde ouvir o rangido de seus ossos se quebrando. Depois ele deu uma pancada em seus cotovelos e a arrastou brutalmente pelos cabelos. Ela chorou, tentou gritar, mas não conseguiu. Outro golpe no ombro na altura do pescoço levou-a a perder a consciência.

Quando despertou, a cabeça girava, e ela sentia dores nas extremidades; era como se pelo interior de suas pernas e braços corressem serpentes de vidro rasgando todos os seus tecidos... Estava amarrada a uma cadeira de estilo modernista que Bru lhe dera de presente. Um desenho de Gaudí, uma verdadeira joia. Não conseguia ver nada, a lâmpada da mesa estava focada em seu rosto... Ouviu a voz sussurrando em seu ouvido:

— Agora você vai ser uma boa menina... E vai me dizer o que significam esses traços sobre o mapa de Barcelona... Esses círculos... Vai me dizer onde está a pedra.

Taimatsu olhou seus braços e o terror quase a deixa sem respiração. Tinha quatro varinhas espetadas no pulso, arames metálicos que avançavam pelo interior de seu corpo e chegavam aos ombros. Estavam conectadas a um fio de corrente elétrica e a uma bateria que ela não podia ver... Ela abaixou a cabeça: outros arames haviam sido enfiados em suas pernas. Tentou forcejar e gritou com todas as suas forças, tomada por um espanto arrepiante. Um soco em pleno rosto acabou com seus gritos. Depois, ela sentiu uma tremenda descarga elétrica, breve, mas de uma intensidade tão dolorosa que sua voz se quebrou.

— Meu Deus, o que está fazendo comigo? Por favor, não... Eu não sei de nada...

Iniciou um choro agudo irreprimível. O mascarado, ternamente, secou suas lágrimas com um lenço branco imaculado e perfumado com água-de-flor.

— Você vai ser uma boa menina... Só quero que me conte tudo o que sabe... Nada mais... Se não responder, vou apertar o pequeno interruptor que tenho em minha mão, a corrente elétrica passará pelos seus braços, por suas pernas, por debaixo de sua pele... Não, não é alta tensão... Que barbaridade... Não... A corrente elétrica entrará em seu corpo, e lenta, muito lentamente, irá queimando seus tecidos internos, músculos, tendões, veias, capilares, tudo... Tudo em vermelho vivo... Compreende? Você será queimada por dentro, minha filha, eu a assarei viva... Mas não morrerá; embora sofra muito, isso eu lhe garanto... Perceberá o fogo dentro de você... Alguns que experimentaram esse suplício dizem que é o pior dos sofrimentos que um ser humano pode suportar sem perder a consciência; claro que se trata disso, minha querida menina.

— Por favor, eu não sei de nada... Não quero morrer assim. Por favor, tenha piedade.

Taimatsu não queria voltar a sentir aquela espécie de cócegas, um formigamento interno que percorria seus braços e pernas, como quando ficavam dormentes; uma sensação que foi aumentando até ela sentir uma dor intensa, mas suportável.

Mas o mascarado apertou de novo o interruptor. Taimatsu, ao cabo de alguns minutos, gritou de raiva, depois veio o desespero... Náuseas, vômito e aquela dor impossível de ser suportada... Espasmos. Movimentos bruscos e descontrolados. Taimatsu sentia como se milhões de insetos a estivessem comendo viva.

O mascarado limpou suavemente os lábios enquanto ia lhe dizendo:

— Você sabe? O princípio desta pequena invenção é muito simples, trata-se de estimular o maior número possível de terminações nervosas, excitá-las, sem piedade... É como uma imensa dor de dente atingindo todo o corpo... Infinitas agulhas de peçonha perfurando sua pele, varrendo-a... Você não se sente meio como se fosse um cadáver em decomposição?... Milhões de vermes a comem por dentro, não é verdade?

— Você está louco — disse, debilmente.

— Sim, bem. Talvez. Mas esse não é o assunto. Minha filha, você não entende nada. Quero que experimente em vida como vai ser a decomposição de seu próprio corpo. A dor produzida por vermes devorando-a, é isso o que você vai sentir. Meu amigo, o Dr. Mengele, médico de Auschwitz, foi o inventor desta máquina e também de seu maravilhoso conceito... A ideia é o mais importante. Ele a experimentou em centenas de crianças judias, inclusive em recém-nascidos ainda ligados às suas mães pelo cordão umbilical. Você não acha uma coisa genial? Sua equipe médica fazia experiências com as mães e com os recém-nascidos ao mesmo tempo. O Dr. Mengele achava que este era o momento sublime da ideia... O nascimento e a morte se tocam, são a mesma coisa... Princípio e fim. Trata-se de inverter o tempo biológico, caminhar para trás. Da morte ao nascimento... Compreende? Você já está muito crescidinha para se transformar em um bebê, no entanto a experiência vai fazê-la regressar mentalmente ao passado, talvez possamos inclusive chegar ao ventre da sua mamãe. Quem sabe?

— Deus, Deus! Você está realmente louco! — gritava Taimatsu, que, apesar da imensa dor que sentia, não podia acreditar que aquela barbaridade estava acontecendo realmente. — Por favor... Eu lhe direi tudo, tudo... O que quer de mim? Posso fazer tudo o que quiser. Mas, por favor, não continue... Não tem piedade? Mate-me de uma vez, se quiser! — Taimatsu disse esta última frase com verdadeira raiva e determinação.

O homem da máscara olhou-a nos olhos.

— Não me interessa possuir seu corpo, mas sim sua alma... Vou penetrar seu espírito... Este é o resultado da experiência, segundo as anotações do caderno de Mengele... Certamente, um caderno muito mais interessante do que o que você tentou decifrar... Você vai me contar tudo, não é verdade?

— Sim, tudo, tudo o que sei, eu juro... Não me importa que me mate... Mas, por favor, outra vez não...

— Então seja uma boa menina e me diga o que quero saber... Onde está?

— Não sei, estou dizendo a verdade... Acredite em mim. Mas sei sim do que se trata.

— E eu também, estúpida. Mas o que quero saber é onde o velho escondeu a maldita pedra!

— Sei que ela está no Parque Güell... Se me der um pouco de tempo, talvez consiga descobrir em que lugar...

— Você não tem mais tempo. Seus amigos o farão por você.

— Não conseguirei resistir — implorou Taimatsu.

— Eu sei, minha filha, eu sei... Trata-se disso.

Foram três longas horas de sofrimento indescritível. Lamentos, súplicas, vômitos, carícias. Mas havia intervalos, minutos de descanso; conversaram animadamente, ela até chegou a pensar que conseguira que o mascarado mudasse de opinião, tivesse compaixão. Era um reflexo. Aqueles intervalos faziam parte de sua maldade, de sua perversidade e de seu jogo. O mascarado desfrutava.

— Não tem sentido fazer isso comigo.

— Mais do que você pensa.

E no momento mais inesperado chegavam de novo a dor e o sofrimento.

— Fique tranquila, não se preocupe, eu sei que está sofrendo muito... Desta vez vai durar um pouco menos, você verá. Estou entrando em você, maravilhosa... Estou penetrando-a.

O processo era sempre o mesmo. E ela ia desmoronando física e psiquicamente. Chegava a chorar e a gritar como uma criança. O mascarado apertava o botão e depois secava o suor da sua testa, falava com ela ternamente. Em alguns momentos, Taimatsu achava que eram dois homens diferentes, um bom, muito bom, e o outro, um demônio. Já delirava. Os níveis de vexação, de depravação das palavras do mascarado, em seu modo de proceder, eram subumanos. A dor dilacerava suas extremidades. Ela já não conseguia gritar, e sua voz morria lentamente, assim como seu corpo. Mas continuava falando, respondia a todo tipo de perguntas e esperava de novo pelo momento terrível.

Às vezes, no intervalo, pensava em sua terra, via o Fujiyama e o monte Hermon, as duas montanhas transparentes se superpunham, uma em cima da outra. Também desejou ser um samurai e abrir as tripas, fazer um haraquiri. Já não tinha forças para continuar resistindo, o mascarado era paciente, movimentava-se lentamente, avaliava tudo com muita calma, até acariciava seus cabelos, suas faces...

— Venha, um pouco mais. Você está fazendo tudo direitinho... É uma menina muito corajosa. Eu quase cheguei ao orgasmo, que prazer... Você percebe como entro em você, agora que já está transformada em um bebê?

— Você está louco, louco — E não sabia se dizia aquilo em voz alta ou para si mesma.

E o suplício continuou.

Ao fim, quando raiava o dia, o mascarado arrancou brutalmente, com um puxão, os arames introduzidos em seu corpo. Ela não sentia mais nenhuma dor. Percebeu os arames saindo de seus braços e pernas e descansou. Respirava com ronquidos forçados. Mas tudo havia passado, pensou.

— É mesmo uma pena... Agora já não há como voltar atrás, minha filha... Sei que me disse a verdade. Estou convencido. Quer que comecemos de novo?

Taimatsu negou com a cabeça, tinha os olhos revirados. Não podia falar, só balbuciar, premida pela agonia. O mascarado acariciou-a e beijou sua testa, pressionando-a suavemente com os lábios metálicos da máscara. Ela tinha o olhar perdido, os olhos entreabertos, ofegava... Algumas gotas de sangue corriam lentamente pelos orifícios dos pulsos e tornozelos. O mascarado secou cuidadosamente as gotas com seu lencinho.

— Sinto muito; as feridas, as queimaduras internas são tão graves que você não conseguirá se salvar... Vai morrer, minha filha, e descansará... Tome, beije meu anel, isso a reconfortará. Depois beba um pouco... Agora você está plena de mim.

Sem vontade, ela abriu os lábios, inchados e arroxeados. O homem da máscara veneziana enfiou violentamente a garrafa na sua garganta, antes que ela pudesse fechar a boca. Depois, já vazia, retirou-a de sua boca e introduziu nela o lenço branco empapado com o mesmo líquido... Era álcool de laranjeira.

— Fique tranquila, será um instante... Tenho que terminar a função.

Uma chama azulada saiu da boca de Taimatsu. O tórax e o abdômen vibraram por alguns segundos. Por debaixo de sua pele, a cor mudou bruscamente. Suas vísceras, sua garganta, seu estômago estavam sendo queimados. A dor era muito intensa, a queimação durou alguns minutos insuportáveis; ela resistia acordada até a extenuação. O homem da máscara olhou pela janela, a luz crescia depressa; teria gostado de mantê-la viva até o fim, talvez por mais uma hora. Mas tinha de partir; levantou sua bengala e deu uma pancada precisa na clavícula da garota. Ela perdeu a consciência com um espasmo de voz de além-túmulo.

Mas não morreu, embora não fosse despertar nunca mais.

44

— Estou me sentindo mal.

— María, não podemos desistir. Essa história é importante, não podemos perdê-la de vista. Você sabe perfeitamente que sou uma pessoa cética. Hesitei muito antes de me meter, mas agora não podemos abandonar tudo — disse Miguel, deixando as cópias do caderno sobre a mesa.

Miguel praticamente se instalara na casa de María. Não estava disposto a deixá-la só nem por um instante.

— Muitas pessoas morreram... meu avô, o padre Jonas... Além do mais, meti nesse assunto as pessoas que mais amo no mundo, talvez até Taimatsu esteja em perigo por minha culpa. Eu não me perdoaria. E tenho a sensação de que não avançamos nada... A história do caderno, as charadas... Não sabemos nada. É como se não tivéssemos nos mexido durante todo esse tempo. Estou desconcertada, creio que entramos em um labirinto, e agora é impossível sair, ninguém pode fazê-lo, nem meu avô...

— Não. Agora sabemos o que procuramos. É uma pedra. O que devemos investigar é onde está. Você está esquecendo uma coisa, María... Recorde a frase que estava escrita no caderno... "Leia com o coração e não com a razão e encontrará a verdade na última porta que se fecha atrás de mim." O epitáfio do túmulo de seu avô. Acho que é lá que está a chave de tudo.

— Agora é como se estivéssemos vendo em um espelho, em um enigma...

— Sim, María... Estamos enredados no reflexo dos espelhos, este é o pior dos labirintos, o infinito. Por favor, me ouça... Cada vez vejo tudo mais claro, seu avô não podia falar abertamente, tinha que esconder o segredo. Ele também compreendeu isso observando a obra do mestre Gaudí. É muito grande, há muita gente interessada em que tudo fracasse.

— Não estou entendendo, Miguel...

— Eu também não tenho respostas. Mas creio que a chave para sair do labirinto, do enigma, está em você... Só você, María, pode encontrá-la. Temos que pensar, encontrar um caminho.

— O caminho das estrelas.

— O que disse?

— No caderno há muitas referências às estrelas. Elas desenham todos os caminhos. João e Maria voltaram para casa porque descobriram isso, como os antigos navegantes, cada estrela era a chave de uma porta... Porque o verdadeiro tesouro é o caminho... Vemos as estrelas e vamos até elas... Em que está pensando?

— Estou refletindo sobre tudo. Espere um segundo... Como sabemos, Gaudí usava, em suas estruturas, o arco paraboloide hiperbólico, um arco raramente utilizado pelos arquitetos, por ser considerado antiestético... No entanto Albert Einstein, em sua teoria da relatividade, deu forma de paraboloide hiperbólica ao universo. Além disso, Gaudí, em sua forma de trabalhar, em suas maquetes... Existe também uma relação entre o que está no alto e o que está embaixo. Gaudí construía seus modelos em maquetes funiculares.

— Creio que *funiculum* em latim é cordão. Uma maquete de cordão. Sim, Conesa nos falou a respeito.

— A maquete funicular — prosseguiu ele — é uma contribuição de Gaudí ao sistema de cálculo de estruturas equilibradas. Foi assim que os antigos descobriram a geometria, a matemática...

— Com um cordão.

— Sim, María, Gaudí amarrava um cordão no teto pelas duas extremidades de maneira que ficasse suspenso no ar; então, pendurava nele pesos, as cargas. A intensidade, a direção destas cargas que agem sobre o cordão, estabelece uma curva funicular, uma paraboloide que tem sua própria equação. Sabemos que Gaudí, depois de ter estabelecido todo o complexo equilíbrio de cargas nessa maquete de cordões, usava papel de seda para lhes dar volume. E também que fazia fotografias, invertia-as, e assim tinha uma projeção, uma ou vária imagens do edifício que queria construir. Simples assim. Mas Gaudí aprendeu, sobretudo, observando a natureza; não se trata da forma externa, mas da estrutura interna. Na natureza, no código genético de todas as criaturas vivas, existe um modelo de crescimento baseado no arco paraboloide... Nos animais, os ossos, os tendões, os músculos; nos vegetais, as fibras, os tecidos lenhosos; enfim, todas as células dos seres vivos formam um complexo sistema onde as forças, as estruturas vivas estabelecem um equilíbrio dinâmico. É um equilíbrio radicalmente diferente do da balança, que é estático. A natureza sempre em transformação deve sustentar-se, procura a cada momento seu centro de gravidade. Todos os seres vivos constroem sua arquitetura orgânica com este modelo interno, onde se fundem a geometria, a física, a mecânica... Tudo está justificado, tudo é racional, nada sobra nem falta, cada peça tem seu sentido... Gaudí aprendeu e aplicou isso, a arquitetura interna da vida, este era seu modelo geométrico onde se fundem a estética e a estática; suas formas arquitetônicas são um reflexo, um espelho da natureza. Talvez seja apenas uma casualidade, mas existe nessa concepção global da arquitetura, inclusive nessa peculiar forma de trabalhar do mestre, uma estranha simetria...

— Aonde você quer chegar?

— O reflexo, sempre o reflexo. A arquitetura concebida em todos os seus momentos como um imenso espelho da criação do universo, da realidade... Inclusive as maquetes. Assim na terra como no céu...

— O que está no alto é como o que está embaixo. A simetria dos espelhos? Agora vemos em espelhos, em enigma... A carta de São Paulo aos Coríntios.

— Pode ser que tudo tenha algum sentido. A arquitetura entendida como arte sublime, um reflexo humano, a construção de um espelho do divino. Creio que seu avô lhe deu no epitáfio a última resposta, uma resposta que está em você, María... Além do mais, seu nome. Você sabe que María significa "Espelho do céu"?

Miguel tinha um pressentimento. Era apenas uma intuição, uma sensação perdida naquela noite sem lua. Uma tormenta de verão havia provocado diversos apagões na cidade, sobretudo nos postes das vias públicas. Uma avaria que em pouco tempo estaria sanada, pelo menos fora o que disseram as autoridades. Sem iluminação nas ruas, Barcelona era diferente, inclusive quem estava no passeio de Gracia podia ver muito mais estrelas do que em outras noites...

— María, vamos a Montjuïc... Tenho que observar algo. Não posso lhe dizer nada. Vamos.

Ela o seguiu, pegaram o carro, e em poucos minutos estavam estacionando em uma esplanada, tinham Barcelona a seus pés, com muito poucas luzes, só as das casas e edifícios; as luminárias públicas estavam apagadas, só isso era suficiente para que se contemplasse um céu estrelado como nunca haviam visto.

Não saíram do carro, olharam-se, amavam-se, havia algum tempo tentavam sair do labirinto sem encontrar nada. Sentiam-se perdidos, só tinham um ao outro. Abraçaram-se. María estava desolada; no entanto a presença de Miguel ao seu lado lhe transmitia um sentimento inexplicável. Mais do que nunca, tinha vontade de fazer amor com ele. Miguel beijou ternamente seus lábios.

No carro, tiraram as roupas, e seus corpos tremeram um ao lado do outro, como se fossem dois adolescentes. Fizeram amor sem pensar em nada. Tudo havia parado; até aquele céu estrelado de Barcelona parecia estancado em uma lagoa do tempo. O relâmpago do orgasmo deixou-os exaustos. María se recostou no peito de Miguel. Ele acariciava suas costas desnudas; enquanto contemplava as estrelas, pensava ao mesmo tempo em muitas coisas. Seu olhar se fixou em um ponto do firmamento, era a constelação da Ursa Maior, que estava exatamente em cima do próprio céu de Barcelona. Aquela era a constelação do Dragão, o guardião do Jardim das Hespérides, aquele que o havia transformado em uma noite parecida com aquela. As pálpebras se fecharam, mas em sua imaginação resplandeciam os pontos luminosos de Carro, das estrelas que formam a Ursa Maior. Ele recostou a cabeça no colo de María. Abriu os olhos lentamente, as costas de María eram brancas como a neve e ficavam ressaltadas na escuridão da noite. Miguel percorreu-as com a vista, foi seguindo o grupo disperso de sardas que as cobriam. Aquelas mesmas sardas que descobrira em seu corpo no mesmo dia em que soubera que a amava com todas as suas forças. De repente teve um sobressalto e se afastou um pouco para ver melhor as coisas. María percebeu a mudança.

— O que está acontecendo, Miguel?

— María, as sardas das suas costas...

— O que está havendo? Sim, sou muito sardenta, quando criança era mais ainda, você sabe disso...

— É que não consigo acreditar.

— Mas me diga, o que está acontecendo?

— É a Ursa Maior, María, nas suas costas: coincidem com a Ursa Maior!... Em sua pele... Olhe para o céu.

María se levantou e olhou pela janela dianteira: a Ursa Maior estava exatamente em cima da cidade.

— Não pode ser... Não é possível...

— O que está acontecendo?

— É você, María, em você está a chave... Agora entendo tudo. Exatamente nas suas costas está desenhado um mapa estelar, a Ursa Maior. Seu avô sabia disso. Ele lhe disse, mas não soubemos entendê-lo.

— Pode ser que seja uma simples casualidade... Mas o que tudo isso tem a ver com...?

— Assim na terra como no céu. Agora vemos através do espelho... Não entende? Vamos lá fora, quero checar uma coisa, e, se estiver certo, creio que poderemos sair do labirinto...

— Mas eu estou nua!

— Então vista alguma coisa!

Vestiram-se. Miguel abriu sobre o capô do carro um mapa de Barcelona e foi marcando com um círculo as obras mais importantes construídas por Gaudí. Depois uniu os círculos usando linhas retas.

— Isso é incrível!... As principais obras de Gaudí construídas em Barcelona formam uma constelação que coincide com a Ursa Maior... Olhe para o céu, María, é como um imenso espelho. Assim na terra como no céu.

— Mas...

— Agora tudo parece mais claro. Só nos falta checar uma última coisa. Recorde as palavras daquele homem. Era um dos sete cavaleiros, levava o medalhão com a letra beta, ele decifrou a mensagem do padre Jonas. Você se lembra?

— Meeerac... Não foi essa a palavra que disse antes de morrer?

— Sim... Tenho um pressentimento... Se esse nome estiver relacionado com a Ursa Maior, não terei mais dúvidas. Creio que poderemos decifrar as sete charadas do caderno do avô.

María estava desconcertada. Os olhos de Miguel se iluminaram.

— Precisamos voltar imediatamente à sua casa.

Entraram no carro e, sem dizer palavra, voltaram no limite da velocidade máxima permitida. Quinze minutos depois, estavam diante do computador. Em pouco tempo, ele tinha o que queria.

— Eureca!

María estava ao seu lado e recitou:

— Dubhe, Merac, Pechda, Megrez, Alioth, Mizar/Alcor, Alcaid... Os nomes das estrelas da Ursa Maior. Mas, além do mais, as constelações se ordenam pelas letras do alfabeto grego...

— Merac... Era Merac, que corresponde à letra beta.

— Não estou entendendo...

— Quando saí da biblioteca, o monge me falou do padre Jonas e nos ajudou a decifrar a mensagem. Quando atiraram em suas costas...

— Sim...

— Ele morreu em meus braços pronunciando esta palavra... Merac. É realmente alucinante. Está vendo? Merac é uma das sete estrelas da Ursa Maior... E cada estrela está associada a uma letra do alfabeto grego e a cada um dos sete cavaleiros; alfa, beta, gama, delta, ípsilon, zeta e eta... Isso lhe diz algo, María?

— As charadas do caderno? Sim, são sete e têm esses nomes...

— Não pode ser uma simples casualidade, María, não acredito. A Ursa Maior está em você, você é o reflexo do céu. Gaudí construía seus edifícios em Barcelona seguindo a constelação da Ursa Maior, a mesma que está gravada na sua pele... Uma constelação na qual cada estrela tem um nome...

— E uma letra do alfabeto grego... No total, sete. Creio que tudo se encaixa. Agora sim, reconheço meu avô. Tenho certeza, as sete charadas correspondem às sete estrelas... Mas?

— Já temos as pistas para resolver as charadas... Agora já sabemos onde procurar. Você é o mapa.

— A metade do mapa, você recorda? — disse María.

— Sim, a outra metade está no dragão. É o que diz o caderno.

Miguel procurou na estante.

— O que está fazendo?

Ele não respondeu. Era um livro de fotografias das obras de Gaudí. Miguel procurou a imagem do Dragão da chácara Güell e então viu tudo claro.

— Deus! Estava tão claro e não soubemos ver! O dragão estava nos dizendo! — dizia Miguel, vivamente excitado, traçando com um lápis vermelho linhas sobre a fotografia do dragão.

— O que estava claro?

— A forma do dragão da terceira porta é a mesma da posição das estrelas na constelação do Dragão e de Hércules. Sua cauda descreve a Ursa Maior e aponta a posição das estrelas com as bolas pontiagudas — disse, mostrando-lhe o desenho.

— É verdade! — exclamou ela, com um espanto que não conseguia dissimular.

— E você é a parte do mapa que faltava: a Ursa Maior. Veja.

Então ele voltou a pegar o mapa estelar e o mapa de Barcelona onde havia marcado a constelação.

— Assim na terra como no céu. O que está no alto é como o que está embaixo... Agora vemos através de espelhos. Estas duas chaves coincidem plenamente. Não pode ser mais claro... A estrela Dubhe é alfa, Merac é beta, Pechda é gama, Megrez é delta... Este é o carro, e os três bois que o arrastam são Alioth, que corresponde à letra ípsilon, Mizar/Alcor é zeta, e a última, Alcaid, é a letra eta...

Miguel pegou o mapa da cidade com os edifícios construídos por Gaudí marcados com um círculo e, com as letras do alfabeto grego, foi atribuindo-lhes a estrela da Ursa Maior que lhes correspondia.

De repente, María entendeu tudo.

— É realmente incrível. A Casa Vicens é alfa; beta é o Parque Güell; gama, a Sagrada Família; delta, La Pedrera...

Miguel continuou:

— Ípsilon, a Casa Batlló; zeta é a Casa Calvet, e eta, o Palácio Güell.

— As sete letras do alfabeto grego correspondem a uma estrela da Ursa Maior e a uma obra de Gaudí...

— Creio que encontramos a maneira de resolver as charadas...
— E só nos resta um dia!

Tinham vontade de ligar para Taimatsu e lhe contar tudo. Haviam encontrado um sentido, uma relação, e talvez pudessem decifrar os sete enigmas do caderno. Já era muito tarde e resolveram não incomodá-la a uma hora daquelas; no dia seguinte, ela viajaria a Paris no primeiro avião, eles ligariam de manhã. Embora soubessem que deveria ficar fora da cidade alguns dias, ela certamente ficaria alegre ao saber o que haviam descoberto; além do mais, seus conhecimentos sobre a obra de Gaudí lhes seriam muito úteis, se tudo o que passava pela mente de Miguel e María se confirmasse...

María foi buscar as cópias que, previdentemente, sua amiga fizera. Procurou a página das charadas, fez uma cópia na impressora multifuncional e, ao lado de cada letra, escreveu o nome do edifício correspondente.

ALFA. Casa Vicens
Gira o sol da alma entre palmeiras e cravos.

BETA. Parque Güell
Embora não tenha cem pés para acender o forno da noite que ilumina os frutos do Jardim das Hespérides, a vida lhe dá a luz.

GAMA. Sagrada Família
Você deve contar o número de uma escada sem degraus para poder ver o símbolo delimitado pelos quatro lados.

DELTA. La Pedrera
Sua mãe é a água, seu pai, o fogo. Você não é nave e viaja no tempo afundada nos alicerces da nova cidade, contemplada pelos guerreiros.

ÍPSILON. Casa Batlló
Nem os fogos de San Telmo podem iluminar seus olhos perdidos nas trevas.

ZETA. Casa Calvet
É sábia a loucura; embora a veja, não pode encontrá-la em cima do cipreste.

ETA. Palácio Güell

Na primeira letra desta morada, os magos viram a cruz e o coração da luz de Maria Imaculada.

— Temos trabalho, precisamos percorrer Barcelona, procurando, nas obras, as estrelas que formam a Ursa Maior, a solução das charadas.

— Mas antes temos que pensar, procurar informações sobre os edifícios.

— E não podemos perder tempo.

45

Amanhecia e ainda estavam ruminando sobre os enigmas. Miguel olhou o relógio. Eram 6 horas da manhã. Vinte e quatro horas. Esse era o tempo que lhes restava.

Mas qual era o significado do percurso? Por que o avô os obrigava a ir de edifício em edifício? Seriam levados até a pedra? Estava claro que tinham que começar a agir, já haviam perdido muito tempo estudando as cópias, pensando nas charadas.

— Precisamos nos mexer — disse Miguel depois de fazer uma cópia da página das charadas e guardá-la no bolso.

María não respondeu.

Miguel se virou para ela. María havia adormecido sobre a mesa sem que ele percebesse.

Ia acordá-la quando o celular tocou.

— Álvaro. Vocês têm que passar na livraria. É importante.

— Agora?

— Agora.

— De que se trata?

— Por telefone, não. Fiquei investigando e creio que tenho algo.

— Bem, em uma hora.

— Meia hora. E não demorem.

Álvaro Climent desligou. Miguel olhou seu relógio. Eram 9h15. Tinham menos de 24 horas.

Miguel acordou María beijando seu pescoço e massageando ligeiramente suas costas.

— Precisamos ir. Álvaro ligou e parece que tem algo importante a nos dizer.

Um carro de polícia esperava na porta. Mortimer queria vê-los nas dependências policiais da Via Layetana, informou o agente. Miguel ia resistir, mas era melhor livrar-se da polícia o quanto antes e encontrar Álvaro.

— Vocês têm que me explicar muitas coisas — disse Mortimer depois de fazê-los entrar em uma sala do primeiro andar.

— Não sei por onde começar — disse Miguel.

— Pelo começo — completou Mortimer, em um tom pouco conciliador.

Nogués observava a cena em silêncio.

O interrogatório foi longo e pesado. María e Miguel ficaram rebatendo bolas durante todo o tempo. Não confiavam naquele policial. Além do mais, o que lhe poderiam dizer? A história sugeria que fossem trancados não em um cárcere e sim em um manicômio.

— Vocês sabem que ocultar provas em uma investigação policial é um delito? — disse Mortimer depois de meia hora de incessante interrogatório.

— Já lhe disse que não temos nada. Não sabemos qual é o nosso papel nessa história. Nem sabemos do que se trata.

— Você não sabe do que se trata, mas esteve em todos os lugares onde foi cometido um crime. Não quero que fique me contando filmes. Diga o que sabe!

— Acha que participei de todos esses crimes?

— Não. O que achamos é que vocês sabem de algo que pode lançar uma luz sobre todos eles, que podem nos ajudar em nossas investigações, e não compreendo por que não o fazem — interveio Nogués com um tom muito mais amável do que o de seu chefe.

— Meu avô foi morto, e vocês devem investigar quem é o responsável — disse María.

— Sim, eu sei qual é o nosso trabalho. Mas as coisas ficariam mais fáceis se vocês não nos ocultassem nada, se nos ajudassem a estabelecer uma conexão entre todos esses crimes. Como pode ter tanta certeza de que seu avô foi assassinado?

— Ele não iria se suicidar. Disso eu tenho certeza.

Continuaram fazendo perguntas. Mas eles mantiveram sua teimosia.

— Sabe que com o que temos podemos prendê-los? — disse Mortimer a Miguel.

Ele não respondeu.

— Podem ir — disse Mortimer com um tom de poucos amigos.

Quando saíram da sala, Nogués abriu uma pasta que tinha sobre a mesa.

— Estão limpos, chefe. São dois cidadãos normais. Investigamos suas contas, foram rastreados. Nada fora do normal. Não pertencem a nenhuma seita ou partido político. Gastam dinheiro como todo mundo, votam na esquerda, pagam hipotecas. Estão sob nosso controle. Currículos brilhantes. Ela é historiadora, e ele, um prestigiado matemático que dá aulas na universidade. Um grande cérebro. Vai concorrer ao Nobel. Nenhum vício inconfessável. O último filme que alugaram no vídeo clube foi *Jules et Jim*.

— O que é isso?

— Um velho filme francês. De amor.

Nogués continuou relendo o relatório. Mortimer, de relance, contemplou aquela maldita marca do anel que Nogués tirava para trabalhar. Decididamente, deu-se conta de que sua dúvida, aquela pequena obsessão que se infiltrava em seu pensamento, não era nada, apenas um fantasma que se desvanecia assim que o contemplava ou ouvia seu vocabulário.

— Há um dado curioso. O matemático, na juventude, foi campeão espanhol de esgrima.

— Esgrima?

— Foi o que eu disse, chefe.

— Ou seja, são dois cidadãos corretos que pagam impostos e tudo o mais.

— Normais, chefe, como já disse.

— Pois então estamos fodidos; continuamos sem ter nada.

Mortimer saiu, e Nogués ficou sozinho, lendo o expediente. Tratava-se, sem dúvida, do caso mais estranho que caíra em suas mãos. Em que confusão haviam se metido aqueles dois pombinhos? Se estivessem brincando de detetives, acabariam se dando mal. Aquilo não cheirava bem, pensou Nogués. Precisava rever os arquivos da delegacia sobre seitas satânicas. O último cadáver que haviam encontrado no estacionamento o deixara desconcertado. O que fazia um ucraniano também metido naquele assunto? Porque era claro que se tratava de um mesmo caso. Não era um ajuste de contas entre gangues do Leste. Aqueles tipos violentos se feriam a tiros entre si e não andavam cortando cabeças com uma espada. Estava pensando nisso, quando seu chefe entrou de novo na sala.

— Temos mais dois.
— Mais dois? Uma manhã terrível nos espera, chefe!
— Um sujeito queimado vivo dentro de uma livraria e uma japonesa.
— Também queimada viva?
— Sim, mas por dentro.
— Aonde vamos primeiro?
— Você, à livraria. Eu cuido da japonesa.

46

Bru não conseguia acreditar naquilo que um policial lhe dissera por telefone. Quando chegou à casa de Taimatsu, ela não estava mais; uma ambulância a levara para o Hospital del Mar.

Ele mesmo dirigiu o carro. Estacionou diante do mar, ao lado de outros automóveis. Apresentou-se como chefe e amigo da jovem, e o levaram ao necrotério. Ao vê-la, quis morrer. Taimatsu era como uma flor de lótus despedaçada sobre uma mesa de dissecação. Reconheceu-a. Fez esforços para não chorar e não desabar diante de toda aquela gente. Bru não chorava desde a infância. Não chorara nem mesmo quando sua mãe morrera. O ódio que sentira em relação ao pai naquele momento fora mais forte que a dor que sentira ao ficar sabendo da morte da mãe. Aquele escroto não lhe permitira ir vê-la.

Saiu do hospital e foi até o passeio Marítimo, que levava à praia da Barceloneta. Queria se jogar no mar. Nadar e nadar até ficar esgotado, indo cada vez mais longe. E depois afundar nele até não sentir nenhuma dor. Mas antes tinha algo a fazer. Aquela selvageria lhes custaria caro. Acabaria com todos eles.

Ao se aproximar de seu carro, viu chegar o tio da garota. Agora não podia nem devia enfrentá-lo. Os assuntos com Fumiko ficariam para mais tarde. Não oporia resistência. Não lhe restava mais nada.

47

Um cordão policial impedia o acesso à rua Freixures pela Sant Pere Més Baix. Ali, um caminhão do Corpo de Bombeiros terminava o trabalho. Uma espessa fumaça negra invadia tudo.

Miguel e María se aproximaram da fita amarela. Um policial impediu sua passagem.

— O que aconteceu? — perguntou Miguel.

— Uma livraria pegou fogo.

— Havia alguém lá dentro?

— O livreiro. Por favor, saiam daqui; não estou autorizado a dar nenhum tipo de informação.

— Conhecemos o livreiro, somos amigos dele.

— Eram; ao que parece, está morto. O cadáver foi levado por uma ambulância.

Afastaram-se da fita. Miguel olhou ao fundo. Pareceu reconhecer o ajudante de Mortimer entre os policiais e bombeiros que tinham se amontoado na entrada do estabelecimento.

— Temos que sair daqui. Não podemos deixar que Nogués nos veja — disse Miguel.

— Foi assassinado.

— Isso é evidente; não se trata de um incêndio ocasional. Quando ele ligou, parecia nervoso. Descobrira alguma coisa e queria nos passar a informação.

— E agora, o que fazemos?

— Vamos embora. Temos muito a fazer... Antes que também sejamos mortos.

48

Anunciaram-lhe a visita, e Bru ordenou que os deixassem entrar. Estava esperando por eles; Bru sabia que não demorariam a se apresentar diante dele para lhe pedir explicações. Não se importava. Quase desejava aquilo. Yasunari foi o único a entrar. Os outros dois japoneses ficaram esperando do lado de fora.

Yasunari e Bru se entreolharam, mas sem ódio. Yasunari, quando estava indo para casa de Bru, havia imaginado mil e um tormentos. Mas seu pai tinha sido claro: Bru devia morrer com dignidade; aquela que fora negada a Taimatsu. Devia isso a ela. Yasunari não estava de acordo; ele o teria feito sofrer. Mas quando Yasunari enfrentou o olhar daquele homem abatido, deu-se conta de que estava equivocado. Bru amava Taimatsu. Bru já não estava neste mundo e só desejava, se é que existia um além, unir-se a Taimatsu.

— Chegou a hora — disse Yasunari, oferecendo-lhe um estojo que continha uma espada de samurai.

— Eu sei, mas preciso de dez minutos. Não tema; não fugirei.

O japonês hesitou.

— Dez minutos, Yasu. Se não me concedê-los, serei obrigado a matá-lo. E não duvide de que o farei. Dez minutos — repetiu. — Depois, pode fazer comigo o que quiser.

— Bem, esperarei.

Bru saiu do escritório.

* * *

Bru ordenou à enfermeira que saísse do quarto. Ela deixou o livro que estava lendo para o doente no sofá e saiu.

— Deve ser muito importante o que você tem a me dizer, para vir me visitar a uma hora dessas e interromper a leitura — disse o esqueleto vivente com um fio de voz.

Bru não pôde evitar ler o título da capa do livro. Estavam lendo, para aquele porco, São João da Cruz.

E se gozo, Senhor,
Com esperança de vê-lo,
Ao ver que posso perdê-lo
Dobra a minha dor;
Vivendo de tanto pavor,
E esperando como espero,
Morro porque não morro.

Depois de recitar os versos, o velho decrépito disse, estalando a língua:
— Um excelente poeta. Nenhum falou de nosso Deus como ele do seu.
— Eu não tenho Deus.
— Você veio me falar de teologia — brincou o velho.

Bru lhe teria arrancado o coração naquele momento com suas próprias mãos.

— Por que mandou matá-la? Que mal havia lhe feito? E de uma forma tão... — Sua voz se quebrou, e ele não conseguiu continuar.

—... Brutal? Eu não ordenei que o fizessem; mas me pareceu uma excelente ideia.

— Por quê?

— Por quê! Não há uma razão. Ou talvez sim. Você é fraco, filho. Não aprendeu nada.

— Eu a amava.

O velho olhou-o com ódio e nojo.

— Essa é a razão. Você não se deu conta de que o amor o transforma em escravo?... O que queria?... Compartilhar o resto da sua vida com ela? Foi isso o que eu lhe ensinei?

— Você... Você... — Bru não sabia como continuar. — Você não me ensinou nada! Nunca quis um filho, mas sim um animal com um coração selvagem.

— Você está enganado. Eu sempre quis a sua ascensão espiritual. Temos uma alma, e a sua pertencia ao inferno. Se tivesse compreendido alguma vez a enorme ventura que o mal encerra; esse infinito estado de graça, esse fogo interno que o queima por dentro incessantemente... Bah! No fundo, você não pode compreender, porque... Você é bom... Nem mesmo quando sua mãe morreu, e eu lhe dei uma oportunidade, você foi capaz de aproveitá-la, de romper vínculos, de descer aos infernos.

Aquele bastardo havia matado as duas mulheres que mais amara. É verdade que Bru não podia compreender. Aquele monstro, aquela besta imunda, não podia ser seu pai. O que realmente lhe doía era não poder matar aquele bicho mil vezes. Só podia fazê-lo uma vez. Uma maldita vez! O mundo era nauseabundo e injusto. A fúria selvagem crescia em seu interior, e então ele sentiu dentro de si um furacão que o impelia a destruir todas aquelas máquinas que mantinham vivo aquele anjo do mal, a arrancar os cabos que permitiam àquela alimária dos abismos continuar vivendo. A fúria de Bru se multiplicou; ele levantava uma máquina e a golpeava com outra. Bru era um vendaval que arrasava tudo gritando:

— Parta com seu Deus! Entre nos infernos, maldito bastardo, e sente-se à esquerda de Satanás.

O velho, antes de morrer, proferiu um grito que não era deste mundo. Um grito atroz e violento onde dor e felicidade se misturavam em partes iguais, enquanto seu rosto adquiria uma expressão de profunda paz. Com uma última sacudidela que estremeceu o que restava de seu corpo, entregou sua alma ao senhor dos infernos.

Alertadas pela confusão que vinha do quarto, apareceram três enfermeiras. Ficaram horrorizadas ao lado da porta. Bru havia destruído o quarto, e o enfermo jazia sem vida com uma das máquinas cravada no peito.

— Fora, fora! — gritou Bru.

Seu rosto expelia fogo, e aquele grito ordenando-lhes que saíssem soou desmesurado, descomunal. As enfermeiras, diante daquela besta furibunda, começaram a correr.

Bru, suarento e com um aspecto de lobo mutilado, saiu ao corredor. Tinha as mãos cheias de feridas e ensanguentadas. Entrou no elevador e desceu ao seu andar.

O criado se afastou quando o viu daquele jeito, com o olhar perdido, avançando em direção ao escritório.

O japonês o esperava em pé, na mesma postura que adotara quando Bru lhe pedira dez minutos. Bru nem sequer o olhou. Pegou o telefone e discou um número.

— Mate todos eles, Yuri! Todos! Você sabe onde se reúnem. Não importa o preço; eu lhe pagarei o dobro do que me pedir. Mate-os como se fossem cachorros!

Desligou.

Então desabou. Afundou na cadeira e se abandonou sobre a mesa, deixando a cabeça e os braços caírem sobre ela.

— Taimatsu, Taimatsu! — implorava.

Ao levantar a cabeça, com os olhos nublados pelo pranto, viu, como através de um espelho embaçado, a figura de Yasunari diante dele, com um estojo nas mãos.

— Chegou a hora — disse Yasunari, oferecendo-lhe a espada.

— Sim, chegou a hora.

Bru abriu a gaveta central de sua escrivaninha.

— Nós fazemos assim.

Enfiou a mão direita na gaveta, tirou uma arma, apontou para a própria cabeça e arrancou os miolos.

49

Nogués refletiu que havia dias em que era melhor não sair de casa; aquele era um deles. Uma japonesa assassinada, um livreiro calcinado e agora uma salada de tiros na praça do Palácio.

Ele chegou ao lugar dos fatos quatro minutos depois de receber a chamada da chefatura. Acompanhavam-no três agentes. Quando desceram do veículo, os pássaros já haviam voado. Durante o trajeto, tentara localizar seu chefe pelo celular. Em que diabo de lugar estaria Mortimer?, pensou Nogués. Não sabia dele desde que saíra para investigar o assassinato da japonesa.

Os empregados e os donos das lojas se amontoavam nos portais, assim como uma legião de curiosos que tiveram de empurrar para abrir caminho.

— Fui eu quem o chamou, chefe — disse-lhe um paquistanês assim que o viu.

Era um homem jovem, desdentado, e que se vestia de preto à maneira ocidental. Era o proprietário de uma loja de eletrodomésticos; metade de sua mercadoria, presumiu Nogués, era material fornecido pelos gatunos pés-de-chinelo que pululavam pelos arredores aliviando turistas. Mas Nogués não se deslocara até ali para isso.

— Muitos tiros, chefe; muitos... A loja estava cheia e soaram muitos tiros — repetia maçantemente, apontando um portal situado entre uma pensão de má fama e uma loja de quinquilharias. — Depois saíram correndo, patrão. Muitos homens. Seis, oito...

— Então ficamos como? Eram seis ou oito?

— Oito, eram oito — disse outro sujeito.

— Fugiram em dois carros, estacionados ali — disse o paquistanês, apontando as correntes que cercavam a Escola Náutica, no outro lado da rua.

Nogués e os policiais entraram no imóvel sacando as armas. Debaixo do elevador havia uma porta aberta. Ao atravessá-la, desceram por umas escadas manchadas de sangue que, no final, davam acesso aos porões do edifício.

— Polícia! — gritou Nogués.

Era a palavra de que mais gostava. Às vezes, pensava que se tornara policial só para poder pronunciá-la, como nos filmes.

Ninguém respondeu.

No final da escada, viram-se em uma espécie de adega cheia de corredores e labirintos. Avançaram cobrindo uns aos outros até chegar a uma sala bastante ampla. Ao fundo, apesar da escuridão, Nogués avistou o que parecia ser um altar; tinha uma forma hexagonal e era de mármore negro. Pegaram as lanternas, mas, antes que tivessem tempo de acendê-las, seu pé direito tropeçou em algo macio. Focou. O cadáver de um encapuzado estava estendido no chão sobre uma poça de sangue. Um dos policiais procurou o interruptor. Quando a sala foi iluminada, Nogués e seus companheiros ficaram espantados com o que viram. Mais de uma dúzia de cadáveres espalhados pelo aposento; haviam sido fritados a tiros.

— Que brutalidade!

— Isso parece O poderoso chefão, chefe — disse um dos policiais.

Nogués não respondeu; avançou com muito cuidado, calçando as luvas. Que diabo acontecera ali?

— Não toquem em nada até a chegada da polícia científica — ordenou Nogués.

Um dos subordinados se adiantou à sua ordem.

— Este parece russo, chefe.

O policial revistara o único cadáver que estava vestido com um terno escuro do tipo jaquetão. Tinha a carteira na mão e rebuscou em seu interior.

— Ucraniano — afirmou o policial, oferecendo o documento a Nogués.

— Estão todos mortos, chefe — disse outro dos agentes.
— Revistem tudo e depois caiam fora. E não toquem em nada.

Os policiais se dividiram pelo porão e começaram a inspecionar por todos os cantos. Nogués não se mexeu dali. Contou os cadáveres: 17, contando o ucraniano.

— Puta que pariu! — exclamou Nogués, sem conseguir se reprimir. — Como Tarantino se divertiria com essa selvageria!

— Não há mais ninguém, chefe. Mas precisa ver algo. Lá dentro há uma espécie de aparelho de tortura metálico pendurado no teto e, debaixo, uma escultura que dá medo de olhar.

— Uma espécie de ídolo — observou outro policial.

— Esperem-me lá fora — ordenou Nogués.

Quando ficou sozinho, dedicou-se a fazer uma inspeção ocular do cenário. Movia-se entre os cadáveres procurando algum indício. A coisa estava clara, ali se reunia um grupo de tarados que adoravam o diabo ou a mãe que os parira e se dedicavam a rituais satânicos. No meio da festa, os ucranianos irromperam, caçando-os a tiros como se fossem coelhos. Muitos dos cadáveres apresentavam orifícios de entrada pelas costas e estavam esticados com a boca para baixo. Quando os ucranianos chegaram e começaram a atirar, os encapuzados correram em todas as direções. Não lhes servira para nada. Só um dos agressores havia morrido, alcançado por balas que lhe atravessaram o peito. Os outros escaparam assim que cumpriram seu trabalho. O que Nogués não sabia era a razão daquela matança.

Então o viu, no chão, em um canto ao lado do altar: um palito de pirulito. Agachou-se, pegou uma esferográfica e afastou o palito. Depois pegou um saquinho de plástico e colocou-o dentro dele. Guardou a prova em um dos bolsos de seu blazer.

Levantou a tampa do celular e discou um número. Esperou. Foram dois breves segundos até que começou a soar *City Life*, uma música que ele conhecia, a poucos metros de onde estava. Nogués olhou à sua esquerda e avançou entre os cadáveres. *City Life* continuava tocando, cada vez mais perto. Nogués deu a volta no quarto cadáver.

— É foda, é foda, é foda! — exclamou Nogués, que não conseguia acreditar no que estava vendo.

50

Miguel e María saíram pela boca do metrô de Fontana. Outro morto; haviam matado Álvaro e certamente iriam atrás deles, pensavam, subindo correndo pela Mayor de Gracia em direção à praça Trilla. Cruzaram à esquerda, entraram na rua Carolines e avançaram até o número 18. Puderam ver o belo edifício muito antes de chegar. Era uma pena que ficasse escondido naquela rua tão estreita, pensou Miguel. Atravessaram até o outro lado da rua para admirar melhor o edifício.

A Casa Vicens era a primeira obra construída por Gaudí; um edifício de inspiração mourisca, situado em Gracia, quando o bairro era uma vila separada de Barcelona. A fachada era coberta de cerâmica dourada. As linhas horizontais do térreo e do primeiro andar contrastavam com a açoteia adornada com linhas verticais.

A primeira coisa que chamou a atenção do olhar dos dois foi a grade, a forja feita com uma variedade de palmeiras autóctones chamadas *fulles de margalló*... Folhas de palmito.

— Palmeiras... Miguel, encontramos as palmeiras...

— Alfa: "Gira o sol da alma entre palmeiras e cravos" — recitou Miguel.

— Agora precisamos procurar os cravos.

Miguel vigiava ao mesmo tempo os dois lados da rua. "São como os índios: vigiam-nos, mas não são vistos", pensou.

— O que está acontecendo?

— Estão por aqui; tenho certeza.

— Mas não farão nada... Até encontrarmos o que querem.

— Não estou tão certo — contestou com um quê de inquietação na voz. — Se nos matarem agora, a corrida acaba, e eles serão os vitoriosos — acrescentou.

— Mas não terão aquilo que procuraram durante séculos.

— Pode ser que você tenha razão, mas não podemos confiar.

Miguel conseguira inquietá-la.

Atravessaram de novo a rua, aproximando-se do edifício, percorrendo sua fachada.

No projeto inicial, a casa tinha um jardim considerável que ia até a avenida do Príncipe de Astúrias, além de uma fonte impressionante, canteiros e um pavilhão na esquina...

— Acho que no Parque Güell está a parte da grade do jardim que tiraram para fazer reformas. De fato, o aspecto da casa não é nem de longe o que Gaudí projetou — disse María, sem deixar de percorrer a fachada. — Esperemos que com as reformas não tenham eliminado as pistas... — comentou a jovem.

Estavam excitados, com os cinco sentidos em estado de alerta e concentrados na obra que tinham à sua frente. Procuraram os cravos e não encontraram nenhum. Miguel resolveu consultar as notas que escrevera na noite anterior. Nelas, havia anotado que no solar onde fora construída a Casa Vicens cresciam umas flores chamadas de *clavells de moro*, cravo-de-defunto da Índia, de cor amarela. Gaudí resolvera decorar os azulejos da fachada com aquelas flores...

— Aqui estão! Já temos os cravos, María. São as flores amarelas dos azulejos... *clavells de moro*... As flores que cresciam no solar antes da construção — disse quando conseguiu localizá-los.

María disse:

— Meu avô gostava de fazer jogos de palavras. Às vezes era difícil para mim.

— Então... Gira o sol da alma?

— Acho que eu sei... Este é fácil: gira o sol... girassol.

— Claro! Poderia ser girassol da alma...

— Certamente, na simbologia de Gaudí o sol devia estar relacionado com a alma.

Continuaram procurando. Qual seria o sentido daquele percurso?, pensava Miguel. Surpreendeu-o a lagartixa, ou o pequeno dragão forjado em uma das janelas, que parecia ameaçar os transeuntes que passavam pela calçada. O portão da casa, situado à esquerda, estava aberto e havia um carro estacionado no fundo. María entrou. Havia grandes palmeiras na área; a penumbra dominava tudo. Ali estava a tribuna, pensou María. Seu coração batia com força, ela percebia que a excitação crescia... Mas ainda não haviam encontrado os girassóis. María levantou a vista e ficou por alguns instantes paralisada.

— Miguel, Miguel...
— O que está havendo?

Ela estava com a cabeça levantada.

— Os girassóis.

Entre as ingênuas frases *"Sol solet, vinam a veure"**, *"Oh, la sombra de l'istiu"*** e *"De la llart lo foch, visca lo foch de l'amor"****, exatamente no alto da tribuna encostada na casa e voltada para o interior do que devia ser o antigo jardim, estava a cerâmica em relevo.

— Girassóis! A representação da alma — observou Miguel, com uma sensação de triunfo.

— Bem, já temos alfa... A primeira estrela da constelação da Ursa Maior. O girassol. Vamos ao Parque Güell: à estrela beta.

Voltaram pelo menor caminho ao metrô de Fontana; mais uma estação na mesma linha verde, e o metrô os deixaria em Lesseps. O vagão estava cheio, e María se apertou contra Miguel, tentando se afastar dos outros passageiros. Miguel conseguira inquietá-la na Casa Vicens. Naquela situação, seria muito fácil acabar com eles; um par de punhaladas rápidas... Confusão... Abrem-se as portas, e o assassino sai do vagão totalmente impune, enquanto seus corpos sem vida caem no chão como sacos banhados de sangue. As luzes se apagaram por um instante, e María gritou.

— O que está acontecendo? — disse Miguel, aturdido, diante do olhar inquisidor dos passageiros mais próximos, quando as luzes se acenderam.

---

* Canção popular catalã das primeiras que as crianças aprendem e cantam batendo palmas. Este verso diz: "Sol, solzinho, venha me ver". (*N. do T.*)

** Em catalão. "Oh, a sombra do verão." (*N. do T.*)

*** Em catalão. "Do fogo do lar, viva o fogo do amor." (*N. do T.*)

— Nada, nada! Não é nada.

— Acalme-se, María — disse, abraçando-a e tentando tranquilizá-la, sem parar de olhar todos os que estavam em volta.

Saíram do metrô e se esquivaram por algumas ruas até que chegaram à rua Olot, às portas do parque.

Plantaram-se diante da cerca da entrada, flanqueada por dois pavilhões; originalmente, um era destinado ao porteiro do parque, e o outro, à esquerda, com uma volumetria que parecia ter movimento, à sala de espera. Era coroado por uma agulha alta, de 17 metros, e finalizado pela característica cruz de quatro braços do arquiteto. Diante deles se abria o Parque Güell, com suas praças, caminhos, viadutos, pontes, escadas e grutas.

María recordou:

— A estrela Merac... A charada diz:

Beta
Embora não tenha cem pés para acender o forno da noite que ilumina os frutos do Jardim das Hespérides, a vida lhe dá a luz.

Atravessaram a pequena pracinha, situada em um dos lados da porta principal e se dirigiram à enorme escadaria dividida em dois braços que levava à grande praça do teatro grego. Naquele momento, uma camada de nuvens cobriu o sol.

— Você está bem?

— Sim, estou. Vamos.

Ao subir as escadas principais, tiveram uma mesma reação e disseram ao mesmo tempo:

— A salamandra?

Miguel parou diante do espetacular réptil construído com fragmentos de cerâmica colorida e afirmou:

— Para os alquimistas, é o símbolo do fogo, além do mais... lá em cima está o atanor, o forno onde se realiza a grande obra, a pedra filosofal... "Para acender o forno da noite que ilumina os frutos do Jardim das Hespérides" — recitou, e depois acrescentou: — María, tem que ser a salamandra.

— É verdade, mas há uma coisa que não se encaixa... Não sei, acho que devemos continuar procurando. Algo dança em minha cabeça... É muito... fácil. Além do mais, diz: "Embora não tenha cem pés, a vida lhe dá a luz."

Passaram um bom tempo procurando. No que se referia à extensão, estavam diante do projeto mais ambicioso de Gaudí e, sem dúvida, sua obra civil mais importante; uma urbanização, uma cidade-jardim protegida e também defendida pela grade e os dois singulares pavilhões da entrada, ao estilo daquelas que por volta daquela época eram construídas na Inglaterra. Uma ação integral sobre uma extensão de 20 hectares.

— A simbologia do parque é realmente fascinante... Inicialmente, estavam previstas sete portas, ao estilo da mítica cidade de Tebas. Mas o projeto de urbanização acabou fracassando. Gaudí foi o único a viver aqui, ao longo de vinte anos — comentou Miguel, embora ela já soubesse disso tudo.

— Meu avô e eu passeamos aqui milhares de vezes na minha infância. Como podia saber que ele tinha vivido aqui com seu mestre?... É como se tivesse passado toda a sua vida me preparando para este momento.

Estavam muito perto da Torre Rosa, onde Gaudí vivera de 1906 até 1925, um ano antes de sua morte. O pequeno Juan Givell, que tinha 11 anos ao chegar de Riudoms com o mestre, instalara-se e vivera alguns meses naquela casa até que se mudaram para a ateliê da Sagrada Família. Gaudí não construíra a Torre Rosa, obra de seu ajudante Francesc Berenguer, que tinha a intenção de fazer uma vivenda que fosse um protótipo daquela singular urbanização, a cidade-jardim do Parque Güell. O nome vinha da devoção do mestre à Virgem do Rosário. A casa foi comprada em 1963 pela Associação "Amics de Gaudí" e transformada em Casa Museu Gaudí, com móveis e desenhos do arquiteto.

María disse:

— João e Maria se libertam, conseguem queimar a bruxa na cozinha e voltam para casa com um grande tesouro...

Aquela ideia não parava de dar voltas em sua cabeça.

— Vamos, ainda temos muito trabalho — disse Miguel.

Maria dissera que havia algo que não se encaixava, mas resolveram aceitar a primeira resposta: naquele momento, o segundo símbolo, que correspondia à estrela beta, o Parque Güell, seria a salamandra.

Quando estavam saindo do parque, o céu se clareou, os raios do sol passaram a incidir diretamente nos fragmentos de cerâmica, que pareciam brilhar com uma intensidade fulgurante. María se virou, levantou a cabeça e contemplou de baixo os bancos da grande praça, as cristas escamosas do dragão ondulante. A reverberação da luz criou um efeito ótico fugaz, e por um instante ela achou que o dragão se mexera. Miguel, que estava alguns passos à frente, chamou-a:

— María, vamos... O que está acontecendo?

— Espere um segundo, Miguel, acho que nos enganamos...

A luz dera vida ao dragão, cujas escamas eram formadas pelo peculiar *trencadís** de Gaudí. Além disso, María observara outra coisa. O dragão estava em cima da sala hipostila, sobre o templo dórico do parque, formada por 86 colunas dóricas, e, embora o projeto original tivesse cem colunas, devia fazer as funções de mercado da cidade-jardim. María sorriu e exclamou.

— Meu avô não deixaria as coisas assim tão fáceis para mim. Sempre dizia que temos a verdade tão perto dos olhos que somos incapazes de vê-la. O símbolo, beta, não é a salamandra, Miguel...

— E então?

— É o dragão. O dragão ígneo... Olhe, consegue vê-lo? — disse, apontando os bancos, e continuou: — Preste atenção na luz, nos raios do sol. A luz lhe dá vida. Além disso, não é uma centopeia, embora esteja sustentado por 86 colunas.

— O dragão ígneo não é uma centopeia, tem...

—...oitenta e seis patas — completou María.

---

* Em catalão, espécie de mosaico feito com cacos de cerâmica branca. *(N. do T.)*

51

Percorreram a pé o trecho que levava à estrela seguinte, gama, que correspondia à Sagrada Família. Pegaram a rua Sant Josep de la Muntanya e dobraram na Travessera de Dalt e na Mare de Deu de Montserrat até chegar à Cartagena, continuaram em direção ao mar e chegaram à avenida de Gaudí. Havia sido um bom pedaço, mas a excitação os impedia de perceber a distância percorrida. Tropeçavam com pessoas a cada passo. Mas lá estava o templo, no final da avenida.

A charada era:

Gama

Você deve contar o número de uma escada sem degraus para poder ver o símbolo delimitado pelos quatro lados.

Não acharam necessário entrar no templo. Até aquele momento, todas as charadas haviam sido resolvidas no lado de fora dos edifícios. A Sagrada Família, pensaram, não seria uma exceção. Perambularam pelo resto da manhã, vendo e revendo cada pedaço das fachadas, sem encontrar nada. Enquanto ele continuava explorando, María resolveu ligar para Taimatsu. Talvez sua amiga pudesse lhes dar respostas fundamentais sobre o significado daquele percurso, daquela corrida contra o relógio, da constante sensação de que alguém os vigiava de perto. Precisavam de sua ajuda, mas a única coisa que ela ouvia, sem parar, era a resposta automática.

— É estranho que não responda. Será que aconteceu alguma coisa grave com ela?

— A esta hora Taimatsu já está em Paris. Tenho certeza de que ligará para nós assim que se instalar no hotel. Não se preocupe. Precisamos agora nos concentrar em encontrar uma escada sem degraus, o símbolo delimitado pelos quatro lados.

María concordou e, depois de um tempo, balançou a cabeça e arqueou as sobrancelhas.

— O que está acontecendo?

— Nada, é que o símbolo delimitado pelos quatro lados...

Miguel entendeu-a sem que fossem necessárias outras palavras e exclamou:

— É verdade...! Um símbolo delimitado pelos quatro lados é um símbolo que está dentro de um quadrilátero.

— Um quadrado?

— Sim, ou um losango, um retângulo, um trapézio, um trapezoide... Mas eu gosto mais do quadrado; além do mais, sei onde há um...

Atravessaram a nave central da Sagrada Família e pararam exatamente diante da fachada da Paixão voltada para a rua Cerdeña. As esculturas eram obras de Subirachs, mas a ideia, o projeto e a simbologia que deviam conter haviam sido traçados por Gaudí antes de sua morte.

A fachada da Paixão era virada para o poente e representava a paixão e morte de Jesus Cristo. Tinha três portas de entrada e um vestíbulo formado por seis colunas e quatro campanários. Era dedicada às virtudes teológicas. Todas as esculturas de Subirachs tinham linhas geométricas cortantes, duras, nuas. María segurou a mão de Miguel. Tinha medo, seu coração batia com força. Não levaram muito tempo para chegar à porta principal. No dintel, o símbolo dos quatro elementos, dois triângulos unidos pela base. Era um losango... Ficaram observando-o. Mas aquela figura não era um losango, eram dois triângulos unidos pela base, outro exemplo claro da simetria dos espelhos. À direita, dois grupos de esculturas representavam cenas da paixão, o Cristo jacente; acima e no nível inferior, um grupo de mulheres chorando; à esquerda, um homem que carregava o que parecia ser uma estranha cruz, embora, quando vista de baixo, se assemelhasse a um esquadro. A seus pés e encarando a entrada principal, um pilar quadrado secionado obliquamente a noventa graus, com o labirinto visível...

María se postou diante do dintel da porta principal, olhando para o outro lado... Ela tinha uma ideia que não saía da sua cabeça e disse para si mesma: "Se o que está no alto é como o que está embaixo, será que o que está à esquerda é como o que está à direita?"

— Assim no leste como no oeste...

Miguel se aproximou:

— Aqui está o quadrado mágico. Conneço a famosa gravura *Melancolia*, de Alberto Durero, onde também aparece um quadrado mágico... Um palíndromo. A soma das casas verticais e horizontais é 34...

O quadrado estava na parede.

— Sim, mas, neste, a soma dos números é sempre 33... Direita e esquerda, para cima e para baixo. Em cruz, você entende?

— Isso é o que está delimitado pelos quatro lados! Esta é a escada sem degraus!... Você deve verificar qual é o número.

— Já contei: 33 — repetiu Miguel, e acrescentou: — Mas trata-se de um símbolo... E... Espere... Qual é o símbolo de Cristo, que foi crucificado aos 33 anos?

— A paixão... Uma cruz!

— A cruz característica de Gaudí, a de quatro braços, coroa quase todos os seus edifícios. Este quadrado encerra uma cruz de quatro direções... Em todas elas, a soma é 33.

— Uma cruz espacial.

— Exatamente, María. Acredito que já temos o terceiro símbolo.

Já tinham o girassol, o dragão e a cruz espacial, que correspondiam às estrelas alfa, beta e gama. Só lhes faltavam quatro charadas para completar o jogo.

Precisavam se apressar. Embora não pudessem vê-los, sabiam que os Homens Mísula estavam à espreita. Restavam poucas horas.

52

Estavam muito perto da estrela delta; a Casa Milà: La Pedrera. María voltou a ligar para Taimatsu, mas o celular de sua amiga continuava sem responder. Ele tentou tranquilizá-la enquanto continuavam correndo. Não podiam parar.

— Ela tinha compromissos em Paris. Talvez o avião tenha se atrasado. Ainda não chegou ao hotel. Você a conhece: leva o trabalho muito a sério. É capaz de se isolar totalmente do mundo.

Miguel foi invadido de repente por uma sensação de incômodo. Ela percebeu.

— O que está havendo?
— Nada.
— Você não consegue me enganar.

Ele resolveu contar.

— Você não percebeu que deciframos três enigmas em plena luz do dia e sem nenhum tipo de problema?...

María olhou ao redor. Nenhum suspeito.

— Estamos sendo observados, María, tenho certeza.
— Mas eles vão esperar até que resolvamos as charadas e obtenhamos a pedra. Então seremos mortos.
— Bem, até agora não conseguiram. E eu não permitirei que algo lhe aconteça.
— Eles são assassinos, Miguel, e estão armados.
— Não vamos pensar nisso agora; estamos tão perto... Acho que deveríamos nos concentrar na próxima charada.

Delta

Sua mãe é a água, seu pai, o fogo. Você não é nave e viaja no tempo, afundada nos alicerces da nova cidade que os guerreiros contemplam.

— Tenho uma ideia do que pode ser — disse María depois de acabar o sanduíche, que era todo o seu almoço.

— Você já resolveu essa charada? — perguntou Miguel, espantado.

— Não tenho muita certeza. A chave está em encontrar uma relação com o edifício. Neste caso, é toda a casa que faz referência a um único símbolo. Você se lembra da conversa com Taimatsu sobre as artes do Japão?

— Sim, o bonsai, o *ikebana*, o teatro de marionetes... Mas não sou capaz de ver... De encontrar uma resposta.

— Não se impaciente, não quero influenciá-lo. Para ter certeza, precisamos ver La Pedrera de perto.

O edifício, que haviam contemplado totalmente iluminado tantas noites de seu apartamento, estava inundado por grupos de turistas que não paravam de tirar fotografias. Eles estudaram o prédio, repetindo mentalmente a charada, até que María disse:

— Acho que as palavras de Taimatsu fazem sentido.

— A que você se refere? Não entendo.

— Ao *suiseki*...

— A arte das pedras?

— Exatamente... Recorde o que ela nos disse. Você não percebe? É uma pedra! Um edifício cujas paredes são pedras não polidas, sua forma ondulante. Seu nome...

— Sim, pode ser uma escarpa ou uma rocha... Claro...

— E agora eu lhe pergunto: o que pode estar afundado nos alicerces de uma cidade?

— Uma pedra?... A primeira pedra.

— Sim, Miguel. Uma pedra...

— Claro, e os guerreiros do telhado, o que observam é...

— A Sagrada Família. A nova cidade.

— É uma pedra que não foi desbastada... Um *suiseki*. A pedra onde os alquimistas realizam a obra.

— Já temos o quarto símbolo...

— O carro da Ursa Maior por completo: girassol, dragão, cruz espacial e pedra.

Continuaram correndo pelo passeio de Gracia em direção ao ípsilon, no número 43.

María caiu no chão.

— Você está bem?

— Sim, não foi nada. Só um tropeção. Vamos.

A Casa Batlló, logo ao lado da Casa Ametller, a bela fachada escalonada de inspiração flamenga, obra de Josep Puig e Cadafalch; juntas, formavam um dos conjuntos mais belos da cidade. Ao vê-las, tinha-se a sensação de visitar outro mundo. Miguel puxou o papel e leu:

Ípsilon

Nem os fogos de San Telmo podem iluminar seus olhos perdidos nas trevas.

María dividiu a fachada e a tribuna do andar principal em fragmentos, tentando afastar-se do conjunto. Colocou as duas mãos ao redor do olho direito, procurando limitar o campo de visão. Ele a observava com curiosidade. Teria gostado de encontrar alguma resposta, mas não havia dúvida de que a especialista em charadas era sua amada. Uma ideia lhe veio à cabeça ao pensar de novo em Taimatsu: a obra dos suicidas de Sonezaki; pensava nos olhos do corvo, negros e brilhantes, nos quais ficara impressa a imagem terrível do suicídio.

— O que poderá ser?

Ela já intuía a resposta, era evidente. O segredo estava em relacionar a charada com a casa que lhe correspondia. Agora via com clareza, estava ali diante de seus olhos, na fachada.

— Os fogos de San Telmo... Onde eles aparecem?

— Nos cemitérios. Na realidade, é o fósforo dos ossos das caveiras que emana das tumbas em forma de vapor...

— Essa casa era conhecida popularmente como a Casa dos Ossos, você se lembra? Taimatsu nos explicou... — disse María, e acrescentou: — Bem, já temos o fogo de San Telmo.

— Os ossos — disse Miguel, com ar pensativo.

— Um fogo que não consegue iluminar olhos perdidos nas trevas... — continuou, procurando encontrar por si mesmo a resposta que ela já tinha em mente.

— Olhos escuros, talvez?

— Pode ser, mas... Você tem olhos negros, e no entanto eles não estão perdidos nas trevas, Miguel.

"Isso é evidente, sobretudo desde que a conheci", esteve a ponto de responder.

— Olhos vazios? — perguntou.

— O que é um rosto de olhos vazios?

— Um morto, uma caveira?

— Olhe a fachada e verá...

— Não consigo me concentrar, María, estou bloqueado. Aonde quer chegar?

— Lembre-se da conversa com Taimatsu, falamos do teatro de marionetes do Japão...

— Os balcões, os balcões... Claro! São máscaras! Era tão evidente... Todo mundo sabe disso.

— Os fogos de San Telmo não conseguem iluminar os olhos da máscara. Não existe nenhum fogo que possa iluminá-los, porque não há olhos. Apenas trevas...

— Você já sabia disso, não é verdade?

— Queria ter certeza. Agora já temos outro elemento: a máscara.

53

Zeta
É sábia loucura; embora a veja, não pode encontrá-la em cima do cipreste.

Leram a charada quando chegaram à Casa Calvet, na rua Caspe. Eram 17 horas. Faltavam 13 horas, e ainda não tinham nada, pensou Miguel, mas não deviam se agoniar, e sim se concentrar no edifício.

A casa pertencera ao Sr. Calvet, um rico industrial têxtil militante da Solidaritat Catalana que compartilhava com Gaudí o amor à sua pátria e à sua língua.

Segundo os especialistas, tratava-se da obra menos representativa da estética de Gaudí, embora o arquiteto tivesse imprimido sua personalidade ao interior, e não à fachada.

María olhou o cipreste que havia em cima da entrada principal.

— Quer saber de uma coisa? Quando li pela primeira vez essa charada, pensei no cipreste da Sagrada Família...

— A mim ocorreu o mesmo. Pensei no portal da Caridade, na fachada da Natividade, decorada com pombas brancas, o símbolo da pureza. Também é o da hospitalidade e, devido à sua forma de se alçar ao céu, simboliza igualmente a elevação espiritual. Suas raízes crescem de forma igual, retas em direção ao coração da terra; símbolo do inframundo, daí sua relação com os cemitérios. Mas a chave para resolver essa e todas as charadas está em procurar no edifício que a estrela assinala.

— Olhe, em cima do cipreste, a grade forjada: cogumelos, Miguel; são cogumelos.

— Você tem razão. Parece que o Sr. Calvet gostava muito de colher cogumelos, uma grande tradição catalã... Será que se refere a isso? Claro, os cogumelos nascem debaixo das florestas, debaixo das árvores. Por isso a charada diz que... "embora a veja, não pode encontrá-la em cima do cipreste".

— Poderia ser um cogumelo... Mas o mais representativo de Gaudí é a *amanita muscaria*.

— Está nos edifícios da entrada do Parque Güell — comentou Miguel, e continuou: — Há quem afirme que o arquiteto também consumia a *amanita muscaria*; na época, muitos artistas do Modernismo o experimentaram. Ficavam alucinados...

— É só uma lenda; além do mais, lembre-se do que nos disse Conesa. Mas a charada...

— María, acho que está claro; só nos falta confirmar uma coisa.

— O quê?

— Quero saber a que se refere com a...

— Sábia loucura?

— Neste momento, aceitemos como válida a *amanita muscaria*. O cogumelo dos contos, onde vivem os anões e os gnomos... O cogumelo dos loucos... De fato, na Catalunha é conhecido como *ou de foll*, algo assim como *ovo de louco*. Esse cogumelo nasce em forma de ovo cor de laranja, como sua irmã *amanita cesarea*; comestível, estranha e a preferida dos césares, e cujo nome é *ou de reig, ovo de rei*.

— Eu não conhecia essa sua faceta: grande conhecedora de cogumelos.

— Bem, meu pai era um especialista; eu me limitava a acompanhá-lo.

Era tarde quando chegaram ao último edifício da Ursa Maior: o Palácio Güell, que correspondia à letra eta. Gaudí a construíra para seu mecenas, Eusebio Güell y Bacigalupi. Além de residência para seus protetores, idealizara-o como sede para os atos sociais mais importantes, noitadas e encontros culturais de que Güell tanto gostava. Gaudí apresentara ao conde muitos projetos para a definição da fachada, e o magnata catalão escolhera o mesmo que seu arquiteto preferia. No térreo e na sobreloja, a fachada era revestida de mármore; na face posterior, de alvenaria. Dois arcos parabólicos perfeitamente simétricos davam acesso ao palácio pela entrada principal.

ETA

Na primeira letra desta morada, os magos viram a cruz e o coração da luz de Maria Imaculada.

— Essa é, talvez a charada mais complicada, a mais hermética — disse Miguel.

— Sim, mas há de ter alguma relação com esse edifício.

Ambos estavam sob o brasão da Catalunha, que tinha uma pequena águia no alto; era um brasão singular. Aparentemente, no momento em que o colocavam Gaudí pedira a opinião de um transeunte, e este lhe dissera que era horroroso. Fora então que o arquiteto resolvera definitivamente deixá-lo ali.

Miguel foi até as duas portas da entrada principal. Olhava com atenção as letras da forja. Um E em cima de uma porta, e um G na outra.

— María, temos aqui as iniciais de Eusebio Güell. A primeira letra desta residência é um E... Os magos viram a cruz, o coração da luz de Maria Imaculada. Eu diria que se refere ao E, de estrela... A estrela dos Reis Magos, de cinco pontas.

— Há outra possibilidade. A primeira letra desta residência poderia se referir simplesmente a palácio, um P.

María continuou pensando em voz alta.

— Os magos viram a cruz e o coração da luz... A estrela dos Reis Magos... E onde vivem os reis?

— Em um palácio... Palácio Güell.

— Vamos supor que se trata de P de palácio... Teríamos, então, de encontrar uma relação entre a estrela dos Reis Magos e a primeira letra da residência, ou seja, a letra P de pai, de palácio.

Algo passou rapidamente pela cabeça de Miguel.

— María, o símbolo por excelência do cristianismo é o lábaro... Ele era usado pelos construtores na viga mestra de ermidas, igrejas, templos.

O P está no coração da hóstia, é o pai, tem um X cruzado que simboliza o filho, e de um lado a letra alfa, do outro a ômega... Quer dizer, princípio e fim. Tudo está contido neste símbolo. É a primeira letra das iniciais de Eusebio, um E... Mas não de estrela, e sim de eucaristia.

— A eucaristia, representada na hóstia pelo lábaro. Um círculo. Sim, poderia ser o símbolo. Além do mais, o círculo é um símbolo feminino.

Mesmo assim, María duvidava. Intuía que, de novo, seu avô não iria deixar as coisas assim tão fáceis para ela. Recordou que, quando era menina, ele costumava armar uma pequena armadilha nas charadas, semear uma dúvida. Era uma coisa típica dele, e ela sempre estava prevenida.

Embora levassem todo o dia, até o momento tinham resolvido todos os enigmas sem grandes complicações. E era precisamente isso que despertava sua desconfiança. Aquilo não se encaixava na personalidade de seu avô. Miguel, por sua vez, continuava relacionando as coisas, pensando, procurando...

— Gaudí usou letras, iniciais, como símbolos... O G de Gaudí ou de Güell está em vários lugares de suas obras.

— E também o P, mas não de palácio, e sim de... Parque Güell.

— Na entrada. Veja, tenho-a aqui...

Miguel consultou o guia de Gaudí, que exibia fotografias dos edifícios mais emblemáticos. Procurou no Parque Güell, e ali estava. Então ficou atônito.

— Olhe, a inicial do parque, a letra P.

De fato, ali dentro havia uma estrela de cinco pontas, a dos Reis Magos, e, além disso, o coração da luz, um pentágono preto, ou seja, um pentágono invertido. María, ao vê-lo, disse:

— Os magos viram o coração da luz, o coração da estrela de cinco pontas, Miguel...

— Na realidade, é um pentagrama, conhecido como tentáculo ou pentáculo... É formado a partir do pentágono que está em seu interior e por sua vez forma dentro outro pentágono... O processo é infinito, é um fractal geométrico. Precisamos consultar, checar se o pentágono está de alguma maneira relacionado com a Virgem Maria. Embora eu acredite que o pentagrama, mais do que com a simbologia da Igreja, esteja associado a cultos satânicos. Mais: eu acho que a Igreja o demonizou... María, temos duas opções, ou talvez três: eucaristia, pentágono ou a estrela de cinco pontas. Pentáculo ou pentagrama.

— Não... São apenas dois... O coração da estrela, aí está a figura do pentágono... E, efetivamente, o círculo, a eucaristia. Essa é a pequena armadilha que meu avô introduziu na sétima charada.

54

Voltaram para casa. Precisavam de um minuto de sossego, e, depois de um dia inteiro resolvendo charadas de um edifício a outro, sobretudo o que precisavam era pensar. María voltou a ligar para Taimatsu; agora estava realmente preocupada, já era muito tarde, e o celular da amiga continuava sem responder. Miguel aproveitou para pesquisar a figura do pentagrama; foi à internet e fez algumas anotações.

— María, ouça o que encontrei:

> Existe uma menção ao número áureo também no pentágono, um símbolo pagão, mais tarde acolhido pela Igreja Católica para representar a Virgem Maria, e também por Leonardo da Vinci para assentar nele o homem de Vitrúvio.

"... E outra página sobre literatura inglesa que comenta o poema cíclico arturiano medieval intitulado *Sir Gawain e o Cavaleiro Verde* diz, referindo-se ao pentágono:

> É uma estrela de cinco pontas que pode ser desenhada sem que se levante a pena do papel. Esta figura, que os ingleses chamam, segundo nos indica o poeta, de nó interminável (de claro significado esotérico), é considerada o símbolo de Salomão. Contém cinco cincos: os cinco sentidos, os cinco de dos (representando a destreza), as cinco chagas de Cristo, os cinco gozos da Virgem (Gawain tem gravada no interior de seu brasão a imagem da Rainha do Céu) e as cinco virtudes do cavaleiro (liberalidade, ternura e consideração

pelos inferiores, continência, cortesia e piedade). O cinco, número ímpar, é, pois, o número da perfeição, e, além do mais, o pentágono é uma figura que pode se inscrever na circunferência, outra representação do ciclo fechado.

Depois de ler isso, Miguel afirmou:
— A confusão está formada... Círculo, estrela, pentágono?
— Perdoe-me, eu não estava escutando. Estou muito preocupada com Taimatsu, liguei o dia inteiro para seu celular e ela não respondeu. Deveríamos ir até sua casa, à Fundação, não sei... Poderíamos perguntar a Bru, o empresário.
— Às 11h da noite? — perguntou Miguel.
— Sim; desligo o computador e vamos.
— Espere, antes quero dar uma olhada no meu correio eletrônico, quero deixar uma mensagem para ela, talvez tenha perdido o celular...
María abriu o correio eletrônico e encontrou uma mensagem nova. Era de Taimatsu; procurou a hora do envio: 3 horas da madrugada. Haviam se passado vinte horas.
— Venha aqui, quero que veja isto.
Os dois leram na tela:

> É uma pedra, não há dúvida. A chave está no Evangelho de São Mateus, 16, 18. Jonas desenhou um compasso acima da citação do salmo 118:22... Está no Parque Güell. Foram feitas várias retificações, na escadaria principal havia um compasso...

55

Depois de terem abandonado o edifício onde Taimatsu vivia, foram diretamente ao Hospital del Mar. Uma vizinha lhes informara sobre os acontecimentos, depois de terem tocado repetidas vezes a campainha do porteiro automático. "Foi levada hoje de manhã por uma ambulância. Sim, parece que foi uma morte horrível."

A desolação se apoderou de María quando se dirigiam em um táxi ao hospital. María flutuava como se estivesse em um pesadelo. Não podia acreditar que tivessem matado sua amiga. Por que não? Não era a primeira vida tomada por aqueles assassinos. Haviam começado com seu avô e não parariam até encontrar a pedra; até encontrá-los.

— Eles nos matarão — disse María. — Quando tiverem a pedra, seremos mortos.

Miguel não respondeu. Sentia-se impotente, mas, ao mesmo tempo, tinha raiva suficiente para enfrentar todos aqueles assassinos. Não, ele não estava disposto a morrer, estava preparado para vencer.

Quando chegaram ao hospital, perguntaram na recepção, e ali lhes confirmaram o que acontecera.

María explodiu em choro. Miguel protegeu-a com um abraço.

— Vamos, sente-se... Isso foi muito longe. Você precisa ser forte.

— Miguel, é culpa minha... Eu sabia... O que terão feito com ela?

— Vamos, precisamos sair daqui — disse.

Acabara de ver um rosto conhecido no fundo do corredor. Era Nogués, o segundo do inspetor Mortimer; estava conversando com um empregado do hospital.

— María, precisamos ir embora agora — repetiu ele, apontando para Nogués.

Mas ela não se mexia.

— Não consigo.

— Sim, sim, consegue. Se não continuarmos agora até o fim, tudo isso não terá tido nenhum sentido. Você acredita que Taimatsu gostaria que abandonássemos tudo, agora que estamos tão perto?

— Mas ela... ela está morta...

— Mas nós, não, e não podemos fazer nada. No entanto, se não continuarmos agora, Taimatsu terá perdido, seu avô terá perdido, todos teremos perdido... Recorde o que lhe disse seu avô: não deve chorar, deve seguir em frente... E sabemos que eles não perdoam; bem, iremos atrás deles. Mas antes temos que terminar o trabalho. Vamos!

Nogués os viu sair, mas não fez nenhum gesto para detê-los. Pegou seu celular.

Eles decidiram voltar para casa, recapitular, pensar bem nos passos seguintes. Aproximaram-se do ponto de táxi da entrada do hospital.

Um carro os seguiu de perto.

56

Subiram ao apartamento, mas não acenderam as luzes. Compreenderam que o perigo estava por perto. Ela respirou profundamente, tentou se recuperar quando estavam voltando, procurou extrair forças de algum lugar; Miguel tinha razão: deviam continuar até chegar ao fundo. Haviam começado uma corrida contra o relógio e não lhes restava muito tempo. Agora sabiam que tinham de ir ao Parque Güell. Taimatsu confirmara a intuição do livreiro. Talvez antes de ser morto ele tivesse chegado à mesma conclusão. O segredo estava ali, e o jogo os esperava na cozinha da Casa Encantada.

Tomaram um café bem forte. A noite seria longa. Miguel olhou pela janela.

— São eles... Eu os vi.

María reagiu prontamente.

— Estão aí?

— Agora não consigo vê-los, mas é certo que vigiam a entrada.

— Você tem o número do taxista?... Daquele que nos levou à cerca do dragão da Chácara Güell... Recorda que nos deu o telefone antes de partir?

Miguel não compreendia qual era o plano de María. De qualquer maneira, tinham que ir para a rua. Ela lhe disse:

— Sei que o taxista nos ajudará.

— Como você sabe? A esta altura, suspeito de todo mundo.

— Eu sei, Miguel: ele é um dos sete cavaleiros. Estou convencida disso.

— Está bem.

— Explique-lhe a situação. Ele saberá o que fazer.

— Como você pode ter tanta certeza? Como vou contar toda essa história a um taxista?

— Sei que devemos confiar nele.

Miguel falou ao celular, mas não conseguiu saber se era o mesmo taxista. Não lhe contou que estavam sendo perseguidos, simplesmente lhe disse que precisava com urgência de um táxi. Disse-lhe que esperasse na calçada com os quatro pisca-piscas ligados e que eles desceriam imediatamente. O taxista não perguntou nada. Simplesmente informou que chegaria em meia hora.

— Meia hora? — exclamou Miguel, desconcertado; parecia-lhe uma eternidade.

O taxista esperou alguns instantes e respondeu:

— Assim na terra como no céu.

— O que está acontecendo? — perguntou ela.

Miguel olhou para ela e continuou falando ao telefone.

Ela logo compreendeu. Estava certa: tratava-se de um aliado; um dos Sete Cavaleiros Moriá.

— Você tinha razão. É um dos nossos. Estará aqui em meia hora.

— Temos que voltar ao Parque Güell. Agora já sabemos onde procurar, e temos as charadas.

— Antes, pararemos na Sagrada Família. A chave está na Sagrada Família. Além de ser um compêndio de todas as inovações arquitetônicas que foi desenvolvendo no resto da obra civil, Gaudí transformou-a em livro...

— Que é preciso ler com o coração.

— É realmente incrível. Agora estou entendendo. As cruzes espaciais que Gaudí colocou em quase todos seus edifícios... Uma cruz de quatro braços que aponta as seis direções do espaço...

— O espaço, as estrelas...

— Exato, María. Gaudí construiu um imenso templo sobre a cidade. Um templo de estrelas, uma... plataforma espacial. Mas para quê? O que devemos fazer com a pedra?... A chave de tudo está na Sagrada Família.

A catedral dos pobres; um livro de pedra, semelhante ao que fizeram os construtores das catedrais góticas.

Miguel abriu o computador portátil, dizendo:

— A estrela Pechda, que tem atribuída a letra gama, corresponde à Sagrada Família.

— Miguel, acho que temos algo aqui...

— Poderia ser... A estrela Pechda, alinhada com Megrez, marca a direção de Leão, a estrela Regulus no coração do Leão...

— O signo de Cristo, do Redentor... O rei, Regulus, o sol...

— Leão: onde a obra magna se realiza. A força cósmica... A corrente de luz. O filho do sol, o Redentor. No núcleo de cada semente há algo de sol, e a isso chamamos vida, posto que a vida vem do sol... A força cristônica... A palavra Cristo vem do grego e não significa apenas *ungido*, mas também *luz*. O Redentor é a força crística que nos redime dentro de nós, nos salva e nos sublima quando se conecta com o sol central, o pai...

— É suficiente, María... Não entendo o que devemos fazer com a pedra e para quê...

—... Colocá-la em algum lugar da Sagrada Família, alinhada com Megrez, apontando Leão, o Sol... Cristo, o Rei, o Redentor.

— Em algum lugar do templo — continuou Miguel — deve haver algo, algum símbolo que nos indique o lugar exato. Creio que Guillaume de Paris, o mestre construtor da Notre-Dame citado por Fulcanelli em *O mistério das catedrais*, também escolheu um lugar concreto para esconder a pedra filosofal.

— Devemos encontrar a pedra de Cesareia de Filipo, Miguel. A pedra que o próprio Cristo tocou com suas mãos. A pedra fundamental descartada pelos construtores e que haverá de servir... Para quê?

— Eu não sei; mas daqui a pouco saberemos... A catedral dos pobres, a Sagrada Família. Tudo se encaixará, tenho certeza. Mas nos restam cinco horas. Terá de ser esta noite, ou Aquiles nos alcançará e perderemos a corrida.

María estava ouvindo, e ao mesmo tempo procurava no computador...

— Miguel, é realmente surpreendente... As pirâmides do Egito também foram construídas com este alinhamento, Megrez, Pechda; quer dizer, na direção de Leão... É a linha que separa o meridiano cósmico. O firmamento.

Um carro parou diante da casa, Miguel olhou o relógio, havia se passado exatamente meia hora. O automóvel ligou os quatro pisca-piscas e esperou com duas de suas rodas laterais em cima da calçada.

— Vamos, ele já chegou...

Saíram correndo da portaria sem olhar. O taxista abriu a porta e arrancou em alta velocidade.

María contemplou pelo espelho retrovisor o rosto do taxista; o homem sorria. Sim, era o mesmo que a ajudara no ônibus e, possivelmente, o que os salvara no estacionamento quando lhes roubaram o caderno.

Miguel lhe perguntou:

— Você pode nos ajudar? Deciframos grande parte do enigma, temos os símbolos, mas ainda não sabemos exatamente onde está o segredo... Deve estar em algum lugar da escadaria do Parque Güell, onde havia um compasso.

— Não creio que lhes sirva de grande ajuda... Mas os protegerei até o final, é esta a minha missão. Foram feitas algumas reformas no Parque Güell.

Miguel se dirigiu a María.

— Na Sagrada Família também há um labirinto, não é mesmo?

— Sim, no portal da Paixão... Exatamente diante do quadrado mágico, onde descobrimos o símbolo de gama, a cruz de quatro braços.

— Gaudí sabia muito bem o que fazia. Construiu um labirinto de símbolos, uma espécie de caos, de ilusão, uma alucinação psicodélica. Por isso pôs a *amanita muscaria* coroando os edifícios da entrada do parque. Ele sabia que talvez muitos fossem até lá procurando a pedra. Mas só em você, em seu corpo, estava escrita a chave que resolveria o enigma do labirinto. Não podemos perder de vista a frase do pai-nosso, a regra de ouro dos alquimistas.

— Não consigo entender.

— Devemos ascender. Olhar as estrelas. Nós também ficamos dando voltas, perdidos na alucinação, no equívoco da razão, dos sentidos; tudo é o mesmo, a realidade é apenas um reflexo. Agora já sabemos que para ver a verdade, para superar a ilusão da realidade, devemos ascender, devemos subir até um grau superior de consciência que supere as armadilhas da razão, dos sentidos, da ilusão. Esse é o espelho dos enigmas, como em Borges... E pergunto: o que vamos usar para ascender?

— Uma escada?

— Exatamente... É um dos símbolos maçônicos. Mas também é um símbolo cristão que Gaudí usou.

— Mas no portal da Paixão há uma escada.

— Sim, uma escada pela qual se sobe ao labirinto... Mas a Sagrada Família não é mais do que um livro de instruções... Na realidade, temos que buscar Merac. Beta: o Parque Güell.

— Há mais de uma escada no Parque Güell.

— Sim... Temos a principal, mas também há outras... Poderia ser qualquer uma. Nossa procura vai se reduzindo. No portal da Paixão devemos descobrir qual é a escada... Para onde está orientada. Temos que encontrar alguma coisa, um símbolo, uma pista que nos conduza à verdadeira escada. Vamos, não podemos perder tempo.

— Esperem um momento.

Ambos guardaram silêncio, esperando; sabiam que qualquer coisa que um dos sete cavaleiros lhes dissesse seria de grande utilidade. Estavam muito perto da Sagrada Família. O taxista lhes disse:

— Também devem saber que há muito tempo o Parque Güell é controlado por nossos inimigos... Nós sempre soubemos que é um labirinto. É verdade, Miguel. Mas eles procuraram ali durante anos. Nas reformas, o atanor das escadarias, inicialmente colocado pelo mestre, foi substituído por um ovo cósmico. Também apagaram o compasso.

— Então eles também sabem! Decifraram a mensagem do padre Jonas!

— Asmodeu é muito esperto, eles sabem muitas coisas, vocês não podem confiar em ninguém, ele arrancou todas as informações de Taimatsu antes de assassiná-la... Creio que sim, que já têm os símbolos. Vocês devem confiar em vocês mesmos.

— Recorde a charada da letra gama... A Sagrada Família: "Você deve contar o número de uma escada sem degraus para poder ver o símbolo delimitado pelos quatro lados."

— Trinta e três... Trinta e três degraus. A escadaria do Parque Güell.

Miguel, com os olhos muito abertos, disse:

— Voltemos ao parque, tem de estar ali.

Um carro preto os seguiu. Eles estavam muito excitados para se dar conta de que estavam sendo seguidos.

Não demoraram muito a chegar. Escalaram um dos muros. O taxista ajudou-os e disse que ficaria esperando. Uma vez lá dentro, Miguel disse:

— María, creio que eles também estão aqui. Temos de agir depressa.

Dirigiram-se à entrada principal e, de mãos dadas, começaram a subir a escada, contando os degraus à medida que iam subindo. Seus corações palpitavam com mais força. Muitas imagens passaram pelas suas cabeças... A salamandra, o fogo, o dragão... Tinham a sensação de que aquela ascensão não era apenas física, mas também espiritual. Chegaram ao final, e os dois em uníssono, em voz baixa, disseram:

— Trinta e três degraus...

Diante deles estava o atanor, o forno dos alquimistas, o mesmo forno que Gaudí reproduzira, copiando-o talvez do medalhão da catedral de Notre-Dame. Agora tudo era muito diferente, haviam conseguido dar os passos corretos. No entanto algo ainda não se encaixava. Os símbolos, as charadas... Tudo rodava na cabeça de Miguel.

— Espere um momento... O quadrado mágico é a escada sem degraus, e exatamente em frente está o labirinto. São dois espelhos confrontados, o pior dos labirintos. — Então fez um movimento com a cabeça e afirmou: — O segredo não está aqui! É mais uma das pistas falsas de seu avô; o padre Jonas sabia disso e morreu, sacrificou-se por isso...

— E aonde vamos?

— Vamos à casa onde Gaudí viveu.

Neste momento, ouviram ruídos abafados nos arredores. Agacharam-se sem fazer barulho e viram sombras se movimentando depressa. Miguel contou dois sequazes, que, pareceu-lhe, usavam pistolas, e outro indivíduo que parecia dirigi-los enquanto subiam lentamente a escadaria. Esconderam-se no outro braço da escadaria, grudados ao atanor. Os assassinos estavam do outro lado; quando pararam de ouvi-los, desceram depressa e sem fazer barulho, e quando chegaram aos pés da escada pegaram o caminho da direita, deixando a praça atrás deles e indo em direção à Casa Encantada. Chegaram em poucos minutos. Tudo estava escuro. Rodearam a casa. Miguel procurava alguma forma de entrar nela. María permaneceu agachada ao lado da porta; ele continuava inspecionando. María tocou a porta da entrada, que, para sua surpresa, se abriu.

— Miguel... — sussurrou em voz muito baixa.

— O que está acontecendo? Espere, parece que terei de quebrar a janela.

Ela se aproximou dele e disse:

— Não... A porta está aberta...

— Aberta? Então vamos... Mas quem pode ter deixado essa porta aberta? Teremos que ir com precaução... Creio que eles sabem tanto como nós e tenho a sensação de que estamos sendo observados.

Agachados, ouvindo algumas vozes que se afastavam dali, entraram na casa... Miguel sabia que o fogão ficava no primeiro andar, ali onde atualmente havia um depósito, atrás da pequena loja da entrada. De fato, ao final sobressaía uma chaminé, e, portanto, ali teria de estar a cozinha de Gaudí.

Procuraram por todas as partes e subiram aos andares superiores sem achar nada. Finalmente desceram ao porão, onde antigamente ficava a despensa. A porta também estava aberta. Miguel focava de um lado a outro. Parecia um quarto de despejos. Havia caixas de papelão e de madeira amarradas com barbante. Um par de armários ao fundo, perto de uma pequena janela, um respiradouro que devia ficar ao rés do chão e onde estavam empilhados uns quantos armários menores... A luz da lua entrou pela janelinha e iluminou um pequeno móvel de cor escura com quatro pernas. Miguel focou sua lanterna.

— María, é o fogão!

Ela se aproximou lentamente. Era um velho fogão de carvão, não tinha nada de particular; um modelo da época em que Gaudí vivera ali durante vinte anos. Certamente o novo proprietário havia se livrado dele... Nada nele chamava especialmente a atenção. Na parte frontal se abria a comporta pela qual se introduzia o carvão, ao lado havia um pequeno forno e logo acima duas tampas também de ferro.

— Aqui não há nada — disse Miguel, decepcionado.

María permanecia calada, pensava em muitas coisas ao mesmo tempo, enquanto Miguel inspecionava, insistentemente, o fogão, iluminando-o de perto sem descobrir nada. Mas ela pensava no conto: João e Maria; queimar a bruxa, o dragão. Sabia que não seguiam uma pista falsa, que não estavam equivocados.

— Espere um momento... Acho que sei onde está o jogo — disse ela.

Abriu a bolsa e tirou o espelho que sempre levava junto com o batom.

— Quero checar

Estavam diante do fogão, e María colocou o espelho exatamente debaixo dele, voltado para cima.

Miguel dirigiu o foco da lanterna à parte de baixo.

No primeiro momento não viram grande coisa, havia uma espécie de relevo. Miguel enfiou a cabeça por baixo; com uma mão sustentava a lanterna; com a outra, tateou os relevos...

— É incrível...! María, está aqui...! O jogo está embaixo do fogão!...

— Eu sabia! — exclamou ela, tomada por uma sensação de triunfo.

Ali estava o tabuleiro, incrustado embaixo do fogão, com suas casinhas em relevo que era necessário pressionar na ordem correta.

— Não podia ser casual a simetria dos espelhos!... Tudo se encaixa. O que está no alto é como o que está embaixo. — Miguel abraçou-a e disse: — Bem, agora você tem que jogar...

— Eu sei...

María se agachou, iluminando a área com sua lanterna. Limparam cuidadosamente com lenços de papel alguns dos símbolos daquele tabuleiro de 64 escaques. Em cada um, um dos símbolos usados por Gaudí.

María estava tranquila quando, já em posição, pressionou o primeiro: o girassol. A casinha afundou lentamente; acertara. Miguel lhe disse:

— Olhe, neste canto está o dragão.

— Espere, precisamos ter certeza, pode ser que exista mais de um, além da salamandra... Não podemos nos equivocar; lembre-se de que só temos uma chance. Tem que ser um dragão ígneo, com a chama saindo de sua boca; não pode ser outro.

Efetivamente, havia mais de um dragão, e uma salamandra, e uma serpente enroscada que comia o próprio rabo, outra com asas, um Oroboro. No final, descobriram, muito perto do girassol, um dragão que expelia fogo pela boca escancarada. O dragão ígneo que procuravam. María apertou, e o símbolo cedeu um centímetro.

Com o símbolo seguinte não houve problema, ali estava a cruz de quatro braços. Ela hesitou um pouco antes de localizar a pedra não desbastada... Depois pressionou a máscara e a *amanita muscaria*. Tudo se encaixava; as casas cediam lentamente.

Só faltava um símbolo para completar o jogo. Miguel iluminava com a lanterna. Localizaram os dois símbolos, a eucaristia, quer dizer, a hóstia com o lábaro gravado, e um pentágono. As duas casas estavam juntas. María hesitou, mas tinha que se decidir por uma delas.

— Mantenha a confiança.

— Miguel, preciso pensar um momento... Creio que posso evitar esta nova pequena armadilha de meu avô... Imagine que alguém tivesse descoberto os enigmas, assim como nós... Eles nos roubaram o caderno ontem à noite... São mais espertos do que acreditamos e, portanto, talvez já tenham conseguido solucionar os enigmas, mas na última charada...

— Foram encontradas duas respostas possíveis... O lábaro e o pentágono; e só podem escolher uma, ou tudo estará perdido.

— No entanto podiam tê-lo feito. Era a solução mais fácil para que tudo se perdesse e o plano de Gaudí fracassasse.

— Mas quem seria capaz de jogar tudo para o alto estando tão perto? Não, precisavam continuar... ou deixar que o fizéssemos em seu lugar. Eles nos deram corda, María. É agora que nos matarão, quando encontrarmos a última chave... Porque eles, sim, sabem há muitos séculos que é necessário encontrar a pedra.

— Exatamente, Miguel, coloque-se em seu lugar: o pentágono é o símbolo que usam em seus rituais... É o espaço que traçam com sangue no solo onde invocam Satã... No entanto o lábaro é o símbolo por excelência do cristianismo... É a eucaristia... A mensagem de Cristo... Nele está contido tudo...

— Eles teriam descartado seu próprio símbolo; teriam escolhido o lábaro, a eucaristia sem hesitar, é o mais lógico...

— Não, Miguel, aconteceu com eles a mesma coisa que comigo agora... Hesitaram... Um erro, e quem sabe o que pode acontecer. A missão é muito importante. Um equívoco, e não ficaremos vivos para contar a história. O segredo deve estar muito protegido. Estamos apostando a vida, Miguel.

— A dúvida?

— Esse é o objetivo do último enigma. Por isso estamos aqui, Miguel.

Nesse momento, ele compreendeu tudo e tremeu... Desligou a lanterna e sussurrou:

— A porta estava aberta, tivemos muita facilidade para entrar.

— Sim, eles estiveram aqui antes de nós. Procuraram e não encontraram nada. Mas agora têm o caderno, resolveram as charadas, só que, no último dos símbolos, a hesitação impediu-os de continuar, não quiseram arriscar tudo de uma vez, porque sabem que só têm uma chance. Você tem razão...

— Estão esperando que nós... Você?

— Sim... É isso.

— E estão lá fora, esperando.

— Nós temos que fazer seu trabalho.

Miguel percebeu que o celular vibrava, procurou no bolso e disse:

— O taxista...

Miguel respondeu.

— Estamos na Torre Rosa e certamente nos vigiam; vão nos pegar quando estivermos saindo e nos matarão... Precisamos de ajuda... De acordo... Não, ainda não... Dentro de alguns minutos. Quando entrar na casa, se é que vai conseguir, já sabe em que aposento estamos esperando...

— O que ele disse?

— Vai nos ajudar a sair daqui.

— E o que faremos?

— Ele nos protegerá. Está vindo para cá.

— Você acha que ele é um deles?

— Não sei, María; não sei se devemos confiar em alguém além de nós mesmos. Mas agora chegou a hora da verdade: você deve escolher um dos símbolos.

Não pôde se reprimir e abraçou-a.

— Quero que você saiba que...

— Eu sei — disse ela, enquanto seu rosto se iluminava.

Ele a abraçava, acariciando-a com ternura.

— Não, não sabe. Quero que saiba que te amo. Te amo como jamais amei ninguém. Você sofreu muito e...

— Você também — cortou ela, beijando-o.

Miguel não conseguia parar, estava transfigurado e eufórico.

— Estamos quase conseguindo. Fizemos tudo juntos! Depois de tantas aventuras, de tantos esforços, finalmente estamos a um passo de conseguir.

— Mas seremos mortos.

— Não, não o farão. Juntos, podemos enfrentar tudo... María, creia-me, eu me vejo envelhecendo ao seu lado. Eu vejo, María... Posso ver!

— Você está louco!

— Sim, louco por você, meu amor. Mas posso ver... Teremos dois filhos... Não! Três! Estudarão música e se chamarão Olga, Pol, Ferran, Andreu, Angel...

— Então serão cinco! Meu Deus! Como você está louco!

— Vamos conseguir, María. Tenho certeza... E agora, jogue.

Afastaram-se. Com o dedo, María apontava o lábaro, mas hesitava; depois, o pentágono... Não se atrevia.

— Você precisa se decidir, não podemos esperar mais. Eu não posso ajudá-la nisso... Vamos, você pode fazê-lo.

Por fim, tremendo, com a garganta seca, ela fechou os olhos e escolheu o pentágono, o símbolo usado pelos tenebrosos. Este era seu símbolo, e por isso hesitaram.

Miguel conteve a respiração, confiava cegamente nela, mesmo que acontecesse o pior e o segredo se perdesse para sempre, amava aquela mulher como jamais havia amado alguém.

A casinha cedeu; ouviram, então, um pequeno rangido metálico, como se um mecanismo interno do fogão tivesse sido acionado. De repente, uma borda da parte inferior do fogão se abriu com um estalo... E surgiu uma espécie de gaveta, acionada por alguma mola. Miguel iluminou o interior com a lanterna... Ali estava o segredo, em um saquinho de pano. María enfiou a mão e puxou-o.

Abriu o pano em cima do próprio fogão e ficaram contemplando a pedra. Não tinha nada de sobrenatural. Era uma pedra vulgar, enegrecida;

parecia um fragmento de meteorito, mas não era. Sabiam que aquela era a pedra que Jesus tocara em Cesareia de Filipo, a que entregara a Pedro, seu discípulo, dizendo-lhe: "Pedro, sobre esta pedra edificarei minha Igreja."

Ficaram contemplando-a por alguns segundos. Depois viram alguns símbolos na parte interna do pano, viraram-no, e Miguel o iluminou com a lanterna... Ali estava a Ursa Maior, cada estrela tinha uma letra do alfabeto grego... Mas a letra gama, que correspondia à Sagrada Família, era muito maior do que as outras, e, na parte de cima, havia um símbolo que eles reconheceram sem dificuldade:

— Um pelicano!... A mensagem é clara: a pedra deve ser depositada no pelicano da Sagrada Família... — disse Miguel, e continuou: — O pelicano é o símbolo de Cristo e dos rosa-cruzes... A rosa sangrante! É lá que devemos deixar a pedra: no templo dos pobres.

Na parte inferior do pano aparecia impressa uma frase. Um fragmento que logo reconheceram e que pertencia à carta de São Paulo aos Coríntios:

Videmus nunc per especulum in aenigmate: tunc autem facie ad faciem. Nunc cognosco exparte: tunc autem cognascam sicut et cognitus sum.

— Agora vemos através dos espelhos, depois veremos cara a cara — traduziu María, e exclamou: — O epitáfio de meu avô!

— Sim, María, creio que Gaudí recebeu essa mesma mensagem e a interpretou. Por isso construiu o grande templo: à imagem e semelhança do céu!

— Para quê?

Miguel não teve tempo de responder; ouviram um ruído. Alguém havia entrado na casa. Miguel desligou a lanterna. María envolveu o segredo no mesmo pano, segurou-o fortemente na mão e perguntou, em voz baixa:

— É o taxista?

— Não sei... Tomara que seja ele, é a única pessoa que pode nos ajudar a sair daqui com vida. Não podemos confiar em ninguém, mas, se for um dos Homens Mísula, virá diretamente para a... Eu não disse ao nosso amigo em que parte da casa estávamos. Você entende?

— Deixaram-nos entrar para que resolvêssemos a questão — voltou a lembrar María.

— Se é o guardião que nos protege, estará esperando por nós na porta.

Deixaram passar alguns minutos. Depois Miguel subiu sozinho, sem fazer barulho. Viu a silhueta de alguém ao lado da porta, esperando. Com um sussurro, disse-lhe:

— Assim na terra como no céu.

O homem respondeu:

— O que está no alto é como o que está embaixo...

— Precisamos protegê-la — disse Miguel.

— Muito bem. Todo cuidado é pouco, o mal nos espreita... Até que tudo se cumpra, ela corre um grande perigo.

Era o taxista, um homem alto e forte, mas Miguel pôde ver muito bem seu rosto. Trazia no pescoço um medalhão, que mostrou a Miguel.

— Ípsilon.

— É meu símbolo... Eles estão por toda parte. Consegui entrar sem ser visto... Mas agora somos três. Será mais difícil sair. Você sabe aonde tem que ir?

O homem olhou para Miguel, e ele respondeu com outra pergunta:

— E como vamos sair daqui?

— Os outros irmãos chegarão a qualquer momento. Ficarão nos protegendo enquanto tentamos escapar.

— Quantos são?

— Cinco — disse sem hesitar, e acrescentou: — Sabemos o que temos de fazer, estamos preparados. Fugiremos a um sinal de meus companheiros.

— Bom — disse Miguel, afastando-se.

— Aonde vai?

— Buscar minha parceira; vou lhe contar o plano.

— Não demorem.

Miguel desceu de novo, iluminando o solo com a lanterna. Entrou no quarto de despejos e viu a silhueta de María esperando por ele no fundo. Carregava a lanterna na mão, e por um momento, iluminando de um lado ao outro, achou que via algo estranho, um reflexo. María estava diante dele e também viu.

— Miguel, atrás da porta...

Ele deu a volta e iluminou a parede, atrás da porta de entrada. Havia um grande objeto oval, de um metro e meio, parecia um espelho de metal preso à parede; na borda havia algo escrito, gravado. María também ficou surpresa com aquele objeto; não se lembrava de tê-lo visto antes. Leram em silêncio:

> Videmus nunc per especulum in aenigmate: tunc autem facie ad faciem.
> Nunc cognosco exparte: tunc autem cognoscam sicut et cognitus sum.

— O epitáfio de meu avô, Miguel. É a última porta! É a mesma frase do pano que envolve a pedra...

— Sim... Antes não estava aqui. Talvez tenha sido acionado algum mecanismo conectado ao jogo do fogão...

Ouviram passos. Alguém descia. Miguel pegou María pelo braço.

— É o taxista?

— Não. É um deles. No princípio me mostrou um medalhão e me confundiu, pensei que talvez fosse um companheiro. Mas quando lhe perguntei quantos viriam nos ajudar ficou muito claro.

— O que ele disse?

— Cinco. É impossível. São sete cavaleiros, e, contando com ele, só restam quatro. Os Homens Mísula eliminaram os outros; seu avô entre eles.

— E o que vamos fazer agora?

— Seguir as instruções de seu avô antes que esse sujeito nos encontre. Esta é a saída, como em *Alice no país das maravilhas* — disse, apontando o que tinham diante deles.

Pressionou o espelho de metal ovalado, e este se abriu. Ao atravessá-lo, voltou a fechá-lo atrás de si com um estalo. Não havia mais como retroceder: a porta estava selada. Iluminou o espaço com a lanterna e viu escadas que desciam... María estava muito assustada. Desceram... Ouviram vozes distantes, golpes surdos no metal.

O túnel escavado no subsolo tinha cerca de dois metros de largura por outro tanto de altura; iluminaram com a lanterna; mais adiante, viraram à direita.

— A mensagem do pano que envolve a pedra, María... Quando o jogo foi aberto na gaveta do fogão, ouvi um ruído estranho; mas estávamos muito atentos ao jogo.

— Gaudí planejou tudo...

— Exatamente... Esta é a saída secreta. Quando a pequena gaveta do fogão foi aberta, o mecanismo de abertura desta última porta foi acionado. Seu avô também lhe disse isso, María... Esta é a última porta. Tudo faz sentido.

57

Quem podia suspeitar que houvesse uma cripta no subsolo do parque Güell? Fora construída por Gaudí? Seria natural, já estava ali? Era uma pergunta sem resposta. O interesse de Gaudí e de seu mecenas Eusebio Güell pela compra daquele lugar era patente. Em um mosaico hexagonal da entrada do parque, hoje desaparecido, estavam escritos um lugar e uma data: Reus, 1898... Esta mesma inscrição com umas taças de champanhe também estava no Palácio Güell.

A compra daquela chácara rústica — uma montanha voltada para o mar, perto de Tibidabo, que tinha o nome de Can Muntaner de Dalt e era de propriedade de Salvador Samá, marquês de Marianao — havia sido fechada no hotel Londres de Reus. Gaudí e seu mecenas Eusebio Güell estavam realmente entusiasmados. As obras desta cidade-jardim começaram em 1900. Desde o início, o arquiteto se recusara a aplainar a montanha, respeitara o entorno natural, adaptara-se a ele.

Miguel recordava tudo isso enquanto iluminava os imensos fósseis que decoravam a grande cripta. Os dois tinham a mesma dúvida: não sabiam se eram esculturas ou obra da natureza, mas o resultado era surpreendentemente belo e estranho. Esqueletos de animais proto-históricos sustentavam caracóis, e, do interior de suas estrias, pendiam estalactites; como uma espécie de serpentinas arrematadas em flores de cinco pontas semelhantes a estrelas... Tudo estava petrificado, mas havia diferentes tonalidades que combinavam com o conjunto. Uma imensa carapaça de tartaruga formava uma espécie de capela, exatamente no meio da grandiosa sala. O casal passou sob ela e iluminou o teto. Ficaram paralisados: era como se dentro da carapaça corresse uma infinidade de veias transparentes por onde circulava água. Olharam para os lados, e, de fato, gotejava. Então confirmaram que o chão também estava decorado por uma infinidade de peixes petrificados, como se fosse um mosaico. Ao sair da carapaça, foram surpreendidos pelo som da água, mas ficaram maravilhados... Do teto desta nova galeria pendia o esqueleto de um ser estranho, grandioso, com as asas dobradas como uma múmia. A água caía do teto, formando pequenas cascatas ao seu redor que lhe davam uma aparência fantasmagórica porque parecia se mexer, ter vida própria. Na parte de baixo, um pequeno lago de águas prateadas, por efeito das rochas de seu entorno, refletia aquela escultura ou aquele ser antediluviano pendente do teto. Acharam que se tratava de um enorme morcego. Gaudí representara alguns em seus edifícios. María recordou o que ficava no cata-vento do Palácio Güell, sob a cruz, e simbolizando o poder de Cristo sobre o mal, as trevas. Mas aquele ser era uma mistura disforme. Levou Miguel a recordar uma das maquetes funiculares de Gaudí idealizadas para a cripta Güell...

Não podiam parar, deviam cumprir uma missão; o tempo estava acabando. Tinham menos de duas horas. Atravessaram outras galerias com todo tipo de formas animais fossilizadas nas paredes, solos e tetos, e que se adaptavam àqueles habitáculos de pedra natural de uma forma surpreendente, criando espaços, galerias, como edifícios de um barroquismo inusitado que compartilhavam o espaço com jardins de majestosas árvores de pedra que estendiam seus galhos às abóbadas da caverna; tudo isso ao lado de um sem-fim de detalhes de folhas diversas, plantas, frutas exóticas e aves fossilizadas. Outras cavernas eram formadas por escadas improváveis de ossos tão polidos como o mármore. Capitéis, cornijas, armações esqueléticas de espécies extintas que formavam grandes paraboloides que sobressaíam como galerias nas altas paredes. Fileiras de colunas inclinadas, abóbadas decoradas com incrustações de vidros escuros. Em outras partes da gruta, grandes fósseis pendurados no teto se entrelaçavam, formando uma selva de cipós, como se fossem as raízes pétreas de uma floresta descomunal. Em uma das galerias, tiveram a sensação de que estavam dentro do ventre de um animal marinho. Infinitos animais, conchas, peixes e outros seres estavam impressos no chão, o teto e as laterais formando uma espécie de mosaico gigantesco. Miguel ia iluminando o caminho com sua pobre lanterna, e isso lhes dava uma sensação de pequenez. Sentimentos inquietantes lhes sobrevinham ao contemplar um novo conjunto escultórico que se aferrava a uma das paredes e se projetava horizontalmente na caverna, formando caprichosas formas de animais, esqueletos estilizados, alongados como agulhas, que pareciam pairar no vazio. A caverna se estreitou de repente e cruzaram uma espécie de passadiço formado por colunas laterais altíssimas que parecia que iam cair e se mantinham firmes em um equilíbrio que desafiava todas as leis da física. Era uma obra arquitetônica de uma beleza surpreendente, um santuário, uma catedral das entranhas da própria vida. Agora já não tinham nenhuma dúvida: aquela obra superava toda a capacidade humana. Nem a força criativa de Gaudí, o maior arquiteto de todos os tempos, podia ser comparada ao trabalho que a própria natureza havia realizado ali. Tratava-se, sem dúvida, de uma jazida de animais fossilizados. O santuário onde Gaudí, possivelmente, ficara extasiado, contemplando sua grande mestra, a natureza.

Enquanto caminhava contemplando aquela caverna e as estranhas formações fossilizadas nas paredes, María pensou na cosmogonia de Hesíodo, na lenda do princípio, em Gaia, a mãe Terra que engendrou Urano e depois se uniu a ele para criar os ciclopes e os titãs, entre eles o indomável Cronos, o Tempo. Cronos cortou os órgãos genitais de seu pai com a gadanha que sua mãe, a Terra Gaia, havia fabricado. Essa caverna que atravessavam agora podia ser o centro da vida, o Ônfalo, o ventre da vida, o lugar onde havia caído do céu toda a semente de Urano, a nova vida que fecundara o mundo; a evolução tinha que seguir seu curso. Cronos fora outro tirano; devorava todos os filhos de Gaia. Mas, ao engendrar Zeus, a mãe Terra, para salvá-lo da morte, deu a Cronos uma pedra envolta em fraldas... Zeus matou seu pai e acabou com a tirania. Zeus era o princípio do mundo... O deus que governava o Olimpo com um raio. María recordou também que Zeus conseguira escapar da morte graças a uma pedra...

Atravessando a caverna, Miguel não pensava nos mitos gregos da formação do universo. Pelo contrário, aquele lugar fascinante era como um sonho de Lovecraft. Recordou as leituras da juventude, uma passagem de uma das obras que mais o impressionaram: *Nas montanhas da loucura*, e veio-lhe à mente um lugar subterrâneo, um vasto depósito de conchas e ossos, uma selva desconhecida de samambaias gigantescas, fungos mesozóicos, florestas petrificadas de cicadáceas, palmeiras terciárias e angioespermas, espécies extintas do cretáceo, do eoceno, do siluriano ou do ordoviciano... Uma porta aberta aos segredos da terra e de eras desaparecidas.

No final desse longo passadiço que ia se estreitando progressivamente, viram uma abertura ovalada na parede. Dirigiram-se para lá. Miguel iluminou-a com a lanterna: era uma escada em caracol, deformada, que ascendia. Subiram por ela até chegar a uma escura câmara completamente redonda. Restava pouca bateria na lanterna, mas ainda houve luz suficiente para reconhecer uma espécie de disco de um metro de diâmetro que parecia recortado na parede, com uma argola metálica no centro.

— María, creio que esta é a saída; segure a lanterna.

Miguel tentou puxá-la, mas não havia jeito, e em uma das tentativas ele percebeu que a argola podia ser movida para um dos lados. Pressionou com força, e o disco de pedra se afastou para um lado.

— Vamos...

Com a lanterna na mão, María foi a primeira a sair. Miguel foi atrás dela. Estavam em um cano de esgoto; não era muito alto, mas o suficiente para que pudessem caminhar erguidos. Iluminaram todos os lados.

— Temos que encontrar uma saída.

Quando ainda não haviam dado três passos, um ruído às suas costas os surpreendeu. A porta redonda por onde haviam saído se fechou hermeticamente, ficando perfeitamente camuflada na parede.

Caminharam um pedaço até encontrar uma escada de ferro oxidado

— Por aqui... — disse Miguel.

Chegaram à rua por um bueiro que ficava justo na esquina de um beco que dava na Travessera de Dalt. Não tinham noção do tempo que haviam caminhado por aquelas galerias subterrâneas, mas ao olhar o relógio constataram que tinham pouco menos de uma hora para que começasse a amanhecer e tivessem que cumprir a profecia.

58

— Temos que ir à letra gama: a Sagrada Família — disse ela, sopesando a pedra em sua mão.

Àquela hora, o movimento era quase nenhum. Correram até a Sagrada Família em direção ao mar. De vez em quando paravam para confirmar que, efetivamente, ninguém os seguia. Foi uma corrida esgotante, na qual sombras ameaçadoras surgiam a cada esquina, mas, ao fim, viram-se diante da catedral dos pobres.

Estavam esgotados e mortos de cansaço.

Miguel beijou María ternamente e depois lhe disse:

— Eu não posso acompanhá-la agora... Você tem de cumprir a profecia sozinha. Procure o pelicano; ele lhe indicará o lugar onde deve colocar a pedra.

— O pelicano?

— Sim, María, quando fugíamos eu compreendi: o olhar do corvo da catedral de Notre-Dame indicava o lugar onde seu construtor, Guillaume de Paris, escondeu a pedra filosofal... Na alquimia, o corvo significa corrupção; a corrupção do homem que procura a pedra filosofal por cobiça. Entretanto o pelicano é a ave dos rosa-cruzes... É o animal que abre o peito formando uma rosa para alimentar suas crias, entende? É o símbolo do Sagrado Coração de Jesus!... O Coração do Leão, o Redentor!... É ali que você tem que colocar a pedra descartada pelos construtores, embora eu ainda não saiba por quê. Mas você deve fazê-lo, e quase não nos resta tempo, está prestes a amanhecer.

Não se via ninguém nos arredores. Miguel ajudou-a a pular a grade externa; ele ficou do lado de fora, e ela se encaminhou para a porta do Nascimento. Apalpou-a com a mão. Estava aberta. Naquele momento, lá fora, na rua, ouviu-se o rangido de um carro. Ela ouviu gritos e temeu por Miguel. O coração pulava em seu peito. Ela atravessou o templo com a pedra na mão. Estava muito assustada, desconcertada, mas uma força a empurrava para a frente. Achou que ouvia vozes, uma espécie de canto muito baixo e profundo. Olhou para o teto: viu a abside; a luz rósea da aurora agora se infiltrava pelos vitrais e se espalhava por todo o templo, criando uma sucessão de colunas evanescentes... Era uma floresta encantada. Ela sentiu um pequeno desfalecimento, sua mão apertava a pedra com força. Precisava encontrar o pelicano.

Caminhou pela floresta como por terras sombrias, procurando a luz, até que caiu de joelhos.

— Meus Deus, não aguento mais... Não aguento mais!

De repente, atrás dela, uma voz grave disse:

— María, você já chegou; não sofra. Eu a estava esperando. Você é a eleita.

María hesitou por um momento. Aquela voz a seduziu, e ela disse para si mesma: "Finalmente." Então virou a cabeça e viu a figura. Era um homem vestido com um hábito cinza listrado, a cabeça coberta e as mãos escondidas dentro de amplas mangas. O personagem avançou lentamente até ela. O grasnido de uma besta foi ouvido a distância, e isso a espantou.

— Não tema, María. Aqui você está a salvo, ninguém pode lhe fazer nada.

O encapuzado ficou diante dela e tirou as mãos do meio das mangas. Um raio de luz, talvez o primeiro raio da nascente manhã, iluminou suas mãos à altura do peito, formando uma rosa.

— Guiamos você até aqui para completar a obra... Quem você acha que lhe abriu as portas?

María escutava o ruído externo que chegava até ali já amortecido, mas pensava nas palavras de Miguel: a rosa-cruz, o coração sangrante do pelicano símbolo de Cristo. Ali devia deixar a pedra!

— Olhe para minhas mãos.

María já não hesitava, avançava em direção ao monge com passo lento. Mas uma voz, um grito, aumentou de intensidade, ampliando-se pelo templo, ressoando entre a floresta de colunas. O encapuzado levantou a cabeça. Foi então que María contemplou seu olhar e estremeceu. Viu uma imagem aterradora nos olhos negros daquele homem que formava com suas mãos sangrantes uma rosa. Sua amiga Taimatsu acudia em sua ajuda para colocá-la em guarda; nesse instante, recordou o momento em que Taimatsu lhe contara a triste lenda dos namorados de Sonezaki que se perderam na floresta, e só um corvo fora testemunha de sua morte, e, em seu olhar, ficara estampada aquela terrível última imagem.

María viu no olhar negro do monge sua morte e a de Miguel. Foi um instante terrível. Eles eram os apaixonados perdidos na floresta.

Ela compreendeu que o monge era o corvo. Sabia que aquele homem estava ali para matá-la. Sentiu uma dor terrível no peito, falta de ar, no entanto ouviu em seu interior a voz de Miguel, a voz de seu querido avô e também a de sua amiga Taimatsu, que lhe havia trazido a recordação daquela lenda que lhe serviu para desmascarar o corvo, a ave da corrupção... "Maria, tenha fé... Corra."

Os gritos estavam cada vez mais próximos. Era Miguel que vinha em sua ajuda, tinha certeza. Ela reagiu e deu um passo para trás. O monge, enfurecido, arrancou o capuz. María, com a vista nublada pelo terror, achou que o reconhecia: era o Homem Mísula. Pronunciava palavras de um idioma estranho, grasnidos de um corvo, enquanto desembainhava uma grande espada. Ela correu com todas as suas forças e se escondeu, encolhida, ao lado de uma coluna; estava muito assustada. O monge deu um pulo sem fazer nenhum ruído, movia-se como um gato, sorrateiramente; deu a volta e ficou logo atrás dela. Sem dizer nada, com um sorriso macabro nos lábios, levantou a espada... María nem se deu conta, permanecia encolhida com a pedra entre as mãos, e o coração também. O pânico a fazia tremer; ela suava, tentava se esconder daquele assassino que desaparecera da sua vista. O instinto a fez virar-se, e ela viu os olhos do monge injetados de sangue, sua cara descomunal e uma expressão de ódio enquanto tirava da manga sua bengala e extraía dela uma lâmina de metal que brandiu sobre sua cabeça. Uma espada cruzou o caminho da lâmina. Ela se afastou para um lado e então reconheceu o taxista. Era aquele gigante, seu protetor, ataviado com uma grande cruz vermelha no peito... Foi ele que, com sua espada, deteve o golpe brutal que lhe teria cortado o pescoço.

Os dois espadachins se enfrentaram em uma luta mortal, o rangido do metal retumbava em todas as partes, pulavam de um lado a outro, impulsionados por uma força descomunal.

— Maldito intrometido! Acabarei com você e depois cortarei a cabeça da garota.

— Esperei muito tempo, Asmodeu. Mas seu fim se aproxima.

— Seu plano jamais se cumprirá. Você mudou de senhor e pagará caro por isso.

— Escolhi o único Senhor que merece ser servido. E agora sua vinda está próxima.

— Mas eu estou aqui para impedi-lo.

Suas espadas imensas dançavam no ar, cortavam a respiração, desbastavam a pedra com os golpes frustrados e se ouvia um estrondo horrível por todas as partes. Sem parar de pular, eles se golpeavam mutuamente. María, encolhida contra a coluna, contemplava aquele duelo no qual um dos contendores terminaria entregando sua alma a Deus ou ao diabo. Sabia que do resultado daquele duelo também dependia sua vida.

Asmodeu conseguiu desferir um golpe certeiro no ombro do taxista. Brotava sangue daquele talho, o gigante precisava sustentar sua espada com as duas mãos e agora só podia levantá-la para aparar os brutais golpes do aço do inimigo. O Homem Mísula gritava como uma hiena, empurrava a golpes de espada seu rival para a coluna onde estava María, tremendo de medo. Quando já os tinha a poucos passos, o gigante não pôde mais aguentar o último golpe, a última investida de seu rival, e a espada caiu de suas mãos.

Estava desarmado. Ajoelhou-se, olhou para María como se estivesse se desculpando por sua derrota e fez o sinal-da-cruz. O Homem Mísula ceifou-lhe o pescoço com um talho, ao mesmo tempo que proferia um grito de júbilo.

Ela chorava aterrorizada enquanto aquele discípulo de Satanás se aproximava com passos lentos e gritava:

— Rameira... Rameira! Venha para o diabo.

Colocou a ponta da espada a um palmo de seu peito e gritou:

— Agora vou afundá-la até o fundo do seu coração e, depois, destruirei a pedra para sempre. O Ônfalo.

Sua gargalhada retumbou no templo, no meio da floresta de colunas.

Asmodeu viu Miguel correndo. Vinha do fundo da nave na direção deles.

— Solte-a! — gritava.

Era muito tarde.

— Deixei todas as portas abertas para que fizesse o trabalho. Podia tê-la matado há muito tempo, como fiz com seu avô, com sua amiga Taimatsu... Mas você me mostrou tudo, você... E agora vou acabar com você. Chegou o tempo do meu senhor: morra!

O Homem Mísula enfiou a ponta de sua espada com força. María desabou para trás, e a pedra, que apertava com força, caiu no chão. O sangue começou a brotar debilmente de seu peito, como uma grande rosa, uma rosa-cruz...

— María, María! — gritou Miguel, que já estava a poucos metros.

Miguel pegou com as duas mãos a espada do monge que tivera sua cabeça cortada por Asmodeu. Uma fúria incontrolável o dominava; mas ele devia se conter. A fúria não costumava ser boa companheira, e ele queria acabar com aquele bastardo. Era um bom espadachim, mas aquela espada era muito pesada para que pudesse manejá-la com sua habitual destreza... Contemplou María, sentia vontade de chorar; ela estava imóvel, com os olhos fechados, e seu peito sangrava. Temeu o pior. Virou-se para seu oponente e então o reconheceu:

— Você! É você!

Miguel reconheceu Álvaro; apesar de a expressão de seu rosto ser tão atroz que mais parecia um decalque da escultura do homem com a bomba Orsini na mão. Aquele louco era Álvaro Climent, seu amigo de juventude, o livreiro. Não era possível, ele tinha morrido no incêndio da livraria!

Álvaro Climent pareceu adivinhar todos os pensamentos que, velozes, passavam pela mente de seu velho amigo.

— Foi Bitrú que encontraram calcinado em minha livraria; a última missão que cumpriu para nós.

— O que você tem a ver com tudo isto? Eu nunca teria suspeitado que você...

— Ainda não entende? Sirvo ao meu Senhor como eles ao seu — disse, apontando para Cristóbal. — Você sempre foi um descrente, um louco pela ciência. Mas eu descobri que há algo superior que move o mundo: o terror! Não posso morrer, meu amigo, preciso acabar o trabalho que meu amo me encomendou. Que o plano não se complete; destruir a maldita pedra e exterminar de uma vez os Sete Cavaleiros Moriá que, durante séculos, esperaram seu momento; que se cumprisse sua profecia: a segunda vinda de Cristo à terra. Eu sou o eleito para impedir sua chegada e preparar o novo reino de meu Senhor! Um mundo feito à base do terror, do pânico; um mundo inseguro, arbitrário, selvagem. Um mundo feito sob medida para o diabo.

Asmodeu deu uma gargalhada que soou como o alarido de uma besta imunda; depois, permitiu a Miguel, com um sinal de sua espada, que se aproximasse de María.

— Pode se aproximar dela. Depois de matá-lo, vou cortar sua cabeça e levá-la como um troféu.

— Você não fará uma coisa dessas! Antes eu o matarei! — disse, ajoelhando-se, cercando-a com seus braços e aproximando-a de seu peito.

Asmodeu sorriu com sarcasmo.

— Fui paciente; vocês me guiaram até aqui. Eu não teria podido ir tão longe. Pude matá-los muitas vezes, mas aplainei o caminho porque estavam trabalhando para mim. Você foi muito esperto ao resolver o paradoxo de Zenão. Mas Aquiles chegou: eu o alcancei!

Asmodeu continuou falando, mas Miguel não o escutava. Olhou o peito ensanguentado de sua amada, era uma imensa rosa vermelha; acariciou-a, abrindo sua camisa. No centro do peito, viu o medalhão com a letra alfa coberto de sangue e com uma fenda no centro. "Alfa salvará sua vida", recordou. Então pôs dois dedos no seu pescoço e confirmou que ela não estava morta: o coração batia. O medalhão de seu avô lhe salvara a vida. Tentou dissimular sua alegria: Aquiles ainda não havia alcançado a tartaruga. María estava a ponto de entrar em um espaço e em um tempo infinitos.

Asmodeu se aproximava lentamente com sua lâmina de metal, ameaçador, enquanto continuava falando. Naquele momento, ela abriu os olhos, e Miguel abraçou-a contra si e disse, gritando:

— Está morta! Você a matou!

— Sim, meu querido amigo, nunca costumo errar um golpe, e o pior é que você ainda não sabe para que serve a pedra.

— Mas você vai me dizer, não é mesmo?

— Sim, vou fazê-lo, porque você vai morrer e merece saber qual era o seu objetivo. Você já conhece a origem da pedra, mas não sabe qual é a sua finalidade. Durante anos, Gaudí construiu um mapa do céu em Barcelona e um templo: a catedral dos pobres, a Sagrada Família. Bocabella, o livreiro que comprou os terrenos do templo, fazia parte do segredo, assim como Güell, seu maldito mecenas. Gaudí construiu um mapa estelar para guiar de novo o Redentor, para propiciar a segunda vinda de Cristo à terra. Para isso serve a pedra, que devia ser colocada em um determinado lugar da Sagrada Família e, nesse momento, o Redentor nasceria de novo. Outra vez o verbo se faria carne e, dentro de 33 anos, quando a Sagrada Família estivesse terminada, entraria na nova Jerusalém, Barcelona, e o reino de Cristo mudaria a face da terra...

Miguel não podia acreditar no que estava ouvindo. Mas tudo começava a se enquadrar, tudo se encaixava.

— Você precisa acreditar em mim. Assim está escrito. Gaudí, um homem com um passado esquerdista e que foi contactado pela maçonaria e tentado por nós sem nenhum êxito, levantou um monumento à sua fé. A fachada do Nascimento, com suas três portas: Fé, Esperança e Caridade... O que você acha que elas indicam? Por elas entrariam os pobres e os homens de boa vontade. Gaudí deixou tudo escrito; nós já sabíamos, e ele confirmou: Gaudí escreveu que a salvação da humanidade estava no nascimento de Jesus e em sua Paixão. Por isso seu templo tem duas fachadas dedicadas a cada um deles. — Asmodeu fez uma pausa, e quando se animou a continuar, sua voz era de triunfo. — Lutamos durante anos para impedir o regresso de Cristo. Os templários sabiam disso, e, com a ajuda do papa, conseguimos destruí-los; os cátaros também sabiam, e os exterminamos; os da teologia da libertação o intuíam, e foram desacreditados. Durante anos, eu, Asmodeu, fui me perpetuando servindo às potências do mal e batendo-me contra os Árvores de Moriá: os sete cavaleiros que deveriam guardar o segredo e velar para que sua profecia se cumprisse. E você é o último cavaleiro. María, sua María, tem o mesmo nome daquela em que Deus se refletiu e se reproduziu através de Cristo. Isso não lhe diz nada? María: o Espelho do Céu. E por acaso toda a criação não é considerada uma imagem refletida da essência divina? Bem, eu sou o destinado a quebrar esse espelho e instaurar outro reino: o do Espelho Sombrio, o da desgraça e da morte. Eu matei seu Deus impedindo seu regresso e abrirei as portas ao meu!

Miguel olhou para a floresta onde estavam e pronunciou um fragmento do Apocalipse que recolhera em suas notas:

— A igreja é uma árvore frondosa sob a qual correm fontes.

— Sim... E nós estamos nela: na catedral dos pobres... E agora, prepare-se para morrer.

Com raiva, avançou com a espada na frente para atingir os dois de uma só vez. Miguel havia previsto tal reação e empurrou María para um lado, dizendo-lhe:

— Acorde... Corra... Cumpra seu destino, María...

Miguel conseguiu evitar o golpe. Asmodeu bateu com seu aço no chão, o golpe do metal contra a pedra retumbou com um eco. Estava muito furioso, contemplava María e Miguel, um de cada lado, e parecia não resolver a quem atacar primeiro. Ela pegou a pedra e correu, enquanto Miguel se interpunha entre os dois, brandindo a espada que pertencera a Cristóbal.

Ela, aturdida enquanto se afastava correndo em meio à floresta de colunas, sentia dor no peito. Precisava procurar o pelicano, que, originariamente, devia estar no pórtico do Nascimento, mas que a esperava esquecido no corredor do museu da Sagrada Família.

Nesse meio tempo, Miguel pulou para a frente segurando a espada com as duas mãos, e conseguiu ferir um braço de Asmodeu, quase à altura do ombro esquerdo com o qual apoiava a espada. Isso foi suficiente para desviar sua trajetória. Asmodeu, enfurecido e bramando como um louco, empurrou Miguel como se este fosse um animal ferido. Tentou deter os golpes de seu oponente segurando sua arma com as duas mãos.

María havia desaparecido, mas Asmodeu sabia onde ela estava e correu atrás dela. Uns minutos mais e tudo estaria concluído. O tempo chegava ao seu fim. Outras vozes ressoaram no interior do templo.

— Quietos, polícia!

Era Nogués, que começou a persegui-los entre as colunas.

María havia cruzado a pequena ponte de madeira e caminhava depressa para dentro do museu, entre maquetes, velhas fotografias, projetos e desenhos que mostravam todos os trabalhos prévios do templo. Ouvia vozes que cada vez estavam mais perto. E então o viu, à sua esquerda, diante dela e com as asas abertas. Só a separavam do pelicano uns poucos metros e uma fita azul amarrada a duas barras de metal. Ela cruzou a fita, tirou a pedra do saquinho e se aproximou com a mão esticada.

Asmodeu chegou nesse exato momento. Miguel o seguia a curta distância. María aproximou a pedra do peito do pelicano, e, nesse instante, um raio atravessou os vitrais do templo; uma luz dourada que iluminou a figura do pássaro, indicando o lugar no qual deveria ser depositada a pedra que fora descartada pelos construtores.

— Não! — gritou desesperado Asmodeu, interpondo-se entre o pelicano e María.

A luz atravessou-o como uma espada flamífera. O bramido foi horrível. Um grito de horror surgido das trevas se elevou entre as torres da Sagrada Família. Um estrondo acompanhado de grasnidos de besta foi ouvido por toda a cidade, enquanto o corpo de Asmodeu ia se desfazendo até ficar transformado em um montinho de pó negrusco que um ligeiro vento espalhou pelo museu até desaparecer por completo.

Nogués estava ao lado de Miguel; imóveis, os dois haviam contemplado os últimos momentos de Asmodeu.

María se prostrou de joelhos e levantou a pedra com as duas mãos, dirigindo-as à luz, ao peito do pelicano. A luz dourada a inundou. Envolveu-a por completo, e, ante os olhos atônitos de Miguel e do inspetor Nogués, envolta naquela luz dourada, María desabou.

— Está morta? — perguntou Nogués.

— Não sei — disse Miguel, abraçando sua amada e tomando-a em seus braços. Ela era tudo...

Fazia muito, muito tempo que não chorava, não recordava a última vez. No entanto agora lutava com todas as suas forças para conter o mar que transbordava de seus olhos. Em um instante, passaram por sua mente imagens recentes dela. Ele não era crente, e, apesar de tudo, a história que havia vivido com María nos últimos dias havia lhe aberto uma porta para algo que não conseguia compreender... Teria dado tudo, sua própria vida, mas agora só tinha forças para contemplar seu rosto, que parecia esboçar um sorriso... Amava-a com loucura, e essa força, esse sentimento que nascia no mais profundo de seu ser, arrancou-lhe dos olhos uma lágrima de esperança que caiu nos lábios de María. Era um milagre.

Alfa, beta, gama, delta, ípsilon, zeta e eta se iluminaram em uníssono. Uma luz que afastou as nuvens iluminou os sete edifícios na noite. Do ponto mais alto da cidade, alguns cidadãos assombrados que saíram às ruas puderam ver duas constelações idênticas. Uma delas sobre a face mediterrânea de Barcelona, cujas pedras indicavam ao céu seu caminho de volta.

Nogués e Miguel, com María em seus braços, saíram do templo. A claridade dourada continuava cegando-os. Afastaram-se pela fachada do Nascimento através de um caminho de luz até chegar à avenida Gaudí. Olharam o templo. A Sagrada Família era como uma grande chama dourada; seus sinos começaram a tocar incessantemente. Nunca haviam ouvido aquele som. As pessoas começaram a sair aos balcões, à rua. Em poucos minutos, a avenida Gaudí era um fervedouro formado por uma multidão que não acreditava no que via.

— O que está acontecendo? — perguntou Nogués.

O que poderia lhe dizer? A verdade?

No meio da avenida Gaudí, com o corpo de sua amada nos braços, postou-se diante do templo iluminado. Aquele templo feito à semelhança do céu. A catedral dos pobres.

Depois olhou para o rosto de María. Era o de uma virgem.

59

África, 2006

"Uma noite, o Carro do Céu se deterá no alto do monte Pechda e a Viajante das Estrelas descerá. Ela trará a luz para iluminar a choça onde nascerá a criança." Esta lenda, avivada com o sopro da palavra dos anciãos, ia se repetindo geração após geração. No entanto a fome dos últimos anos, as pragas, a seca terrível, o demônio da AIDS haviam dizimado o povoado. Eram poucos os que ouviam ao calor do lume que ardia no centro da aldeia. Crianças esquálidas, mulheres e velhos que não tinham nem 40 anos. Em seus rostos não havia esperança, nem desolação nem impotência, não havia nada, porque nada tinham, só a lenda parecia mantê-los vivos.

Cada noite contavam a mesma história, apontavam o firmamento. Os menores ficavam olhando o céu com os olhos muito abertos e, quase sem respirar, esperavam alguns instantes em silêncio, sonhando com o milagre. Mas durante anos o Carro seguiu seu curso, distanciando-se do monte para se perder no horizonte. Alguns achavam que era só uma história, a tocha da memória de um povo que eles e as gerações que os precederam haviam mantido viva. E o Carro deteve seu curso no monte Pechda, no cume rochoso, erodido pelo vento.

Naquela noite, os instantes de silêncio foram eternos. Algo acontecera. Os anciãos se levantaram sem parar de olhar as estrelas. Não acreditavam no que seus olhos estavam contemplando. Murmuravam entre si. As mulheres começaram a cantar e a dançar ao redor da fogueira. Não tinham nenhuma dúvida, o resto das estrelas continuava girando. Mas ali estava o Carro. Havia chegado o momento. Uma estranha agitação iluminava os rostos. Os menores correram, fugiram do regaço de suas mães, saíram do povoado, foram procurar a viajante. A profecia ia ser cumprida.

Um dos anciãos perguntou em voz baixa se faltava alguém. Disseram-lhe que naquela noite uma mulher estava prestes a dar à luz. Então o velho ergueu sua bengala e deteve a algaravia. Duas mulheres ficaram com a parturiente. Então, ao longe, viram-na aparecer, era a Viajante das Estrelas: a mulher branca que a profecia anunciava. Trazia nas mãos um fragmento de estrela. As crianças a cercaram, contentes e felizes em sua desnuda inocência. Os anciãos se adiantaram e, com suas bengalas, apontaram a choça. Todos esperaram do lado de fora, sentados diante da cabana.

A mulher branca, a Viajante das Estrelas, entrou. As velhas não olharam para ela, pois estavam muito ocupadas ajudando a mulher que naquele momento estava dando à luz. A Viajante das Estrelas levantou uma pequena rosa do chão e ali depositou a pedra, afundando-a na terra no mesmo momento em que o primeiro raio de sol iluminou aquele lugar afastado e remoto. O primeiro choro da criatura provocou uma reação de alegria incontida no resto do povoado, naqueles que esperavam do lado de fora. Os tambores começaram a soar. Não parariam durante três dias e três noites.

O recém-nascido, envolvido em panos limpos, foi depositado sobre a pedra; depois, sua mãe o amamentou. Ela, a mulher branca, permaneceu ali em pé, contemplando o menino. Só reagiu quando entraram os três padres da missão. Um deles falava sua língua e lhe perguntou quem era.

— Venho de muito longe, e as estrelas me guiaram até o povoado.

— Você vem das brasas de uma lenda de esperança. Sabíamos de você há muitos séculos — respondeu um dos padres, cujo nome era Baltazar.

Outro dos padres brancos foi até o jipe e trouxe presentes.

— De parte da missão — disseram à mãe.

— É para a criança — acrescentaram.

— Você pode vir com a gente, sua tarefa terminou — disse o padre Baltazar.

— Sim, é hora de voltar para casa — respondeu a Viajante das Estrelas.

A profecia havia se cumprido. Aquele menino nascido no coração da África, em uma pobre aldeia esquecida do mundo, aos pés do monte Pechda, uma região castigada pela fome e a miséria, um dia, aos 33 anos, entraria na catedral dos pobres e transformaria o mundo.

60

Barcelona, 2006

María abriu os olhos. Miguel a observava. Havia passado horas observando-a.

— Meu amor, você conseguiu.

Agradecimentos

Em primeiro lugar, agradecemos a Ramón Conesa, da agência Carmen Balcells, que desde o começo confiou nesta história.

A nossas esposas, que suportaram horas de solidão enquanto realizávamos o trabalho.

A nossos filhos, com o desejo de que compreendam, como fez Albert Camus, que os seres humanos têm mais coisas dignas de admiração do que de desprezo.

A Raquel Gisbert, nossa editora, e a Antonio Quintanilla.

E também aos seguintes autores e meios que, com suas obras e trabalhos, tornaram possível esta história:

Consol Bancells; Joan Bassegoda Nonell; Hans Biedermann; Jorge Luis Borges; Bertolt Brecht; José Calvo Poyato; Francesc Candel; Josep María Carandell; Xavi Casinos; São João da Cruz; *Dicionário de História da Espanha,* da Revista de Occidente; Umberto Eco; Carlos Flores; Fulcanelli; Gustavo García Gabarró; irmãos Grimm; Xavier Güell; Hesíodo; Homero, Horácio; Lovecraft; Ernesto Milá; Howard Phillips; Oriol Pi de Cabanyes; Isidre Puig-Boada; Javier Sierra; Junichiro Tanizaki; Manuel Tuñón de Lara; *La Vanguardia*; Oscar Wilde.

Este livro foi composto na tipologia Electra LH,
em corpo 11/15,1, impresso em papel off-white 80g/m²,
no Sistema Cameron da Divisão Gráfica
da Distribuidora Record.

Seja um Leitor Preferencial Record
e receba informações sobre nossos lançamentos.
Escreva para
RP Record
Caixa Postal 23.052
Rio de Janeiro, RJ – CEP 20922-970
dando seu nome e endereço
e tenha acesso a nossas ofertas especiais.

Válido somente no Brasil.

Ou visite a nossa *home page*:
http://www.record.com.br